SEIS DIAS em BOMBAIM

Também de Alka Joshi

A pintora de henna
O guardião de segredos de Jaipur
A perfumista de Paris

ALKA JOSHI

SEIS DIAS em BOMBAIM

Tradução
Cecília Camargo Bartalotti

1ª edição
Rio de Janeiro-RJ / São Paulo-SP, 2026

VERUS
EDITORA

Título original
Six Days in Bombay

ISBN: 978-65-5924-468-3

Esta é uma obra de ficção. Nomes, personagens, lugares e acontecimentos são produto da imaginação da autora ou usados de forma ficcional. Qualquer semelhança com pessoas reais, vivas ou mortas, instituições comerciais, eventos ou locais é coincidência.

Verus Editora Ltda.
Rua Argentina, 171, São Cristóvão, Rio de Janeiro/RJ, 20921-380
www.veruseditora.com.br

CIP-BRASIL. CATALOGAÇÃO NA FONTE
SINDICATO NACIONAL DOS EDITORES DE LIVROS, RJ

J71s
Joshi, Alka
Seis dias em Bombaim / Alka Joshi ; tradução Cecília Camargo Bartalotti. - 1. ed. - Rio de Janeiro : Verus, 2026.

Tradução de: Six days in Bombay
ISBN 978-65-5924-468-3

1. Ficção indiana. I. Bartalotti, Cecília Camargo. II. Título.

CDD: In823
25-100389.0 CDU: 82-3(540)

Carla Rosa Martins Gonçalves - Bibliotecária - CRB-7/4782

Revisado conforme o novo acordo ortográfico.

Para todas as mulheres do mundo que
se recusam a ser silenciadas.
Vocês são minha tribo.

Glossário

Accha: "é mesmo?" e "está bem" em hindi.
Allô: "alô", em francês, especialmente para atender ao telefone.
Alors: "então" ou "neste caso" em francês.

Baingan: "berinjela" em hindi.
Beti: "filha" em hindi.
Bhagwan: "Deus" em hindi.
Bien: "bem" e "está bem" em francês.
Broučku: termo afetuoso em tcheco que significa "pequena joaninha".
Brzo se uzdrav: "melhoras" e "fique bom/boa logo" em tcheco.
Buongiorno: "bom dia" em italiano.
Burfi: doce indiano feito de leite.
Burra Sahib: "grande mestre" em hindi; como os indianos chamavam os administradores britânicos.
Burree aatma: "espírito mau" em hindi.

Ça va?: "tudo bem?" em francês.

Chaach: bebida indiana de leitelho com cominho, sal e pimenta.
Chai: "chá" em hindi.
Chappals: "sandálias" em hindi.
Charkha: "roda de fiar" em hindi.
Che fiasco!: "que desastre!" em italiano.
Chowkidar: "porteiro" ou "vigia" em hindi.
Comment?: "o quê?" em francês.
Credere, obbedire, combattere: slogan fascista que significa "acreditar, obedecer, lutar".

Dall'India?: "você é da Índia?" em italiano.
Dědeček: "avô" em tcheco.
Désolé: "lamento, sinto muito" em francês, se dito por um homem.
Désolée: "lamento, sinto muito" em francês, se dito por uma mulher.
Diya: lamparina de barro indiana.
Dhoti: tecido enrolado na cintura e nas pernas, formando uma espécie de calça, usado por homens; geralmente na cor branca.
Doodh-walla: vendedor de leite.
Dupattas: lenços longos usados por mulheres sobre os ombros.

E adesso?: "o que foi?" em italiano.
École: "escola" em francês.

Falooda: sobremesa indiana refrescante com massa vermicelli fina.

Gori randi: "prostituta branca" em hindi.
Guenon: "sua fera maldita", termo depreciativo em francês.

Hahn: "sim" em hindi; hahn-ji tem o mesmo significado, porém mais formal.
Haveli: "casa grande com muitas pessoas" em hindi.
Hôtel particulier: "casa grandiosa" ou "mansão" em francês.

Inglese: "pessoas que falam inglês" em italiano.
Innamorata: "apaixonada" em italiano.

Jalebi: doce frito indiano coberto com xarope de laranja.

Kafe: expressão informal para "café" em tcheco.
Kathputli: boneca rajasthani colorida feita de tecido.
Katli: doce indiano feito geralmente com castanhas de caju.
Káva: expressão formal para "café" em tcheco.
Kofta: almôndega temperada indiana.
Köfte: carne turca temperada com alho, cebola e cominho.
Kotha: "casa de prazer" ou "bordel" em hindi.
Kulfi: sobremesa gelada cremosa indiana, sorvete.

Laddoo: doce indiano redondo com lentilhas ou farinha de trigo integral.

Maderchod: "filho da puta" em hindi.
Makki ki roti: pão achatado de milho indiano.
Malai kofta: prato indiano de paneer frito servido em um molho curry cremoso.
Marché: "mercado" em francês; neste livro, refere-se ao Mercado das Pulgas, em Paris.
Masala bhindi: quiabo cozido com condimentos.
Merci: "obrigada/obrigado" em francês.
Merde: "merda" em francês.
Mi scusi: "com licença" em italiano.
Mio caro: termo afetuoso em italiano que significa "meu querido".
Mittai: "doces" em hindi.

Naukaree: "trabalho" ou "emprego" em hindi.
Nimbu pani: bebida doce indiana feita de limão e água.

On parle français?: "fala francês?" em francês.
Otec: "pai" em tcheco.
Ovce: "carneirinho" em tcheco.

Paan-walla: vendedor de paan indiano.
Pagla: "maluco" em hindi; pagli é a forma feminina.
Paise: pequena moeda indiana.
Pakoras: comida indiana de vegetais empanados e fritos.
Pallu: ponta de sári indiano usada sobre o ombro.
Patali-dubali: "muito magro" em hindi.
Per favore: "por favor" em italiano.
Però: "mas" em italiano.
Princezno: "princesa" em tcheco.
Puis-je vous aider?: "posso ajudar?" em francês.

Ragazze: "garotas" em italiano.
Rajai: "colcha" em hindi.
Rakhi: amuleto trançado que irmãs colocam no pulso dos irmãos durante o Festival Raksha Bandhan na Índia.
Rasmalai: sobremesa indiana cremosa de leite.

Salam alaikum: cumprimento muçulmano que significa "paz".
Salwar kameez: traje indiano feminino de túnica e calça.
Shabash: "parabéns" em hindi.
Signora: "senhora" em italiano.
Signorina: "senhorita" em italiano.
Subji-walla: vendedor de curries de vegetais indianos.
Suji ka halwa: sobremesa indiana feita de semolina torrada.

Tartufi: "trufas" em italiano.
Tavla: jogo turco semelhante ao gamão.

Thali: "bandeja redonda usada para servir comida" em hindi; geralmente feita de aço ou latão.
Theek hai?: "tudo bem?" em hindi.
Tilak: marca ornamental feita com pó na testa por razões religiosas.

Va bene: "está bem" em italiano.
Vous parlez français?: "você fala francês?" em francês.
Vous voulez?: "o que gostaria?" em francês.

Zari: barras bordadas em dourado ou prateado de sári indiano.
Zia: "tia" em italiano.

BOMBAIM

Maio de 1937

UM

Mira fez uma careta quando um espasmo de dor percorreu seu corpo. Coloquei a mão em sua testa. A pele estava queimando, como um jalebi recém-saído da panela de óleo fervente. Peguei uma toalha de algodão da pilha ao lado da cama, molhei o tecido na vasilha de água e o pressionei em sua testa. Ela relaxou e soltou um suspiro.

— E o bebê? — perguntou, com a fala arrastada.

Abri a boca para contar, depois pensei melhor.

— Vou chamar o médico, senhora.

Ela abriu os olhos depressa, como se soubesse o que eu ia dizer.

— Ah, não! — Seus olhos ficaram cheios d'água. — Precisamos avisar o Paolo.

Franzi a testa. De acordo com o prontuário, seu marido se chamava Filip. Seria efeito da morfina?

— Paolo? — perguntei, cautelosa.

— O meu amor. Me ensinou a pintar retratos. Até o conhecer, eu só sabia pintar paisagens. Mas depois não parei de pintar pessoas. — Ela falava de um jeito afobado, como se tentasse segurar as palavras antes que saíssem voando. — E agora a Whitney o faz copiar os mestres, o que é uma pena. O talento dele está sendo completamente desperdiçado! As pessoas adoram pendurar imitações na parede, esperando que os convidados não notem a diferença. A maioria não percebe mesmo. — Apertou minha mão. — Vou pedir para o Filip trazer minhas pinturas. — Torceu os lábios. — É verdade que só me restam as quatro. — Seu inglês tinha uma inflexão um pouco diferente da fala dos Burra Sahib ou do jeito cantado como nós, anglo-indianos, falávamos. Era mais suave, os sons mais duros e uniformes.

Ela gemeu alto dessa vez, apertando minha mão com tanta força que doeu. O efeito da morfina estava passando. Dei uma olhada no relógio na parede. Duas horas até a próxima dose.

Soltei minha mão da dela, tirei a compressa de sua testa, já quente do calor da pele, e a mergulhei na água. Quando tornei a colocá-la sobre a testa, ela pareceu relaxar um pouco.

— Você tem um sorriso lindo.

Um rubor subiu pelo meu rosto. Uma vez, um dos meus professores no terceiro ano me disse o mesmo e minha mãe escutou. Ela cuspiu no chão para afastar os maus espíritos que não aprovavam a vaidade. Desde então, tenho um pé atrás com elogios, preocupada que eles possam fazer minha mãe cair de joelhos e rezar para Krishna me proteger.

— Fale comigo, por favor. — A pintora pediu, segurando minha mão de novo, querendo que eu fizesse companhia para sua dor.

Olhei para nossas mãos unidas, um estudo de opostos: a dela, pálida e cheia de veias azuis, unhas totalmente roídas, restos de tinta impregnados nos sulcos das impressões digitais; e a minha, cor de areia, muito bem lavada, as pontas dos dedos ligeiramente rachadas. O calor da pele dela, um pouco úmida por causa da febre, era estranhamente reconfortante, como o toque da minha mãe. Mira Novak parecia ansiar por intimidade tão intensamente quanto a maioria dos pacientes a evitava; eles só queriam ter o próprio corpo de volta, aquele que estávamos cutucando e furando, o mais depressa possível, para afastar a lembrança de sua convalescença.

Haviam trazido a srta. Novak para o Hospital Wadia por volta das onze da noite. Ela estava febril e agitada, e pressionava a barriga com os braços. A parte de trás de sua saia estava encharcada de sangue. Seu marido, um homem muito branco de ombros largos, dissera que ela vinha reclamando de dor havia alguns dias.

O marido não havia ficado. Fora embora pouco depois de trazê-la.

Quando o dr. Holbrook, cirurgião do hospital, terminou de cuidar de Mira — que precisara de alguns pontos e muita morfina —, a enfermeira-chefe me designou para cuidar dela. Isso não era incomum. Pacientes que fossem mesmo que só um pouco estrangeiros eram atribuídos a mim ou a Rebecca, a outra enfermeira anglo-indiana do turno da noite, porque falávamos inglês fluente. Para o turno do dia, a enfermeira-chefe designaria outra eurasiana ou se encarregaria da paciente.

— Pode ser que ela fique por um tempo — sussurrou a enfermeira-chefe, lançando um olhar significativo para mim.

Somos um hospital pequeno e a paciente tinha recebido um quarto privativo. Não deixei de notar que ela poderia ter sido levada a um hospital maior, popular entre os britânicos, mas, aparentemente, havia necessidade de discrição. Mesmo assim, os rumores circulavam pelos corredores. *Não foi um aborto espontâneo. Ela mesma tentou fazer. Foi o marido que fez. Ela tentou se matar.* Eu não dava atenção. Bastava saber que uma mulher precisava da nossa ajuda. Nosso trabalho era cuidar dela.

Antes mesmo de ler o prontuário, eu sabia quem ela era. Mira Novak, a pintora. Famosa mesmo aqui em Bombaim. Eu tinha visto uma foto e lido sobre ela no *Bombay Chronicle*. O artigo dizia que ela havia estudado pintura na Academia de Belas Artes de Florença, na Itália, quando tinha apenas quinze anos, a aluna mais jovem já aceita. Sua mãe, hindu, uma mulher de alta casta, acompanhara a filha de onde residiam, em Praga, para Florença e, depois, para Paris, para nutrir o talento de Mira. Até os vinte anos, Mira nunca havia posto os pés na Índia. Mas, quando vi as imagens de suas pinturas no artigo, não vi Paris, Florença ou qualquer um dos outros lugares distantes que eu sonhava visitar um dia. Vi mulheres de vilarejos em sáris, a pele muito mais escura que a minha ou a de Mira. Em seus quadros, as mulheres se sentavam quietas, concentradas, pintando henna nas mãos umas das outras, cuidavam de ovelhas nas montanhas ou cobriam as paredes de suas casas com esterco de vaca. Por que uma jovem privilegiada tinha fascínio por pessoas comuns, pelos pobres?, eu me perguntei.

Ela era seis anos mais velha do que eu: vinte e nove anos, segundo a data no prontuário. Aos meus olhos, era linda. Pele lisa e perfeita. A linha das sobrancelhas se curvava em direção às maçãs do rosto salientes. Embora seus olhos estivessem fechados, eu percebia que eram grandes, talvez até um pouco protuberantes, mas de um jeito atraente em seu rosto, dominando-o, atraindo o olhar de quem a observava. O nariz, que terminava em uma ponta ligeiramente arrebitada, lhe dava um aspecto imperioso. Decerto, herança de sua linhagem real. Ela não era bela. Minha mãe teria dito que chamava a atenção, que seu rosto tinha personalidade.

Ela piscou, os olhos grandes me fitando com curiosidade, como se não tivéssemos nos falado há apenas alguns minutos. As pupilas estavam contraídas e ela parecia desorientada.

— Sra. Novak? — Esperei por algum sinal de reconhecimento. — A senhora está no Hospital Wadia, em Bombaim. Está aqui há algumas horas — disse com calma, em um inglês com sotaque hindi.

Ela franziu a testa. Olhou para o próprio torso, depois de volta para mim.

— Não é senhora — disse ela. — É srta. Novak.

— Me desculpe. — Não entendi direito, mas não demonstrei.

Como uma mulher podia ser casada e ainda usar o sobrenome de solteira? Enfim, meu trabalho não era questionar e, depois do que acontecera em Calcutá, passara a ser muito cautelosa quanto a falar o que estava pensando. Lá, eu não tinha sido a única enfermeira cujos seios e traseiro eram beliscados por pacientes homens, mas só eu reclamava, alto e com frequência, o que dera à enfermeira-chefe do hospital católico uma enxaqueca e a justificativa para me banir de sua vista.

— Você é uma encrenqueira — dissera ela. — Por que simplesmente não fica de boca fechada como as outras?

Mas eu não estava mais em Calcutá. Estava em Bombaim. E havia prometido à minha mãe que as coisas seriam diferentes aqui.

— Como está se sentindo, senhora?

Ela fechou os olhos e riu de leve.

— Já estive melhor, enfermeira… — Parou em um tom de interrogação, esperando que eu preenchesse a lacuna.

— Falstaff, senhora.

— E seu primeiro nome?

Ouvir a pergunta foi como sentir mel aquecer meus membros. A maioria dos pacientes não tinha o menor interesse em ir além de me chamar de enfermeira ou irmã.

— É Sona — respondi, tímida.

Ela abriu os olhos.

— Sona? Como… — Apontou para os pequeninos aros de ouro nos lóbulos das minhas orelhas.

Sorri.

— Isso mesmo, senhora. Quer dizer ouro.

Eu poderia ter contado a ela que minha mãe havia furado minhas orelhas quando eu tinha só três meses. "É auspicioso", o pundit tinha lhe dito. Ela me levara a um ourives, que era uma opção mais segura do que o alfaiate. O joalheiro passara uma linha preta fina pelos furos com uma agulha de ouro e dissera a ela que me levasse lá de volta em duas semanas. Se eu pudesse falar naquela idade, teria dito a minha mãe que não precisava ter tido aquela despesa. Os pequenos aros de ouro que ele inseriu quando minha mãe me levou de volta custaram dois meses de trabalho.

Mas não contei nada disso para minha nova paciente. Eu não falava sobre minha vida com ninguém, exceto com Indira. E, mesmo com ela, só revelava um pouco por vez, assim como Gandhi tecia em seu charkha, acrescentando ao carretel apenas os fios de algodão que fossem necessários.

Mira gritou, mais alto desta vez. Meu corpo se contraiu em resposta. Não faria mal dar a ela uma dose menor, faria? Assim que o fiz, seus olhos se fecharam. Observei a pintora até ela respirar com regularidade. Depois, saí do quarto para atender os outros pacientes.

Encontrei Ralph Stoddard em seu pijama de algodão listrado, lendo o jornal à luz do abajur de cabeceira. Ele havia quebrado a perna esquerda ao escorregar no chão de seu chalé. Seu servo havia acabado de polir o piso, mas o dr. Stoddard não havia reparado. Estava dando uma olhada na correspondência, a caminho de seu escritório. Médico aposentado, tinha pelo menos oitenta anos. Nessa idade, era fácil quebrar algum osso.

— São três da madrugada, doutor. — Eu o repreendi.

Ele baixou um canto do jornal e olhou para mim pelas lentes grossas de seus óculos, que o faziam parecer uma coruja.

— Eu quebrei a perna, enfermeira. Não minha capacidade de ver as horas. — Um sorriso brincou em seus lábios, tão finos que se dobravam para dentro da boca. — Além do mais, com todo esse barulho… — indicou com o queixo seu colega de quarto que roncava — quem é que consegue pregar o olho?

Então voltou a ler o jornal. Na primeira página havia mais notícias sobre o desastre do Hindenburg. Vítimas continuavam a ser encontradas em Lakehurst, Nova Jersey, um lugar tão distante e exótico que jamais imaginaria poder ver ao vivo.

— Aqui diz que a Inglaterra implantou um serviço de telefone de emergência, 999. — Bateu o dedo no jornal. — Se a Índia tivesse um desses, eu poderia ter usado quando caí como uma maldita pedra de dominó na minha casa em vez de ter que esperar o Ramu voltar das compras. — Dobrou o jornal e o deixou de lado. — Quer jogar? — perguntou, esperançoso.

Hesitei. Estávamos com poucas enfermeiras e eu tinha muitos pacientes para atender. Mas fazia três horas desde meu último intervalo e seria bom respirar um pouco. Além disso, era difícil resistir ao bom humor do dr. Stoddard. Ele era um insone que sempre conseguia me convencer a jogar gamão quando eu tinha um tempinho livre. Por insistência dele, seu sobrinho Timothy tinha trazido um tabuleiro de casa, que o dr. Stoddard deixava em sua mesinha de cabeceira.

Perguntei se não íamos acordar o sr. Hassan na outra cama. Ele levantou as sobrancelhas e comentou secamente:

— Nem o desastre do Hindenburg poderia acordar esse homem.

Na primeira vez que o dr. Stoddard tinha perguntado se eu jogava, eu dissera que sim. Uma menina na escola em Calcutá tentara me ensinar. Mas o sinal para a aula seguinte sempre tocava antes que conseguíssemos terminar uma partida. Ela era uma jogadora rápida, e eu levava a vida toda para acompanhá-la.

— Maravilha — havia dito ele, com seu sorriso matreiro. Em nosso primeiro jogo, notei que ele movia a peça seis casas em vez das cinco que havia tirado no dado. Fingi que não tinha visto. Afinal, estava ali para ajudá-lo a passar o tempo, não para questioná-lo. Depois da quinta vez em que fizera um movimento rápido, ele erguera as mãos. — Que droga, mulher, por que está me deixando roubar?

Espantada demais para falar, só tinha ficado olhando para ele.

Ele tirara os óculos para limpá-los com a barra do casaco do pijama.

— Eu roubo, não consigo evitar. Preciso que alguém diga que sou um trapaceiro.

Tinha ficado horrorizada.

— Não acho que eu tenha permissão para dizer isso, doutor.

— Quem disse?

— Bom… a enfermeira-chefe nunca…

Ele se inclinara sobre o tabuleiro e empurrara os óculos bem para cima no nariz, de modo que seus olhos se ampliaram.

— Ela não está aqui, está? A não ser que esteja escondida atrás da porta.

Automaticamente, me virara para olhar para a porta do quarto dele. Quando voltei, ele havia movido todas as próprias peças para o lado dele do tabuleiro, ganhando o jogo.

Então abrira um sorriso encantador.

— Que má sorte a sua. Vamos mais um?

Esta noite, enquanto ele montava o tabuleiro, em um movimento conferi a hora no relógio de pulso. Precisava levar um comprimido para a sra. Mehta em meia hora.

— Foco, enfermeira, foco — disse o médico.

O jogo passou a se desenvolver mais rápido. Desde que comecei a chamar a atenção dele pelas liberdades que tomava com as peças, ele parou de roubar. Eu examinava o tabuleiro com olhos aguçados e calculava estratégias para meus movimentos. Ralph Stoddard havia feito de mim uma competidora.

Com dez minutos de jogo, ouvi chamarem meu nome. Olhei para trás e vi minha amiga Indira com uma pilha de lençóis dobrados cobrindo metade do rosto. Ela trabalhava no mesmo turno que eu e frequentemente íamos para casa juntas, mas eu não a tinha visto ainda desde que tinha batido o ponto, às seis da tarde.

Pedi licença e adverti o doutor:

— Não mexa essas peças enquanto eu estiver fora. Tenho olhos na nuca.

— Juro pela minha vida — disse ele —, como um bom cristão. — Mas nós dois sabíamos que ele estava mentindo, pois ele era ateu.

Segui Indira pelo corredor. Talvez precisasse de ajuda para arrumar uma cama. Mas ela abriu a porta do depósito de materiais e disse:

— Entre e tranque a porta.

Intrigada, fiz o que pediu.

Então ela se virou e baixou a pilha de lençóis que escondia o rosto. Havia um corte no lábio superior e um hematoma na face.

— Ah, Indira. — Corri para minha amiga, tirei os lençóis da mão dela e os coloquei sobre o banco no meio do aposento. — Deixe-me ver. — Com cuidado, toquei seu rosto, onde uma vermelhidão começava a inchar. — Sente-se — mandei. Como uma criança, ela obedeceu e começou a chorar.

O depósito consistia em uma parede de prateleiras onde lençóis, toalhas e fronhas se empilhavam. No fundo, havia um armário de primeiros socorros. Os armários das enfermeiras ficavam na parede oposta. (Os médicos tinham o próprio vestiário.) Eu adorava o cheiro de limpeza desta sala: lavanda, linho, água de rosas, um toque de antisséptico.

Fui até o armário de primeiros socorros e peguei solução de hipoclorito, pomada e gaze. De volta ao banco, encontrei Indira enxugando delicadamente as lágrimas, fazendo careta quando a mão tocava o ferimento.

Enquanto limpava o sangue de seu lábio, perguntei:

— Balbir?

Ela confirmou com a cabeça.

Cerrei os dentes. Não era a primeira vez que o marido batia nela.

— Não quebrou nenhum osso do rosto. Pelo menos isso serve de consolo. — Sequei o corte com gaze, limpei com antisséptico e apliquei um pouco de pomada. — Foi a mesma coisa dessa vez?

— *Hahn.* — Ela engrossou a voz, imitando o marido. — "Três meninas e nenhum menino! Qual é o seu problema?" — Voltou à sua fala normal. — Como se eu pudesse fazer alguma coisa! — Naquele momento, ela chorava de verdade, sem se preocupar em enxugar as lágrimas.

— Você vai estragar todo o ótimo trabalho que fiz em você — disse gentilmente. Agachei-me na frente dela e segurei suas mãos nas minhas.

Ela tentou dar um sorriso, mas o corte no lábio superior a impediu.

— Eu sei o que você vai dizer, Sona.

— E o que é? — Soltei suas mãos e cortei com os dentes um pedaço de gaze, que usei para enxugar o inchaço sob seus olhos.

— Que ter um filho está fora do meu controle. Eu sou enfermeira, Sona! Eu sei disso, mas ele não acredita. Você quer que eu o deixe. Você nunca me falou, mas eu sei. Só que, se o deixar, para onde vou? A mãe e o pai dele me colocariam para fora de casa e ficariam com as meninas. — Ela fungou e lhe dei mais gaze para assoar o nariz. — Você consegue imaginar como seria a vida delas? Não posso deixar isso acontecer.

Suspirei. Além de tratar de seus ferimentos, não parecia haver mais nada que eu pudesse fazer por ela. Séculos de tradição haviam tornado filhas, esposas e mães dispensáveis. Ou faziam o que seus homens e sogros queriam ou pagavam um preço insuportável. Dizer que minha mãe havia tido sorte por nunca ter conhecido os sogros ingleses era risível. Ela também havia sofrido. Quando se uniu ao meu pai, a família dela a rejeitou como se fosse um fio solto em um sári.

No meu armário, havia uma caixinha de pó compacto. Minha mãe usava cedro, sementes de gergelim e raiz de costus para fazer um pó facial que clareava o tom da pele. Ela sempre tivera orgulho da minha pele clara, que os indianos valorizavam por sua capacidade de atrair bons pretendentes, mas, mesmo assim, ela queria que eu usasse o pó. Ela também confiava muito no Afghan Snow, um creme de beleza que o rei do Afeganistão endossava. Eu me recusava a usar qualquer um dos dois, mas, para agradá-la, aceitava seus presentes e os deixava no armário do trabalho. Então passei uma leve camada de pó na face e no lábio de Indira enquanto ela me observava.

— O Balbir não era assim. Até nossa segunda filha nascer, ele me trazia um *laddoo* do vendedor na rua ou um sári que visse no bazar. Eu o amava nessa época, antes de ele começar a ir ao Mahalaxmi.

Com a pressão de tantas filhas e dos dotes que teria de pagar para o casamento delas, o marido de Indira havia começado a tentar a sorte nas corridas de cavalos. Até o momento, não havia ganhado uma única vez.

Afago de leve sua mão. Indira tinha lembranças felizes do marido, e isso era bom. Mas essas lembranças perdiam cada vez mais o brilho diante do que ele havia se tornado.

Uma batida na porta nos assustou. Indira e eu nos levantamos. Olhei para ela com ar de interrogação e ela fez que sim com a cabeça, ajeitando o avental de enfermeira. Destranquei a porta e a abri.

Era Rebecca, a outra enfermeira anglo-indiana que trabalhava no Wadia. Seus olhos se estreitaram quando ela nos viu.

— Vocês não têm trabalho, não? — Olhou primeiro para mim, depois para Indira, às minhas costas. Aproveitei para protegê-la de seu escrutínio.

Dei a ela meu sorriso mais amigável.

— Como está, Rebecca? Seus pais estão bem?

Quando cheguei ao Wadia, pressupus que seríamos amigas, já que tínhamos uma ascendência em comum. Mas, no fim, fomos Indira e eu que nos tornamos próximas. Fiquei pensando se isso teria acontecido porque a enfermeira-chefe designava os pacientes que precisavam de um atendimento mais sensível para mim, embora Rebecca estivesse há mais tempo no hospital. E talvez os boatos que podem ter influenciado a enfermeira-chefe fossem verdadeiros. Supostamente Rebecca tinha se envolvido com um dos médicos casados, que, depois, fora transferido para outra cidade. Eu já havia sido alvo de boatos por tempo demais para saber como eles machucavam, fazendo sangrar por dentro: *O pai de Sona era um condenado fugitivo que teve que voltar para a Inglaterra. Ele roubou o exército antes de sair. Ele drogou a mãe dela para levá-la para a cama.* Eu não tinha a menor vontade de defender meu pai, mas também não queria que Rebecca achasse que eu era uma das fofoqueiras. De vez em quando eu a presenteava com fatias de bolo de manteiga caramelizada que minha mãe fazia ou com uma peônia cor-de-rosa do nosso jardim, para abrandá-la e trazê-la para uma amizade. Mas até o momento, não tinha funcionado.

Rebecca deu um sorriso estranho, cheio de dentes e sem nenhum sentimento.

— Estamos todos bem, obrigada. Minha irmã está grávida de novo. E a sua mãe, Sona? Como ela está? Não muito solitária, espero?

Fiquei tensa. Rebecca ainda tinha o pai e a mãe. Sua mãe inglesa havia se apaixonado pelo professor de matemática indiano quando estava no colégio interno e se casara com ele. Rebecca tinha dois irmãos desse casamento, uma família de verdade, bem aqui em Bombaim. Meu pai tinha abandonado minha mãe com dois filhos pequenos. Foi algo que confidenciara a Rebecca quando comecei a trabalhar no Wadia. Na ocasião, ela se mostrara bastante amistosa e me dera o livro *Jane Eyre* de presente. Mas passou a se deleitar me lembrando que minha mãe tinha sido abandonada, e eu me arrependia de ter sido tão indiscreta.

Senti o rosto esquentar enquanto respondia.

— Ela tem o trabalho de costura.

Rebecca se aproximou, perto o bastante para eu ver as cicatrizes de acne em seu rosto.

— Trabalhos avulsos de costureira — disse ela, a cabeça se inclinando em um gesto de preocupação. — Coitadinha. — Pôs um braço solidário sobre meu ombro. Estremeci e recuei até o braço dela cair.

— Preciso passar na farmácia. — Pedi licença e a contornei para sair do depósito.

Atrás de mim, ouvi Rebecca dizer com sua voz falsamente amigável:

— Caiu de novo, Indira?

A farmácia do hospital era uma pequena sala sem janelas, repleta de prateleiras contendo frascos de comprimidos, ervas e líquidos. O funcionário era um homem baixinho e mal-humorado chamado Horace. Diziam que ele manipulava preparações ayurvédicas muito antes de a designação de farmacêutico se tornar oficial. Mesmo sem esse título, a enfermeira-chefe, que já o conhecia havia vinte anos, confiava nele. Ela também confiava que pegássemos apenas a medicação de que precisávamos quando ele saía para o almoço ou encerrava o expediente. Nós que fazíamos o turno da noite estávamos acostumadas a registrar quais medicamentos tirávamos da farmácia e para quais pacientes. Anotei no papel preso à porta: *sra. Mehta e srta. Novak.*

Minha próxima parada era no quarto da sra. Mehta. Uma mulher de quarenta e cinco anos, presença frequente no hospital. Às vezes reclamava de dor nas costas, às vezes de indigestão, às vezes de dores de cabeça que precisavam de atenção imediata. Com o tempo, fiquei sabendo que tinha um sogro muito difícil, que morava junto com a família e botava defeito em tudo que ela servia para o jantar, no modo como passava as camisas dele ou no chai que servia frio demais. O único jeito de ela encontrar sossego era passando uns dias no hospital.

Seu marido, um homem doce e angelical, administrava uma fábrica de potes de argila e era devotado à esposa, mas tinha medo do pai, o dono da fábrica. A família Mehta era famosa nos círculos da alta sociedade, que incluíam muitos dos clientes do Hospital Wadia, então a enfermeira-chefe fechava os olhos para as internações da esposa.

Assim que entrei no quarto, a sra. Mehta, que tinha o sono leve, sentou-se na cama.

— Não consegui dormir nada. Nos meus sonhos, não paro de fazer chai para servi-lo quente para sua alteza.

Sorri enquanto arrumava os travesseiros em que ela se apoiava.

— Por que não pede para a Bippi fazer?

Eu havia me familiarizado com a família durante as estadas frequentes da sra. Mehta e sabia muito sobre sua casa: o nome de sua criada favorita, sua comida preferida, o quanto sentia por não ter tido filhos.

Ela levou os dedos unidos de uma das mãos à testa, depois os abriu como se polvilhasse sal.

— Sua alteza não aceita chá de uma criada. Tem que ser feito pelas minhas mãos, por mais desajeitadas que diga que elas sejam.

Eu já tinha ouvido isso antes, claro.

— Pois eu acho que a senhora tem mãos lindas.

A expressão dela se iluminou. Fez sinal para eu me aproximar. Já havíamos passado por isso antes, então baixei a cabeça sem que ela tivesse que pedir. Ela pousou as palmas sobre minha cabeça e me abençoou. Eu não acreditava em deuses, indianos ou cristãos, mas apreciava o gesto pelo bem que ela me desejava. Retribuí seu sorriso.

Eu havia trazido um comprimido em um copinho plástico, que lhe entreguei junto com um copo d'água. Ela tomou o medicamento, como uma boa paciente. A enfermeira-chefe me disse que eram comprimidos de açúcar.

A sra. Mehta voltou os olhos ávidos em minha direção.

— Soube que temos uma visita célebre, mundialmente famosa, nos visitando.

Sua curiosidade me fez rir. A sra. Mehta pensava em suas estadas no hospital como férias, pois era exatamente isso que eram para ela.

— Sei que é uma mulher. E a Índia tem apenas uma mulher pintora que todo mundo conhece. — Ela me observou em busca de confirmação.

Pressionei os lábios para não sorrir.

— Então deve ser Mira Novak?

— A senhora sabe que não posso confirmar nem negar.

Ela assentiu, solene.

— "Um *chowkidar* irresponsável pode levar o vilarejo à falência."

Por mais estressada que a sra. Mehta estivesse com sua situação em casa, ela contava com todas as comodidades que eu desejava para minha mãe: uma casa grande, um marido amoroso, um lar cheio de criados, sáris suficientes para encher cinco armários. Mesmo com recursos limitados, minha mãe havia me dado muito quando ela mesma tinha tão pouco. Será que algum dia eu poderia oferecer à minha mãe uma vida como a da sra. Mehta?

Balancei a cabeça. Meus sonhos eram teias de aranha feitas de fios de ouro. Isso é o que minha mãe teria dito.

Parei no quarto do dr. Stoddard apenas por tempo suficiente para lhe dizer que retomaríamos o jogo no dia seguinte, mas ele apontou para o tabuleiro. Havia movido todas as próprias peças para um lado. Assumi minha expressão mais altiva e movi os lábios, formando a palavra "trapaceiro".

Ele riu.

— O dr. Mishra terminou o jogo por você.

Dr. Mishra apareceu de trás da porta com uma prancheta na mão. Naturalmente, fizera anotações no prontuário do sr. Hassan. Fiquei surpresa ao ver o paciente muçulmano, naquele momento acordado, totalmente entretido com *Chokher Bali*, um romance de Tagore que eu tinha lido em Calcutá.

— Vim ver o sr. Hassan e acabei sendo puxado para o jogo — disse o dr. Mishra, o olhar vagando para minha touca, depois para meus sapatos, depois para o tabuleiro de gamão na mesa do dr. Stoddard. Era só eu que o deixava nervosa ou ele era assim com todas as enfermeiras?

Ele era o médico fixo do hospital, jovem e solteiro. Tinha sido contratado da Inglaterra no ano anterior. Soube que poderia ter continuado lá, mas decidiu retornar à Índia. As enfermeiras, tanto as irmãs religiosas como as que tinham formação profissional como eu, se derretiam por ele.

— O Stoddard é um jogador muito esperto. Ganhou fácil de mim — disse o dr. Mishra. A covinha em seu queixo se destacava quando ele sorria. Em uma simulação de sussurro, ele disse: — Tenho certeza de que roubou. — Seus dois dentes da frente se sobrepunham ligeiramente de uma maneira que o faziam parecer humilde.

Levantei uma sobrancelha.

— É o que dizem por aí.

O dr. Mishra riu, agitando os cachos escuros.

— "Não podemos mudar a direção do vento, apenas ajustar as velas", enfermeira Falstaff. — Eu não estava ciente de que ele sabia meu nome. O cirurgião do hospital e o médico responsável pelas internações chamavam todas nós de *enfermeira,* como se fôssemos uma pessoa só.

— Fora, fora, vocês dois. — Stoddard balançou as mãos, como se estivesse irritado com nossa provocação. Mas estava sorrindo.

O dr. Mishra se virou para se despedir do sr. Hassan, que levantou o livro e acenou. O médico então indicou com o queixo a perna do dr. Stoddard.

— Está se recuperando bem. Daqui a uma semana vamos poder tirar o gesso.

Stoddard esfregou as mãos e olhou para mim com um sorriso malicioso.

— Que maravilha! Parece que você vai ter tempo para aperfeiçoar o seu gamão.

— E o senhor para aperfeiçoar o seu — revidei, também sorrindo.

— Bom, vou voltar para minhas rondas — disse dr. Mishra, vindo em minha direção e olhando para a minha touca.

Eu ainda estava na frente da porta. Ele tentou manobrar para me contornar, sorrindo com timidez para o chão. Dei um passo para o lado e acabei ficando na frente dele de novo. Devíamos estar parecendo um casal de dançarinos atrapalhados. Percebi um cheiro de cardamomo e limão em seu avental quando finalmente ele conseguiu passar por mim.

— Ah, boa noite, enfermeira Trivedi. — Eu o ouvi dizer no corredor. O sobrenome de Rebecca. Então o meu não era o único nome que ele sabia. De alguma forma, isso fez eu me sentir menos especial.

Meu turno começava às seis da tarde e terminava às quatro da manhã. Antes de ir embora, fui ao quarto da srta. Novak, pois estava na hora de administrar sua morfina. Ela acordou quando percebeu minha movimentação.

— Vou lhe dar o resto da dose agora antes de encerrar o turno. — Passei um algodão com solução antisséptica no local da injeção. Ela pôs a mão no meu braço e fechou os olhos.

— Me conte sobre seu pai. Eu estive pensando no meu.

Por um momento, fiquei sem palavras. Nunca um paciente havia me perguntado algo tão pessoal nem nunca havia falado para ninguém sobre meu pai, a não ser para Rebecca, quando costumávamos dividir um prato de pudim de pão e manteiga feito pela minha mãe. Coloquei a seringa no recipiente esmaltado que havia trazido e passei antisséptico no lugar onde havia injetado o medicamento.

Mira esperava pacientemente. Por fim, murmurei:

— Por quê, senhora?

Ela abriu os olhos.

— Ele é tão odioso assim?

Não respondi.

— Ele magoou você?

Minha boca se apertou.

— Entendo.

Olhamos uma para a outra. *Qual de nós vai piscar primeiro?*, pensei. Só porque ela achava fácil falar sobre intimidades da própria vida não significava que devia esperar o mesmo de mim. E eu não gostava de ser forçada a revelar coisas da minha família sobre as quais nem minha mãe e eu conversávamos.

Fui até o pé da cama e anotei a medicação no prontuário.

— Precisa de mais alguma coisa, senhora?

Ela balançou a cabeça e fechou os olhos outra vez.

— Ainda não abandonei esse tema, enfermeira Falstaff.

Sua respiração estava estável.

— Então vejo a senhora amanhã à noite, srta. Novak.

No depósito de materiais, troquei o uniforme por um suéter e uma saia. O uniforme ficaria lá, no armário. Enquanto isso, não conseguia deixar de pensar na pergunta de Mira. Em Calcutá, todos sabiam do meu pai. Eu tinha apenas três anos quando ele fora embora. Mas ouvia os sussurros quando acompanhava minha mãe à casa de suas clientes. Ele tinha vindo da Grã-Bretanha para trabalhar com soldados indianos, muitos dos quais haviam lutado pela Inglaterra na Grande Guerra, quando conhecera minha mãe. Ela era costureira e ele precisava consertar um rasgo em seu uniforme. Eles me tiveram, depois meu irmão, e, quando eu tinha três anos, ele retornou à Inglaterra e nunca mais voltou. Eu não tinha muitas lembranças dele. Minha mãe não falava disso e eu nunca perguntava. Seis meses depois que ele partiu, nossa família estava reduzida a mim e a minha mãe. Meu irmão morreu antes de seu segundo aniversário. Por que Mira queria que eu revivesse a dor desse abandono? Por que interessava para ela o que eu sabia do meu pai ou o que eu pensava dele?

Estava perdida em pensamentos quando a enfermeira que me substituiria apareceu. Roopa era uma das indianas recém-contratadas pelo sistema de enfermagem inglês. Ela era animada, sempre com um sorriso pronto. Adorava fazer brincadeiras com os outros e que as fizessem com ela. Era uma das queridinhas entre os médicos e os auxiliares de enfermagem.

— Como está o velho doidinho? — perguntou ela enquanto vestia o uniforme. — Ainda dando trabalho?

Eu ri.

— O dr. Stoddard está esperando que você vá lá alegrar o dia dele.

— Você ganhou hoje?

— Não, mas ganhei mais dez *paise*. — O velho médico e eu tínhamos começado a fazer apostas, embora pequenas, quando jogávamos.

Ela bateu o avental no meu braço.

— Veja se não gasta tudo de uma vez! — Sua risada a acompanhou porta afora.

Com o coração mais leve, desci à sala de equipamentos nos fundos do hospital para pegar minha bicicleta. Na maioria das noites, eu caminhava com Indira até perto da casa dela e pedalava o resto do caminho até minha casa. Às quatro da manhã, bondes não eram uma opção. Minha mãe ficava preocupada por eu voltar de madrugada, mas o turno da noite pagava muito melhor que o do dia. E as ruas estavam praticamente desertas a essa hora. Era silencioso e sossegado.

A sala de equipamentos tinha o piso acimentado e as paredes pintadas de cinza. Eu achava os cheiros químicos aqui tão diferentes dos aromas medicinais nos andares acima, de certa forma agradáveis. Mais de uma vez, me perguntei se teria gostado de trabalhar com as mãos, fazendo coisas, em vez de cuidar de pessoas. Mas minha mãe havia gastado cada rúpia que ganhava em minha formação como enfermeira, contando com a minha renda para sustentar a nós duas. Quando recebi meu certificado, segurei sua mão e pressionei minha testa na dela, nosso sinal particular de que tudo ficaria bem. O que eu não faria para aliviar as preocupações dela com nosso aluguel, a carne de cordeiro que ela insistia em fazer para mim porque tinha certeza de que me deixaria forte (embora ela nunca comesse), os sapatos de enfermeira que eu tinha que usar (a única parte do uniforme que ela não podia costurar)! Eu queria lhe dar a vida que ela deveria ter tido, em vez daquela que fora forçada a ter. E a enfermagem era uma maneira de construir nossa poupança para que um dia eu pudesse fazer isso.

Mohan trabalhava no hospital limpando os equipamentos, lubrificando as engrenagens das macas, operando o torno e consertando o que fosse necessário. Nesta noite, ele repintava uma mesinha de madeira, de costas para mim. Eu o observei por um momento. Os movimentos suaves e uniformes do pincel me tranquilizavam.

Fui até o canto onde ficavam as bicicletas. Quando me ouviu, ele levantou os olhos, endireitou o corpo e me ofereceu um pequeno sorriso. Eu sentia os olhos dele em mim sempre que ele entregava algum equipamento ou móvel em nosso andar. Ele me procurava para dizer oi e sempre tentava puxar conversa. Eu não o incentivava: uma mulher de vinte e três anos sem marido (uma estranheza por si só) não precisava provocar rumores de encontros que nunca haviam acontecido.

Mas Mohan era gentil. Transmitia segurança. Era um homem alto, com cabelo espesso que o deixava com pouca testa. Seu queixo era escuro, com folículos ansiosos já prestes a brotar em uma nova barba (embora provavelmente ele tivesse se barbeado antes de começar o turno). Sua camisa estava manchada de óleo, graxa e solventes de tinta, que compunham o perfume da sala.

Como eu, ele trabalhava à noite, talvez porque o salário fosse maior. Eu sempre havia gostado da calmaria da noite, o murmúrio quase imperceptível dos corredores vazios, sem visitas ou interrupções. Talvez ele também gostasse.

Mohan limpou as mãos sujas de tinta em um pano que já havia tido uma boa cota de trabalho ao longo dos anos. Notei as unhas dele, perpetuamente contornadas com graxa preta. Por mais que ele as lavasse, o lubrificante não saía, como um inquilino teimoso. Aquelas unhas eram uma das razões pelas quais não conseguia imaginar Mohan em minha cama. A imagem de suas cutículas escuras em meus quadris me causava arrepios, e não do tipo que ele desejaria.

Eu já tinha levado minha bicicleta quase até a porta quando o ouvi pigarrear.

— Vai passar *Duniya Na Mane* no Regal amanhã à tarde. — O sorriso dele era esperançoso.

Meu rosto esquentou de vergonha. Notara que ele havia tentado me dizer isso na noite anterior e tinha saído depressa com minha bicicleta e um breve "tchau", fingindo que não sabia o que ele estava prestes a sugerir. Naquele momento, a poucos metros dele, era impossível ignorar o convite implícito. Baixei os olhos para o guidão. Era uma bicicleta que uma das clientes da minha mãe tinha dado a ela em troca do que devia pelo vestido que encomendara. Minha mãe merecia mais do que uma bicicleta usada. Mais do que um apartamento de vinte metros quadrados tão perto da estação Victoria que os trens ameaçavam estilhaçar as janelas. Mohan não era a resposta para o que eu queria para minha mãe. E eu não queria lhe dar esperança.

Deslizei as mãos pelo aço liso do guidão.

— Minha mãe e eu vamos ao mercado amanhã à tarde. Ela precisa de tesouras novas. — Dei uma olhadinha para Mohan, que estava com os ombros caídos.

Ele olhou para o pano em sua mão.

— Claro, eu entendo. — Ergueu a cabeça com um sorriso valente. — Fica para a próxima.

Assenti e saí com a bicicleta. Ah, como eu detestava decepcioná-lo quando ele era um homem tão bom e honesto. Quando se casasse, ele seria o tipo de marido que faria tudo pela esposa, pelos filhos e os pais. Mas Mohan continuaria sendo um funcionário da manutenção. Ele não tinha ambições de ser nada além daquilo. Na perspectiva dele, havia chegado ao ápice da carreira: um emprego seguro em um hospital conceituado. Um emprego que ninguém poderia tirar dele. Eu queria uma vida maior. Não sabia direito como seria ou como chegaria lá, mas sabia que não iria trabalhar como enfermeira para sempre. Não, eu não tinha futuro algum com Mohan.

Indira esperava por mim quando saí. Ela se manteve quieta e pensativa enquanto caminhávamos para casa.

O ar da noite estava tranquilo, livre do ronco de carros e bondes, livre dos *potoc-potoc* dos cavalos e dos gritos estridentes dos vendedores de frutas. Havia uma lua crescente. Várias pombas arrulhavam, aglomeradas sobre um roti parcialmente comido. Passamos por uma alfaiataria, onde dois homens trabalhavam em suas máquinas sob uma lâmpada de luz fraca para atender às demandas insaciáveis do exército dos Burra Sahib. A loja ao lado também estava aberta. Um homem passava grãos de um grande saco de estopa para sacos de pano menores para vender.

— Eu queria poder ser como você, Sona. — Indira caminhava tão graciosa em seu sári quanto minha mãe. Fechou melhor o cardigã e cruzou os braços finos em volta da cintura. Esse início de manhã era a parte mais fresca do dia, mesmo com a umidade. Mais tarde, a temperatura chegaria a mais de trinta graus na sombra.

— Por quê?

Eu não conhecia ninguém que diria que me invejava. Nem as meninas da minha escola pública em Calcutá. Nem minhas colegas de classe na escola do convento onde ganhei uma bolsa de estudos. Nem em minha escola de enfermagem. Quem iria querer trocar de lugar com uma pessoa de casta mista? Quem iria querer ser chamado de chee-chee e preta-e-branca, apelidos que só servem para depreciar? Quem quer ser apedrejado no caminho para o trabalho? Eu queria trocar de lugar com Indira. Ela vivia em um país que a aceitava como ela era. Gerações de sua família viveram na Índia, rezaram em templos hindus. Ela tinha a pele da cor de amêndoa torrada e seu cabelo muito escuro brilhava na luz. Tinha uma família longa como um mês e larga como um ano.

— Sua mãe não fez você se casar aos dezessete anos, Sona. Aqui está você com vinte e três, podendo ir sozinha para onde quiser. Seus vizinhos não fofocam sobre onde você esteve ou o que seus filhos estão aprontando. Você é livre.

Fiz um som de desdém.

— Não é bem assim.

Minha mãe vinha dando indiretas sobre casamento havia anos. Até aquele momento, não houvera ninguém que tivesse me agradado. Houve um médico internista em Calcutá e um professor que eu conheci por intermédio de uma das colegas no curso de enfermagem. Achei os dois atraentes, mas um estava noivo e o outro, casado.

— Por que você fica querendo me ajudar com o Balbir? — perguntou Indira. — Só vai arrumar problemas.

Parei de andar para olhar para minha amiga.

— Você se lembra do meu primeiro dia aqui no hospital? Você me recebeu com um vasinho de planta. Disse que pimentas chili iriam brotar e, quando eu as colhesse e secasse, deveria amarrar em um cordão com limões para trazer boa sorte à nossa nova casa. Eu ainda tenho essa planta, Indira. E todo ano minha mãe fica ansiosa para fazer uma guirlanda nova para pendurar na porta. Nesse meio-tempo, ela come as pimentas cruas! — Sacudi de leve o ombro da minha amiga, para fazê-la sorrir. — Tirando você, ninguém pareceu entender como era difícil nos mudarmos para tão longe da nossa casa em Calcutá. — Minha voz falhou. — Você me fez sentir que nós poderíamos fazer de Bombaim o nosso lar. Por causa disso, sempre serei grata.

Ela sorriu e deu uma batidinha no meu ombro.

À nossa frente, um grupo de rapazes sussurrava acaloradamente sob a luz fraca de um poste de iluminação. A Universidade de Bombaim ficava no caminho para casa, havia estudantes reunidos o tempo todo nessa esquina.

— Você tem que vir, Nikesh! — insistiu o jovem com óculos de aros finos muito parecidos com os que o sr. Gandhi usava. — Você não está cansado de ver que eles massacram a indústria têxtil que nossos ancestrais construíram só para aumentar os próprios lucros?

— De que adiantam as manifestações? Os britânicos prenderam cinquenta mil junto com Gandhi-ji por protestarem contra o imposto do sal…

Um estudante barbudo interrompeu:

— E só pararam quando o mundo gritou. Mas estão taxando todo o resto que nós produzimos mais uma vez. Onde está o avanço?

O rapaz de óculos sorriu.

— Está vindo, meus amigos. E vocês todos vão ao protesto. Agora, quem quer um *chai*? — e ele estendeu sua garrafa térmica.

Era o mesmo em toda parte, em Calcutá também. No subji-walla. No paan-walla. A insatisfação de um povo paciente, prestes a se revoltar. Fora os parasitas ingleses! Meu pai havia sido um desses parasitas, não havia? A ironia da minha existência não passava despercebida para mim.

Depois que passamos pelos estudantes, falei:

— Indira, se um dia você precisar ficar conosco, saiba que é mais do que bem-vinda. — Minha mãe e eu só tínhamos um charpoy, mas com certeza daríamos um jeito.

Ela balançou a cabeça.

— E minhas filhas? Para onde elas iriam? Não, Sona. Você é muito gentil de oferecer. Sou grata por sua amizade, mas não posso. Essa vida é meu destino, Sona. É o desejo de *Bhagwan*.

Eu a compreendia da maneira como entendia as mulheres indianas que achavam que suas vidas eram predestinadas, que não havia nada que pudessem fazer para mudar algo que precisava seguir seu curso. Suas filhas, como as filhas de Indira, teriam o mesmo destino. Isso fazia com que eu me sentisse impotente e desesperançosa por elas.

Nós nos despedimos perto da casa de Indira. Acima de nós, havia um outdoor anunciando o filme de sucesso *Jeevan Prabhat*. Eu conhecia o enredo: um casal não conseguia ter filhos, então o marido tomava uma segunda esposa. Será que Balbir se sentiria tentado a fazer o mesmo? Segui de bicicleta para casa, entristecida com esse pensamento.

Eu tinha que ser especialmente silenciosa quando entrava no pátio do nosso prédio assim tão cedo de manhã. A família do proprietário morava no andar de baixo e o casal que ocupava o apartamento na frente do nosso, do outro lado do patamar aberto da escada, trabalhava de dia e precisava de seu tempo de sono. Enquanto subia a escada, ouvi os roncos dos proprietários. Quando cheguei ao patamar, gemidos excitados e gritinhos agudos me informaram que o casal da frente estava trabalhando para aumentar a família. Parei um instante para escutar. Ouvi-los fazer amor despertou uma sensação que desabrochou do meu peito e desceu para onde minha menstruação fluía. Eu nunca tinha estado com um homem dessa maneira. Mesmo o jovem funcionário que me levara para ver um filme no Eros Cinema e depois tinha tentado roubar um beijo não havia despertado esse desejo em mim.

Assim que destranquei a porta do nosso pequenino apartamento, minha mãe veio me receber. Ela sempre estava acordada quando eu chegava em casa. Eu vivia dizendo a ela para não ficar me esperando, mas minha mãe não queria saber. Dizia que dormia cedo, assim que eu saía para o trabalho, para recuperar o sono perdido. Não sei até que ponto acreditava nela.

Ela segurava a manga de uma camisa que certamente costurava.

— Está tudo bem?

Minha mãe queria saber se eu ainda tinha um emprego. Manter meu trabalho era a maior preocupação dela. Em Calcutá, eu já tinha perdido um, e não podíamos nos dar ao luxo de que eu perdesse outro. O trabalho dela de costurar e reformar salwar kameez femininos, coletes de lã masculinos e uniformes de escola infantis pagava nossa comida. Mas era a minha renda que pagava o aluguel, os utensílios domésticos, os sapatos, os casacos e os remédios do coração da minha mãe, pelos quais o farmacêutico do hospital gentilmente me dava um desconto. Tendo em vista como era fácil sair com medicamentos da farmácia na ausência dele, eu poderia pegá-los sem registrar na ficha de controle, mas nunca me sentira tentada a fazer isso.

Tirei o suéter e o pendurei no prego atrás da porta.

— Sim, mãe, está tudo bem — respondi, imitando seu jeito de balançar a cabeça de um lado para o outro. Isso sempre a fazia rir, e eu gostava de vê-la sorrindo. Suas rugas se amenizavam, a cor voltava às suas bochechas.

Ela me olhou com atenção, para ter certeza de que eu estava falando a verdade, depois deu uma palmadinha em meu braço. Deixou a manga parcialmente costurada de lado e foi até o fogãozinho portátil a gás esquentar arroz e curry de baingan para mim e fazer chá. Eu me sentei em uma cadeira ao lado da mesa de jantar, que também servia de mesa de trabalho para minha mãe. Do outro lado havia uma máquina de costura e a gêmea da manga que ela segurava quando me recebeu.

Apoiei um dos cotovelos na mesa e olhei em volta. Nosso apartamento consistia em um único e pequeno cômodo. Compartilhávamos o banheiro com o casal da frente. Junto a uma das paredes havia uma cama estreita, que minha mãe e eu dividíamos. Uma pequena bancada para o fogãozinho e para a preparação de alimentos (embora a mesa de jantar também servisse a essa função) ocupava outra parede. Uma estante abrigava meus livros de enfermagem e outros: *Grandes esperanças*, *Contos folclóricos de Bengala*, *Emma*, *Swami and Friends*, de R. K. Narayan, *Jane Eyre* (presente de Rebecca), *Middlemarch*, as revistas de costura da minha mãe, uma revista *Life* da mulher do apartamento vizinho e uma pilha de revistas *Seleções*. Depois de escutar histórias de pacientes como Mira, dr. Stoddard e sra. Mehta, eu chegava ao apartamento desanimada. O cômodo cheirava a cúrcuma, óleo de máquina de costura, o sabão de sândalo da minha mãe e medicamentos. Não de todo desagradável, apenas comum. Será que o resto da minha vida seria tão pequeno e confinado assim? No entanto, no momento em que o pensamento passava pela minha cabeça, eu me enchia de vergonha. Essa era a vida da minha mãe também. Como eu podia menosprezar o que ela havia feito para nos alimentar, abrigar e para garantir que eu tivesse uma profissão que ganhasse bem? Ainda assim, ficava pensando: como seria a minha vida se pudesse me libertar dessa gaiola?

Não falava desses pensamentos com minha mãe, porque não queria que ela se sentisse tão depressiva em relação ao nosso futuro quanto eu. Lá no fundo, eu sabia que, se saísse daqui, ela ficaria para trás. Eu era tudo que ela tinha; minha deserção a arrasaria. Abandonada pelo marido, pelo filhinho *e* pela filha? Eu não suportaria fazer isso com ela.

Quando pôs o chá e o jantar na minha frente, ela prendeu um fio solto do meu cabelo atrás da orelha, seu toque quente em minha pele fria. Sentou-se do outro lado da mesa e retomou a costura.

— Conte sobre o seu dia.

Ela adorava ouvir histórias sobre meus pacientes. Hospitais particulares como o meu atendiam pessoas que tinham vivido em lugares exóticos e vinham de mundos que minha mãe nunca tinha visto. Seus clientes eram mulheres locais cujos maridos trabalhavam como corretores de seguros ou funcionários em um banco da cidade.

Contei a ela sobre Mira Novak. Ela não conhecia a pintora, então descrevi os quadros que tinha visto no *Bombay Chronicle*. Minha mãe me perguntou como ela era, o que tinha conversado comigo.

— Ela perguntou meu primeiro nome, mãe. Ninguém nunca faz isso. Bom, nenhum paciente, pelo menos. Até a enfermeira-chefe me chama de enfermeira Falstaff. E ela me conhece há dois anos!

Os olhos da minha mãe acompanharam a jornada da colher até minha boca, como se ela quisesse se assegurar de que eu estivesse realmente engolindo a comida. Mastiguei o curry de berinjela, que estava apimentado de acordo com meu gosto; minha mãe preferia mais picante.

— E o dr. Stoddard, como está? Você ganhou o jogo hoje?

Balancei a cabeça e comi outra colherada de arroz com cardamomo.

— O novo projeto dele é conseguir um serviço telefônico para emergências médicas aqui na Índia. Como ele chegaria até o telefone com uma perna quebrada é outra história.

A risada da minha mãe foi de pura alegria. Ela o achava muito divertido. Por alguma razão, não contei a ela que o dr. Mishra tinha terminado o jogo de gamão no meu lugar. Ou que ele tinha me chamado pelo nome também. Algumas coisas eu guardava para mim, segredos prazerosos que eram apenas meus, pelo menos por um tempo.

Meu relato sobre a sra. Mehta veio em seguida, depois sobre o sr. Hassan com a cirurgia de apêndice e, por último, o de um menino de dezesseis anos, operado das amígdalas. Ela pareceu satisfeita com meu "boletim escolar", como o chamava.

Levou meu prato vazio para a pia. Lavaria a louça depois que amanhecesse, para não perturbar os vizinhos à noite com os canos barulhentos do apartamento. Voltou com a pimenta vermelha da planta que Indira havia me dado. Eu a vi dar uma mordida e imaginei o ardido descendo pelo meu esôfago, o que fez meu nariz coçar.

— Sona, preciso conversar sobre uma coisa com você.

Senti o peito repuxar, como um suéter que se engancha em um prego.

Ela terminou de mastigar a pimenta e limpou a mesa com um pano molhado.

— O pai do Mohan veio falar comigo hoje.

— Mohan?

Ela parou de esfregar e franziu a testa para mim.

— Você sabe, o rapaz que trabalha no seu hospital. — Pendurou a toalha na borda da pia.

— O da sala de equipamentos? Esse Mohan?

Ela se sentou à mesa na minha frente, atrás de sua máquina de costura, seu bem mais valioso. Pegou a manga inacabada, deslizou-a entre o pé calcador e a chapa da agulha e baixou a alavanca para manter o tecido no lugar.

— Sim, Sona, esse Mohan. Não faça essa cara tão surpresa. Você me contou que ele anda babando por você. — Girou o volante em sua direção para começar a costurar as peças. — O pai dele veio para pedir sua mão em casamento.

O quarto girou. Então, quando Mohan me convidou para ir ao cinema, já achava, ou esperava, que eu fosse parte de sua família. Ele nunca havia tido coragem para me convidar para sair antes.

Senti o sangue pulsar em meus ouvidos até martelar meu cérebro. Sacudi a cabeça, que parecia que ia explodir.

— Não, mãe. Definitivamente, não.

Ela franziu a testa.

— Mas por quê, Sona? Ele é um bom homem, você mesma disse. Ele recebe um bom salário, é gentil… o que mais você quer?

Olhei para ela, horrorizada.

— O que mais eu quero? A mesma coisa que você queria quando conheceu meu pai.

O corpo dela enrijeceu.

— Como assim?

Suspirei.

— Mãe, estou cansada. — Nós nunca havíamos conversado sobre meu pai e eu não queria começar naquele momento.

Ela se recostou na cadeira e largou a costura.

— Eu quero saber, Sona. — Quando estava irritada com alguma coisa, ela esfregava a mão em um ponto do peito, logo acima do coração. Fazia isso naquele momento.

— Não quero me casar com o Mohan e é isso. — Eu me levantei da cadeira e a coloquei no lugar, sob a mesa. — Vou me arrumar para dormir. — Havia tanto que eu poderia dizer. Que, se ela não havia se conformado com alguém que seus pais haviam escolhido para ela, por que eu deveria me conformar? Que, se ela não escolheria alguém com graxa debaixo das unhas, por que eu deveria escolher? Que, se ela havia tido liberdade para escolher seu marido, por que eu não poderia ter? Ela era uma boa mulher, não merecia minha raiva. Tinha amado um homem. Tinha lhe dado dois filhos e ele havia sumido. Fim da história!

Peguei minha toalha e minha escova de dentes e fui até o banheiro compartilhado no patamar da escada, pensando se eu era mais minha mãe ou meu pai. E, se eu odiava meu pai, isso significava que odiava as partes de mim que eram dele? Examinei meu reflexo no espelho. Meu cabelo castanho ainda estava preso como no trabalho. Tirei os grampos e o soltei. Naquele momento, pela primeira vez, notei que as raízes cresciam em uma linha reta pelo alto da testa, em vez de seguir a curva das têmporas. Um presente da minha mãe. A linha das sobrancelhas, que se inclinavam para baixo, me dava um ar de perpétua tristeza. Ou seria de decepção? Resignação? Teria herdado isso do meu pai? Tentei fazer uma expressão diferente, arregalando os olhos, o que levantou as sobrancelhas, mas me fez parecer um animal assustado. Em meus olhos amendoados, via minha mãe outra vez. Seria a cor da minha pele algo entre a do meu pai e a da minha mãe? Eu nunca seria confundida com uma britânica, mas, por causa do sotaque e da minha pele clara, poderia parecer uma pársi. Meus lábios não eram nem finos nem carnudos. Isso devia ser do meu pai. Experimentei dar um sorriso. Era meio de lado! Por que ninguém nunca tinha me dito isso antes? Definitivamente não era o sorriso da minha mãe.

Escovei os dentes e lavei o rosto, então voltei para o apartamento. Beijei o rosto da minha mãe, macio e quente. Ela tinha apenas quarenta e um anos, mas parecia mais velha. Pressionei minha testa na dela.

— Vão aparecer outros, mãe. O Mohan não é o único. — Nunca houvera outra proposta antes, então as perspectivas pareciam pouco promissoras, mas fiquei grata por ela não ter mencionado isso.

Ela beliscou meu rosto, do jeito que fazia quando eu era pequena e ela queria me ouvir rir. Eu a atendi.

Do lado de fora da nossa porta, ouvi o som de garrafas de leite. Eram cinco da manhã. Abri a porta e vi Anish, nosso doodh-walla, colocando duas garrafas no chão.

— *Theek hai*, Anish?

— *Hahn-ji*. Fiz o leite especialmente gostoso para você hoje. — Riu. Anish era um rapaz alegre, de no máximo vinte anos, que herdara o trabalho quando seu pai havia morrido.

— Sua irmã já encontrou emprego? — Sem um pai, era impossível sua família oferecer o dote de que precisariam para encontrar um marido adequado para a irmã. Anish tinha me contado que sua irmã de catorze anos, Anu, estava procurando emprego.

Seu sorriso oscilou quando ele respondeu.

— *Bhagwan* foi bom para nós. Ela encontrou *naukaree* perto daqui.

— *Accha?* Onde?

Ele indicou com o queixo que era ao sul de onde estávamos. Não me olhou nos olhos quando disse que era uma haveli de mulheres.

— Nós somos sete lá em casa — concluiu, com a voz baixa.

Eles precisavam de dinheiro. Eu entendia. Anu iria trabalhar em uma casa de cortesãs. Eu tinha visto a kotha em meu caminho para o trabalho quando as hortaliças e frutas estavam sendo entregues na cozinha para o entretenimento da noite. As cortesãs alimentavam bem seus clientes e tinham fama de servir pratos comparáveis aos do Café Leopold de Bombaim, um favorito dos britânicos, pársis, muçulmanos e hindus, muitos dos quais também frequentavam a kotha.

O que eu poderia dizer para Anish? Por um lado, sua família certamente seria rejeitada pelos parentes e vizinhos por ter uma filha que cantava e dançava para homens. Por outro, as cortesãs tinham um negócio lucrativo, o que significava que Anu poderia prover sua família mais generosamente do que eles teriam sonhado. Poderia encher a barriga deles com curries caros. Eu sabia que cortesãs tinham sido parte da corte real antes que o Raj Britânico começasse a dissolver o Império Mughal. Mas, naquele momento, as mulheres da kotha de Anu eram proprietárias de fábricas, joias e prédios. Seus filhos tinham professores particulares dentro de casa. As chances de um casamento arranjado para Anu podiam ter sido prejudicadas, mas ela teria a independência financeira que provavelmente não estaria a seu alcance em uma união tradicional. Eu não iria julgar a escolha dela. Estava fazendo o que era melhor para sua família.

Garanti a Anish:

— Vou visitar Anu qualquer dia desses quando estiver indo para aquele lado, *accha*?

O rosto dele se abriu em um sorriso e a covinha em sua bochecha esquerda piscou para mim. Ele se virou e entregou o leite de Fatima no apartamento da frente antes de descer a escada correndo.

Fatima abriu a porta. Eu lhe dei bom-dia.

Ela respondeu com um sorriso.

— Como está seu trabalho no hospital? Você trabalha até tão tarde.

Eu ri.

— É porque começo tarde — respondi e acrescentei, em um sussurro: — você também trabalhou até tarde, *ji*.

Ela deu uma risadinha e deu de ombros em um gesto conspiratório antes de pegar as garrafas e entrar. Ela seria mãe muito antes de seu aniversário de vinte e três anos.

DOIS

No início do turno da noite seguinte, minha primeira tarefa era trocar os lençóis de Mira. Entrei em seu quarto e encontrei o dr. Mishra pressionando seu abdômen. O rosto de Mira estava contraído, e sua respiração, pesada.

O doutor me viu e me chamou.

— Enfermeira, poderia me ajudar aqui?

— Claro. — Coloquei os lençóis sobre a única cadeira do quarto.

Assim que Mira me viu, disse:

— Sona! Por favor… — e estendeu a mão para que eu a segurasse. Parecia assustada. Sua testa brilhava de suor. Segurei a mão dela.

— Aqui.

Ele colocou minha mão livre logo abaixo do umbigo de Mira. Surpresa por ele ter pedido para fazer algo que enfermeiras geralmente não faziam, e mais surpresa ainda por ele ter tocado minha mão, pressionei de leve a barriga de Mira.

Ela soltou um grito que fez meu estômago se apertar. Tentei não demonstrar. O médico me passou o estetoscópio. Ele estava tão próximo que podia ouvi-lo respirar, sentir o aroma de limão de sua loção pós-barba.

Movi a ponta do estetoscópio pela área em que minha mão havia estado, mantendo a expressão neutra para não alarmar Mira. Olhei para o dr. Mishra quando lhe devolvi o estetoscópio e assenti discretamente. *Sim, também ouvi.* Um gorgolejar que indicava inflamação. Ele respirou fundo.

— O que foi? — perguntou ela, nos olhando com ansiedade.

O dr. Mishra sorriu, tranquilizando-a.

— Provavelmente nada. Quando você chegou aqui, estava nos primeiros meses de gravidez e seu corpo passou por um trauma significativo com o aborto espontâneo. O dr. Holbrook cuidou de você na sala de cirurgia. Às vezes, há um inchaço residual que pode ser a causa da sua dor. — Notei que, quando ele falava com os pacientes, perdia boa parte da timidez.

Mira soltou a respiração que estava prendendo e assentiu.

— Vamos fazer um exame mais completo em você daqui a algumas horas, quando o cirurgião voltar. — Deu uma batidinha no ombro dela. — Agora descanse. — Fez anotações no prontuário, olhou vagamente na minha direção para me agradecer e saiu do quarto.

— Respire fundo, srta. Novak. Vou virá-la de lado agora.

Quando a virei, ela gritou. Os pontos, sem dúvida. O cirurgião havia consertado o lado de fora, mas o interior dela ainda precisava ser curado. Delicadamente, levantei sua camisola e removi a roupa de baixo encharcada de sangue e as toalhinhas menstruais molhadas, tomando o cuidado de colocá-las em um recipiente embaixo da cama, fora da vista. Peguei o álcool e uma toalha pequena. Com a mão leve, a limpei, troquei as toalhinhas e a vesti com uma camisola limpa. Eu a movi para o outro lado da cama para poder trocar os lençóis do lado mais perto de mim. Ela fez uma careta de dor e apertou minha mão para me deter.

— Foi minha mãe quem descobriu o Paolo na Bienal de Veneza, em 1924 — continuou ela, como se não tivéssemos feito um intervalo desde a conversa do dia anterior. — Ela ficou tão enfeitiçada por ele! Até o seguiu de volta a Florença, me arrastando junto. Quando finalmente o conheci, percebi o que ela tinha visto nele. Ele é lindo. — Suspirou. — É verdade que minha mãe vivia se apaixonando. Provavelmente é por isso que eu não consigo. Ela fazia tanto drama. Tinha acessos de raiva, competições de gritos e desmaiava. Meu pai evitava ao máximo ficar perto dela quando ela estava *innamorata*.

Soltei minha mão da dela e continuei a arrumar a cama. Uma mãe que tinha casos amorosos e não os escondia do marido? O que será que ele achava dessas aventuras? Ele também tinha os próprios casos? Eu tinha ouvido sobre esse tipo de casamento entre os astros do cinema aqui em Bombaim e rumores de esquemas pouco habituais entre casais ricos.

— Quando eu era pequena — continuou ela —, meu pai tirava milhões de fotos minhas, me vestia com fantasias... Minha mãe não gostava disso. Quando comecei a pintar, ela mandou que ele parasse e assumiu o controle. Eu tinha começado a ser notada, entende? Ela começou a me exibir. Como um prêmio que ela tinha ganhado na *mela*... Eu desejei a atenção dela por tanto tempo, mas... por que tive que pintar para ela me ver?

Lágrimas desceram por seu rosto enquanto eu a ajudava a se deitar de costas outra vez. Eu as enxuguei com um pano limpo. Seriam essas lágrimas de dor ou das lembranças?

Mira fungou.

— Meu pai, é claro, tem as próprias paixões. — Ela mudava de assunto com tanta frequência quanto um pica-pau bicando um coqueiro. — Você sabia que ele vai construir uma sinagoga bem aqui em Bombaim? É preciso arrecadar muito dinheiro. Ele é bom nisso.

Fui até a pia no canto do quarto para lavar as mãos e pensei no que havia lido sobre judeus, como o pai dela, que haviam se estabelecido em Bombaim. A Índia era um refúgio para eles, mais segura do que era para os indianos colonizados que já viviam aqui há milênios.

Mira continuou a falar.

— Ele está muito ocupado com o planejamento. Nem sei se ele sabe que estou aqui no hospital.

Ergui as sobrancelhas. Por mais ocupado que estivesse construindo a sinagoga, o pai de Mira não podia encontrar um tempo para visitar sua única filha depois de ela ter perdido seu único neto? A ausência dele parecia quase intencional. Cruel, até. Um lembrete do meu pai.

Senti necessidade de ar fresco. Abri a janela do quarto e me inclinei para fora. A fragrância delicada das orquídeas entrou no quarto, hesitante a princípio, depois se instalou para a noite. Ouvi os pios lamentosos das corujas, o movimento dos animais noturnos à caça de seu jantar.

Atrás de mim, Mira disse:

— É como música, não acha? A música da noite.

Comecei a fechar a janela rapidamente, mas ela me deteve e estendeu a mão para que eu a segurasse. A essa altura, eu já estava me acostumando à solicitação.

— "Eine Kleine Nachtmusik" — disse ela. — Uma música romântica. Para ser tocada à noite. Imagino os animais recebendo serenatas. O veado na floresta. As mariposas voando em volta das luzes. Os ratinhos do campo. — Movia os dedos entre os meus e balançava nossas mãos suavemente enquanto cantarolava a melodia. Como os animais da noite, senti que ela estava me cortejando. Ela começou a falar de sua amiga de infância, Petra, em Praga. — Ela foi a minha primeira. Éramos só crianças experimentando. Ela se apaixonou. Me seguia feito um cordeirinho. Não era desse jeito para mim. Eu já disse a você que não consigo me apaixonar. Acho que não consigo.

Tentei não demonstrar, mas uma bola de pingue-pongue ricocheteava dentro do meu peito. Ela havia dormido com outra menina? Mulheres faziam sexo umas com as outras?

Mira, que estava me observando, riu e me lançou um sorriso espirituoso.

— Você é mais Pip do que Estella. Gosto disso em você.

Visualizei *Grandes esperanças* na minha estante em casa. Mira, claro, era Estella. Como o mais pudico e impressionável Pip, eu me espantava com a forma que Mira falava tão abertamente de coisas que a maioria de nós guardava para si. Ela não se importava com o que as outras pessoas pensavam dela ou de sua família, do jeito como eu era obcecada com o que pensavam do meu pai inglês ter abandonado a família? Nesse sentido, eu era como a maioria dos indianos, consumida pelo julgamento dos outros, temerosa com as repercussões. Só conhecia Mira havia dois dias e sabia mais sobre a vida dela do que sobre as centenas de pacientes que havia atendido ao longo dos anos.

— Você vai amar, Sona. Tenha certeza disso. — Mira beijou minha mão e a soltou. Em seguida, suspirou, perdida na música que só ela podia ouvir e nas lembranças que só ela conhecia.

Isso era uma previsão? Ou uma ordem? Apertei as mãos para reter um pouquinho mais o calor e o espírito livre de Mira Novak.

Havia uma agitação no quarto da sra. Mehta. Eu estava procurando Indira, que ainda não tinha visto hoje, quando passei pela porta aberta. O sr. Mehta estava em pé diante da cama, com as mãos unidas na frente do paletó, em um gesto de súplica.

— Você precisa voltar, Rani. A Bippi está ameaçando ir embora. Eu gosto do *biryani* dela. Não quero que ela vá.

O rosto da sra. Mehta se fechou, o que não era bom sinal. Ela tinha pressão alta.

— Você gosta mais do *biryani* dela do que do meu? É isso que está dizendo?

Discretamente, entrei no quarto e servi a ela um copo d'água da jarra em sua mesinha de cabeceira.

— Não, Rani, não! — O sr. Mehta decidiu recorrer a mim. — Enfermeira Sona, você deve saber como a situação é complicada. Sei que a Rani confia em você. Meu pai às vezes é muito... exigente. A Bippi não aceita.

As narinas de sua esposa se dilataram.

— Eu também não aceito, mas você nunca me escuta quando digo. A Bippi disse e você veio correndo atrás de mim.

O marido parecia à beira das lágrimas.

A janela estava entreaberta. Eu a abri mais e olhei para o céu noturno.

— São periquitos agapornis que estou ouvindo, sr. Mehta? O senhor é o especialista, o que acha? — Eu não sabia distinguir um canto de ave de outro, mas tinha ouvido a sra. Mehta mencionar os pássaros de estimação deles.

A pergunta despertou a curiosidade do sr. Mehta e ele se juntou a mim na janela. Então se virou para a esposa, entusiasmado.

— Rani, venha ouvir! É igualzinho ao das nossas Dasya e Taara. — Para mim, ele disse: — A Dasya é a azul. A Taara é a verde.

Ajudei a sra. Mehta a sair da cama (embora não fosse preciso; ela só gostava da atenção especial). A esposa foi para o lado do marido e pôs a mão em seu braço.

— Você está dando comida suficiente para elas? Ou está deixando para a preguiçosa da Bippi?

— Como pode pensar que eu deixaria qualquer outra pessoa as alimentar? Elas foram meu presente para você.

A sra. Mehta deu uma batidinha no braço dele e o olhou com tanto afeto que ele pôs a mão sobre a dela.

— Elas vão ficar felizes de ver você — disse ele.

Ela voltou para a cama.

— Amanhã. Vou para casa amanhã. Sona, estou pronta para os meus comprimidos.

Entre os atendimentos e jantares dos pacientes, eu procurava Indira. Queria ver como seus ferimentos estavam e contar a ela sobre a proposta de Mohan. Nós conversávamos pelo menos uma vez durante o expediente, às vezes jantando juntas, mas nossos caminhos não haviam se cruzado esta noite. Passei por Rebecca no corredor e perguntei se ela a tinha visto. A outra enfermeira semicerrou os olhos e inspecionou meu uniforme. Olhei para minha saia e avental brancos. Será que eu havia espirrado alguma coisa neles? Encostado em algum sangue?

— Sabe, você passa tempo demais conversando: com a Indira, com os pacientes, com o dr. Mishra. Está com pouco trabalho? Eu bem que gostaria de ter um pouco menos de pacientes se quiser ficar com alguns dos meus.

Na minha escola do convento em Calcutá, eu tinha conhecido outra menina como Rebecca, que, por razões que nunca entendi, decidiu não gostar de mim. Seu nome era Charity. Ela fazia comentários sarcásticos perto de mim: sobre o meu pai desaparecido, sobre minha bolsa de estudos em uma escola que minha mãe não podia pagar (as outras meninas tinham boas condições financeiras) e sobre meus sapatos cheios de arranhões (que tinham sido doados por outra aluna e, por mais que eu os engraxasse, continuavam arranhados). O que havia em mim que a fazia me odiar tanto? O que eu tinha feito a Charity para ela me tratar daquele jeito? Em casa, minha mãe acabava me convencendo a contar a história quando eu não queria comer o jantar. Eu achava que ela ficaria brava com Charity, que me diria como a menina estava sendo injusta. Em vez disso, minha mãe me abraçava e dizia: "*Beti*, você precisa de coragem para seguir em frente nesta vida". Ela massageava minha cabeça com óleo de coco e cantava para aliviar o que eu estava sentindo.

Porém eu não tinha mais dez anos e não iria correr para casa e chorar para minha mãe.

— Ninguém está impedindo você de conversar com seus pacientes, Rebecca. Não toma tanto tempo assim e tenho certeza de que eles iriam gostar.

Passei por ela e dei uma olhada no depósito. Nem sinal de Indira. Eu não me lembrava de que ela tinha dito que tiraria a noite de folga.

Quando estava saindo do depósito, ouvi dr. Mishra gritar do quarto do dr. Stoddard: "Morfina!". Rebecca, que estava mais próxima do quarto, correu para lá.

— Não, não, não! — sussurrei, rezando para não ser nada com o velho médico. Entrei depressa atrás dela e encontrei o dr. Stoddard sentado na cama, descabelado, olhando em volta para entender o que estava acontecendo. O dr. Mishra estava com o outro paciente, o sr. Hassan, o que havia removido o apêndice.

Rebecca esbarrou no meu ombro quando correu para fora do quarto. Dr. Mishra levantou os olhos quando entrei.

— É o coração, enfermeira Falstaff. Mantenha-o estável. Converse com ele. A enfermeira Trivedi foi à farmácia pegar a morfina. Ele vai ficar bem. Tenho que chamar o dr. Holbrook.

Holbrook era o cirurgião fixo do hospital. O dr. Mishra saiu no momento em que Rebecca, ofegante, trazia o recipiente esmaltado com a seringa cheia, bolas de algodão e solução antisséptica.

Segurei a mão do sr. Hassan. Meu peito já se apertava no ritmo do dele e eu sentia dificuldade de respirar, mas me esforcei para ficar calma.

— O senhor vai ficar bem, sr. Hassan — disse, gentil. — Ouviu o que o doutor acabou de dizer? A enfermeira está aqui com o medicamento. O doutor está aqui também. — Eu não queria que ele pensasse que o dr. Mishra o havia abandonado.

O sr. Hassan era um homem grande. Ele apertava o peito com uma das mãos, o rosto tenso, os olhos fechados com força, balançando a cabeça de um lado para o outro. Rebecca limpou rapidamente a dobra do braço dele com solução antisséptica. Bem na hora em que ia injetar a morfina, o sr. Hassan se contorceu de dor e bateu no braço dela. Rebecca quase perdeu o controle da seringa, que chegou perto de furar o pulmão do paciente, o que seria fatal. Empurrei o braço de Rebecca do peito dele e segurei o sr. Hassan com o cotovelo para impedi-lo de se mover e reabrir a cicatriz do apêndice. Rebecca ficou parada com a boca aberta, atordoada pelo que poderia ter acontecido, incapaz de se mover.

— Rebecca! — chamei.

Ela voltou a si e injetou a morfina na veia da dobra do braço. Ele se acalmou instantaneamente. Rebecca e eu estávamos ofegantes, mas ele logo adormeceu.

Soltei o paciente e respirei fundo. Alisei meu avental, amarfanhado na confusão. Rebecca limpava o local da injeção. Seu rosto estava corado com manchas rosa, vermelhas, rosa.

— Não precisava ter feito aquilo — disse ela, com sua voz seca.

Fiquei confusa.

— Aquilo o quê?

— Me empurrar daquele jeito. Eu sabia o que estava fazendo.

Meu queixo caiu.

— Rebecca, uma injeção no pulmão dele poderia tê-lo matado — sussurrei.

— Eu nem cheguei perto do pulmão. — Pegou o recipiente esmaltado, apertando as bordas com força. — Quando eu contar à enfermeira-chefe, com certeza ela vai ficar do seu lado, como sempre faz. Você teria que matar alguém para cair no conceito dela! — Contornou a cama com tanta pressa que senti o deslocamento de ar quando ela saiu do quarto.

Fiquei parada, com o coração acelerado. Nunca havia tido dificuldade no Wadia com ninguém além de Rebecca. Eu gostava dos funcionários. Mesmo com a falta de pessoal como estávamos, trabalhávamos juntos com eficiência, em grande medida porque a enfermeira-chefe nos gerenciava como se fôssemos um batalhão militar.

— Bom, *eu* gosto bastante de você. — Eu me virei e vi o dr. Stoddard sorrindo alegremente para mim de sua cama. Tinha até esquecido que ele estava lá. — Você me salvou dos temíveis roncos esta noite. Será que ele vai dormir assim até de manhã?

Confirmei com a cabeça, ainda tonta pelas palavras de Rebecca. Ouvi vozes no corredor, o que me impulsionou a agir. Peguei o prontuário do sr. Hassan ao pé da cama e anotei o que Rebecca e eu havíamos aplicado, a dosagem e pela solicitação de quem.

O dr. Mishra entrou com o dr. Holbrook. O cirurgião falou:

— Você devia ter me consultado primeiro.

O dr. Mishra fez uma expressão de surpresa.

— Ele estava tendo um ataque cardíaco. Tivemos que agir depressa. E fui chamá-lo assim que vi o que estava acontecendo.

O outro médico respondeu com uma paciência fingida.

— De onde você vem talvez tivessem chamado de ataque cardíaco. Na medicina inglesa, poderia ter sido uma crise de asma, dor de gases ou uma úlcera.

O dr. Mishra endireitou o corpo, incrédulo.

— Venho da melhor escola de medicina da Inglaterra, dr. Holbrook. O paciente apresentava sintomas de um ataque cardíaco.

Mas o dr. Holbrook não ouvia. Examinou o paciente com seu estetoscópio, abriu as pálpebras dele, inspecionou o local da cirurgia do apêndice.

— Ele está bem agora, ao que parece.

— Porque agimos depressa, senhor.

— Sim. Bem, Mishra, poderia ter sido muito pior para você. Deu sorte. — Bateu a mão no ombro do dr. Mishra e saiu do quarto. O rosto do jovem doutor se turvou de raiva.

Senti a indignação do dr. Mishra. O dr. Holbrook, com seu ar aristocrata, não deixava espaço para mais ninguém apresentar um ponto de vista. A enfermeira-chefe tinha contado às enfermeiras que Holbrook morava na Índia havia trinta anos e estava acostumado a fazer as coisas do jeito dele, mesmo que não fosse o jeito certo.

O jovem doutor se virou para mim, seu olhar pousando no meu rosto, no meu braço e no paciente, e finalmente disse:

— Obrigado, enfermeira Falstaff.

Eu lhe passei o prontuário, ele o assinou e saiu do quarto.

O dr. Stoddard me chamou com um aceno e sussurrou:

— Minha querida, esse roncador deve a vida a você e ao seu doutor bonito, para o meu desgosto — disse e deu uma piscadinha, bem-humorado.

O calor que subiu por meu pescoço significava que meu rosto logo iria corar.

— Ele não é o *meu* doutor bonito. Ele é *um* doutor bonito. Não, eu não quis dizer... Não é que ele *não* seja bonito, é só...

Eu estava atrapalhada de uma maneira que não me era comum. Esfreguei a palma das mãos no avental.

— Pelo jeito, vou ter que ensinar você a blefar quando começarmos a jogar *gin rummy*. — Sorriu, os dentes tortos totalmente à mostra.

Quando cheguei em casa, meu "boletim escolar" estava cheio. Havia a conversa de Mira sobre Paolo e Mozart, o ataque cardíaco do sr. Hassan e o desabafo da sra. Mehta.

Havia também, claro, o dr. Mishra. Só de pensar no dr. Stoddard o chamando de "meu doutor bonito" meu rosto esquentava. Não contei essa parte para minha mãe. Também não contei como me senti quando o dr. Mishra tocou minha mão. Ela faria suposições e não queria encorajá-la.

Aquela noite tinha sido exaustiva e, depois do jantar, me deitei imediatamente para tirar um cochilo. Afaguei o rosto com a mão que o dr. Mishra tinha colocado sobre a barriga de Mira. Como o toque dele tinha sido seco e frio.

Duas horas depois, quando a luz do sol preencheu o quarto, decidi pegar a bicicleta e ir até a casa de Indira. Eu havia perguntado à enfermeira-chefe durante o turno se Indira tinha telefonado. Ela franzira o nariz: estava decepcionada com Indira. Minha amiga não enviara nenhum recado para dizer que estava gripada ou que havia sofrido um acidente, ou que uma das filhas estava doente, e a enfermeira-chefe tivera que ficar até tarde, como frequentemente fazia e era esperado que fizesse, para cobrir a falta. Esse não era um costume de Indira, que era extremamente responsável.

Quando cheguei à casa dela, meu pescoço estava úmido, e a parte de trás de meus joelhos, suada de pedalar. Sua família morava em um dos prédios de pequenos apartamentos construídos para operários de fábrica havia mais de quarenta anos. O tempo e o abandono haviam escurecido a madeira e deteriorado os tijolos dos edifícios. Passei por cima de trabalhadores exaustos que dormiam nas ruas. Cartazes do filme que Mohan me convidara para ver, *Duniya Na Mane*, cobriam as paredes de um paan-walla. Esta não era a Bombaim que os ingleses conheciam. Procurei o número do prédio de Indira. No piso térreo, havia uma barbearia. Ao lado, encontrei uma escada que cheirava a urina e cúrcuma, o cheiro pungente no espaço fechado. Subi até o quarto andar, tapando o nariz com a mão. Não pude deixar de agradecer à nossa boa sorte, minha e de minha mãe, por termos encontrado um quarto barato, que generosamente chamávamos de "apartamento", em uma casa simples e apertada de dois andares, junto aos trilhos da ferrovia. Em todas as horas do dia ouvíamos o uivo melancólico, as bufadas, os assobios e o rangido dos trens. Depois de alguns meses, nos acostumamos com o barulho, mas não com o tremor do prédio quando os trens passavam em alta velocidade. Ainda assim, o único cheiro que precisávamos suportar era o dos arrotos de fumaça de carvão, que aprendi a tolerar.

Bati a uma porta que já havia sido verde. Era evidente que a camada de tinta anterior tinha sido azul. Onde ambas as cores tinham se desgastado, havia a madeira nua. As paredes eram marcadas de cuspidas dos comedores de paan, que deixavam um rastro de suco vermelho por onde quer que passassem.

Um homem bochechudo e com marcas de varíola no nariz abriu a porta, mas só até a metade. Uma menininha, de dois ou três anos, agarrava-se à sua perna. Ela sorriu timidamente para mim, puxando sua saia cor-de-rosa. Pensei em Rajat e seu sorriso de gengivas e senti um aperto no coração. Que adorável tinha sido sentir o pequenino corpo de meu irmão pressionado contra o meu durante o sono. Senti uma saudade terrível depois que ele morreu, mas, pela minha mãe, enterrei o sentimento. Era só quando me via cara a cara com crianças pequenas que as lembranças vinham à tona, como mergulhadores saindo da água ofegantes em busca de ar, o jeito que sua risada soava como um soluço, como ele adorava brincar com meu cabelo. Engoli em seco.

O marido de Indira estava usando uma regata branca, ou que algum dia havia sido branca, embaixo de uma camisa xadrez de mangas curtas e calça marrom. Ele usava um relógio de pulso prateado, as bordas revelando uma corrente de latão embaixo. A testa franzida havia esculpido dois sulcos permanentes entre as grossas sobrancelhas. Ele me olhou de cima a baixo. Minha saia longa e a camisa devem tê-lo alertado sobre a metade de mim que era angreji. Neste bairro, teria sido melhor se eu tivesse pegado um sári da minha mãe emprestado.

— *Namaskar*, estou procurando a Indira.

— Ela está doente.

— Ah, é que ela não avisou ao hospital. Ficamos preocupados.

— Doente demais para ligar. — Seus olhos pretos cavavam buracos nos meus. Meus joelhos tremiam. Eu, que me orgulhava da minha determinação, senti medo, o tipo de medo que imaginei que Indira sentia todos os dias. Olhei para a menininha. Ela enfiou o dedo no nariz e entrou, entediada com a estranha.

— Posso vê-la? Preciso saber se ela vai me ajudar com os pacientes à noite. — Era uma pequena mentira, mas, no fundo, era uma tentativa de me aproximar da verdade. Indira tinha uma lista de pacientes diferente da minha. Minhas mãos se fechavam em punhos apertados, as unhas cavando luas crescentes nas palmas. Em meus ouvidos, havia um alarme estridente que eu sabia que ninguém mais podia ouvir, como cachorros que sentem o perigo antes dos humanos.

— Ela está dormindo. Preciso ir trabalhar. — Ele conseguiu enfiar o corpo pela porta semiaberta e a fechou atrás de si. Usou suas chaves para trancá-la. Estendeu um braço para indicar que eu deveria descer na frente, não me deixando escolha a não ser ir embora sem ter falado com minha amiga.

Quando voltei para minha bicicleta, que um velho muçulmano guardava para mim, meu corpo tremia tanto que precisei desmontar e levá-la segurando pelo guidão até me sentir capaz de me equilibrar nela novamente.

TRÊS

Naquela noite, a enfermeira-chefe me encontrou enquanto eu vestia o uniforme. Ela me pediu que fosse vê-la quando estivesse pronta. Imaginei que queria que eu cobrisse os pacientes de Indira. Será que minha amiga tinha avisado que não poderia vir de novo?

A sala da enfermeira-chefe parecia o santuário de um monge. Havia uma grande cruz de madeira na parede atrás de sua mesa. Uma cruz menor pendia em outra parede, ao lado de uma estátua de Jesus. Todos os papéis na mesa estavam meticulosamente arrumados. Não havia objetos espalhados, equipamentos médicos, nem mesmo um lápis perdido em parte alguma. Não me surpreenderia se os arquivos se organizassem por conta própria. Ela havia sido treinada na Escola Florence Nightingale e seguia seus princípios de obediência, disciplina e estrita adesão aos protocolos.

Ela estava sentada atrás da mesa, escrevendo. A enfermeira-chefe era uma inglesa de ossos largos, tinha uma postura ereta e uma marca de nascença escura em uma das faces que parecia uma cruz. Quando me viu, indicou a cadeira simples de madeira diante de sua mesa, baixou a caneta e tirou os óculos de aros dourados. Esperei que ela começasse, como de costume. Ficamos sentadas por alguns instantes, olhando uma para a outra. O uniforme dela era impecável, passado com primor. Eram essa atenção aos detalhes e sua administração da equipe de enfermagem com perfeita precisão que ganhavam o respeito dos médicos do hospital.

— Recebi notícias preocupantes — começou ela.

Meu coração acelerou.

— Sobre Indira? Ela está bem?

A enfermeira-chefe passou os dedos pelas hastes dos óculos.

— Sobre você.

Meu coração acelerou ainda mais. Sentei-me mais ereta na cadeira. *O que eu fiz? Fui negligente em alguma das minhas obrigações com algum paciente?*

— Ontem, você e Rebecca atuaram em uma situação crítica com um paciente, o sr. Hassan.

Assenti.

— Sim, um ataque cardíaco.

Ela inclinou a cabeça.

— O dr. Holbrook discorda do dr. Mishra em relação a isso. Seja como for, você comprometeu a saúde do paciente empurrando a mão da enfermeira Trivedi, que, no momento, segurava uma seringa com morfina — disse e colocou as mãos uma em cima da outra sobre a mesa.

Abri a boca para retrucar, mas logo a fechei. Uma raiva escaldante subiu rapidamente pela minha espinha. Rebecca havia ameaçado relatar o episódio para a enfermeira-chefe. *Quando eu contar à enfermeira-chefe, com certeza ela vai ficar do seu lado...* Em vez de receber crédito por um trabalho bem-feito, eu estava sendo responsabilizada por uma falha imaginária. Tive vontade de gritar: "A vida de um homem foi salva!". Mas me forcei a contar até dez, como minha mãe me ensinou. Eu não podia perder mais uma oportunidade de guardar algum dinheiro para um apartamento maior para a minha mãe e eu morarmos. Esperei que a enfermeira-chefe continuasse.

— É minha responsabilidade assegurar o bem-estar dos nossos pacientes enquanto eles estiverem sob os cuidados da minha equipe de enfermagem. Sua atitude ontem poderia ter resultado em uma fatalidade, o que teria significado uma negligência nas minhas obrigações como guardiã dos pacientes. Você é uma boa enfermeira. Eficiente. Os pacientes gostam de você. É confiável. O que aconteceu?

Minhas mãos ficaram frias. Eu as apertei. Ganhei tempo para organizar os pensamentos, escolhendo cuidadosamente as palavras.

— Foi providencial, enfermeira-chefe, que Rebecc… a enfermeira Trivedi e eu tenhamos podido apoiar uma à outra em uma situação de crise. — Fiz uma pausa. — Ela é uma enfermeira excelente. Tudo teria corrido bem se o sr. Hassan não tivesse batido no braço dela enquanto ela aplicava a injeção. A agulha se desviou na direção dos pulmões. — Baixei os olhos para as mãos, como se elas pudessem me aconselhar sobre o que dizer em seguida. — O que teria sido desastroso. — Olhei para ela outra vez, implorando que entendesse o que eu não queria dizer em voz alta. Que Rebecca quase cometera um erro grave e eu impedira que isso acontecesse.

A enfermeira-chefe franziu a testa.

— Entendo. — Soltou as mãos e uniu a ponta dos dedos levantados. — Quanto ao outro ponto…

Havia *mais*?

— Chegou à minha atenção que você anda confraternizando excessivamente com os pacientes. Um pouco é aceitável, mas você tem responsabilidades que deveriam deixá-la com pouco tempo para socializar.

Minha respiração ficou presa na garganta. Rebecca outra vez. Eu queria dizer à enfermeira-chefe que nunca passava tempo conversando se já não tivesse cuidado do meu trabalho. Ela estava sugerindo que eu tinha me esquecido da medicação de alguém? Deixado de dar banho nos pacientes ou de trocar as roupas deles? Que eu tinha me esquecido de registrar seus sinais vitais no prontuário? Eu sempre fazia questão de conferir duas vezes todas as minhas tarefas. Mantinha a roupa de cama dos pacientes limpa, deixava o quarto deles arejado. Enquanto enfermeiras como Rebecca espalhavam boatos como manteiga sobre torrada, eu fazia curativos e organizava os suprimentos no depósito de materiais. Nunca me atrasava e nunca saía antes do horário. Se, depois de ter completado meu trabalho, eu tentava deixar os pacientes mais à vontade, que mal havia nisso? Eles estavam conosco em situações estressantes. Será que não precisavam do nosso apoio em todos os aspectos?

Engoli as palavras que não pronunciei em voz alta. Tudo que disse foi:

— Se fui negligente em alguma das minhas responsabilidades, apreciaria a oportunidade de ser corrigida.

Ela apertou os lábios.

— O problema é que, como enfermeira, se você se envolver demais com os pacientes, isso afeta seu trabalho, o seu julgamento. Você pode ser a melhor das enfermeiras, e eu acho que é, seus pacientes só a elogiam, mas, se seus colegas de trabalho não confiam em seu julgamento, isso se torna um problema. Uma reclamação como essa é algo a que eu devo estar atenta. Vou autorizar a dedução de dois dias do seu pagamento. — E então desviou o olhar, como se fizesse isso com relutância.

Deduzir dois dias do meu pagamento? Eu precisava desse dinheiro. Cada rúpia contava se eu quisesse poupar o suficiente para dar à minha mãe um lugar melhor para morar. Comprar para ela as roupas de veludo e cetim que fazia para outras mulheres. O calor que senti nos olhos era um alerta de lágrimas a caminho. Por que isso sempre acontecia comigo? Minha vontade era dizer à enfermeira-chefe: "não fui eu a encrenqueira". O que eu tinha feito a Rebecca para ela me odiar tanto assim?

A enfermeira-chefe pôs os óculos novamente.

— Alguma pergunta?

Fiz que não com a cabeça. A reunião estava encerrada.

A conversa com a enfermeira-chefe tinha me abalado. Corri para o depósito, onde apertei o punho contra a boca para abafar um grito. Tentei não pensar no que havia acontecido em Calcutá. Desde que chegara à idade suficiente para andar sozinha na rua, eu entregava os trabalhos de costura da minha mãe por toda a cidade. Às vezes era o chowkidar que tentava. Às vezes, um criado. Às vezes o marido me apalpava. Quando isso tinha começado a acontecer no curso de enfermagem, não consegui mais aguentar calada. Meu corpo era meu, por que os homens achavam que pertencia a eles também? Tinha sido diferente aqui em Bombaim, no pequeno Hospital Wadia. Talvez porque eu era mais velha e não parecia tão vulnerável. Naquele momento, porém, eu tinha um novo problema. Rebecca estava determinada a dificultar minha vida. E a enfermeira-chefe, que era obcecada por disciplina, estava inclinada a ouvi-la.

Quando me senti mais calma, alisei o uniforme, tornei a prender a touca de enfermeira e fui ver Mira. Ela reclamava de dor no abdômen outra vez e recebi a instrução de aplicar doses baixas de morfina em intervalos mais curtos. A primeira coisa que notei foi que ela estava pálida, mais do que de costume. Tinha círculos escuros sob os olhos grandes. Quando entrei no quarto, vi o dr. Mishra à pia, lavando as mãos.

Mira falou em direção à parede atrás de mim.

— Ah, Filip, não vá ainda. Você precisa conhecer a Sona. Lembra? Eu contei a você sobre ela.

Eu me virei e vi um homem em um terno de três peças cor de marfim à esquerda da porta. Ele praticamente se camuflava na parede. Era um pouquinho mais baixo que o dr. Mishra, mas de constituição mais forte. O cabelo era loiro quase branco, outra razão para desaparecer na parede alva. Eu pensava no marido de Mira como um fantasma, e aqui estava ele, em carne e osso. Fumava um cachimbo. Ele se virou para mim e fez um cumprimento com a cabeça, em uma expressão agradável, mas vazia.

Mira estendeu a mão para que eu a segurasse.

— Filip foi um querido por me trazer quatro das minhas pinturas favoritas. Bom, todas as minhas pinturas são minhas favoritas, mas estas são especialmente importantes para mim. Sona, eu e Amit estávamos tendo uma briga terrível.

Ela chamava o dr. Mishra pelo primeiro nome?

O jovem médico se encontrava ao lado da cama. Ele sorriu, a covinha no queixo se destacando.

— Bem, na verdade... eu não chamaria de briga. Uma preferência, talvez.

Ele olhou para Filip em busca de confirmação. O marido de Mira assentiu com um sorriso. Ele não parecia se importar que o dr. Mishra estivesse tão perto de sua esposa enquanto ele ficava do outro lado do quarto, como um parente distante ou um mensageiro.

-- Qual das pinturas você prefere, Sona? — Mira ergueu o queixo em direção à parede na frente da cama.

Eu me virei. Havia quatro quadros encostados na parede. Todos em cores sóbrias: canela, caramelo, café e nogueira. Tinham temas diferentes. Soltei a mão dela e me aproximei para examiná-los. No mais próximo de mim, havia cinco pessoas sentadas no chão, preparando uma mulher muito clara para um casamento. A mulher com a pele mais escura entre elas arrumava seu cabelo. A mulher na frente da noiva segurava um recipiente com um pó branco, no processo de tornar o rosto dela ainda mais claro. As mãos da noiva estavam pintadas com henna. Duas crianças, de pele tão escura quanto a da cabeleireira, assistiam à cena.

Meu olhar se voltou para o segundo quadro, que tinha um fundo cor de canela. Cinco jovens estavam sentados em um semicírculo, sendo que o quinto, o menor, encontrava-se de costas para eles. Todos usavam dhoti. Um cordão branco se estendia do ombro esquerdo dos jovens, atravessando o peito, até o quadril direito. Os três rapazes mais velhos tinham o cabelo preso em um rabicho no alto da cabeça. Eu tinha visto brâmanes ascetas como esses orando em silêncio pelo bem de outros ou estudando escrituras na área do Colar da Rainha, na orla da baía Back. Só a testa do personagem do meio, o mais claro, estava pintada com longos tilaks. Devia ser o professor.

Atrás de mim, Mira disse em um sussurro:

— Essas marcas na testa me fascinam.

Eu me virei e vi o dr. Mishra, de braços cruzados sobre o peito, se inclinar em direção a ela, como se estivessem sozinhos em um museu, conversando sobre uma exposição.

— Você sabia, Mira, que elas representam o Senhor Narayana e Lakshmi?

Ele também a chamava pelo primeiro nome? Quando haviam se tornado amigos? Mira segurava a mão do dr. Mishra quando eu não estava por perto? Uma onda de ciúme, algo que eu raramente sentia, me surpreendeu. Enrubesci, envergonhada de mim mesma. Por que eles não poderiam ser amigos? Eu já tinha visto médicos criarem vínculos com pacientes, então por que isso seria incomum? Eu também não gostava mais de uns pacientes do que de outros?

Procurei Filip, mas ele tinha ido embora. Eu me lembrei das enfermeiras se referindo a ele como o marido invisível e naquele momento entendia o porquê. Ninguém falou nada quando ele saiu. Era como se nem tivesse estado lá.

O médico e Mira continuavam conversando em voz baixa. Eu os tinha visto assim antes, enquanto fechava cortinas, trocava a água do jarro, preparava a injeção de morfina. Eles conversavam sobre a arte dela, os lugares onde ela havia estudado, os quadros que ele tinha visto em Madri, Pádua ou Amsterdã. Mencionavam músicas dos muitos países que tinham visitado, em que aspectos elas se diferenciavam e em quais eram similares. Viviam em um mundo tão estrangeiro para mim, cheio de lembranças que podiam puxar como cartas de um baralho. Eu sentia uma pontada de inveja. Se tivesse nascido em circunstâncias diferentes, se meu pai não tivesse nos abandonado ou se tivesse nos levado junto para a Inglaterra, eu também poderia participar dessas conversas e citaria com naturalidade o nome da ópera mais recente que tinha visto em Londres ou comentaria sobre como o rio Wein em Viena reluzia ao pôr do sol, ou se eu preferia o *Davi* de Donatello ou o de Michelangelo. Nós faríamos um belo trio. Todos com menos de trinta anos. A pintora talentosa, o médico bonito, a enfermeira enigmática. Como eu era imaginativa!

Eu me forcei a ignorá-los e examinei o terceiro quadro. Três moças, com o cabelo preto dividido ao meio e a cabeça coberta com dupattas de várias cores, olhavam melancólicas para o chão. Senti a resignação silenciosa delas, a rendição ao destino que não haviam construído. Uma delas poderia ser Indira.

O quarto quadro era diferente dos outros. Um homem de cabelo escuro e camisa branca, com uma expressão séria, olhava para o vazio. Nos braços havia três maçãs. Mesmo com o nariz longo e o queixo pontudo, havia algo de atraente nele. Era uma pintura sensual, levemente erótica. O fundo era em sutis tons terrosos.

Examinei os quadros uma vez mais. Eu me virei para Mira, que explicava algo ao doutor, gesticulando muito com as mãos. Será que eu devia interrompê-los?

O dr. Mishra me notou primeiro. Ele desviou o olhar e coçou o rosto. Os olhos de Mira se voltaram para mim.

— E então?

— O primeiro.

Mira enlaçou as mãos na frente do peito.

— *A aceitação.* Essa série é a minha mais recente. Era a dimensão plana de Giotto, e, claro, de Gauguin, que eu estava buscando. Não há muitos detalhes nas figuras. Você consegue ver como as mãos da noiva estão vermelhas de henna, mas não há nenhum desenho específico? Quero que a imaginação do observador trabalhe aqui. Cada observador vai criar algo diferente. — Seu rosto ganhava vida quando ela falava de pintura, das nuances que diferenciavam o estilo de um pintor de outro. — As pessoas talvez digam, e disseram, que uma criança poderia pintar isso. Mas você ficaria surpresa em saber como é difícil pintar de modo simples. É só pensar em Picasso.

Talvez o ciúme tenha me dado a audácia de perguntar:

— Qual foi o seu preferido, dr. Mishra?

Não era comum eu me dirigir a ele para qualquer coisa que não fossem assuntos médicos. Se isso o surpreendeu, ele não demonstrou.

— As três moças. Eu já vi essa expressão no rosto de meninas que têm bebês cedo demais.

A pintora pôs a mão no braço do médico e sorriu para ele.

— Exatamente.

O dr. Mishra endireitou mais o corpo.

— Eu não tenho muita oportunidade para conversar sobre pinturas, mas não posso deixar de falar de medicina de vez em quando. — E falou sério com Mira: — Conte para a enfermeira Falstaff como está se sentindo. Eu aumentei a sua dose, o que deve ajudar. Mas estou um pouco preocupado com essa dor persistente. O dr. Holbrook veio ver você?

Mira fez que não com a cabeça e estendeu a mão para ele segurá-la.

— Você vai voltar para me ver antes de ir embora esta noite?

Ele não pegou a mão dela, mas deu uma palmadinha em seu braço.

— Não faço promessas.

Sorriu primeiro para ela, depois para mim. Inclinou ligeiramente a cabeça, seus olhos cinzentos demorando-se por um momento nos meus, fazendo meus pelos se arrepiarem. Minhas pernas amoleceram. A respiração acelerou. Quando saiu do quarto, sacudi a cabeça para afastar o estranho sentimento.

Mira olhava para mim com um sorriso esperto.

— Ele é um partidão, hein?

— É? — Eu não queria seguir essa linha de conversa.

Depois da proposta do pai de Mohan, estava cautelosa quanto a me envolver em qualquer complicação. Peguei o termômetro em meu avental e tirei a tampa. Ela manteve a boca aberta por tempo suficiente para eu posicioná-lo sob a língua. Eu a sentia me observando quando me movi pelo quarto e fui abrir a janela para renovar o ar do cômodo.

Atrás de mim, ela disse:

— Trinta e oito. Um pouco alto.

Eu me virei e verifiquei a temperatura.

— Como está a dor? — Sacudi o termômetro e anotei o dado em seu prontuário.

— Tolerável desde que eu não fique pensando nela. — Mudou de posição, claramente incômoda na cama. Tive a sensação de que estava disfarçando seu sofrimento na presença do médico. — Fique, por favor. — Manteve a voz tranquila, mas ouvi a súplica.

Hesitei. Será que a enfermeira-chefe iria vigiar cada movimento meu a partir daquele momento? Será que mandaria Rebecca me espionar para saber se eu estava socializando demais com Mira? Olhei para o relógio na parede e calculei quantos pacientes precisava atender na próxima hora. Podia passar, talvez, mais uns dez minutos com Mira.

Apontei para a quarta tela.

— Ele é diferente do resto.

Ela riu, produzindo um som rouco, como se tivesse fumado a vida inteira.

— Esse é o Paolo. Ele me levou para ver as obras de Giotto em Florença, aqueles grandes murais cheios de pessoas em roupas volumosas. Eu adorei. E tentei imitar. — Levantou o dedo indicador no ar como se chamasse a atenção para um ponto. — Paolo sempre disse que quem consegue imitar os grandes pode se tornar um grande pintor. Eu imitei o estilo de Giotto, mas, em vez de figuras religiosas, pintei pessoas nas ruas de Florença, fazendo fila para visitar o interior do Duomo. Ou comprando maçãs no mercado San Lorenzo. Esses eram os preferidos de Jo. Josephine. Ela vendeu muitos deles. Queria que eu fizesse mais como esses, mas que os ambientasse no mercado de flores ou na Gare de Lyon, em Paris. — Parou, como se visualizasse as pinturas. — Eu tinha só dezoito anos quando fui para Paris. Eu queria ficar com Paolo em Florença, mas ele disse que eu estaria jogando fora uma oportunidade maravilhosa se não fosse. — Suspirou. Talvez o estivesse visualizando. Se ele fosse mesmo parecido com aquele quadro, eu conseguia entender por quê.

— A senhora gostou de Paris? — Eu teria adorado conhecer, mas era um sonho impossível.

Ela abriu os braços.

— Ah, Sona! Foi incrível. Foi lá que vi os impressionistas pela primeira vez, experimentei o estilo de Gauguin, me apaixonei pelas maçãs de Cézanne e pelas bailarinas de Degas. Foi fabuloso quando Petra me encontrou em Paris. Ela modelava para mim. Durante horas. Era uma excelente modelo. Ela é a moça de cabelo comprido em *Duas mulheres*. A pintura que me levou ao Salon de Paris. — Fez uma pausa. — Ela também queria ser pintora. Talvez porque eu fosse. Ela queria fazer tudo que eu fazia. A técnica de Petra era boa, mas no trabalho dela faltava... foco, uma ideia central. — Mira enrubesceu, parecendo constrangida. — Acho que fui dura demais com ela. Crítica. Impaciente. Naqueles dias, às vezes eu era cruel. Disse a ela que devia desistir da pintura. Que ela nunca seria boa. — Soltou um suspiro melancólico. — Ainda posso ver o rosto dela, o jeito como suas pálpebras baixaram e a boca se abriu. Ela achava que eu caminhava acima das nuvens e, de repente, ali estava eu, esmagando-a como se fosse uma pulga. — Baixou os olhos para as mãos, que brincavam com a ponta do lençol. — Não sei por que fiz aquilo. Queria tanto não o ter feito.

Ela não ficara tão infeliz assim ao perguntar de seu bebê naquele primeiro dia. Na verdade, ela não mencionara mais o bebê. Eu nunca havia cuidado de uma mãe que parecesse tão indiferente a eventos como nascimento e morte. Mira era bem mais apaixonada pela pintura do que pela criança que estivera dentro dela.

Balançou a cabeça, como se afastasse a melancolia, e colou um sorriso no rosto.

— Você gostou do quadro do Po, mas não disse isso quando o dr. Mishra estava aqui.

Senti as faces queimarem. Eu não imaginava que ela tivesse notado.

— O dr. Mishra podia achar que eu...

Mira riu.

— Seria depravada? Que sentia desejo por um homem? Sona, você não sabe que não há problema em ser essas coisas e continuar sendo quem você é? Olhe para mim. Eu sou todas essas coisas: depravada, despachada, lasciva, desejo tudo e quero mais. Eu não poderia ser artista se não conseguisse mostrar esses sentimentos em uma tela. Ou pessoalmente!

Eu me peguei imaginando o que aconteceria se eu dissesse às pessoas o que estava pensando. *Sra. Mehta, diga a seu sogro para ele parar de ser um imbecil!* Que ideia! Mas isso me deu coragem de perguntar a Mira:

— Por que a senhora escolhe pintar mulheres tão sérias? Como se elas não tivessem nenhum prazer na vida. Mulheres de vilarejo não experimentam alegria também?

Ela me respondeu com os olhos brilhando.

— Eu diria a você, querida Sona, que há alegria na quietude das minhas pinturas. A serenidade do povo indiano, tão diferente dos europeus, que parecem obcecados pelo que os aguarda no futuro, me acalma. Mesmo enquanto as mulheres enrolam *chapattis*. Mesmo enquanto as *dhobis* batem as roupas molhadas nas pedras. Mesmo enquanto a pintora de henna desenha nas mãos de uma noiva, há alegria, aconchego e tranquilidade. De um tipo que não vi na Europa. Precisei vir à Índia para encontrar.

Ela semicerrou os olhos e estreitou os lábios.

— Você é meio indiana, como eu, não é? — O tom empregado era em parte resposta, em parte pergunta.

Ah, lá estava. Aquilo que me separava daqueles que tinham o direito de pertencer a este país. Se não diziam isso na minha cara, diziam pelas costas. Ou eram curiosos ou desdenhosos. Soltei a mão dela e comecei a esticar o lençol na cama.

— Minha mãe é indiana.

Não disse a ela que detestava meu sobrenome. Não disse a ela que não via meu pai desde os três anos de idade. Não disse a ela que queria que ele estivesse morto. Não disse a ela que, se não fosse por ele, a vida da minha mãe teria sido muito melhor.

Ela me observou enquanto eu prendia o lençol, com um pouco de energia demais, às quinas do pé da cama.

— Minha mãe é de Lucknow. Meu pai é tcheco. Sou indiana e europeia há tanto tempo que nem sei direito se sou mais uma coisa ou outra.

Mas havia uma diferença importante entre nós, mesmo com nosso sangue *meio a meio*. Ela considerava sua alteridade um motivo de orgulho. Ostentava-a como uma cauda de pavão. Era algo que a fazia especial. Fizera dela uma artista. Uma pintora. Eu, por outro lado, usava minha alteridade como uma blusa áspera que mal podia esperar para arrancar no fim do dia.

Olhei para o relógio e percebi que estava atrasada para atender a paciente grávida que tinha ocupado o quarto da sra. Mehta depois que o sr. Mehta levara a esposa para casa.

Pedi licença, agradecendo a Mira por ter compartilhado o trabalho dela comigo. Quando a conheci, achei que seus modos eram grandes demais para o mundo que eu habitava. Mas, como uma respiração, minha vida parecia se expandir sempre que eu estava perto dela.

Fui até o depósito de materiais deixar os lençóis sujos da cama de Mira e pegar roupas de cama limpas para a muito grávida sra. Roy. Indira estava sentada no banco no meio da sala, chorando. Quando me viu, desviou o olhar. Joguei os lençóis no cesto de lona de rodinhas e fui até ela. Suas mãos estavam frias e seus dentes batiam.

— Balbir falou que você passou lá em casa — disse ela. — Ele achou que eu tinha pedido para você ir lá. Você não pode voltar à minha casa, Sona. Nunca mais. — As lágrimas molhavam o uniforme. — As minhas meninas viram tudo. Elas viram o pai bater na mãe delas. Ele disse que era porque eu tinha sido má. Que eu tinha feito uma coisa errada. Eu vi a carinha delas. Elas não queriam acreditar nele, mas, sem ninguém para me defender, é só o que pode acontecer. Se todos a sua volta dizem que o céu é vermelho, você vai começar a acreditar nisso.

Esfreguei as mãos dela para aquecê-las.

— Ah, Indira! Sinto muito. Eu só fui lá porque ninguém no hospital sabia onde você estava. Eu achei que talvez você tivesse sofrido um acidente.

— Quem dera. Assim as meninas não teriam visto...

— Deixe-me ver onde dói.

— Não, Sona. Você já fez o bastante. Parece que você não entende que sua vida sempre vai ser diferente da minha. Você não é indiana de verdade. Eu sou. Prometi ficar com Balbir por sete vidas. Talvez na próxima ele seja mais gentil comigo. — Fungou. — Talvez ele seja uma das minhas filhas em vez de meu marido. Ou talvez seja minha mãe. Não sabemos o que o destino nos reserva. Você tem que parar de tentar mudar o destino, Sona.

Fiquei olhando para ela. Achei que estava ajudando Indira, mas pelo jeito eu só a havia machucado ou incentivado Balbir a fazer isso.

— Prometa que não vai mais se envolver — pediu ela. — Balbir é um homem bravo. Acho que não é uma boa ideia continuarmos voltando para casa juntas, Sona.

Senti como se tivesse levado um soco no estômago. Soltei as mãos dela e me sentei sobre os calcanhares. Ela era minha amiga mais próxima, minha única amiga de verdade em Bombaim. Lágrimas arderam em meus olhos, mas não as deixei cair.

Indira gemeu quando vestiu o uniforme e o abotoou na frente, contraindo o rosto ao mover o braço esquerdo. Eu podia quase sentir o vergão em seu ombro e os hematomas nas costas. Eram nítidos, vermelhos.

A porta se abriu. Eu tinha me esquecido de trancá-la. Rebecca entrou e parou, seus olhos examinando a sala, nos observando. Eu me levantei. Indira se ergueu do banco, enxugando os olhos.

Rebecca apertou os lábios e voltou seu olhar para mim.

— Temos que contar para a enfermeira-chefe. Está na hora.

O mais calma possível, falei:

— Não, não podemos. A Indira vai perder o emprego.

— Isso não é problema de vocês — disse Indira olhando para mim e depois para Rebecca. — Estou bem.

Com esforço, levantou lentamente os braços e ajeitou a touca. Depois acenou a cabeça para nós e saiu da sala.

Eu também ia sair, mas Rebecca segurou meu braço.

— O que você não entende, Sona, é que não devemos criar vínculos pessoais com os doentes.

— A Indira é uma de nós, não um dos doentes.

— Olhe para ela, Sona. Ela é.

Por que era tão difícil para Rebecca simplesmente ser minha amiga? Mas, em vez de dizer qualquer coisa, ajustei meu avental em volta da cintura e caminhei até a porta.

— Você percebe, não é, que para nós é mais fácil fazer o que você sugere do que para Indira? — disse Rebecca. — Nós estamos protegidas. Podemos fazer coisas que uma mulher indiana não pode.

Respirei fundo.

— Eu sei. Mas, se não tentarmos ajudar, de que adianta esse privilégio?

Mais tarde naquela noite, vi o dr. Mishra e o dr. Holbrook conversando no corredor. Estavam sérios. O dr. Mishra dizia:

— Não é normal ela ainda estar com tanta dor três dias depois de um aborto espontâneo. Ela estaria se sentindo dolorida, claro, mas a dor dela é muito maior que o normal.

O médico mais velho franziu a testa e sacudiu a cabeça.

— Você ainda está preso nas bobagens indianas, meu colega. Esses malditos *hakims* e *yogis*. A medicina é o meio de curar esse tipo de problema. Vivo dizendo isso à enfermeira-chefe também. Ela é leniente com os hábitos indianos. É só ver o que ela deixa aquele sujeito da farmácia fazer. Pelo amor de Deus, ele distribui ervas junto com os medicamentos ocidentais! Escute o que digo, Mishra. A morfina vai deixá-la novinha em folha em mais alguns dias.

— Dr. Holbrook, com todo o respeito, eu preciso que o senhor entenda que sou formado em medicina moderna. Deve estar lembrado de que o hospital me contratou da Inglaterra quando terminei minha formação como internista. Eu ainda acho…

— Bravo com o *Burra Sahib*, não é? — Antes que o dr. Mishra, que havia enrijecido o rosto, pudesse responder, Holbrook continuou: — Ouça:

já passei por esse processo umas mil vezes. A mãe vai levar uma semana para se recuperar e isso é tudo.

— Doutor, ela teve um aborto aos quatro meses de gravidez. Havia uma quantidade excessiva de tecido. E se nós não tivermos tirado tudo?

O dr. Holbrook olhou para o relógio.

— Tenho um parto em uma hora. Deixe-me explicar para você em termos simples. Com o aborto, o feto automaticamente se solta do revestimento uterino. O que a srta. Novak está sentindo não passa de constipação. O que tende a acontecer, depois de toda essa morfina.

Ele me notou no corredor e sorriu.

— Ah, uma de nossas enfermeiras-modelo. E *modelo* é a palavra certa.

Ele moveu as espessas sobrancelhas brancas para mim enquanto o dr. Mishra se virava para ver de quem ele estava falando. Quando me viu, desviou o olhar para o piso de marmorite. Parecia constrangido pelo cirurgião.

— Ah, se eu fosse mais jovem! — O dr. Holbrook se afastou, andando de costas pelo corredor. — Preste mais atenção nessas coisas, Mishra. Deixe a medicina cirúrgica para mim. — Bateu o dedo na lateral do nariz bulboso e se virou em direção ao centro cirúrgico.

O dr. Mishra baixou a cabeça e se recostou na parede. Eu sabia que ele falava de Mira, em uma tentativa de salvar a vida dela. Eu também via que ela não estava melhorando. Os dados que eu registrava em seu prontuário provavam isso. A dor dela era constante, assim como sua temperatura irregular, o que não era comum; devia ter voltado ao normal depois da cirurgia.

Homens como Holbrook tocavam e apalpavam mulheres jovens como eu e riam disso. Frequentemente lançavam insultos velados — e não velados — contra médicos e enfermeiras indianos. Devia ser tão cansativo para o dr. Mishra ouvir seus comentários grosseiros dia após dia. Nós tínhamos isso em comum. Insultos diferentes com o mesmo poder de ferir.

Tossi para ele saber que eu ainda estava ali, caso precisasse de mim. O jovem médico — quantos anos ele teria? Só uns três a mais que eu? — levantou a cabeça e me olhou. Por um segundo, seus olhos cinzentos pareceram perfurar a obscuridade do corredor. Ele se afastou da parede. Deu uns passos em minha direção e abriu a boca, como se quisesse dizer algo. Mas, de repente, parou, os olhos inquietos movendo-se pelo chão. Então, sem olhar para trás, se virou e seguiu em outra direção.

Surpresa, me dei conta de que, se ele tivesse dado mais um passo, eu teria ido ao encontro dele.

Lancei os dados e examinei o tabuleiro. O dr. Stoddard se agitou.

— Maldita coceira. Bem onde não consigo alcançar.

Ele estava irritado. Ainda levaria mais alguns dias para receber alta e estava ficando impaciente. Do outro lado do quarto, o sr. Hassan roncava. Tinha recebido um medicamento para dormir depois de seu episódio de ataque cardíaco.

Eu tinha feito minhas rondas trocando lençóis, distribuindo comadres, dando banho em pacientes e administrando medicamentos. Tinha quinze minutos livres antes de visitar os pacientes outra vez. Então, quando o dr. Stoddard pediu, concordei em jogar uma rodada de gamão com ele, sempre atenta a Rebecca.

Enquanto ele refletia sobre seu próximo movimento, pensei em como formular minha pergunta.

— Doutor, com certeza o senhor já atendeu muitos pacientes com ferimentos.

— Humm. — Ainda estava preocupado com o tabuleiro. Desde que eu melhorara minha estratégia, ele demorava mais para fazer suas jogadas.

— Alguns deles eram mulheres, imagino.

— Claro.

— Houve ferimentos causados pelos homens que conviviam com elas?

O dr. Stoddard levantou os olhos do tabuleiro e deslizou os óculos para cima, prendendo-os no alto da cabeça.

— Por que está perguntando isso?

Eu me sentia uma traidora falando sobre Indira dessa maneira. Ela tinha direito à privacidade como qualquer outra pessoa.

— Eu tenho uma amiga que aparece machucada com frequência. O marido bate nela porque quer um filho e, até agora, ela só teve meninas.

— Mas, minha querida, isso não está sob o controle dela.

— Sim, sim. Eu sei. Ela sabe. Mas como ela poderia explicar isso ao marido para que ele entenda?

— Sona!

Olhei para a porta. Indira estava parada ali com um recipiente esmaltado nas mãos e o rosto contraído.

— Como você pôde? — Afastou-se a passos duros, mais brava do que jamais eu a tinha visto.

O dr. Stoddard e eu ficamos em silêncio por vários minutos, olhando para a porta, como se ela ainda estivesse ali.

— Suponho que seja ela a mulher espancada? — disse o doutor, em um tom seco.

Como de costume, ele foi certeiro.

Estava triste quando entrei em nosso apartamento, depois do meu turno. Minha mãe tinha feito malai kofta e masala bhindi, além de chapattis. Ela tinha me dito uma vez que não suportava comida inglesa por não ter graça nem cor. Não mencionara o que servia a meu pai quando ele morava conosco. Obviamente ele gostava de comida sem graça e sem cor, ou não teria voltado para a Inglaterra.

Minha mãe percebeu que eu não estava com humor para conversa e arrumou meu prato em silêncio. Também tinha feito chaach, a bebida de leitelho com cominho e sal que eu adorava. Ela se sentou na minha frente, costurando alças e colchetes em uma blusa feminina enquanto eu comia.

Eu havia pedido desculpas a Indira várias vezes por ter confidenciado com o dr. Stoddard. Ela tinha se acalmado quando expliquei que estava tentando encontrar uma maneira de ela conversar com o marido sem incitar a raiva dele. Ainda assim, quando saímos do hospital, Indira me pedira para não andar com ela na rua, e pressupus que ainda estivesse aborrecida comigo.

— Eu estou preocupada com você, Sona. Acho que o Balbir vai ficar de olho em você. — Mordera o lábio.

Eu deveria ter ficado com medo, mas só me sentira abatida. Minha única amiga no trabalho estava me rejeitando.

— Será mais seguro para nós duas se não formos vistas juntas — dissera ela.

Naquele momento, sentada diante do meu thali, eu pensava na conversa com Indira. O kofta da minha mãe era sempre delicioso, mas eu estava com dificuldade para engolir.

Minha mãe cortou a linha com os dentes quando terminou de prender um colchete.

— A Fatima está grávida.

Isso levantou meu humor. Nossa vizinha da frente seria uma excelente mãe. Ela era uma jovem saudável e feliz, com um temperamento tranquilo. Acho que nunca ouvi aquele casal discutir.

— Como você ficou sabendo?

— Fui lá dar um pouco do kofta para ela. Pus chili extra porque ela gosta bem picante, mas hoje, assim que levantei a tampa da vasilha, ela vomitou no patamar da escada. Foi então que *eu* disse *para ela* que ela estava grávida.

Soltei uma risada, como minha mãe sabia que eu faria. Ela sabia como me animar.

— E então — continuou ela, tirando outro colchete da caixa de botões. — O que aconteceu hoje?

Primeiro, contei sobre Mira.

— Ela não está melhorando, mãe. O dr. Mishra também acha. — À menção do nome dele, minha mãe deu uma olhada rápida para mim. — Eu o vi discutindo com o dr. Holbrook. Holbrook acha que não é nada.

Parece que ele pensa que qualquer complicação é resultado de indigestão ou constipação. Quanto mais rápido ele se aposentar, melhor. Você precisava ver como ele fala com o dr. Mishra.

— Eu precisava, é? — disse ela, com seu tom arguto. Ignorei.

Contei a ela sobre os ferimentos de Indira e que ela me dissera para não voltarmos mais juntas para casa.

— Deixe essa menina em paz, Sona. Isso só vai lhe trazer problemas.

Eu me levantei para pôr o prato e o copo na pia.

— Como pode dizer isso, mãe? Se fosse eu que estivesse sendo espancada pelo meu marido, você não iria me ajudar?

Ela terminou de costurar a blusa e a segurou aberta à sua frente para inspecionar o trabalho.

— O marido dela parece perigoso, *beti*, e não o quero perto de você. — Depois de um instante, completou: — O Mohan nunca faria isso.

Fiquei furiosa. A voz em minha cabeça, aquela que minha mãe sempre avisava que eu deveria ouvir, me alertou: *Não, Sona. Pare!* Mas hoje tinha sido um dia estressante. Homens como o dr. Holbrook, que olhava para mim como se pudesse ver através do meu uniforme e tratava o dr. Mishra como se sua nacionalidade indiana estivesse vários níveis abaixo da nacionalidade inglesa dele. O marido de Indira a espancando como se fosse um cachorro de rua que ele pudesse chutar para a sarjeta quando lhe desse vontade. Rebecca achando que seu sangue meio inglês era um escudo infalível que a protegeria de todo mal. A enfermeira-chefe acreditando que eu merecia ser castigada por algo que eu não havia feito.

Eu me virei e apoiei as costas na bancada para encarar minha mãe.

— Mãe, as pessoas fazem coisas, coisas que doem, que nunca deixam de me surpreender e de me enojar. Elas podem ser encantadoras em um momento e trair você no momento seguinte. Quem garante que o Mohan não é assim? Agora ele é gentil, mas e se eu lhe desse apenas filhas em vez de filhos? E se ele começar a acreditar que o comportamento ruim dos britânicos tem a ver com meu sangue inglês? — Pronto, ali estavam. As palavras que eu tinha trancado dentro de mim por tanto tempo quanto me lembrava. Virei a chave. Agora elas se despejaram a uma velocidade estonteante. — E o meu pai? Todo encantador para se enfiar na sua vida e depois largando você com duas crianças e nenhum meio de sustentá-las? Ele não é a razão de você nunca ver a sua família? Ele não é a razão de vivermos neste quarto minúsculo e abafado? A razão de termos que contar cada rúpia que gastamos? E, mesmo assim, não temos o suficiente para comprar *chappals* novas para você. Que tipo de homem faz isso? Eu o odeio, mãe. Eu o odeio desde que tinha três anos. E o odiei ainda mais, e nem achava que seria possível, depois que o Rajat morreu. Ainda sinto falta dele, mãe. Ele era só um bebê. Ele não merecia morrer. — Balancei a cabeça para ela, respirando com dificuldade. — Você foi iludida a pensar que meu pai era um homem bom. Ele não era. Se fosse, estaria conosco aqui, agora, mas não neste lugar horrível com os trens acordando a gente a cada hora, o fedor da fumaça na nossa boca.

Meu coração batia tão alto no peito que achei que poderia desmaiar. Meu estômago doía. Eu me curvei, as mãos nos joelhos. Queria que os últimos cinco minutos não tivessem acontecido. Eu me arrependi das palavras assim que elas saíram da minha boca. Não tinha o direito de machucar minha mãe assim. Falar contra meu pai era como culpá-la por ter estado com ele. No que eu era melhor do que as pessoas de quem havia falado antes, pessoas que sorriam para você e depois a apunhalavam nos pontos mais sensíveis? Não era exatamente isso que eu tinha acabado de fazer com ela?

Quando levantei a cabeça para encará-la, minha mãe olhava fixamente para mim, a boca aberta, a testa enrugada. Eu a via, naquele momento, como os outros a viam. Derrotada. Encolhida. Os cotovelos nodosos, os joelhos ossudos. O couro cabeludo aparecendo sob o cabelo ralo, os fios já mais grisalhos do que pretos. Seus dedos, antes tão elegantes, inchados com artrite. Logo, logo ela não conseguiria mais enfiar a linha na agulha ou costurar uma bainha. *Ele* tinha feito isso com ela. Ela havia pagado um preço alto por ter amado o pai de seus filhos.

— Você tinha só três anos. Não achei que se lembrasse dele. — Começou a esfregar a mão naquele ponto acima do coração. — Pelo menos eu queria acreditar nisso. Eu não sabia que todo esse tempo…

Baixou os olhos para o colo, para a peça de roupa inacabada, os fios prateados brilhando sob a única lâmpada no teto. Ela fazia roupas lindas para outras pessoas, roupas que não tinha dinheiro para comprar para nenhuma de nós duas. Quando olhou de novo para mim, seus olhos estavam úmidos.

— Mas, Sona… achei que você estava feliz com a nossa vida. É verdade, não temos tanto dinheiro quanto gostaríamos, mas não vai ser sempre assim. É por isso que eu quis que você fosse enfermeira. Você está indo bem, estamos juntando dinheiro. — Fez uma pausa, a saliva se juntando no canto dos lábios. — Eu não sabia que você odiava tanto estar aqui. Eu não sabia que você *o odiava* tanto assim.

A única vez que eu a tinha visto chorar fora quando Rajat havia morrido. Mas, naquele momento, uma lágrima rolou pela bolsa debaixo de seu olho e desceu para a concavidade da bochecha. Corri até ela, me ajoelhei na frente de sua cadeira e pousei as mãos em seus joelhos.

— Ah, mãe, me desculpe. Eu não devia ter dito essas coisas. Eu não falei sério, não mesmo. Me desculpe. — Enxuguei suas lágrimas. — Por favor, me perdoe.

Havia um nó em sua voz quando ela continuou.

— Você não está errada. Ele realmente nos traiu. Quando ele foi embora, vocês dois eram tão pequenos. Como eu poderia dizer isso a você? Então você cresceu e, bem, nunca parecia que era a hora certa. Eu achei que, se você nunca perguntasse, eu poderia fingir que não tinha acontecido. Eu não queria magoar você, *beti*, só protegê-la. — Ela chorava abertamente, as lágrimas molhando minhas mãos. — Ele prometeu, Sona. Ele prometeu que ficaria conosco para sempre. Ele nos amava. Disse isso tantas vezes. Eu não sabia que ele tinha outra família. Ele nunca me contou. Nunca passou pela minha cabeça que ele não queria se casar comigo porque já era casado na Inglaterra. Ele era casado há cinco ou seis anos quando o conheci. Se ele tivesse sido sincero, eu nunca teria ficado com ele.

Meus pais nunca haviam se casado? Meu pai tinha outra família? Na Inglaterra? Meu peito se apertou. *Rajat e eu éramos ilegítimos? Legalmente, eu não existia?* Uma pontada de dor martelou minhas têmporas. O que mais eu não sabia sobre o homem que me legou o formato da boca, a cor da pele?

Minha mãe estava amarfanhando a blusa em que estivera trabalhando.

— Eu era tão jovem, Sona, e tão ingênua. Ele esperou para me contar no dia em que foi embora. Eu não conseguia acreditar. Não podia acreditar que ele estava nos deixando. Não podia acreditar que ele tinha outra família. Não podia acreditar que ele ia fazer isso com a gente. Tive vontade de arrancar os olhos dele. Bati na cara dele. Bati com toda a minha força. Chutei as pernas dele, joguei tudo que estava ao meu alcance em cima dele: panelas, tesouras, brinquedos do Rajat. Ele não me impediu. Eu o empurrei tão forte que a cabeça dele bateu na parede. Quando ele se afastou, estava sangrando, mas não disse nada, só foi embora. Ele foi embora mesmo assim. — Soluçou, tentando recuperar o fôlego.

— Mãe. — Tirei a blusa das mãos dela e cobri suas palmas com as minhas.

Ela olhou para nossas mãos e afagou meu polegar.

— Mesmo assim, Sona, eu o amava. Não foi tudo ruim. Talvez você não consiga entender, pelo menos não agora, mas um dia você vai. Enquanto estava com a gente, ele foi bom. Ele amava você e o Rajat. Eu não teria tido vocês dois para amar se não fosse por ele. Ele fazia flores de papel para você, e você as espalhava em volta da sua cama. Ele punha o Rajat nos ombros e levava vocês dois ao zoológico. Vocês adoravam os pavões. Quando eles abriam a cauda, o Rajat gargalhava. — Sorriu com a lembrança.

Senti algo endurecer dentro de mim, algo pequeno e redondo como uma bola de gude. Ela o estava defendendo. Depois de tudo que ele tinha feito com ela. Conosco. Soltei suas mãos.

— Sim, e o Rajat ainda estaria vivo se ele tivesse sido um pai responsável.

Linhas de preocupação cruzaram a testa de minha mãe.

— Não, Sona. O Rajat podia ter morrido de qualquer maneira. Ele nasceu com o coração fraco. Os médicos disseram que não podiam fazer nada. — Parou um pouco, o olhar passeando pela mesa: a blusa amassada, a tesoura, a almofada de alfinetes em forma de tomate. Ela enxugou as lágrimas com a ponta do sári e me olhou por um momento. Como se tivesse tomado uma decisão sobre algo, fez um movimento afirmativo com a cabeça. — É hora de eu mostrar a você, Sona.

— Mostrar o quê?

Em vez de responder, ela se levantou e foi até o pé do nosso charpoy, onde mantinha um baú de metal cheio de restos de tecido de suas encomendas. Ela usava as sobras para costurar nossos lençóis, fronhas e meus vestidos.

Uma vez eu lhe perguntara se a sra. Rao, que queria que minha mãe prestasse conta de cada centímetro de tecido usado em suas roupas, não achava ruim que ela usasse seu fino algodão para fazer nossas cortinas. Minha mãe batera na lateral do nariz.

— Eu tenho um segredo. — Ela pegara um kameez semiacabado da pilha de roupas em que trabalhava e me mostrara o lado de dentro da costura. — Outras costureiras deixam tecido extra aqui para que pessoas como a sra. Rao possam ganhar alguns quilos. A costura pode ser alargada e ninguém fica sabendo. Mas a nossa sra. Rao é tão *patali-dubali*, que não ganharia um quilo nem se comesse um prato de *pakoras* todas as noites. Eu faço *parecer* que enfiei o tecido extra da costura no pesponto e, em vez disso, guardo essa sobra de tecido para costurar uma *rajai* nova para nossa cama todo ano. Está quase completa! — havia dito e sorrido, revelando a mordida desalinhada.

Então voltou para a mesa e para sua cadeira, ligeiramente ofegante, a boca entreaberta, o rosto pálido. Na mão, uma pilha de cartas de uns quinze centímetros de altura. Os envelopes amarrados com uma tira de estopa.

Imediatamente, me levantei para ajudá-la a se sentar. Seu coração vinha lhe dando trabalho, mas ela tomava remédios para aliviar o mal-estar.

— Você tomou seus comprimidos hoje? Vou fazer um chá de água de rosas, mãe. Vou pôr um pouco de hibisco também.

Dei um passo em direção ao fogãozinho, mas ela me deteve.

— Estou bem. Sente-se aqui. — disse e deu uma batidinha na cadeira. Não acreditei que ela estivesse bem, mas voltei a me sentar.

Ela pôs a pilha em cima da mesa.

— São suas. — Lentamente deslizou o montinho para mim, com os olhos baixos.

Eu nunca as tinha visto antes. Franzi a testa.

— Desde que seu pai foi embora, ele mandou dinheiro no seu aniversário todo ano. E no de Rajat. — Seu lábio inferior tremeu e ela apontou para os envelopes. — Não tem nenhum bilhete escrito. Nenhum endereço de remetente. Se tivesse, eu teria avisado a ele sobre a morte de Rajat. Vem só dinheiro britânico. As primeiras cartas tinham alguns xelins, depois uma libra. Nos seus últimos aniversários, ele mandou três libras por ano. Eu nunca toquei no dinheiro. Guardei para você. — Pôs as mãos entre os joelhos, no fosso criado pelo sári. — Para o seu casamento. Ele devia isso a você — acrescentou baixinho.

Fiquei olhando para ela. Meu pai me mandava dinheiro havia... *vinte anos*?

— Mas como ele descobriu nosso endereço em Bombaim depois que nos mudamos de Calcutá?

— Não sei. Talvez por um dos nossos antigos vizinhos. — Minha mãe baixou os olhos para as mãos nodosas. — Por favor, me perdoe por esconder isso de você. — Sua voz falhou. — Eu só quis fazer o melhor.

E... para ser sincera... não queria que você pensasse que ele é um pai melhor por estar tentando cuidar de você. Fui egoísta, eu sei. Fiquei furiosa com ele durante muito tempo. Como você está agora. Mas é hora de deixar essa raiva de lado, Sona. Como eu tive que fazer. Com o passar do tempo, isso vai fazer mais mal do que bem para você. — Enxugou os olhos com um pedaço do tecido que estava na máquina de costura.

Olhei para a pilha de envelopes, uma pequena montanha no meio da mesa.

— Mas... e se nós usássemos esse dinheiro para comprar comida? Ou para pagar o aluguel adiantado? Podemos comprar óculos novos para você fazer seus lindos pontos à mão.

Ela fez que não com a cabeça.

— Já guardei o suficiente do seu salário e da minha costura para tudo isso. Este dinheiro é seu. Faça o que quiser com ele.

Olhei demoradamente para o montinho de envelopes na mesa. Era como outra presença no quarto, pulsando com vida. Eu me levantei tão rápido da cadeira que quase a derrubei. Comecei a andar pelo quarto.

Um turbilhão de pensamentos se agitou dentro de mim. Meu pai se lembrou do meu aniversário, e do de Rajat, desde o ano em que foi embora? Será que alguma vez ele escreveu para nós e, no último instante, desistiu de enviar a carta, achando que nos machucaria ainda mais receber notícias dele depois de tanto tempo? Meu pai tinha uma esposa inglesa? Como ela era? Ele tinha filhos com ela? Meninos? Meninas? De que idade? Eles sabiam sobre nós? O que eles disseram quando descobriram? Eles chegaram a descobrir? Alguma vez ele sentiu saudade? Esse dinheiro compensava tantos anos de negligência? Amenizava minha raiva em relação a ele?

O que eu olhava à minha frente era dinheiro de culpa. Ele se sentia culpado por mentir, por nos abandonar, por não nos dizer se ainda nos amava. Será que minha mãe tinha inventado as lembranças sobre as flores de papel e as visitas ao zoológico? Será que, na cabeça dela, era isso que ela gostaria que tivesse acontecido, mas não aconteceu?

Eu não queria o dinheiro dele, para guardar ou usar. Eu nem queria tocá-lo.

Mas, quando olhei para minha mãe, o remédio para o coração de que ela precisava, as chappals gastas que ela insistia em usar porque dizia que eram mais confortáveis do que as novas seriam, o sári que ela usava tanto que o tecido era transparente em alguns pontos, soube que precisávamos de mais do que o dinheiro que ela havia economizado.

Expirei muito lentamente e parei diante de minha mãe. Ela me olhou.

Eu me inclinei, toquei minha testa na dela.

Depois puxei a cadeira para perto da mesa e me sentei.

— Vamos contar o dinheiro — afirmei.

QUATRO

Eu tinha a esperança de que, depois da conversa com o dr. Mishra, o dr. Holbrook reconsiderasse o tratamento de Mira, mas, ao final do meu turno da noite anterior, vi no prontuário que isso não havia acontecido. As olheiras de Mira estavam mais profundas e escuras do que na véspera. Sua pele, mais pálida. O cabelo, ralo. A respiração, ácida. Ninguém estava cuidando dela? Onde estava seu marido? Por que ele não exigia um tratamento melhor, como o dr. Mishra? A propósito, Filip Bartos sequer vinha fazer companhia à esposa. Na noite anterior, quando ele deixara os quadros no quarto, tinha sido a primeira vez que o vira.

Enquanto vestia o uniforme para mais um turno, eu havia decidido: se o marido dela não iria ajudá-la, eu iria.

Levei uma maca de rodinhas para o quarto de Mira. Trouxe duas vasilhas esmaltadas cheias de água morna, um frasco de shampoo de sândalo, toalhas e uma xícara.

Mas Mira não estava sozinha. Ela desenhava Indira, que, tão logo me viu, enrubesceu e pegou sua touca.

— Não, eu ainda não terminei! — Mira exclamou.

— Senhora, a Sona está aqui — avisou Indira. — Isso quer dizer que é o começo do meu turno também. Tenho que ir. — disse e prendeu a touca sobre o cabelo.

Mira me olhou com ar de desamparo.

— Eu pedi para a Indira vir mais cedo hoje e posar para mim. Ela tem tanta personalidade. Tanta profundidade. Olhe só isso. — Levantou o esboço.

Indira e eu nos aproximamos. Um retrato em carvão de Indira. Os traços captavam sua tristeza, o modo como ela se esforçava para escondê-la. Os olhos cautelosos, sempre semiabertos. Os lábios que se estendiam em uma linha reta, não se curvando nem para cima nem para baixo nos cantos. Mas as feições de Indira no desenho eram menos definidas, indistintas, até. Ela poderia ser qualquer mulher. Indira, mas não propriamente Indira.

Minha amiga olhou para o desenho com espanto.

— Eu sou mesmo assim? — perguntou. Uma lágrima surgiu no canto dos olhos. — Ela parece tão desamparada e triste. — Olhou para mim. — Eu sou assim?

Pus o braço em volta dela.

— Você é você. Só existe uma Indira.

Ela se virou para ir embora.

— Trouxe *lassi* de manga na garrafa térmica hoje, se você quiser um pouco — comentei.

Ela fez que não com a cabeça e saiu. Eu me virei para Mira e percebi que ela estivera nos observando em silêncio.

Abri a janela para deixar entrar uma brisa leve e sorri.

— Vamos lavar seu cabelo hoje?

Ela riu.

— "Vamos", não. Parece que *você* vai lavar o meu cabelo hoje.

Constrangida por ter falado com ela da mesma maneira como falara mais cedo com o menino que iria fazer uma cirurgia para a retirada das amígdalas, pedi desculpas e simulei uma saudação, inclinando o corpo.

— Não se preocupe, Sona. É sempre um prazer ver você. — Balançou a mão na frente do rosto. — Me conte, do que você está protegendo a sua amiga?

Olhei para ela.

— Quem? Indira?

Ela confirmou com a cabeça.

Eu deveria saber. Por mais que Mira gostasse de falar, ela também escutava. Ela ouviu o que não foi dito. Sentiu o que não foi expresso em palavras. Essa era uma das coisas de que eu gostava nela.

— A vida dela em casa não é boa — falei, antes de voltar minha atenção para o frasco de shampoo e abrir a tampa.

Ela levantou as sobrancelhas.

— Quando eu comecei a pintar as mulheres, vi muitas com hematomas de trabalho pesado ou de abuso ou negligência. Eu queria ajudar, mas não havia como. E nem elas queriam que eu fizesse isso. Me diziam que teriam mais problemas ainda em casa se eu interferisse. No começo eu não entendia, mas acabei percebendo que poderia contribuir mais se representasse a vida e os sentimentos delas na tela, para o mundo ver. Era quando o trabalho tomava conta e eu deixava de existir. As pinturas ganhavam vida sob o meu pincel. Sona... — Mira esperou até que eu olhasse para ela. — Deixe a Indira viver a vida dela.

Parte de mim estava surpresa por ela ter pressentido o que estava acontecendo; ela estava dizendo o que Indira havia dito, o que minha mãe havia dito. Mas a outra parte de mim ficou incomodada com o conselho indesejado.

Mira pôs os lápis e o bloco de desenho de lado.

— Estou contente por você estar aqui. Quero lhe perguntar uma coisa.

Que assunto indelicado ela iria mencionar? Eu estava ao mesmo tempo desconfiada e curiosa.

— Está bem. Mas, primeiro, acha que consegue se sentar em uma cadeira?

Ela franziu a testa, depois fez que não com a cabeça. Então a ajudei a se sentar na cama. Ela soltou um gemido. Dei uma olhada nos lençóis para ver se ainda estava sangrando. Havia umas poucas manchas do tamanho de uma moeda. Eu trocaria os lençóis depois de lavar seu cabelo. Vi no prontuário que a enfermeira do turno anterior tinha lhe dado uma dose de morfina não fazia muito tempo. Talvez fosse fazer efeito logo. Tirei os travesseiros de trás dela e os substituí por uma pilha de toalhas para absorver a água. Enrolei uma delas em volta de seu pescoço e ombros.

— Se você tivesse que viver a sua vida outra vez, tem alguma coisa que faria diferente? — perguntou ela.

Uma vez mais, ela estava sondando, perturbando minha superfície organizada de obrigação e responsabilidade para mergulhar na camada sensível, imperfeita e confusa que havia embaixo. Mas, em vez de me incomodar com sua tentativa de me fazer falar, admirei a maneira como ela fazia isso. Como uma flecha indo direto ao alvo. Não com maldade, mas porque estava genuinamente interessada.

— Por que está perguntando? — questionei, enquanto despejava água morna sobre seu cabelo, tomando o cuidado de não deixar que lhe molhasse o rosto.

— Porque eu posso conversar com você, e com Amit, sobre o que me interessa.

Fiquei aliviada por ela não poder ver o rubor em meu rosto. Por que sua amizade com o dr. Mishra me incomodava? Isso era ridículo. Não era como se ele e eu… Talvez o que me perturbasse mais fosse saber que ela o havia ungido, feito com que ele se sentisse privilegiado por estar em seu círculo, como fizera comigo. Havia isso no jeito dela: fazer as pessoas se sentirem amadas e especiais. Era esse traço que devia ter atraído Petra e Paolo para ela, e todas as outras pessoas que ela tenha conhecido.

Despejei um pouco de shampoo na palma da mão e o massageei em seu couro cabeludo e no cabelo preto ondulado. Os fios estavam oleosos, mas, quando terminássemos, estariam brilhantes novamente. A fragrância agradável de sândalo tomou o quarto.

— Se eu pudesse fazer tudo outra vez — continuou ela —, teria sido uma pessoa melhor com a Jo. Josephine. Tenho pensado muito nela. Ela não merecia o que eu fiz. — Ela baixou a cabeça ligeiramente. — A Jo era... é... uma negociadora de arte, uma *marchand*, em Paris. Um grande nome. Ela vendeu muitos dos meus trabalhos... — Fez uma pausa. — Foi enquanto eu estava lá na Academia. A Jo e o marido dela, Jean, meio que me adotaram. Eles me convidavam para jantar, me levavam ao Louvre, e nós passávamos horas e horas lá. Eu desenhava enquanto eles passeavam. Eles me levaram para ver o Jeu de Paume, o Palácio de Chaillot, o Museu Orangerie, os impressionistas. Eu me apaixonei por Gauguin e Cézanne. A Jo e o Jean eram tão bons. Eu desabafava com eles sobre o Paolo. E, então, eu fiz uma coisa horrível. Foi imperdoável. — Fez outra pausa. — Eu os traí sem motivo algum, Sona. Eu seduzi o Jean. Não sei por que fiz aquilo.

Mais uma vez, ela havia me chocado. Tinha sido essa a sua intenção? Ela confessou que tinha traído uma boa amiga da pior maneira possível. Estaria buscando uma absolvição? De mim? Quem era eu para perdoar quem quer que fosse? Esperei que ela continuasse enquanto enxaguava seu cabelo com a água limpa da outra vasilha.

— Eu e o Jean tivemos um caso. Quando a Jo descobriu, ficou furiosa, claro. E magoada. O Jean acabou a deixando e a Jo parou de me agenciar. Não a culpo, Sona. O que eu fiz foi terrível. Ela não tinha feito nada para merecer aquilo. Muito pelo contrário, na verdade. Ela construiu um nome para mim no mundo da arte. Mas, depois do que eu fiz, nenhum agente queria saber de mim. Eu fiquei péssima. Não conseguia pintar. Não tinha dinheiro. Por fim, voltei para casa em Praga e flertei com o Filip. — A culpa havia se infiltrado em sua história. — Minha mãe ficou irada. Ela achava que eu poderia conseguir coisa melhor. Um príncipe ou, no mínimo, um diplomata. — Seu sorriso era irônico. — Ele não era nada disso. E provavelmente foi por isso que eu me casei com ele e vim para a Índia.

Juntei seu cabelo em uma toalha e o torci. Não sei de onde as palavras vieram, mas eu sabia que eram verdadeiras.

— A senhora não estava apaixonada pelo Filip.

Ela virou o pescoço para olhar para mim e assentiu.

— Todos acharam que eu tinha sido corajosa por desafiar minha mãe. Mas a verdade era que eu não queria vir sozinha para a Índia, onde eu nunca tinha estado. Eu precisava de alguém para me acompanhar. E o Filip era uma boa companhia. — Ela se virou para a frente outra vez, inspirou fundo e soltou o ar devagar. — Aonde vou eu crio o caos, Sona.

Eu não sabia o que dizer. Provavelmente era por isso que não devíamos nos tornar muito próximas dos doentes, como Rebecca alertara. Eu tinha ficado tão impressionada com Mira, tão atraída por suas experiências, sua sofisticação. Naquele momento eu via uma mulher muito mais complicada, que, por mais afetuosa que fosse comigo, havia traído pessoas que a amavam. E tinha feito de propósito. Ela faria o mesmo comigo algum dia? Ela sabia os limites que estava cruzando e havia continuado mesmo assim. Só naquele momento parecia arrependida. Normalmente, eu teria tentado substituir as sombras de um paciente por luz, deixando-o de bom humor. Mas, com Mira, resisti. Ela havia me atraído para si; me permitido, me encorajado a me aproximar dela. E isso não fizera com que eu me sentisse importante? Mas, então, ela me decepcionou. Teria sido assim que minha mãe se sentira quando descobriu que o homem que ela adorava, o homem que havia incentivado que eles se unissem, era um charlatão?

Juntei meu material — toalhas molhadas, vasilhas, shampoo — e o coloquei na maca. Quando me virei para avisá-la que voltaria para trocar os lençóis e acomodá-la na cama, vi lágrimas correndo pelas laterais de seu nariz até os lábios. Sua culpa, ainda que tardia, derreteu um pouco da minha resistência. Não era suficiente que nosso corpo e nossos membros doessem? Por que tínhamos que sentir uma dor enorme também no coração, inserida tão profundamente que não tínhamos como simplesmente arrancá-la de lá? Peguei um lenço no bolso e enxuguei seu rosto. Depois me virei para sair.

Ela segurou meu pulso para me deter.

— Obrigada.

Assenti. Ela me agradecia por tê-la ouvido sem julgar. Mas, no meu íntimo, eu a tinha julgado. Como poderia não julgar? Eu entendia o que sua amiga Jo, o que sua amiga Petra, o que seu amante Paolo deviam ter sentido, como Mira os havia usado. Eu também já havia sido traída. Já tinha experimentado essa coisa feia, com garras, coberta de escamas.

Eu já havia sido traída pelo meu pai.

Timothy Stoddard estava começando o processo de ajudar seu tio a se sentar em uma cadeira de rodas com encosto de vime. A parte mais abaixo da cadeira podia ser levantada em noventa graus para acomodar pacientes com uma perna quebrada. O gesso do dr. Stoddard tinha sido removido mais cedo naquele dia.

— Minha querida! Sua carruagem a espera! — exclamou o bom doutor quando entrei no quarto.

Timothy riu.

— Ela não vai poder se sentar no seu colo, tio.

O médico nos apresentou. Timothy, com seu sorriso fácil, tinha mais ou menos a minha idade. Pus um dos braços do dr. Stoddard em volta dos meus ombros para poder carregar metade do peso. Timothy o equilibrou do outro lado e o ajudamos a sair da cama.

— De onde veio isso? — perguntei enquanto segurava a cadeira de rodas e Timothy o sentava nela.

— Eu ainda tenho direito a alguns favores — disse o doutor. — Mandei o Timothy pedir ao Mohan, da manutenção, para trazê-la aqui para cima depois que as visitas fossem embora. — Olhou para seu colega de quarto, o sr. Hassan. — O que me diz, Fahid? Que tal irmos ao penhorista se você conseguir se desgrudar desse livro?

O sr. Hassan, que era o paciente que eu estava aqui para checar, já tinha se acostumado ao senso de humor de seu colega. Ele baixou *A casa e o mundo*, de Tagore.

— Já estou na metade, meu amigo, não posso parar agora — disse ele. No momento, sua condição era estável. Ficaríamos de olho em seu coração enquanto ele se recuperava da cirurgia de apêndice. — *Bon voyage* — brincou.

— Vamos lá, Timothy! — Cansado do gesso, o dr. Stoddard estava ansioso para começar a aventura.

Por trás dos óculos de Timothy Stoddard, havia olhos de um castanho aveludado e cílios espessos. Ele sorriu para mim.

— O tio Ralph sempre foi osso duro de roer. Nem sei se o criado o quer de volta em casa.

— Talvez eu queira ir para outro lugar, rapazinho. Estive pensando em Istambul. — Ele sorriu e se dirigiu a mim. — Por que você não vem comigo, minha cara? Vai ser bom ter uma enfermeira bonita a bordo do navio. Posso ensiná-la a jogar *gin rummy*, como vivo prometendo.

Timothy, atrás dele e com as mãos nas alças da cadeira, piscou quando passou por mim.

— Ele rouba no jogo.

— Estou sabendo, rapazinho. — Sorri.

Eu os acompanhei até a porta.

— Avante! — o dr. Stoddard exclamou.

Timothy empurrou a cadeira de rodas com toda a energia pelo corredor. Bati palmas de leve. Era como uma corrida com um único competidor, e Timothy estava ganhando. Ele chegou ao fim do corredor e virou a cadeira para retornar. Olhei em volta para ter certeza de que não havia nenhum paciente no caminho. Foi quando a vi.

A enfermeira-chefe com seu porte imponente vinha em nossa direção, os olhos azuis faiscando.

Usando toda a sua força, Timothy conseguiu fazer a cadeira de rodas parar bem diante dos pés dela. Só então ela me notou. Olhei para o dr. Stoddard, depois para Timothy. Meu coração batia tão forte no peito que o barulho em meus ouvidos era ensurdecedor. Eu seria repreendida outra vez no tribunal superior da enfermeira-chefe. Minhas axilas estavam úmidas. Apoiei um braço na porta, com medo de que meu coração se acelerasse ainda mais.

A enfermeira-chefe cruzou os braços sobre o peito.

— Imagino que essa cadeira de rodas seja regulamentada e aprovada pelos médicos, certo? — Todos nós sabíamos que o Hospital Wadia não tinha cadeiras de rodas.

O dr. Stoddard levantou os olhos para ela com seu sorriso mais cativante.

— Claro, enfermeira-chefe. Eu andaria nela se não fosse?

O médico e a enfermeira-chefe se encararam em silêncio. Por fim, ela se virou para mim.

— Enfermeira, venha falar comigo quando tiver terminado aqui.

— Não foi ela quem pediu a cadeira, enfermeira-chefe, nem me fez sentar aqui — disse o dr. Stoddard. — Ela veio para ver o Hassan, velho de guerra. — Baixou a voz, como se trocasse uma confidência. — Cá entre nós, a enfermeira Falstaff é o destaque do dia dele.

Timothy interveio.

— A enfermeira Falstaff tentou nos impedir, mas meu tio não aceitou.

O médico pressionou as mãos em súplica.

— Eu sou um casca-grossa, enfermeira-chefe. Como um favor para mim, não penalize a pobre menina.

— Dr. Stoddard — disse ela, como se apontasse um dedo para ele. — O que faço ou deixo de fazer com minha equipe de enfermagem não deveria ser da sua conta.

— Ah, mas é, minha cara. Eu faço parte da diretoria do hospital, não sabia? E estou dizendo que esta menina não vai ser punida por algo que provoquei. Certo, então, Timothy. Pode me levar de volta para a cama. — Timothy obedeceu e me deu uma piscadinha ao passar.

Mais autoconfiante, olhei para a enfermeira-chefe.

— Preciso terminar com o sr. Hassan. — Sem esperar sua aprovação, me virei e caminhei até a cama dele, para aferir sua pressão. Estava com medo de olhar para a porta. Quando finalmente o fiz, ela não estava mais lá.

Como Timothy estava tendo dificuldade para tirar o dr. Stoddard da cadeira de rodas, fui ajudá-lo. Era visível que, embora o passeio tivesse sido empolgante, também havia cansado o velho doutor. Suas bochechas e nariz estavam vermelhos. Timothy serviu um copo d'água para o tio.

— Doutor, estou curiosa — comentei. — Se o senhor faz parte da diretoria do hospital, por que não pediu um quarto privativo?

— Porque gosto de companhia, minha querida. E o Hassan é uma ótima companhia.

Eu me voltei para o sr. Hassan, que parecia não ter visto nem ouvido nada. Ele baixou calmamente o livro e lhe estendi seu remédio e um copo d'água.

— Não sei bem o que pensar de uma mulher que salva a minha vida *e* monitora corridas de cadeira de rodas. — O velho muçulmano sorriu, o bigode grisalho dançando.

Olhei para o dr. Stoddard. Seu sorriso era bondoso quando ele disse:

— Heroínas devem ser reconhecidas, minha querida. Um brinde, Fahid.

O sr. Hassan ergueu seu copo d'água para mim e o dr. Stoddard fez o mesmo.

O hospital fornecia comida para os funcionários, mas a cozinha fechava às seis e meia. O refeitório, porém, permanecia aberto para acomodar o turno da noite. Minha mãe preparava um tiffin com meu jantar todos os dias. Para ser sincera, a comida dela era mais gostosa do que qualquer coisa que houvesse na cozinha do hospital. Eu me programava para jantar às dez da noite, o que mantinha minha fome sob controle até o fim do turno.

Estava a caminho do refeitório com meu tiffin e ansiosa para ler meu livro, *Um teto todo seu*. Eu o havia encontrado em uma loja de livros usados perto do Bazar Bhendi. Teria preferido comer no almoxarifado, para ter mais privacidade. Mas a enfermeira-chefe proibira cheiro de curry por lá, afirmando que impregnava todos os lençóis e toalhas.

Tinha acabado de passar pela sala do dr. Mishra quando o ouvi chamar meu nome. Voltei alguns passos e o encontrei sentado à mesa. Meu coração deu uma pequena cambalhota e a respiração acelerou. Ele fez um movimento de se levantar quando me viu e indicou a cadeira à sua frente.

— Por favor. — Seu olhar vagueou para a caneta-tinteiro em sua mão, o abajur em um canto da mesa, depois para meus sapatos.

Exceto pelo cabelo desarrumado, ele estava corretamente vestido, a camisa e o avental bem passados. Já sua sala era outra história. Blocos de receituário, formulários médicos, um tinteiro, uma carta em andamento e uma xícara de chá pela metade espalhavam-se pela mesa. Um periódico médico, aberto em um artigo com a ponta dobrada, equilibrava-se precariamente sobre uma pilha de livros. Controlei o impulso de estabilizá-lo, sentindo instintivamente que ele não gostaria que mexessem no jeito como dispunha suas coisas. Na parede atrás do dr. Mishra havia uma foto de Gandhi e Nehru cercados por líderes do Congresso Nacional indiano. A sala recendia a seu perfume de cardamomo-limão.

Hesitante, permaneci em pé junto à porta. Queria desesperadamente atender ao convite. Eu me lembrava da sensação de estar ao seu lado, de sua mão na minha enquanto examinávamos Mira. Mas o protocolo me deteve. Seria apropriado sentar-se com um médico na sala dele? Enfermeiras e irmãs religiosas conversavam com os médicos da porta da sala ou ficavam em pé diante de sua mesa para receber instruções ou fazer alguma pergunta. A enfermeira-chefe aprovaria que eu me sentasse *com* o dr. Mishra? Eu achava que não. E se ela fizesse suposições equivocadas? Eu já havia estado na mira da enfermeira-chefe mais cedo com o dr. Stoddard e sua cadeira de rodas, não queria cometer duas infrações no espaço de duas horas.

— Preciso lhe perguntar uma coisa. — A expressão dele era séria, quase suplicante. Passou os dedos pelos cachos, o que não os assentou.

Desajeitada, eu me sentei com o tiffin e o livro no colo. Minhas mãos estavam úmidas. Resisti à vontade de enxugá-las no avental.

O olhar dele pousou em meu tiffin e ele enrubesceu.

— Ah, me desculpe! Não percebi… é o seu jantar… eu não devia… — As frases eram como as marteladas de um pica-pau-incandescente-indiano: *ta-ta-ta*, pausa, *ta-ta-ta*.

— Está servido? — Levantei a tampa do primeiro compartimento. — Tem bastante. *Chole, karela.* — Abri o segundo compartimento. — Chutney. Arroz. — Percebi que estava tagarelando. *Cale a boca, Sona.*

— Ah, eu tomo chá... — Levantou sua xícara. As irmãs passavam de tempos em tempos servindo chá aos médicos. — Mas obrigado. — Com aquele corpo tão magro, me perguntei se ele chegava a comer em algum momento.

Senti o pescoço esquentar enquanto fechava a tampa do tiffin e esperava sua pergunta, atenta a passos no corredor.

Ele uniu as mãos no tampo da mesa.

— Como você acha que a srta. Novak está evoluindo?

Eu deveria ser sincera? Será que teria problemas com a enfermeira-chefe por discutir o caso de uma paciente com um médico? Definitivamente isso não estava em nossa atribuição. Por outro lado, o dr. Mishra me havia feito uma pergunta específica e a saúde de uma paciente estava em jogo. Depois de hesitar um instante, respondi:

— Ela não está melhorando. Não vejo nenhuma mudança nela. A morfina só está mascarando o mal-estar. — Olhei nos olhos dele para ver se havia me excedido.

Mas ele assentiu.

— Eu concordo. A morfina não está resolvendo. Holbrook acha que está. Eu não consigo fazê-lo mudar de opinião. — Esfregou a testa.

Não havia me ocorrido que até mesmo os médicos tinham uma espécie de enfermeira-chefe, uma autoridade superior a quem não ousavam desobedecer.

— O que o senhor recomendaria? — perguntei.

— Acho que pode haver resto de tecido fetal infeccionado. O único jeito de saber é olhando por dentro.

— E o dr. Holbrook não quer operá-la?

Ele fez que não com a cabeça. Pegou a caneta-tinteiro e a girou entre os dedos. Ficou em silêncio por tanto tempo que me perguntei se teria esquecido que eu ainda estava ali. Meu estômago roncou de fome.

— Eu vim para a Índia para ensinar aos alunos de medicina o que aprendi na Inglaterra — começou. — Aqui, os britânicos só permitem o currículo mais básico para as escolas de medicina indianas. Imagine minha surpresa quando cheguei ao Wadia entusiasmado para ensinar e o Holbrook me designou para o turno da noite, quando o treinamento, que acontece durante o dia, já terminou. Isso significa que menos médicos indianos no Wadia vão receber a formação de que precisam. — Deu uma olhada para mim para ver se eu estava entendendo. Seus olhos cinzentos passaram do meu rosto para a caneta em sua mão e para o tinteiro. — A independência é inevitável e as coisas vão mudar. Médicos como Holbrook acham que isso não vai acontecer. Que, só porque o clube Gymkhana de Bombaim finalmente permitiu que indianos se tornassem sócios, os britânicos fizeram progresso real. Todos nós sabemos que isso não é verdade. — Parou de mexer com a caneta e me olhou, assustado. — Ah, perdão, talvez eu a tenha ofendido. Talvez você esteja do lado dos brit... Me desculpe.

Levei um instante para organizar os pensamentos.

— Não estou do lado de ninguém, doutor. Só sei que a Índia é meu país também. Meu pai veio da Inglaterra para servir no exército britânico. Ele abandonou minha mãe, meu irmão e eu aqui, o que não faz com que eu o ame. Minha ascendência é complexa. — Sorri para deixar claro que ele não havia me ofendido.

— Ah — fez ele, com as sobrancelhas finas se erguendo.

— Então, o que o senhor vai fazer em relação a Mira... a srta. Novak?

Ele pigarreou.

— Em casos como esse, normalmente cabe ao paciente insistir que o cirurgião-chefe encontre uma solução. Sugeri isso a ela e ao marido. Eles são os únicos que podem fazer Holbrook mudar o tratamento. — Ele me olhou com esperança.

— Entendo. — Se compreendi bem o significado por trás de suas palavras, ele estava me pedindo para incentivar Mira a defender o próprio tratamento. Eu me perguntava por que ela e o marido ainda não tinham feito isso. Seria mesmo da minha conta sugerir tal coisa? — O senhor gostaria que eu...

— Exatamente.

Assenti.

— E peço desculpas por... Aproveite seu jantar. — Apontou para meu tiffin. Depois se levantou e fez um gesto para a porta, como se fosse o maître de um restaurante. Contive a vontade de lhe dizer qual mesa queria.

Tive pouco tempo para engolir minha refeição antes de retomar minhas tarefas. Tinha resolvido conversar com Mira sobre seu plano de tratamento, mas, quando cheguei ao quarto dela com a morfina, ouvi vozes. Quem a visitava tão tarde da noite? Sem saber se deveria me intrometer, parei do lado de fora da porta.

— *Princezno*, você conhece a sua mãe. Ela se preocupa tanto com você, mas também está magoada. Você a desobedece em tudo. Foi assim com o Filip. Foi assim ao se mudar para a Índia. Ela fica brava. E isso acaba com os nervos dela.

— Pai, você se mudou para a Índia primeiro. Por que é tão errado eu também vir para cá? — Mira parecia irritada.

— Bom...

— Então ela não vem?

Seu tom era petulante, como de uma criança decepcionada. Isso me surpreendeu. Sempre que mencionara sua mãe, ela parecera indiferente, como se elas fossem antigas amigas que tivessem tomado cada uma o próprio rumo.

— Como ela poderia, *broučku*? Ela está em um balneário em Genebra. Quando você estiver bem outra vez, podemos ir visitá-la. — Ouvi o som da cadeira dele se arrastando, como se estivesse se aproximando mais da cama. — Agora quer saber sobre o meu projeto? O rabino Abraham conseguiu mais três filantropos para ajudar a pagar a nova sinagoga. Precisamos só de um pouco mais e vamos começar a construir. E essa é a melhor parte, Mira.

Eu percebia o entusiasmo na voz dele.

— Vamos convidar Ruby Myers para cortar a fita!

Ouvi Mira fazer um som de desdém.

— Sério, pai? A realeza de Bollywood? É a inauguração de uma sinagoga ou um show burlesco? — Houve uma pausa, então Mira levantou a voz. — Sona, é você que está aí na porta?

Entrei no quarto e Mira estendeu a mão para mim. Segurei-a automaticamente. Ela parecia melhor do que antes. Seus olhos estavam brilhantes. A cor havia voltado.

— Este é meu *otec* — disse ela, apontando com o queixo para o homem mais velho que estava no quarto.

Seu pai se levantou da cadeira para me cumprimentar formalmente, o chapéu nas mãos. Era um homem robusto, de uns sessenta anos, com nariz proeminente e faces rosadas. Tinha uma barba curta e bem aparada. O cabelo, que começava a rarear, estava colado à cabeça com brilhantina. Usava um terno de lã com colete e um relógio dourado de corrente como muitos homens europeus de sua geração. Quando eu era pequena e acompanhava minha mãe à casa das senhoras ricas para tirar suas medidas, via homens como ele acomodados em poltronas confortáveis, lendo o jornal.

Mira sorriu para o pai.

— Pai, essa é minha enfermeira favorita, a Sona. Está vendo como meu cabelo está brilhante? Foi ela que lavou para mim. — A última palavra mal havia deixado sua boca quando ela fez uma careta e fechou os olhos com força.

— É uma honra conhecê-lo, sr. Novak — disse. — Sinto muito por encurtar sua visita, mas agora sua filha precisa descansar.

— Claro, enfermeira. Já estou de saída. — Ele se aproximou da cama de Mira com o chapéu na mão e a beijou na testa. — *Brzo se uzdrav.*

Sozinha com Mira no quarto, comecei a preparar a injeção, mas ela me interrompeu.

— Eu só estava fingindo. Não queria que ele voltasse aqui. Ele só arruma desculpas para minha mãe.

— Ah.

Ela pegou o bloco de desenho e o lápis de carvão ao seu lado.

— Meu pai vive falando do Filip. — Bateu com um pedaço de carvão no papel. — Nós crescemos juntos, o Filip e eu. Ele era como um irmão mais velho. Eu meio que queria que nós nos apaixonássemos, mas não aconteceu. O Filip me deixava na minha. Depois de um tempo, achei que estava bom assim. — Parou um momento e me olhou, depois recomeçou a desenhar. — O Filip não parecia ter nenhuma ambição em particular. Nenhum desejo de fazer nada. Eu, por outro lado, sempre tive muita ambição. Muita ambição mesmo. Meus sonhos são maiores do que esse quarto, Sona. Maiores do que esse hospital, maiores do que toda a Índia. Eu quero milhares de coisas. O tempo todo. — Suspirou. — Você já se sentiu assim?

— Já. — Eu me surpreendi. Era a primeira vez que dizia isso em voz alta.

Isso a alegrou.

— Eu sabia, só queria ouvir você dizer. — Começou a desenhar a sério. — Por um tempo, me perguntei se o Filip guardava as melhores partes dele só para si em vez de compartilhá-las comigo. — Ela virou aqueles grandes olhos escuros para mim. — Mas e se não fosse isso? E se lá dentro dele não houvesse mais do que aquilo? E se não houvesse um lá?, como diria Gertrude Stein. Eu tinha achado que a razão de ele não praticar a medicina era que havia um Filip maior por dentro. Que ele queria coisas extraordinárias para si, assim como eu. Foi o que eu disse para minha mãe, mas ela não quis saber. "Você vai se casar com um primo de primeiro grau?! Que escândalo! Seus filhos vão ter problemas mentais. Por que você não se casou com um barão ou um príncipe?" — Bateu com o carvão no papel. — Eu não queria me casar com um barão ou um príncipe. Eu só queria pintar. Ser pintora. Ser uma *grande* pintora. Só isso. Por que ela nunca conseguiu entender? Por que ela não me via como eu era e não como ela queria que eu fosse? — Mira ergueu as mãos e o carvão voou de seus dedos e aterrissou no chão, partindo-se em dois. — E agora, quando preciso dela, ela não vem porque eu a decepcionei. Não me tornei a pessoa que ela queria que eu fosse.

Suas bochechas ficaram vermelhas. Eu sentia sua frustração. Aqui estava ela, tão cheia de sentimentos, desejos e energia que queria expressar por meio de sua arte. Ela queria ser compreendida por pessoas que deveriam conhecê-la melhor. Que deveriam ter se importado o suficiente. Sentei-me em sua cama, algo que nunca teria feito com outro paciente, e, pela primeira vez, fui eu que procurei a mão dela, sem me importar se seus dedos sujos de carvão sujariam os meus. Ela olhou para mim, a dor inundando aqueles olhos luminosos. Então soltou minha mão e pôs os braços em volta do meu pescoço, me abraçando com força. Chorou e soluçou alto. Afaguei seu cabelo. Ela era tão jovem, tão assustada, tão sozinha. Sua mãe devia ser mesmo muito teimosa para se recusar a vir vê-la. Quanto a seu pai, devia estar interessado apenas na própria vida para vir lhe fazer uma única visita. E aquele marido fantasma? Onde ele se encaixava nisso tudo? Ele havia trazido os quadros que ela pedira. Trouxera o bloco de desenhos e os carvões. Mas onde estava seu coração? Seu amor?

Eu a embalei nos braços até ela se acalmar. Depois a ajudei a se recostar nos travesseiros.

Ela recusou a injeção que deveria tomar, dizendo que não precisava. Talvez fosse sinal de que estivesse melhorando. Pelo menos eu queria pensar assim, porque estava relutante em trazer à tona a sugestão do dr. Mishra de que ela deveria questionar o tratamento do dr. Holbrook. Essa não era minha função.

Quando estava saindo do quarto, ouvi vozes sussurradas no corredor. Reconheci que eram da enfermeira-chefe e do dr. Holbrook. Algo naquela conversa sigilosa me fez parar à porta.

O cirurgião estava dizendo:

— ... Eu já disse: o Horace não está comprando de fontes britânicas conceituadas, mas provavelmente de fornecedores indianos. Talvez adulterados...

A voz grossa da enfermeira-chefe o interrompeu.

— O Horace não faria isso, ele administra a farmácia há vinte anos.

— E ele é seu cunhado. Como acha que isso vai parecer se ela morrer? Já estou sob pressão suficiente do Mishra. Dê um jeito, enfermeira-chefe, ou nós dois poderemos ser responsabilizados.

A enfermeira-chefe murmurou algo que não entendi.

— O sistema dele... uma ficha em uma prancheta!

— ... sempre funcionou.

— Será? Como sabemos? Todas as mortes... Queria que ela não tivesse vindo para cá. Nem pinta direito. Sou muito mais o Constable. E não sabemos ao certo o que ela fez com o bebê, sabemos? Esse tipo de mulher...

A enfermeira-chefe baixou a voz para um cochicho. Não ouvi o que ela disse em resposta.

— Não sei se concordo. Ela não é britânica. Kipling tinha razão, todos eles são uns selvagens.

Ouvi os passos pesados do dr. Holbrook se afastando. A enfermeira--chefe continuou onde estava, olhando para o chão, pensativa. Depois se virou em minha direção e me viu. Seu rosto perdeu toda a cor. Por um brevíssimo instante, seus olhos se encheram de medo. Mas, em seguida, se recompôs, assumindo uma expressão fechada.

— Está espionando, enfermeira?

— Eu... eu estou indo ver o bebê recém-nascido e mãe dele, senhora. — Minha pulsação estava acelerada. Talvez eu tivesse acabado de ouvir a razão pela qual Mira não tinha melhorado, o motivo para estar pior.

— Então é melhor ir logo. O bebê está abaixo do peso. Você precisa cuidar disso.

Ela falou calmamente, como se a conversa que eu tinha acabado de ouvir não tivesse acontecido. Será que eu a havia imaginado? Não, com certeza eles estavam falando de Mira! Por que não a defendi? Em vez disso, fui covarde e cúmplice em meu silêncio. Ela merecia um tratamento melhor. Será que eu deveria contar o que escutara ao dr. Mishra? A linha entre o certo e o errado e os limites da minha responsabilidade faziam minha cabeça latejar.

Tinha sido um turno difícil. A cadeira de rodas do dr. Stoddard, o pedido que o dr. Mishra fizera e, depois, a conversa entre o dr. Holbrook e a enfermeira-chefe. Tudo isso acabara com a minha energia. Não consegui encontrar o dr. Mishra antes do final do expediente para lhe contar o que tinha ouvido. Talvez eu devesse pedir a opinião de Indira.

Às quatro da manhã, encontrei Mohan substituindo as rodas de uma maca, que ele tinha virado de cabeça para baixo. Ele trabalhava mais do que eu. Muitas vezes eu me perguntava se ele dormia na sala de manutenção.

Em vez de seu habitual cumprimento tímido, mas alegre, ele mal levantou os olhos quando me aproximei.

— Você viu a Indira, Mohan?

Ele ergueu a cabeça e me dirigiu um olhar sem expressão. Eu entendia. Ele estava magoado com minha resposta ao seu pedido de casamento. Eu precisava dizer alguma coisa ou essa rejeição se tornaria uma ferida purulenta. Cheguei perto dele o suficiente para ver os pelos pretos em seus ouvidos. Ele me ignorou, pegou a chave de fenda e tirou um parafuso da roda. Como sempre, a sala estava abarrotada de cadeiras e mesas velhas, além de equipamentos quebrados. Mesmo assim, nunca havia parecido abafada até aquele momento, por causa do humor de Mohan.

— Mohan, não estou pronta para me casar com ninguém. Nem sei se vou me casar algum dia. Não estou convencida de que esse seja um turno em que eu gostaria de me inscrever. — Eu esperava que minha piadinha aliviasse o clima e creio que seu semblante se suavizou. — Você é muito generoso de me oferecer uma vida segura e compartilhada. Quero que saiba disso. — Eu lhe ofereci um sorriso humilde. — Não sei se você tem consciência do que receberia de mim. Eu tenho opiniões fortes. Gosto de fazer as coisas do meu jeito... exceto quando a enfermeira-chefe me pega.

A ideia trouxe um ligeiro sorriso aos seus lábios. Ele me olhou e, então os cantos de seus olhos se enrugaram.

— Você merece coisa melhor do que eu — afirmei. — Alguém que cozinhe o jantar para quando você chegar em casa, faça massagem nos seus pés depois de um longo dia de trabalho e prepare chá sempre que você quiser. Que saiba o que você precisa antes mesmo de você. Você sabe que essa não sou eu. Nunca serei. A garota certa está à sua espera. Você vai encontrá-la. Ela pode até vir ajudar você aqui, a consertar macas e pintar mesas.

— *Accha, accha!* Pare! — Ele estava rindo. — A Indira esteve aqui, mas foi embora. O marido veio buscá-la. — As sobrancelhas de Mohan se ergueram até a linha do cabelo. — *Maderchod.* O jeito como ele a tratou. Disse que vai levá-la para casa de agora em diante.

Meus ouvidos começaram a zumbir.

— O que exatamente ele disse?

Mohan desviou o olhar, constrangido.

— "Eu não quero aquela *gori randi* perto de você."

Então eu era uma puta branca. Era irônico e cruel ao mesmo tempo. Se o marido de Indira ao menos soubesse que eu nunca havia estado com homem algum…

— Ela parecia estar com medo, Mohan?

Ele pensou um pouco.

— Ela estava mais surpresa do que qualquer outra coisa. Acho que ele nunca veio aqui antes. Com certeza eu nunca o tinha visto. Ela disse que ele não precisava se preocupar, que ela já tinha falado com você que vocês não iriam mais voltar juntas para casa, mas ele deu um tapa nela. E aí a sacudiu. — Mohan olhou para a maca, como se não quisesse me olhar nos olhos. — Foi difícil de ver, Sona. Depois disso, ela só o seguiu para fora. Como se estivesse desnorteada.

Cerrei os dentes. Minha vontade era gritar: "Como homens que nem Balbir fazem isso impunemente?". Em vez disso, respirei fundo.

— Obrigada, Mohan. — agradeci e fui até minha bicicleta.

— Quer que eu vá com você?

Eu me virei. A expressão em meu rosto deve ter lhe dito que eu não tinha entendido direito sua pergunta.

— Até a casa da Indira?

Ele confirmou a pergunta assentindo. Naquele momento, se Mohan me pedisse para me casar com ele, talvez eu tivesse aceitado. Que nobre da parte dele querer me proteger de gente como Balbir.

Fiz que não com a cabeça.

— Está tudo bem.

Eu tinha pedalado dois quarteirões desde o hospital quando vi os jovens estudantes indianos sob o poste de luz. Eles passavam um maço de cigarros Scissors entre si. A fumaça competia com o forte cheiro medicinal da árvore cássia-imperial, cujas flores minha mãe misturava com arroz para aliviar minha dor de garganta.

— Mas Gandhi-ji falou que a violência não é o caminho…

— De que outra maneira podemos mostrar aos malditos britânicos que não vamos mais tolerar intimidação? As eleições provaram que estamos prontos para governar a nós mesmos e eles continuam nos ignorando.

— Você vai à manifestação de sexta-feira?

Quando passei por eles, virei a cabeça para ouvir mais uma parte da conversa e, de repente, minhas rodas pareceram travar. Meu corpo foi jogado para a frente e quase caí da bicicleta. Olhei em volta, procurando a causa. O marido de Indira, Balbir, segurava meu guidão. Ele cheirava a paan e cigarros. Seus olhos faiscavam de raiva.

— Fique longe da minha mulher! A Indira não precisa de você pondo ideias pervertidas na cabeça dela. Não apareça na nossa casa nem fale com ela no trabalho ou você vai se arrepender. — Levantou a mão como se fosse bater em mim. O medo me invadiu, mas me concentrei para não me encolher. Ficamos nos encarando por um longo instante.

Ele se inclinou perto do meu ouvido e sussurrou, com um tom de ameaça na voz:

— E não se esqueça: posso seguir você até a sua casa a qualquer momento.

— Nada disso vai lhe dar o filho que você quer, Balbir — disse, sem elevar o tom.

Sua boca se abriu e uma expressão de choque tomou seu rosto. Ele não estava acostumado a mulheres que respondiam. Afrouxou a mão em meu guidão.

— Ei, o que você está fazendo? — gritou um dos estudantes. Percebi que eles falavam com Balbir, que, com um olhar ameaçador, soltou minha bicicleta e foi embora a passos rápidos.

Os rapazes correram até mim.

— A senhorita está bem?

Eu lhes agradeci a gentileza e saí pedalando, ainda trêmula. Quando cheguei em casa, assim que meus dedos pararam de tremer, guardei a bicicleta. Então alisei a saia e enxuguei o suor da testa antes de subir para o apartamento.

CINCO

Fui aferir a temperatura de Mira na noite seguinte. Ela estava sentada, apoiada nos travesseiros, bem alerta. As bochechas exibiam um tom rosado e os olhos estavam iluminados. Fiquei aliviada de vê-la parecendo tão melhor. Será que a enfermeira-chefe havia conversado com Horace e trocado o fornecedor da morfina?

De pé ao lado da cama de Mira, havia um homem em um terno bem cortado. Era jovem, mais ou menos da idade do dr. Mishra, e uns cinco centímetros mais baixo. Seu rosto era todo anguloso: nariz afilado, queixo pontudo, maçãs do rosto pronunciadas. O cabelo nas têmporas dava sinais de que ficaria calvo cedo. Os amistosos olhos castanhos, o sorriso pronto, a postura relaxada, tudo irradiava bom humor. Um homem que estava acostumado a ser apreciado.

Mira ria de algo que ele havia dito.

— É por isso que precisamos de você de volta a Bombaim, Dev, para animar as coisas. — Ela lhe deu um olhar de lado. — Para *me* animar. — A risada deles sugeria intimidades passadas. Isso me constrangia e, no entanto, não podia tirar os olhos dele, deles.

Ele lhe beijou a mão.

Mira me viu parada à porta.

— Sona! Venha conhecer um amigo meu. — Como de hábito, estendeu a mão para que eu a segurasse. — Este é Dev Singh, um homem adorável quando não está flertando com qualquer pessoa que não seja eu.

Dev recebeu a provocação com bom humor. Ele me deu um sorriso alegre, que revelou dentes perfeitamente brancos.

— A Sona é uma enfermeira esplêndida — disse Mira. — Ela não é belíssima?

Devo ter enrubescido em um tom cor-de-rosa pouco atraente.

Dev cruzou os braços, como se fosse um cientista me estudando no laboratório. Não senti vontade de me cobrir, com a sensação de ter entrado nua na sala, como acontecia quando estava diante do dr. Holbrook.

— Realmente, ela tem alguns charmes. O uniforme, a touca e esses sapatos brancos. Totalmente encantadora.

— Sem gracinhas — disse Mira.

— E ela tem um ar de pessoa sensata. — Olhou para Mira. — Acho que ela a repreenderia se você saísse da linha. E a castigaria por isso. — Fez um movimento com a mão como se estivesse dando um tapa em um rosto imaginário. Mas seu sorriso, o modo como os cantos dos lábios se curvavam, me dizia que era apenas uma brincadeira inofensiva. Mesmo sem querer, sorri, gostando da atenção dele.

— E ela estaria certa.

Nós nos viramos para ver quem havia falado. Era o dr. Mishra, que entrara no quarto.

— Amit! — Dev deu a volta na cama e apertou a mão do dr. Mishra calorosamente. — Soube que você estava trabalhando nesse hospital. Como está, meu chapa?

O dr. Mishra sorriu para Dev, mas seus olhos eram cautelosos.

— A sra. Mehta me contou que você estava nesse hospital agora — disse Dev. — Os Mehta conhecem a nossa família há séculos. Ela também me contou... — Ele olhou para Mira. — Que uma certa pintora famosa estava por aqui, alguém que eu, na verdade, já tive o prazer de encontrar uma ou duas vezes.

— Duas vezes, se me lembro corretamente. — Mira riu, movendo a cabeça de um lado para o outro, imitando os indianos.

Dev sorriu e balançou um dedo para ela.

Eu me senti como se tivesse entrado em uma festa particular com o trio glamouroso. Soltei a mão de Mira.

— Tenho que ir — disse vagamente e dei alguns passos em direção à porta.

— Venha, venha, enfermeira Sona — disse Dev, me chamando de volta para o quarto com um aceno. Percebi que ele era o tipo de homem que estava acostumado a ter as coisas do jeito dele. — Não vê que o bom dr. Mishra prefere que você fique?

Assustada, olhei para o doutor, que havia ficado um tom mais escuro. Seus olhos estavam fixos no chão.

Dev continuou:

— Vou lhe contar algo sobre este ótimo sujeito.

O dr. Mishra acenou as mãos na frente dele.

— Não precisa, Dev. Enfermeira Falstaff, por favor, cuide de seus pacientes.

— Deixe que ela fique, por favor — pediu Mira, divertindo-se com a conversa. — Só mais um pouquinho. Eu também quero saber mais sobre o meu médico.

O dr. Mishra deu de ombros e eu fiquei.

— Nós estudamos em Oxford no mesmo período. Amit sempre tinha as melhores notas. Eu poderia ter, claro, mas estava ocupado atrás das moças bonitas. — Piscou para Mira. — O fato era que ele não tinha que dar satisfação para ninguém. Sem família, grande herança, só precisava se exibir. Enquanto eu... — Dev apontou para si mesmo — ... sempre tive que dar satisfação para todo mundo: meus pais, a noiva que eles escolheram para mim, até para o motorista que me trouxe aqui.

O dr. Mishra sorriu.

— Mesmo assim, você vivia se exibindo.

Dev pôs a mão no coração.

— *Ouro puro não é consumido por uma chama.*

Eu me intrigava com homens, e mulheres, que interagiam com as pessoas com tanta facilidade e intimidade. Eu não me imaginava fazendo isso, muito menos falando com os outros tão à vontade. Como seria ser um deles?

Dev enfiou as mãos nos bolsos da calça.

— Eu estava aqui contando para a Mira que meus pais vão dar uma festa de noivado para mim.

O rosto do dr. Mishra se iluminou.

— Parabéns, Dev. É por isso que você está em Bombaim? Seus pais arranjaram um casamento?

— Com uma bela mulher de Jaipur chamada Gayatri Kaur. Vi uma foto dela, mas nunca a encontrei pessoalmente. Encontrarei no dia da festa. Ela parece intimidadora, como a nossa jovem enfermeira aqui.

Algo me deu coragem e levantei uma sobrancelha.

— Se eu fosse tão intimidadora assim, teria lhe pedido para sair para eu poder aferir a temperatura da srta. Novak.

Dev ergueu as mãos em rendição.

— Caramba! Acho que me enganei. Talvez a enfermeira Falstaff seja a mais intimidadora. — Riu com gosto. Parecia que nada poderia tirá-lo daquela disposição alegre. Ele esfregou as mãos. — Então está combinado. O Mishra vai à festa amanhã.

— E a Sona vai acompanhá-lo. — Mira sorriu, olhando de mim para o médico.

Quase derrubei o termômetro.

— O quê? Não… eu tenho que trabalhar. — Virei-me para o dr. Mishra. — O *senhor* também, não é, doutor?

Ele confirmou.

— Sinto muito, mas não posso ir.

— Olhe só para vocês dois: feitos um para o outro. — Dev riu. — A sra. Mehta me prometeu que daria um jeito nessa questão das escalas.

Ela disse que devia isso a você, enfermeira. — Apontou o dedo para o dr. Mishra e para mim. — Vocês dois vão. — Então se virou para Mira. — E você, minha querida, vai também, agora que está se sentindo melhor. Uma das fundadoras do Bombay Talkies vai estar lá.

Mira arregalou os olhos.

— Devika Rani?

— Em carne e osso.

A pintora uniu as mãos.

— Estou louca para conhecê-la. Talvez ela queira fazer um filme sobre as minhas mulheres, as mulheres do Sul da Índia. Ah, não seria maravilhoso?

Dev olhou para o dr. Mishra.

— Então, estamos combinados?

O dr. Mishra começou a protestar.

— Ainda não dei alta para a srta. Novak. Precisamos ver…

— Olhe atrás de você — disse Mira, satisfeita. — O Filip trouxe a minha mala porque vou sair daqui amanhã. Eu disse a ele que nunca me senti melhor.

Nós nos viramos. Havia uma mala de couro marrom ao pé da cama. Suspirei de alívio. Mira estava se sentindo melhor! Ela voltaria para aquilo que mais amava: a pintura.

O doutor estava pensativo. Talvez a mudança positiva do caso de Mira o tivesse pegado de surpresa. Ou talvez ele estivesse preocupado com a noite de festa? Quem ficaria com seu turno no hospital?

Mira bateu palmas.

— Mal posso esperar. Faz séculos que não vou a uma festa! Sona, você pode me ajudar a escolher um vestido!

Dev beijou a mão dela outra vez.

— Vai ser uma grande ocasião. Todas as figuras ilustres de Bombaim estarão lá. A maioria delas é de amigos dos meus pais, colegas de trabalho, parentes, tias etc., então vai ser bom ver os rostos conhecidos de vocês na multidão. Até lá, Mira-ji, Amit-ji. — Deu uma palmadinha no ombro de Amit. — E enfermeira Sona. — Ele se inclinou para mim com um sussurro teatral. — E, se esse aqui não reivindicar você, garanto que haverá outros que não farão cerimônia. É para isso que servem festas de noivado. — Fez um gesto girando a mão e uma mesura para o quarto.

Quando ele saiu, senti uma corrente de energia sair com ele. Que presença aquele homem tinha! Olhei para Mira, que estava radiante. Enquanto o dr. Mishra conferia seu prontuário, tirei o termômetro do avental e o coloquei sob a língua de Mira: trinta e sete, normal.

Mira sorriu.

— Então posso ir embora, certo?

— Você poderia sair amanhã — respondeu dr. Mishra —, mas não recomendo. Você está estável agora, mas deveríamos mantê-la aqui por mais um ou dois dias para ter certeza. Seu corpo passou por um grande estresse apenas cinco dias atrás.

Mira lhe deu seu sorriso mais charmoso.

— Vou ficar bem, doutor. Juro pela minha vida.

Isso era o que o dr. Stoddard sempre dizia. Meu coração deu um pulo. No caso dele, sempre encarava como uma brincadeira entre nós. As palavras de Mira tiveram mais o tom de um pronunciamento.

O dr. Mishra franziu a testa, mas Mira não se convenceu a prolongar sua estada.

— E, Sona, vá ao meu apartamento amanhã à tarde. Vamos nos divertir muito com os vestidos!

Ela parecia tão incrivelmente feliz, como eu poderia dizer não?

O dr. Mishra saiu depois de assinar o prontuário de Mira e lhe dizer que sentiria falta dela no hospital. Nós dois evitamos olhar um para o outro pelo resto da noite.

Durante o jantar com minha mãe, minhas novidades foram todas sobre Dev Singh. Como ele era, seu jeito com Mira, o jeito dela com ele.

— Se eu não estivesse no quarto, mãe, eles podiam ter subido um em cima do outro — contei. Fingi falar com naturalidade, mas só tinha lido sobre coisas assim na revista *Saraswati*.

— Está me parecendo que você ficou com uma quedinha por esse sr. Singh.

Eu ri.

— Não, mãe. Ele é divertido, mas é atirado demais para mim. Não sei como essa nova esposa dele vai lidar com esses flertes. Ele estava fazendo charme até para a pia do quarto.

Minha mãe tirou a mesa, rindo.

Virei-me na cadeira para olhar para ela.

— Ah, e o sr. Singh veio de Oxford, onde fez faculdade junto com o dr. Mishra, para anunciar seu noivado com uma tal de srta. Gayatri Kaur. Ele disse que ela é muito bonita, mas só a conhece por foto. Haverá uma grande festa hoje à noite. Devika Rani vai estar lá, junto com outros artistas de cinema. A Mira vai. O dr. Mishra vai. Eu também fui convidada... — Parei. Que egoísmo da minha parte ficar falando de uma festa a que minha mãe não poderia ir. Balancei a cabeça. — Mas não pretendo ir, mãe. Não conheço nenhuma dessas pessoas.

— Claro que vai! Quantas vezes você é convidada para esse tipo de coisa? Seria uma ofensa não ir depois de ser convidada pelo noivo, Sona. Venha, vamos ver como podemos arranjar um vestido para você.

Fiquei aliviada. Ela não parecia nem um pouco aborrecida. Mas a ideia me dava frio na barriga. Conhecer pessoas novas nunca fora tranquilo para mim. No hospital, minha função me dava um excelente disfarce. Meus pacientes precisavam saber que havia alguém encarregado deles e eu podia me mostrar extrovertida no serviço de ajudá-los a recuperar a saúde. Eles nunca desconfiavam que eu preferiria estar sentada em um canto com a cara enfiada em um livro.

Minha mãe passou a revirar sua arca do tesouro. Eu a ouvi dizer: "Ah-ha!". E ela voltou com um sári de seda esmeralda com as bordas de zari dourado.

— Mãe, onde você arrumou isso? É lindo! Nunca vi você usar.

Ela esperou até eu tirar tudo de cima da mesa, estendeu o sári nela e passou a mão pelo material macio.

— Nunca usei. Achei que usaria quando seu pai e eu nos casássemos. — Ela suspirou, eu afaguei seu braço, e ficamos um tempo em silêncio.

Ela desdobrou o tecido.

— *Accha.* Sei que você não gosta muito de usar sári, então vamos transformar isso aqui em um vestido de parar o trânsito. — Ela analisou meu peito. — Vamos até fazer um decote mais profundo.

— Mãe! O que deu em você? É só uma festa. Posso usar qualquer vestido velho. E esse é um sári tão caro. Por que você iria querer cortá-lo?

O rosto dela estava sério.

— Não, você não pode usar qualquer vestido velho, Sona. Não vou aceitar que minha filha apareça na festa do ano como uma pedinte. Vamos fazer isso direito. — Ela levantou o tecido até meu ombro, depois o segurou na minha cintura. Ensaiou fazer umas pregas nele, juntando a saia, levantando-o e baixando-o junto ao meu peito. Não usou fita métrica, sabia minhas medidas de cor, já que sempre costurava todas as minhas roupas. Após fazer alguns desenhos, trabalhou melhor os detalhes em um deles. Aprovou com a cabeça, quando, por fim, tomou a decisão. Observei enquanto ela levava a tesoura grande ao tecido e cortava a seda.

— Posso fazer alguma coisa para ajudar? — Eu nunca tinha tido talento para a costura. Para auxiliar minha mãe, eu só alinhava uma ou outra bainha, comprava o material de que ela precisava e entregava as encomendas.

Ela olhou para mim, pensativa.

— Você pode colher umas flores de paineira-vermelha. Vão fazer um contraste bonito com o seu cabelo.

— Vou fazer isso voltando do apartamento da Mira. Eu falei que ela teve alta hoje? Está muito melhor. Ela me pediu para ajudá-la a escolher um vestido. — Sorri, travessa, para minha mãe. — Você recomenda algo que tenha um decote profundo para ela também?

— Pirralhinha atrevida — disse minha mãe, escondendo um sorriso.

Mira e Filip moravam em um dos prédios art déco da Marine Drive, ao longo da baía Back. Eu tinha visto esses apartamentos sofisticados e elegantes anunciados no jornal, junto com propagandas de móveis de aço das Army & Navy Stores, rádios e pisos contemporâneos. Uma exposição de "Casas Ideais" este ano prometia a pessoas como Dev Singh um estilo de vida incrementado por panelas e recipientes de alumínio, refrigeradores a gás e vasos sanitários modernos.

Apertei o botão do apartamento de Mira. Uma campainha e um clique, e subi a escada para o quarto andar. Ela abriu a porta de roupão. O cabelo estava recém-lavado, a pele, fresca. Eu me acostumara tanto a vê-la em uma cama de hospital que quase não a reconheci. Ela me puxou para dentro e estendeu os braços.

— O que acha?

Olhei em volta para o sofá chique e as poltronas, as luminárias de aço e o piso de padrões geométricos, tudo muito parecido com os anúncios que eu tinha visto.

— Parece o cenário de *A ceia dos acusados*! — exclamei.

No Eros Cinema, não muito longe daqui, eu tinha me apaixonado pelo charmoso casal Myrna Loy e William Powell, que bebiam martínis e solucionavam crimes em Nova York. O apartamento deles no filme poderia ter inspirado o de Mira.

Sem me oferecer nada para comer ou beber (talvez esse fosse apenas um costume indiano?), Mira foi até seu quarto e apontou para a cama. Ali, ela havia estendido quatro vestidos.

— Vou usar o que você escolher.

Toquei o tecido do mais próximo de mim. Era um cetim avelã encorpado com mangas bufantes e decote império. Em seguida: um crepe de seda marfim com decote redondo alto e mangas borboleta que balançariam graciosamente a cada movimento. Não pude deixar de passar a mão pelo decote drapeado em estilo grego do vestido seguinte, que tinha uma saia rodada de cetim. O último me deixou sem ar.

— Este — escolhi, levantando-o da cama e colocando-o na frente do corpo pequeno de Mira. Era um cetim cor de pêssego cintilante. O decote frente única deixava as costas expostas até a cintura, onde uma saia em viés abraçava os quadris.

Mira apertou os lábios.

— Não acha que esse vai me fazer parecer muito reta? Perdi muito peso no hospital. A morfina realmente tira o apetite.

Sorri.

— É esse o ponto. Esse vestido é feito para o seu corpo do jeito como ele está agora. — Conferi meu relógio. Precisava correr para casa e experimentar o vestido que minha mãe estava costurando para mim.

— Pegue um para você. Não estou pretendendo fazer caridade. — Mira me deu um sorriso hesitante. — Eu só ia gostar de ver você usar um deles.

Normalmente, eu teria me ofendido com essa demonstração de condescendência, mas sabia que a intenção de Mira era boa, então sorri.

— Quanto ao vestido, minha mãe tem uma surpresa para mim e para a senhora.

Mira se sentou no banco de cetim ao pé da cama e me observou por um instante. Era como se ela olhasse diretamente para dentro de mim.

— Sona, sua vida vai ser tão grande quanto você deixar que ela seja. Você terá lembranças ricas e profundas para preencher todo o vazio aqui dentro. — Passou a mão em um círculo sobre seu esterno.

Puxei o ar. Ela estava fazendo aquilo de novo, me forçando a me abrir, sondando mais. A sensação que eu tinha era de que eu sempre ficava aquém das expectativas dela.

— Nem todas nós somos como a senhora.

Ela se levantou do banco e parou na minha frente. Com a palma da mão, fez um círculo no meu esterno e deixou a mão lá.

— Quero grandes coisas para você, Sona. Você também quer. Está tudo aqui dentro e lá fora. Vá atrás.

Compreendi que ela me encorajava a explorar o mundo, conhecer coisas que eu nunca havia imaginado, tal como ela havia feito. Mas... ela havia nascido em circunstâncias privilegiadas. Será que não parava para pensar como alguém como eu poderia fazer isso? Para onde eu iria? Com que dinheiro? Com aquela reserva que eu tinha, fruto da culpa do meu pai? Eu nunca faria isso. Por mais tentador que parecesse, meu lado prático, o que não queria desperdiçar tempo passando pó compacto no rosto, recuou. Por que me dar esperança se eu não tinha como realizar meus sonhos?

Eu a contornei em direção à porta.

— Se eu não for agora, minha mãe vai ficar brava. A senhora vai ficar bem? — Ocorreu-me que não tinha visto o marido dela. — Onde está o sr. Bartos?

O olhar dela se desviou para os vestidos na cama, e começou a guardar de volta no guarda-roupa ornado de espelhos os que não iria usar.

— Por aí. Quem sabe onde. Mas estará aqui à noite. Pode ter ido mandar engraxar os sapatos.

Montei na bicicleta e me apressei de volta para casa, pensando no que a pintora havia dito. Embora eu tivesse falado à minha mãe que estaria bem usando um dos meus vestidos velhos, os vestidos de noite de Mira me fizeram desejar algo bem mais glamouroso. Eram cinco da tarde, horário em que eu geralmente saía para o trabalho. De alguma maneira, pela intervenção da sra. Mehta e de Dev Singh, encontraram substitutos para mim e para o dr. Mishra para o turno desta noite.

Encontrei minha mãe na máquina de costura com alfinetes na boca e um lápis atrás da orelha. A mesa estava coberta de pedaços do sári esmeralda e de cetim verde para a anágua. Quando entrei, ela disse:

— O jantar está na bancada. Primeiro, coma. Depois, venha experimentar para eu poder costurar.

Ela era uma costureira ágil e sempre cumpria os prazos das clientes, mas eu sabia que aquele prazo era especialmente apertado. Eu precisava estar na casa dos Singh em três horas e tinha que reservar pelo menos quarenta e cinco minutos para chegar lá, primeiro no ônibus de dois andares, depois em um riquixá. Esse seria o modo menos dispendioso.

Estava acostumada a andar de bicicleta para todo lado de saia, mas não daria para fazer isso com um vestido comprido até o chão.

Eu estava tão nervosa que nem tinha muito apetite. Comi meio roti com um pouco de dal e fui tomar banho no banheiro que ficava no patamar da escada. Quando voltei, minha mãe me disse para eu ficar só de roupas de baixo. Ela se levantou da cadeira, arrastando pedaços do vestido consigo. Ergueu os dois lados do corpete e os prendeu para formar uma costura central entre meus seios. Baixei os olhos e vi quanto dos seios estava exposto.

— Mãe, você sabe que não posso ir a lugar algum desse jeito! — Apertei a costura do meio para ela começar cinco centímetros acima do último alfinete.

Ela bateu na minha mão.

— Essa é a primeira oportunidade que tenho de fazer um vestido de noite para a minha filha. Deixe isso comigo e depois conversamos. — Ela sorria com o trabalho que havia feito, o que amenizou minha resistência. Eu não a via tão entusiasmada com nada desde que ela fizera meu primeiro uniforme de enfermeira, de tanto que isso a enchera de orgulho. Beijei sua testa.

Do alto do corpete, duas longas faixas passavam sobre meu ombro e pelas costas. Ela as fez com a borda de zari dourado. Com um pedaço de giz branco, riscou algumas marcas e removeu o corpete. Em seguida, trouxe a longa saia que seria presa ao corpete para ver quanto precisava subir de bainha. Planejava fazer o acabamento da bainha com o resto da borda dourada. A saia era justa e se abria abaixo dos joelhos. Em conjunto com o corpete, o vestido criava uma longa coluna elegante que me fazia parecer mais alta do que era. Só tínhamos um único espelho sobre a pia, então eu não conseguia me ver por inteira, mas a expressão da minha mãe me dava uma boa ideia.

— Todos os olhos vão estar em você, minha linda menina. Agora tire isso e me deixe terminar.

Tirei a saia com cuidado para não soltar os alfinetes que minha mãe havia pregado.

— Sapatos! — gritei. Eu não tinha os sapatos certos para usar com esse vestido.

— Fatima! — minha mãe disse. — Vá!

Eu me vesti depressa e fui correndo ao apartamento da frente. Fatima, com suas faces rosadas e a energia de quem gerava um bebê, atendeu a porta. Quando me viu, pareceu preocupada.

— Mummi *theek hai*?

— Sim, minha mãe está bem. — Expliquei para onde ia esta noite e que minha mãe estava fazendo um vestido, mas que eu não tinha sapatos para usar.

Fatima sorriu.

— Venha! — Ela me convidou para entrar em seu apartamento, que era mais espaçoso que o nosso. Em um canto, havia um armário de jacarandá. Ela o abriu e revelou um arco-íris de salwar kameez, muitos deles com acabamento em fios dourados e prateados. Na base do armário estava uma fileira de sapatos, ordeiramente alinhados. Havia um par de saltos altos em cetim preto.

— Meus sapatos de casamento — disse Fatima.

Quase tive medo de tocá-los de tão delicados que eram. Não havia nenhuma marca neles. E se por acidente eu pisasse em cocô de cavalo enquanto caminhasse ou um ciclista espirrasse lama neles? Nas ruas de Bombaim, havia mil maneiras de sujar o que se vestia. Parecendo sentir minha hesitação, Fatima disse:

— Experimente.

Eu não achava que fossem servir. Fatima tinha pés menores do que os meus. Ficaram um pouco apertados, mas ela me garantiu que os sapatos se acomodariam porque eram feitos de tecido.

— Mas, Fatima... — comecei a dizer.

— Sona, olhe — disse ela, apontando para seus pés, que já haviam começado a inchar por causa da gravidez. — Quando vou usá-los? — Riu.

Sua generosidade me deixou sem palavras. Fechei os olhos com força e os abri de novo para ter certeza de que não estava sonhando. Toquei-lhe o ombro.

— Obrigada, Fatima. Prometo que vou tomar cuidado com eles.

Ela bateu no meu ombro.

— *Salam alaikum.*

— *Alaikum salam.*

Minha mãe tinha feito o seu melhor. Naquele momento, ela deu um passo para trás para apreciar o resultado.

— Ah, Sona! Acho que esse vestido fica melhor em você do que ficava como sári em mim. — Tirou o pequeno espelho da parede e o segurou à distância para que eu pudesse ver o vestido inteiro. Nosso quarto era pequeno, então ela precisou sair até o patamar da escada.

— Mais longe, mãe. Mais longe. — Vi que, se eu me mexesse de determinada maneira, metade do meu seio ficaria exposto. Juntei os dois lados do decote com os dedos.

— Pare com isso — disse minha mãe, enquanto se afastava mais um pouco em direção à porta de Fatima, ainda segurando o espelho.

— Eu vou sair nua em plena rua?

— Não ouse tentar fechar esse decote esta noite. Vai arruinar o modelo.

Fatima saiu de seu apartamento para ver o que estava acontecendo. Quando me viu, seus olhos se arregalaram. Ela, então, cobriu o sorriso com a mão e disse algo em urdu. Apontou para o meu decote e bateu palmas, obviamente encantada com o vestido.

Constrangida, fui até a escada e tirei o espelho da mão de minha mãe.

— Está vendo, mãe? As pessoas vão ficar olhando!

— Pelos motivos certos. — Nós nos viramos para ver quem havia falado. O dr. Mishra estava na rua, logo à frente do pátio. Usava um terno preto com gola mandarim, camisa branca e gravata.

Corei, me sentindo tola em um vestido desenhado para provocar esse tipo de reação.

Ele olhou para Fatima, para minha mãe, depois para o céu acima de nós.

— Espero que não se importe. Pareceu… um caminho muito longo para uma mulher sozinha… especialmente vestida para uma festa. Tenho uma tonga à nossa espera. Ainda não consegui comprar um carro.

Senti meu rosto cada vez mais vermelho. Olhei para minha mãe, que parecia tão surpresa quanto eu.

— C-como o senhor soube onde moro? — perguntei.

— Ah, eu tenho acesso a muitos registros. Poderia saber até quanto você pesava quando nasceu.

Fiquei sem palavras. Minha mãe entrou no apartamento e voltou com um xale preto. Então me dirigiu um sorriso malicioso.

— Vamos? — O dr. Mishra indicou a carruagem puxada a cavalo que nos esperava.

— *Jao* — disse minha mãe só com o movimento dos lábios enquanto cobria meus ombros com o xale.

— *Jao* — repetiu Fatima, com os olhos brilhantes pintados de kohl.

Desci a escada e saí pelo portão da frente.

O dr. Mishra me ajudou a subir na carruagem. Eu me encolhia por dentro, me sentindo humilhada por ele ter visto onde eu morava, a casa onde alugávamos um quarto com a pintura descascando e as paredes marcadas de mofo. Ele tinha visto minha rua, tão estreita que não dava passagem a uma tonga. Tinha visto os trens que quase roçavam em nós quando passavam berrando. O que ele estaria pensando? Uma coisa era me ver no trabalho com o uniforme bem passado e o cabelo arrumado, outra bem diferente era me ver no lugar miserável onde eu vivia.

Mas, se ele havia notado, não demonstrou. Começou a puxar assunto:

— Talvez você já tenha estado em mil ocasiões como esta. Quando os Singh dão uma festa, eles exageram um pouco. Achei que você poderia gostar de… companhia. Se fosse eu, eu gostaria. — Ensaiou uma pequena risada.

Eu ainda estava um pouco atordoada por vê-lo em meu bairro. Como não respondi, ele parou de falar e olhou para a frente.

Apertei mais o xale em volta dos ombros. Quando consegui recuperar a voz, disse:

— Fiquei surpresa ao vê-lo.

— Claro, claro, me desculpe. Achei que estaria ajudando. Talvez eu tenha ultrapassado o limite. Nós trabalhamos juntos e talvez eu não devesse... Por favor, aceite minhas... — Passou o dedo por dentro do colarinho, como se o estivesse sufocando. — Prefere que eu salte e você siga o resto do caminho na carruagem? Posso pegar outra...

A imagem dele saltando da carruagem me fez rir. Ele só pretendera fazer uma boa ação. Mal havia reparado no bairro.

— Obrigada — agradeci e me virei para ele, sentindo meu ânimo melhorar —, príncipe Rama.

Ele sorriu.

— Então agora eu sou o herói de *Ramayana*?

Sorri também.

Ele me examinou por mais um instante.

— Está bem — disse ele, voltando o olhar para a estrada.

Por um tempo, ficamos em silêncio.

— Doutor, só sei o que o sr. Singh me contou a seu respeito. De onde o senhor é?

— Shimla.

Esperei que ele continuasse.

— Foi criado por lobos? — provoquei.

— Ah, me desculpe. Meu pai era juiz. Meus pais morreram em um acidente de carro há muito tempo. Uma tia me criou.

— Tem irmãos ou irmãs?

— Não, aprendi a jogar os jogos de que minha tia gostava. Bridge, *pachisi, gin rummy*.

— O dr. Stoddard vive dizendo que vai me ensinar a jogar *gin rummy*.

O dr. Mishra deu uma batidinha em minha mão com o dedo indicador.

— "Mantenha suas cartas perto e seu dinheiro mais perto ainda." — Sorriu.

O toque causou tamanha descarga elétrica dentro de mim que, por um momento, não consegui falar.

Ele virou a cabeça.

— Ah, ultrapassei os limites de novo? Talvez, secretamente, você seja uma jogadora. Está vendo? "Quando se tem um asno como amigo, só espere coices." Eu devo ser o asno nessa equação.

Eu ri. Não esperava que ele fosse divertido. Ele era sempre tão sério no hospital.

— Conte-me mais sobre seu amigo Dev Singh.

— Ah, o Dev. Nós nos conhecemos em Bishop Cotton. É uma escola perto de Shimla. Sou dois anos mais velho que ele. Nós nos encontramos de novo em Oxford, onde havia poucos estudantes indianos, então nos tornamos um grupo unido. Ainda mantemos contato. O Dev estudava história. Eu, medicina. Ele está estudando arquitetura agora. E estou aqui em Bombaim trabalhando com enfermeiras muito boas. Ótimas enfermeiras. — Baixou os olhos para as mãos.

Ele pretendeu que soasse como um elogio e foi assim que entendi.

— Você não está há muito tempo em Bombaim, não é? — perguntou.

— Não.

— Já esteve no Tanque Banganga ou nos Jardins Suspensos?

Fiz que não com a cabeça.

Ele olhou para o relógio.

— Temos um tempinho, vamos? — Ele comunicou ao condutor da tonga para onde ir. — O tanque de água é um antigo local de peregrinação de jainistas. E, agora, devotos do Senhor Shiva vão lá. Eu gosto por causa da quietude no meio de toda essa riqueza.

Chegamos a um reservatório retangular junto às mansões de Malabar Hill. De ambos os lados, uma série de degraus levava até a água. Havia diyas acesas ao longo da borda, onde devotos tinham vindo para orar. Dei uma olhada para o doutor. Naquele momento, eu poderia ter contado sobre a conversa que tinha ouvido entre a enfermeira-chefe e o dr. Holbrook, mas ele parecia tão relaxado. Seus olhos não vagavam à procura de um lugar para pousar. Talvez eu estivesse me preocupando à toa. Mira parecera tão saudável hoje mais cedo. Por que criar alarme? Resolvi ficar quieta.

A mansão de três andares dos Singh situava-se em uma das extremidades de Malabar Hill. Nossa carruagem contornou um gramado bem-cuidado com um lago no centro e parou diante de uma impressionante escadaria de pedra, suficientemente larga para vinte homens subirem juntos. A casa era enorme: um pequeno palácio com vinte quartos. Homens e mulheres em trajes de noite se moviam pela varanda externa, enquanto criados uniformizados passavam com aperitivos e coquetéis. Diyas de argila, com suas chamas tremeluzentes emitindo um brilho suave, enfileiravam-se na balaustrada.

Atravessamos a varanda, que levava ao interior da casa, perfumada por rosas damascenas em vasos de cerâmica. Mira estava no centro, cercada de admiradores. Ela nos chamou com um aceno e nos apresentou a um crítico de arte, um burocrata, um músico e um restaurador. Olhei em volta à procura do marido dela, mas não o vi.

— O Filip está sentado em algum canto ali. — Apontou para o fundo da casa. — Como estou, dr. Mishra? — perguntou Mira e deu uma giradinha para nós.

— Saudável? — disse ele, com um sorriso que mais parecia uma careta.

Mira bateu no peito dele.

— Pare! Chega dessa bobagem depressiva. Estou bem agora. — Ela se virou para mim. — Sona! Tire esse xale sem graça. Quero ver o que sua mãe fez.

Dei uma olhada de soslaio para o dr. Mishra. Como Mira pôde ser tão indiscreta? O doutor saberia que minha mãe costurara meu vestido. Repreendi a mim mesma. Eu estava sendo esnobe ao não querer admitir que minha mãe era uma trabalhadora manual.

Relutantemente, abri o xale, conferindo a frente do vestido para ter certeza de que meus seios não estariam totalmente expostos.

— Ora, ora! A nossa Sona cresceu, não é, Amit?

O dr. Mishra, que havia estado olhando para mim, voltou os olhos para os sapatos, para o chão de mármore.

— É um belo trabalho, enfermeira Falstaff.

Mira fez uma expressão zangada.

— Amit, você tem que chamá-la de Sona ou as pessoas vão achar que vocês dois vieram aqui para salvar alguém em uma emergência. — Ela olhou para mim. — Dê uma viradinha para eu poder ver as costas.

Fiz como Mira pediu e ela fez um som de admiração.

— Lindo. Não há mulher alguma aqui que possa competir. Vamos mostrar para o Dev. Ele está aqui em algum lugar.

Enquanto percorríamos a multidão (devia haver mais de duzentos convidados), vi homens em trajes indianos, ternos ingleses e paletós com gola mandarim como o do dr. Mishra. Mas eram os sáris de seda, cetim e chiffon de cores de pedras preciosas e as gargantilhas de diamantes brutos que reluziam sob os candelabros. Espalhados entre os convidados havia mulheres inglesas, políticos e empresários em ternos de três peças e um punhado de anglo-indianos como eu. Trajes ocidentais podiam ser mais obviamente reveladores, mas as blusas formais de mulheres indianas também expunham costas, barrigas e braços, ainda que mais sutilmente. De qualquer modo, eu sabia que vestidos como o meu seriam objeto de olhares críticos e comentários sussurrados das mulheres indianas.

— Amit! — Nós nos viramos e vimos Dev andando em nossa direção em seu paletó indiano: longo, branco e cheio de botões, a gola e os punhos bordados em fios prateados. Ele apertou a mão do dr. Mishra e beijou Mira no rosto.

— Como sempre, está linda. — Piscou para Mira. — Ashok Gupta está louco para conhecer você.

Mira pareceu impressionada.

— Outro artista de cinema? Ele está aqui também?

— Ele tem um dos seus quadros em casa e a chama de consciência da Índia. Compara você a Tagore. Diz que ambos compreendem o valor das mulheres.

— É mesmo?

— Ele diz que Tagore levou a literatura indiana para a esfera mundial e você está fazendo o mesmo com a arte.

— Então ele pensa em mim mais como indiana do que como europeia? Que bom! — Ela riu. — Agora também estou louca para conhecê-lo.

Dev se virou para mim e fez cara de surpresa.

— Enfermeira Sona? — Sorriu. — Quase não a reconheci sem sua touca. Uma transformação e tanto.

Tive vontade de cruzar os braços sobre o peito, que foi onde seu olhar aterrissou. Em vez disso, fingi que estava acostumada a usar trajes reveladores como este em todas as noites da minha vida e inclinei a cabeça para agradecer ao elogio. Fiquei surpresa ao sentir os dedos do dr. Mishra em meu cotovelo, como se quisesse me afastar de Dev. Mas o noivo foi rápido demais e logo sua mão quente já tocava a pele nua de minhas costas. Eu me retraí, mas ele não pareceu notar, segurando Mira pelo cotovelo.

— Há todo tipo de gente aqui esta noite. Autoridades do governo, editores de jornais, presidentes de hospitais, cineastas. Quero apresentar vocês a alguns deles.

Para Mira, foi um historiador de arte de Délhi que queria escrever um artigo sobre ela. Para o dr. Mishra, foi um cavalheiro parse interessado em construir outro hospital particular em Bombaim. Depois de deixá-los entretidos em suas conversas, Dev me conduziu ao balcão de coquetéis, apertando mãos e cumprimentando efusivamente vários convidados no caminho. No balcão, perguntou o que eu gostaria de beber. Tirando uma ou outra cerveja, eu nunca havia tocado em álcool.

Percebendo minha indecisão, sugeriu:

— O que você prefere? Salty Dog, Sidecar ou Death in the Afternoon?

Eu ri.

— Esses nomes são de coquetéis ou de romances violentos?

Ele sorriu.

— Acho que você está mais para o tradicional, Old-fashioned, não é? — Ele se virou para o bartender e pediu um coquetel com uísque, açúcar e bitter.

— Vou querer um desses também, Dev — avisou o dr. Mishra, vindo atrás de nós. — Seu pai está procurando você.

Dev puxou o ar entre os dentes. Inclinou o corpo para mim, deu uma palmadinha nas costas do dr. Mishra e saiu para falar com o pai.

— E aí, o que achou? — perguntou o dr. Mishra, apontando para meu drinque.

— Horrível. — Eu ri. — Acho que prefiro uma *nimbu pani*.

O bartender escutou o que eu havia dito e espremeu limões em um copo alto, acrescentou água e açúcar e me estendeu a bebida com um raminho de hortelã. Agradeci.

O dr. Mishra pegou o drinque de que não gostei e tomou um gole. Fez cara de aprovação e tomou outro.

— Talvez eu seja um homem tradicional.

— Doutor, sempre que o sr. Singh está perto de mim, tenho a impressão de que o senhor quer me resgatar — comentei.

— Ah, é? — Ele olhou para seu copo de coquetel. — Como sabe se não estou o protegendo de *você*?

Arqueei uma sobrancelha.

— Não tinha percebido que eu era assim tão intimidadora.

— Foi o Dev que a chamou assim, não lembra? — disse ele, secamente.

Um trio na varanda dos fundos, cítara, harmônio e tabla, tocava uma canção de Kanan Devi, uma das cantoras favoritas da minha mãe. Fomos para lá com nossos drinques admirar as mil lâmpadas piscantes nas bordas do gramado. Mesas redondas cobertas com toalhas brancas e decoradas com centros de mesa de gardênias se espalhavam pelo amplo espaço verde.

— Já disse que não vou vender aquelas! — Era uma voz de mulher.

A exclamação raivosa pareceu vir de baixo. O dr. Mishra e eu olhamos e vimos Mira e Filip. Mira parecia furiosa, as faces de um vermelho pouco saudável. Filip fumava seu cachimbo calmamente.

— Nós precisamos do dinheiro, *broučku*. O aluguel está vencido — disse Filip.

— E de quem é a culpa? Não sou eu que compro roupas caras… — Ela fez um movimento da mão indicando o terno de três peças dele. — Tudo que tenho é de cinco anos atrás.

— Você podia comprar alguma coisa bonita para você também — rebateu Filip, com uma voz indiferente.

— Com que dinheiro? Se tudo o que ganho com minha arte, você gasta! Eu… — Ela parou e puxou o ar.

— Você está bem, Mira? — Ele parecia, de fato, preocupado.

— Estou. — Ela respirou fundo. — Eu estou bem. Estou pensando em um plano para o dinheiro. Mas agora vamos apenas aproveitar a festa.

Nós os observamos caminhar em volta da escada e entrar no lado oposto da sala. Eles não nos viram. O dr. Mishra e eu nos entreolhamos. Senti um pouco de culpa e constrangimento por ter presenciado esse momento tão particular. Imaginei se ele teria sentido também.

O trio parou de tocar. Alguém batia um talher em um copo de vidro. Fomos para a sala com outros convidados que haviam estado na varanda. Ali, sobre um pequeno palco, estavam Dev e um homem mais velho, que supus que era seu pai, pois ambos eram muito parecidos. Uma mulher mais velha, com trajes muito requintados, que imaginei ser a mãe de Dev, se postou junto a eles. Convidados que estavam do lado de fora entraram e se reuniram na sala.

— Amigos, obrigado por estarem aqui conosco nesta noite para esta ocasião tão auspiciosa. Pelo menos foi o que o astrólogo nos garantiu, ou vamos ter que pedir o dinheiro de volta… — O pai de Dev fez uma pausa até as risadas pararem. Ele segurava um copo de coquetel em uma das mãos. A outra estava apoiada firmemente no ombro do filho. — Este rapaz nos deixou tão orgulhosos com seus estudos em Oxford. Logo ele será um dos principais arquitetos da Índia. Um homem como ele precisa ter ao seu lado uma esposa que seja inteligente, bondosa, compassiva e incentivadora. Não faz mal se for bonita também. — Sua risada foi a deixa para os convidados rirem junto, mais os homens que as mulheres. Dev disfarçou um sorriso quando baixou os olhos para seus sapatos bordados. — E é por isso que estamos honrados em somar a família de Krishna Kaur e sua inteligente, compassiva e bela filha Gayatri à nossa, para o que sabemos que será um casamento feliz e duradouro.

Os músicos recomeçaram a tocar, conduzidos pelos acordes de uma cítara. Os convidados abriram espaço para a procissão formal do pai e da mãe da noiva, a filha atrás deles, a cabeça coberta com um pallu vermelho-violeta enfeitado com pequeninas pérolas naturais. Dei uma olhada para Dev, cujos lábios estavam entreabertos. Ele estava tão curioso para ver a mulher com quem iria se casar quanto seus convidados. Todos haviam se espremido para chegar mais perto e ter um vislumbre da futura sra. Singh. O dr. Mishra fora empurrado para a frente como eu, nós dois pressionados de uma maneira que deveria ter me deixado constrangida, mas não deixou. Ele pousou uma mão protetora em minhas costas nuas. Seu toque quente produziu um arrepio prazeroso entre minhas pernas. Ele deve ter sentido meu corpo relaxar ao seu toque, porque virou a cabeça para me olhar. Olhei de volta. Minha respiração acelerou. Por um momento, pareceu que estávamos sozinhos naquela sala e que ele aproximaria seu rosto do meu. Eu teria deixado. No fim, ele pigarreou e rompeu o contato visual. Tirou a mão das minhas costas. Seria uma expressão de culpa que eu via em seu rosto? Eu teria confundido seu cavalheirismo com interesse?

Com dificuldade, voltei minha atenção para a pequena plataforma onde o pai da noiva, vestido tão elegantemente quanto os homens Singh, fazia seu discurso sobre a união favorável das duas famílias. Por fim, ele se postou de lado para deixar sua filha, Gayatri, ficar frente a frente com Dev. Os convidados esticaram o pescoço para enxergar melhor. Lentamente, a jovem removeu seu pallu. Mas, em vez de baixar os olhos como uma mocinha delicada, ela ergueu o queixo e o olhou de frente. Pela sua postura, era evidente que, para ela, o orgulho era um direito de nascença. Ali estava uma mulher que pensava bem de si mesma. Ela seria desafiadora. Insistiria em ser tratada como igual. Eles sorriram um para o outro. Seria de felicidade, alívio ou enfrentamento? Duas pessoas que não se conheciam iriam começar uma jornada para descobrir como conviver um com o outro e em que medida iriam amar e mentir.

Dev segurou a mão dela e virou-se para os convidados, que começaram a aplaudir. Naquele momento, vi os arcos negros de suas sobrancelhas, os grandes olhos contornados com kohl. Os lábios, carnudos e convidativos, marcas de sua sensualidade natural. A boca tinha sido pintada de violeta para combinar com o sári. Brincos pesados carregados de ametistas lapidadas balançavam ao lado de uma gargantilha cravejada de joias que ia do alto do pescoço até os ombros. Ela fazia justiça ao adorno, como se estivesse acostumada a usar peças daquele tipo. Toquei meu pescoço nu, consciente de que esses ornamentos tão caros nunca estariam presentes na minha vida. Embora Gayatri Kaur estivesse sobre uma plataforma, ela ergueu o queixo para olhar para os convidados. Seria para dar um efeito mais imponente? Ou seria porque ela se julgava melhor do que nós?

Ouvi os convidados atrás de mim murmurando:

— Achei que seria mais jovem.

Outro homem, à minha direita, comentou:

— Por que esperaram tanto para casá-la? Há algo de errado com ela? — A multidão começou a se dispersar, alguns se dirigindo à mesa de comidas e bebidas, outros parabenizando as famílias e cumprimentando o jovem casal.

À minha frente, uma senhora sussurrou:

— Ouvi dizer que a primeira escolha de esposa dos Singh não deu certo.

A mulher ao seu lado respondeu:

— O que eu soube foi que os Kaur precisavam casar a filha mais velha primeiro antes de poder arranjar um casamento para Gayatri. A mais velha é *pagli*, caiu de um balanço quando era pequena. — A mulher fez uma careta. — Eles finalmente conseguiram uma família que a recebeu por um belo dote. Então agora é a vez de casar Gayatri. Embora vinte e quatro anos seja realmente o limite.

Vinte e quatro? Gayatri era só um ano mais velha do que eu. Se as pessoas achavam que ela era velha demais para se casar, o que pensavam de mim? Será que falavam desse jeito pelas minhas costas?

Segui o dr. Mishra para a fila de cumprimentos às famílias. Mira se juntou a nós.

— Gayatri não é linda? E tão dona de si! — Mira imitou uma postura de Rani de Jhansi, a marani atrevida que ousou ir contra os britânicos na rebelião de 1857.

O entusiasmo e o bom humor de Mira eram evidentes na cor de suas bochechas.

— Preciso perguntar o que a noiva de Dev acha das esculturas das Grutas de Ajanta. Parece que a família dela mora lá perto.

Observei a pintora com atenção, procurando sinais de fadiga ou perda de energia. Tinha certeza de que Amit — eu passara a chamá-lo pelo primeiro nome na minha cabeça! — fazia o mesmo. Ela havia recém-saído do hospital esta manhã e deveria estar descansando. Mas, exceto pelas olheiras fundas e cinzentas, ela parecia totalmente recuperada.

Quando nos aproximamos de Gayatri e Dev, que estavam rodeados de pessoas que os cumprimentavam, ficou evidente que eram um casal moderno, do tipo que a Índia adorava. Ambos falavam inglês fluente, exibiam uma graça indiana e modos ocidentais na mesma medida e conversavam sobre livros e política. Pareciam à vontade tanto com empresários como com acadêmicos, discutindo o futuro da Índia. *Sim*, pensei, *eles combinavam bem um com o outro.* Talvez Gayatri fosse a mulher que controlaria os olhares erráticos de Dev.

Quando foi nossa vez de cumprimentar o casal, Amit foi puxado por alguém e eu fiquei sozinha com Gayatri. Os olhos dela, tão grandes que dominavam seu rosto, me observaram com curiosidade. Por alguma razão, falei:

— Minha mãe é indiana. — Pressupus que ela quisesse saber sobre a cor da minha pele, mas percebi que ela olhava para meu vestido.

— Era um sári da sua mãe?

Confirmei com a cabeça.

— Impressionante.

Eu não sabia se deveria ficar lisonjeada ou ofendida com o comentário. Ela já havia se virado para cumprimentar outro convidado. Nem tive a chance de parabenizá-la pelo noivado.

Dev, que tinha voltado para o lado dela, sorriu para mim.

— Ei, Old-fashioned. — Ele se aproximou do meu ouvido. — Seu vestido está deixando os velhos *sahibs* aqui muito inquietos. *Shabash!*

No gramado dos fundos, criados serviam pratos repletos de curries de carne e vegetais ou farta comida inglesa, conforme o gosto dos convidados. Traziam suco de rosas, falooda, coquetéis e limonada. Mira bebia todos os drinques que eram postos à sua frente. Mantinha uma conversa animada com todos em nossa mesa.

O ministro da Cultura indiano sentou-se à direita de Mira. Insistia para que ela experimentasse fazer uma série de pinturas mostrando a glória da arquitetura indiana.

— Talvez o palácio em Udaipur? Ou, como você prefere pintar no Sul da Índia, que tal o Palácio de Mysore? Ambos são esplêndidos.

— São as pessoas que importam, ministro. Não posso dizer com prédios o que digo tendo pessoas como tema.

— Mas o que você está dizendo com essas pinturas, srta. Novak, coloca a Índia para trás no tempo. Esses rituais antigos que você pinta podem sugerir ao mundo que os indianos são... são...

— Atrasados? — Mira sorriu. — E que tal pensar nas minhas pinturas como uma maneira de destacar tudo que é bom e verdadeiro na Índia? Tradições que têm significados que remontam há milhares de anos. Mulheres que mantêm essas tradições vivas apesar do custo para sua saúde e seu coração. — Olhou para o ministro, semicerrando os olhos. — Ou talvez seja do meu estilo que o senhor não gosta?

O homem pareceu constrangido e puxou o colarinho.

A senhora sentada ao lado dele disse:

— Miniaturas rajasthani são conhecidas no mundo todo. É um belo estilo para experimentar, srta. Novak.

— E são conhecidas como um estilo muito indiano, não é? Mas, se limitarmos nossa noção de arte indiana, limitamos nossa experiência da Índia. E a Índia é tão maior do que o nosso entendimento dela. É ela que deveria determinar o que a representa. Não nós. — Os olhos de Mira brilhavam quando ela levantou sua taça de vinho para tomar um gole. O ministro não estava convencido, mas vi a senhora apertar os lábios, em uma expressão pensativa.

O marido de Mira estava sentado ao outro lado dela com seu terno branco de três peças, sem falar com ninguém, mas também sem ignorar as pessoas. Quando não estava fumando seu cachimbo, estava mordiscando a piteira e olhando para a esposa. Havia um leve sorriso brincando em seus lábios, como se ele se divertisse com o show.

Eu não tinha muito apetite, não desde a sensação que desabrochara dentro de mim quando Amit pôs a mão em minhas costas. Ficar sentada ao lado dele era quase impossível. Evitávamos nos olhar. Eu não sabia o que dizer a ele, como interpretar o que havia acontecido entre nós. Teria imaginado o olhar que ele me lançou? Seria apenas a mente de uma solteirona inventando coisas? Bem quando eu pensava em me levantar da mesa, a sra. Mehta se aproximou de mim, as pulseiras pesadas de ouro balançando nos pulsos. Eu a tinha visto mais cedo do outro lado da sala, conversando com amigos.

Ela pôs uma das mãos no encosto da minha cadeira e a outra na do dr. Mishra.

— Então, doutor, o senhor sabia que a nossa Sona é ótima para resolver problemas?

Os olhos cinzentos de Amit voltaram-se interrogativos para os meus.

Eu continuava sentindo o mesmo calor cada vez que ele olhava para mim. Desviei o olhar.

A sra. Mehta sorriu.

— Tem a ver com uma dupla de periquitos agapornis, ou "periquitos-namorados", como são conhecidos, vocês sabem. Será que vejo outro par na minha frente, *hahn-nah*?

Enrubesci. Amit pigarreou. A sra. Mehta deu uma palmadinha no meu ombro, sorriu misteriosamente para Amit e voltou seu charme para Mira, com quem estava louca para conversar.

Não podia suportar nem mais um segundo ao lado dele sem poder tocá-lo ou dizer algo significativo. Eu me levantei. Um criado apareceu atrás de mim e puxou a cadeira com um movimento ágil. Amit me olhou.

— Você já vai?

Fiz que sim com a cabeça. Não podia dizer que ele era a causa da minha pulsação errática. Eu precisava de espaço longe dele, longe da excitação carregada daquela festa, para organizar meus pensamentos.

Ele empurrou sua cadeira para trás e pôs o guardanapo sobre o prato.

— Eu vou… Vamos arrumar uma *tonga* para você.

Queria dizer a ele que eu mesma cuidaria disso, mas preferi não chamar a atenção para mim, então simplesmente subi a escada para o terraço. Precisava encontrar meu xale. Estava bem mais frio, já que a noite havia caído. Entrei na sala deserta e virei à esquerda no corredor. Naquele momento, todos estavam no gramado. Havia um guarda-volumes por ali, onde casacos e xales tinham sido deixados. Ouvi os passos de Amit atrás de mim. Abri a porta mais próxima: nenhum casaco. Tentei a segunda: o banheiro. Quando me aproximei da terceira porta, ouvi vozes sussurrando.

— Achava que ela era mais jovem.

— O que você faria com uma esposa mais jovem que não pode fazer com uma mais velha? Ambas podem produzir herdeiros.

Percebi que, sem querer, tinha dado de cara com uma conversa entre Dev e seu pai. Eu me virei para voltar, mas quase colidi com Amit, que vinha logo atrás de mim. Ele pôs um dedo em meus lábios para eu não fazer barulho.

— Além disso, *beta*, a família dela é útil.

— Como assim?

— O sr. Kaur é um magistrado influente. Ele manterá aquele seu assunto... desagradável... fora dos tribunais. — Houve uma pausa e, em seguida, Dev murmurou algo que não ouvi.

Quando o Sigh mais velho retomou a palavra, sua voz era séria.

— Não posso aceitar que isso aconteça de novo, Dev. Você andará na linha com Gayatri. Minhas mãos estão atadas. — A declaração soou como uma ordem.

Senti a mão de Amit pegar a minha para me conduzir de volta por onde tínhamos vindo. Encontramos um criado na sala e Amit pediu a ele que procurasse meu xale. O criado assentiu e seguiu por um corredor diferente.

— Nós não devíamos ter ouvido isso nem a conversa de Mira com o marido — comentei, me sentindo uma intrusa.

— Sona, talvez eu devesse lhe contar algo... sobre Dev...

O criado voltou e me entregou o xale. Amit o pegou de minhas mãos e cobriu meus ombros com ele. Quando me virei para agradecer, seu rosto estava a centímetros do meu.

— Sabe que essa é a primeira vez que o senhor me chama pelo primeiro nome? A srta. Novak e o sr. Singh me chamaram de Sona desde o primeiro momento em que os conheci. E eu conheço o senhor já faz um ano.

Ele recuou um passo. Em Bombaim, a cidade da indústria do cinema, nunca se sabia quando poderia se tornar o protagonista da mais recente fofoca picante. Era sempre melhor ser prudente. Ele tinha acabado de cruzar essa linha ao me chamar de Sona e estava ciente das repercussões.

— Venha, vamos pegar nossa *tonga*.

— Não há necessidade de me acompanhar.

Ele demonstrou surpresa.

— Com esse vestido? Você não notou como esses homens olharam para você esta noite? Se eu não estivesse ao seu lado, quem sabe o que poderia ter acontecido?

Então era por isso que ele havia estado como uma sombra perto de mim a noite toda? Não porque queria estar comigo, mas por causa do meu vestido? Isso foi demais para mim. O prazer que eu tinha sentido na companhia dele deu lugar a um sentimento de ofensa. Caminhei rápido para a porta e falei com um criado.

— Preciso de uma *tonga*, por favor.

— Pois não. — O criado desceu os degraus da frente até a rua abaixo.

— Sona, por favor, não fique brava. Deixe-me levá-la para casa, estou falando sério. Não é seguro a esta hora da noite. As ruas estão lotadas de protestos.

— Eu saio tarde do trabalho todos os dias. Estou acostumada.

— Você vai para casa de bicicleta. Não é a mesma coisa.

Ele sabia que eu ia para casa de bicicleta? O que ele estava fazendo, me espionando da janela de sua sala?

O criado voltou à porta da frente.

— *Memsahib*, a carruagem está aqui.

Amit chegou a ele antes de mim. Deu algumas moedas ao criado e me acompanhou pela escada.

— Quer parar de ser teimosa e aceitar ajuda quando lhe é oferecida?

Reduzi o passo. Não era isso que eu sempre dizia a Indira? Eu sabia que ela precisava de ajuda, mesmo se ela não soubesse. Era isso que Amit estava fazendo? E ali estava eu sendo teimosa. E brigando por besteira.

Ele sentiu a mudança em mim quando parei.

— O que foi agora? — Ele raramente parecia exasperado, mas, naquele momento, pareceu.

— Tem razão, preciso que me leve para casa.

Ele fechou os olhos, aliviado.

Enquanto me ajudava a entrar no riquixá, me perguntei o que as pessoas na festa pensaram quando nos viram juntos. Acharam que éramos casados, tendo uma discussãozinha comum entre marido e mulher? Ou imaginaram que éramos namorados brigando e que tudo ficaria bem quando a raiva passasse? Como os periquitos-namorados da sra. Mehta.

Era sempre difícil evitar ficar batendo ombro com ombro em uma tonga, a menos que se estivesse firmemente determinada a isso. O banco era estreito e as sacudidas causadas pelo trote dos cavalos faziam os passageiros deslizarem para o meio. Eu não fiz nenhuma tentativa de evitar escorregar na direção de Amit. Cada centímetro da minha pele estava consciente do calor do corpo dele de encontro a minha coxa, meu peito, meu ombro, minha face. Ele procurava me proteger dos movimentos bruscos da carruagem estendendo o braço esquerdo pela parte de trás da tonga. A manga de seu paletó roçava minhas costas, fazendo arrepios descerem pelas minhas pernas. Uma necessidade urgente me tentava a pressionar meu corpo contra o dele. Como eu iria conseguir me controlar durante todo o trajeto de quarenta e cinco minutos até a minha casa? Apertei as mãos e pensei na provação colonial da Índia, nas crianças das kothas, no curry de berinjela da minha mãe. Qualquer coisa para me distrair de pôr as mãos nele.

Pigarreei.

— Onde acha que Gayatri e Dev vão morar?

Amit olhava direto para a frente, como se tentasse evitar olhar para mim.

— Eu imaginaria que em Bombaim, para viver com a família dele, mas ouvi alguma menção sobre eles irem morar em Jaipur. Algo sobre Gayatri não querer viver em uma família conjunta. Provavelmente é melhor assim.

— Por que acha isso?

— Dev é complicado. É o que eu estava tentando contar a você antes. Ele é muito sociável e expansivo, mas às vezes leva isso longe demais... no que se refere a mulheres. Eu o ajudei uma vez em Oxford, quando tinha começado a estudar medicina. Não era médico ainda. Houve uma jovem que ele... Enfim, esse é um lado dele de que eu não gosto. — Naquele momento, ele se virou para mim. Seus lábios estavam a um fio de distância. — Eu arruinei a imagem que você fazia dele? Talvez você...

Não consegui me conter. Pus as mãos nos dois lados de seu rosto e pressionei meus lábios nos dele. Eu, a srta. Old-fashioned, a tradicional. Eu sabia que não devia fazer isso com o condutor da tonga a menos de dois metros de distância. Sabia que não devia fazer isso com um homem que era meu superior no trabalho. Sabia que não devia fazer esse tipo de coisa sendo mulher, que esse era um domínio dos homens. Mas, mesmo assim, fiz.

E então senti seus lábios se movendo sobre os meus. Ternamente. Para mim, tinha sido um ato de arrebatamento. Para ele, um lento crescente de desejo. Eu não estava sonhando, afinal. Ele, de fato, sentia pelo menos um pouco do mesmo que eu.

Amit se afastou primeiro, segurando minhas mãos e baixando-as para meu colo. Então me olhou como se me visse pela primeira vez. Soltou o ar pela boca.

— Dev Singh não faz meu tipo, doutor — comentei.

— Bom saber, enfermeira.

Ele pareceu se lembrar de que estávamos em um veículo público e, relutantemente, soltou minhas mãos. Condutores de tonga que vinham de Malabar Hill tendiam a conhecer todas as casas a que atendiam, bem como os proprietários, jardineiros e motoristas. Se nosso condutor tivesse nos visto, daríamos muito o que falar. Lentamente, Amit se virou para a frente e pôs o braço às minhas costas de novo. Dessa vez, não ficou tentando não me tocar. Em vez disso, se moveu para mais perto.

A carruagem não passava pela minha rua estreita, então Amit me acompanhou a pé até a porta da frente. Ele me conduziu com uma das mãos em meu cotovelo. Eu queria tanto que ele pusesse o braço em volta da minha cintura e deslizasse a mão sob o xale para eu sentir aquela palma quente em minhas costas nuas. Mas eram onze horas da noite e qualquer escândalo, até mesmo exibições públicas de afeto entre casais casados, era entretenimento para olhares curiosos. Nós vivíamos na Índia, não em Praga, Paris, Florença ou qualquer um dos lugares onde Mira tinha vivido e amado tão livremente. Para onde Amit e eu poderíamos ir (pressupondo que ele quisesse)? Não para o meu apartamento, onde minha mãe estava à minha espera. Não para o apartamento dele, onde uma fofoca sobre a indiscrição viajaria mais rápido do que um macaco é capaz de escalar uma figueira. O homem que engraxava sapatos na esquina do prédio de Amit contaria ao vendedor de amendoins na esquina seguinte, que contaria a seu primo mecânico, que contaria a sua esposa, que limpava a casa de uma senhora da sociedade e, em um piscar de olhos, toda Bombaim saberia que o dr. Mishra recebera a visita de uma *mulher* — ou seria uma prostituta? — tarde da noite. *E você viu o vestido que ela estava usando, quase nua?*

Então Amit me deixou à porta da frente de meu prédio sem dizer uma palavra, mas com um olhar que dizia que ele queria que nossa noite terminasse de uma maneira diferente.

SEIS

Na noite seguinte, cheguei para o meu turno com um bom humor radiante. Mira estava saudável de novo e de volta ao seu moderno apartamento. E eu ia ver Amit, algo que me deixava nervosa e empolgada ao mesmo tempo.

Na noite anterior, assim que entrara em casa, minha mãe me enchera de perguntas. Eu descrevera para ela em detalhes o que as mulheres estavam usando na festa dos Singh, o que as pessoas acharam do meu vestido esmeralda, como era Gayatri Kaur, que comidas foram servidas, algumas das conversas que escutei. Eu deixara de fora as que eu não devia ter escutado. Felizmente, minha mãe atribuíra minha fala agitada ao glamour do acontecimento, não ao momento que Amit e eu havíamos compartilhado, que também guardei para mim.

Rebecca entrou no depósito enquanto eu me trocava.

— Mira Novak está de volta. — anunciou e abriu seu armário para pegar o uniforme.

— De volta?

— Ela foi trazida de novo. Febre alta. Parece que ela esteve em um evento chique ontem à noite. Provavelmente não foi a melhor ideia, depois de ter estado tão doente. — Prendeu o cabelo e colocou a touca. — Por acaso você não sabe de alguma coisa sobre isso, sabe?

Eu me sentei pesadamente no banco, relembrando cenas da festa dos Singh. Será que Mira estava fingindo que estava bem?

Rebecca se recostou na porta fechada de seu armário, com um sorriso brincando nos lábios.

— Ela é tipo uma princesa, não é? Sempre consegue o que quer. Será que o dr. Holbrook teria permitido que ela fosse para casa?

Eu me senti na defensiva pór causa de Amit. Queria contar a ela que eu estava lá quando Mira disse que iria embora do hospital e não adiantaria que ninguém discutisse, o que corroborava a afirmação de Rebecca de que ela era uma princesa. Essa parte era verdade, mas Mira era muito mais do que isso. Abri a boca para explicar, mas pensei melhor. Rebecca estava me provocando. Se eu respondesse, poderia dizer algo de que me arrependeria depois.

Rebecca se afastou do armário.

— Ela pode não sair daqui dessa vez.

Minha respiração falhou.

— Como assim?

— Só isso. Ela está muito mal. Nunca deveria ter tido alta do hospital. Mas isso você deve saber, já que era a enfermeira dela no turno da noite. — Será que vi um vislumbre de satisfação no rosto dela antes de sair da sala?

Amarrei o avental apressadamente e prendi o cabelo. Meu coração batia cada vez mais rápido. Mira parecia tão cheia de vida na festa ontem. Como pode ter tido uma recaída tão súbita?

Corri para o quarto dela. A testa de Mira estava molhada de suor. Eu a enxuguei com uma toalha fria. Medi sua pulsação, que estava lenta. Chequei o prontuário. Ela tinha dado entrada duas horas antes do meu turno e recebera morfina para aplacar as dores. O dr. Holbrook ainda não tinha passado para vê-la, ao contrário de Amit, que recomendara mais uma dose morfina dali a uma hora. Mira abriu os olhos quando chamei seu nome.

— Vou aferir sua temperatura. Abra a boca — pedi.

— Sona — disse ela. — Os quadros.

Olhei atrás de mim. Eles não estavam mais lá, claro. Tinham sido removidos no dia anterior, quando Mira tivera alta. Provavelmente enviados de volta ao apartamento dela.

— Lá embaixo — disse ela.

— Embaixo?

Ela confirmou, mal mexendo a cabeça.

Só havia um andar abaixo de nós. A sala de equipamentos.

Eu ainda segurava o termômetro.

— Os quadros estão na sala de equipamentos?

Ela confirmou outra vez. Engoliu em seco, depois soltou um grito entrecortado. Meu estômago gelou por vê-la sentindo tanta dor.

Guardei o termômetro no bolso do avental e peguei a seringa. Limpei a pele dela e enfiei a agulha na veia, dando-lhe apenas metade da quantidade devida. A outra metade teria que esperar mais uma hora. Em segundos, ela se acalmou.

Minha respiração estava ofegante. Sentia meu coração quase parar. Fui até a pia e joguei água fria no rosto. *Certo*, pensei, *preciso fazer alguma coisa, tomar alguma atitude.* Mira suava tanto que precisava de uma troca de roupas de cama. Eu iria até o depósito e pegaria lençóis e toalhas limpos. Mas, primeiro, iria falar com a enfermeira-chefe, com Amit ou com o dr. Holbrook, quem eu visse primeiro, para saber por que ela havia tido essa recaída.

Aconteceu durante os vinte minutos em que fiquei fora do quarto dela.

Não devemos ficar próximas demais dos doentes. Bem, era tarde demais. Mira não era só mais uma paciente para mim. Corri à sala da enfermeira-chefe. Estava vazia. O dr. Holbrook estava em cirurgia. Procurei Amit em todos os andares. Onde ele estava? Corri para o depósito para pegar lençóis e toalhas limpos e voltei para a companhia de Mira.

Ainda estava a algumas portas de distância quando vi Rebecca sair do quarto dela e seguir pelo corredor na direção oposta. Reduzi o passo. O que Rebecca estava fazendo ali? Será que Mira tinha pedido ajuda enquanto eu estava fora?

Quando entrei no quarto, logo percebi que havia algo de errado. Ainda com os lençóis nos braços, corri até a cama. O rosto de Mira era de um cinza doentio, e os lábios estavam ficando roxos. A respiração era tão superficial que o peito mal se movia. A pele estava pegajosa. Apertei o botão vermelho ao lado da cama, que fazia soar o alarme geral, para pedir ajuda enquanto checava sua pulsação. Quase imperceptível. Mesmo assim, chamei:

— Srta. Novak? — Ela estava tão bem na noite anterior. O que havia desencadeado a recaída? Todos esperávamos uma recuperação total.

Em instantes, a enfermeira-chefe entrou no quarto, seguida por Amit. Eu me movi para o lado, esperando instruções. O peito de Mira não se movia mais.

Amit pressionou o estetoscópio no peito dela. Examinou dentro de sua boca, conferiu a marca de agulha no braço onde eu havia aplicado a morfina. Ergueu as pálpebras para verificar as pupilas. Fez massagem cardíaca em seu peito, depois checou os batimentos com o estetoscópio outra vez. Fez isso sucessivas vezes, até que, com um suspiro, parou. Deu uma olhada para a enfermeira-chefe e algo não dito foi comunicado entre eles. A enfermeira-chefe beijou a cruz na corrente que usava no pescoço. Minha mão voou para a boca para me impedir de gritar. Amit olhou para mim em um silencioso pedido de desculpas.

Naquele momento, o marido de Mira entrou no quarto. Filip Bartos ficou totalmente imóvel, os olhos percorrendo o aposento: Mira, a enfermeira-chefe, o médico, eu. Ele parecia alarmado, a expressão mais forte que eu já tinha visto em seu rosto.

Amit se dirigiu a ele.

— Sr. Bartos, lamento profundamente. Sei que deve ser um choque para o senhor, como é para nós. Ontem ela parecia estar em plena recuperação. — Caminhou até o marido de Mira e tocou-lhe o braço com gentileza. — Tentei entrar em contato com o senhor várias vezes antes de dar alta a ela ontem. Tentei convencê-la a permanecer no hospital. Na minha opinião, ela precisava de um período maior de observação, mas, como o senhor sabe, ela estava determinada a sair. — Fez uma pausa, analisando o rosto do outro homem para se certificar de que ele havia entendido. Filip Bartos apenas olhava para o corpo sem vida de Mira. Amit baixou o braço. — Sabíamos que a morfina não estava mais funcionando tão bem quanto deveria. Talvez tenhamos deixado de notar alguma coisa. Eu sinto muito. Ela fará muita falta. *Eu* sentirei muita falta dela.

Dei uma olhada no prontuário. O dr. Holbrook tinha dobrado a dosagem desde que ela fora internada novamente. Por que ele não havia aceitado a sugestão de Amit de considerar outras possibilidades para o tratamento de Mira?

O rosto de Filip havia perdido a pouca cor que tinha.

— Se a Mira queria ir para casa, dr. Mishra, ela iria para casa. Não se discute… discutia… com ela.

Essa atitude voluntariosa era uma das coisas que eu admirava em Mira. Teria sido isso que a levara à morte? Fechei os olhos e tentei conter as lágrimas. Eu tinha visto pacientes morrerem antes e tinha ficado triste por eles, mas não havia sido tão próxima de nenhum assim.

— Vamos conversar na minha sala. — Amit conduziu o marido da pintora pelo cotovelo para fora do quarto.

Quando passou por mim, hesitou, como se quisesse dizer algo. O sr. Bartos me olhou. Seus olhos imploravam, querendo que eu fizesse ou dissesse algo. Eu via que ele estava sofrendo, mas não conseguia encontrar as palavras certas para ajudá-lo. Em vez disso, me virei para a cama. A mulher que estava ali era ao mesmo tempo Mira e uma pessoa diferente dela. Parecia ela, mas já não era mais. Eu havia me sentido exatamente assim diante do desenho de Indira que Mira havia feito.

Tantas coisas iriam mudar. Nossas conversas sobre tudo que Mira sabia e eu desconhecia acabariam. Sua risada. Sua capacidade de tornar meu dia mais interessante. O jeito como ela fazia eu me sentir: como se pertencesse ao seu mundo. Eu não me deliciaria mais com as histórias dos lugares onde ela estivera, dos países em que morara, das pessoas exóticas que conhecera. Ela havia sido mais do que uma paciente; havia sido minha amiga. Não estava só deixando o hospital; estava *me* deixando. Falei com ela em minha cabeça, como tinha falado com ela apenas meia hora antes. *Mira, por que você se foi? Preciso de você. Tenho mais coisas que quero lhe perguntar, mais coisas que preciso saber, mais coisas que preciso lhe contar. Você deu vida ao meu mundo. Você me fez sentir. Sentir que eu importava para você, para mim mesma. Por favor. Não vá!*

Mas ela não ouvia mais, já havia partido.

A enfermeira-chefe cobriu Mira com o lençol e deixou que os funcionários a levassem. Havia muito sangue na cama da pintora. Sentei-me em uma cadeira, atordoada, ainda segurando a pilha de lençóis limpos que havia trazido. Minha cabeça estava a mil, recordando tudo o que eu havia feito antes de sair para o depósito. Eu tinha posto uma toalha fria em sua testa. Tinha medido sua pulsação. Tinha tentado lhe dar água, mas ela não quisera. Antes de sair do quarto, conferi se a temperatura ambiente estava confortável para ela e se a janela estava aberta para deixar entrar ar fresco.

Como em uma névoa, olhei para os lençóis em meus braços, amassados onde meus dedos apertavam o tecido. Afrouxei as mãos. Olhei para minhas unhas: polidas e brilhantes. Meu avental de enfermeira: branco como as nuvens do Himalaia nas pinturas de Mira. Não havia nenhum sinal do sofrimento da pintora, de sua morte. Teria realmente acontecido? Eu estava tendo um pesadelo? Belisquei o braço. Olhei para a marca vermelha que começava a se formar na pele. Belisquei mais forte. Meus olhos se encheram de lágrimas e, dessa vez, em vez de tentar segurá-las, eu as deixei correr.

Quando Mira falava, eu via o mundo como se estivesse na pele dela, olhando pelos olhos dela. Verde-limão, azul-celeste, vermelho-sangue e turquesa… eu via as cores de suas pinturas como ela as via, como energia. Era assim que ela falava de seu trabalho. Como se, por alguma força estranha, sua tinta e seus pincéis a empurrassem para a tela: ela não estava no controle das coisas que pintava ou de como as pintava. "Você entendeu?", perguntava ela. Eu concordava, balançando a cabeça. Porque *entendia*. Era assim comigo e com as pessoas de quem eu gostava. Eu era atraída para elas e me deliciava em sua companhia, fascinada por suas histórias. Eu me lembrava de cada palavra do que me diziam, de todas as coisas que ela me dissera. Das pessoas de quem ela tinha falado, como sua mãe, imitando uma expressão arrogante. Quando falava do pai, afagava uma barba imaginária, do jeito que disse que ele fazia quando estava concentrado em pensamentos. Ela era uma mímica fantástica e suas imitações me faziam rir.

A enfermeira-chefe estava em pé na frente da minha cadeira. Levantei os olhos para ela. Via sua boca se movendo, mas não ouvia as palavras que ela dizia. Ela franziu a testa, depois sacudiu meu braço. Voltei a mim, o toque me sobressaltando, me trazendo de volta ao presente. Nós duas estávamos sozinhas no quarto.

— Haverá perguntas, enfermeira Falstaff. Você entende?

Só a encarei, a boca entreaberta.

— Mexa a cabeça se entende.

Em silêncio, fiz que sim.

— Vamos querer saber tudo que aconteceu antes da morte da srta. Novak. Talvez você queira deixar escrito. Minuto por minuto.

— Eu saí do quarto por vinte minutos — respondi, impotente.

Estendi os lençóis dobrados para ela como resposta. Queria que a enfermeira-chefe me dissesse que aquilo não era verdade. Que eu estava sonhando, como tantas vezes acontecia à noite: aquele sonho em que meu pai embarcava em um trem para a Inglaterra, me deixando sozinha na plataforma, apertando a boneca kathputli que tinha me dado. Ele nunca olhava para trás.

Encolhi novamente os braços, apertando os lençóis contra o peito. *Por que você se foi, Mira?*

A enfermeira-chefe abriu meus braços gentilmente e pegou os lençóis.

— A experiência vem com o tempo. Talvez a dose tenha sido o dobro do que ela deveria ter recebido? Ou talvez o tempo entre as doses tenha sido muito curto?

Meu coração se acelerou. Eu a olhei, alerta, e sacudi a cabeça. Enxuguei os olhos depressa com as mãos.

— Não, enfermeira-chefe. Eu segui precisamente as instruções do médico no prontuário. A srta. Novak precisou de uma dose antes do horário, então lhe dei meia dose… — As lágrimas continuavam a descer sobre meu avental, por mais que eu quisesse que elas parassem. Peguei um lenço no bolso da saia e sequei os olhos.

— Você tem trabalhado durante longos turnos, sete dias por semana. Isso pode diminuir sua capacidade de pensar com clareza. Talvez você estivesse cansada demais…

— Senhora, eu não acho… Não, eu *sei* que eu não… — procurei as palavras certas — … causei isso. Eu nunca teria feito nada para prejudicar a srta. Novak. Os turnos longos não são cansativos para mim. Gosto do meu trabalho. Gosto de cuidar dos meus pacientes. — Olhei para a enfermeira-chefe através dos cílios molhados, desejando que ela acreditasse em mim. Eu queria lhe dizer que não estava chorando por lamentar ter cometido um erro. Estava chorando pela perda de uma amiga.

O olhar da enfermeira-chefe pousou sobre o recipiente esmaltado com a seringa que estava na mesinha de cabeceira de Mira. Ela foi até lá. O frasco de morfina estava do lado.

— Você deixou um frasco de morfina e uma seringa no quarto? Onde estava com a cabeça? Não lhe ensinaram a nunca fazer isso? — A voz da enfermeira-chefe era de espanto.

Intrigada, fui até onde ela estava e fiquei ao seu lado. Eu tinha levado a ampola e a seringa quando saíra do quarto. Então me lembrei de ver Rebecca saindo do cômodo. O que ela estava fazendo lá?

Minha visão escureceu. O quarto girou. Minhas pernas amoleceram. Eu me virei para a enfermeira-chefe.

— Eu não sei como isso pôde ter acontecido. Não dei uma superdosagem para ela nem deixei nada aqui.

Senti um arrepio percorrer a espinha. Ou será que tinha deixado? Como podia ter certeza? Talvez eu estivesse com pressa e tivesse me esquecido de levar o material de volta à farmácia? Eu tinha ficado muito abalada ao ver Mira naquele estado. Será que eu realmente tinha deixado aquilo no quarto? Como eu podia ter sido tão descuidada?

Ela franzia a testa, o rosto e as sobrancelhas contraídos. Parecia que estava brava, decepcionada e assustada ao mesmo tempo. Estaria com medo de levar a culpa pelo meu descuido?

— Não precisa arrumar a cama agora. As autoridades podem querer examinar a cama, a seringa e todo o resto. — Parou por um momento, olhou em volta, depois voltou a pousar os olhos em mim.

— A senhora acredita em mim, enfermeira-chefe? — Tentei evitar que o desespero contaminasse minha voz, mas eu precisava que ela soubesse que eu jamais seria descuidada a ponto de dar uma superdosagem a um paciente.

Os olhos dela se desviaram dos meus.

— Isso não vai depender apenas de mim — disse ela. — Vamos deixar a decisão para a diretoria. — Parou a mão um instante antes de dar uma palmadinha no meu ombro e a recolheu. A acusação se erguia entre nós. — Você tem outros pacientes para atender, vá.

Lentamente, me levantei da cadeira, tentando relembrar cada mínimo detalhe do que aconteceu. Errei a dose porque estava muito perturbada com o rumo que a situação havia tomado? Só imaginei que estava seguindo o protocolo? Sempre tinha sido tão cuidadosa. Sempre levava minhas responsabilidades tão a sério. As irmãs religiosas do Hospital Wadia eram católicas como a enfermeira-chefe, assim como algumas das enfermeiras indianas, tendo sido criadas em conventos, mas, como eu não praticava nenhuma fé, as outras enfermeiras haviam mantido certa distância de mim. A única enfermeira que fizera amizade comigo fora Indira. Ela tinha sido como uma irmã para mim até seu marido afastá-la de lá. Mohan me contou que ela havia conseguido emprego em outro hospital. Indira teria entendido como eu me sentia. Mas quem me apoiaria naquele momento, quem atestaria minha competência?

A ideia de uma nova paciente naquela cama me enchia de apreensão. Ninguém jamais seria tão interessante quanto Mira Novak. Como eu compensaria minha vida sem graça sem ouvir sobre sua vida tão animada? O maior risco que eu já assumira tinha sido beijar Amit, e com certeza isso só havia acontecido porque Mira me fizera mais ousada, me permitira sentir que eu poderia fazer coisas extraordinárias, coisas de que nunca me julgara capaz. "Você vai amar, Sona", me dissera ela certa vez.

Uma dúvida perturbadora se insinuou em minha mente. Seria possível que eu tivesse me esquecido de esterilizar a agulha? Eu sabia que Mira estava mal, então guardei a morfina restante para quando ela precisasse. Teria me esquecido de anotar isso no prontuário? A prancheta havia sido retirada dali, então não tinha como conferir. E por que eu deixaria a morfina no quarto daquele jeito?

E quanto à afirmação do dr. Holbrook para a enfermeira-chefe de que Horace vinha encomendando medicamentos de fontes não autorizadas para a farmácia? Será que eu estava dando morfina adulterada para Mira? Talvez a razão de ela ter se recuperado brevemente fosse porque a enfermeira-chefe havia repreendido Horace após sua conversa com dr. Holbrook? E se o dr. Holbrook estivesse certo sobre o farmacêutico, mas tivesse negligenciado seu dever de avisar a Amit a esse respeito, ele seria cúmplice na morte de Mira?

Meus pensamentos se voltaram para Rebecca novamente. Ela poderia ter dado a morfina extra para Mira enquanto eu estava no depósito? Mas por quê? Para me deixar em apuros? Para prejudicar Mira? Afinal, Rebecca me desprezava. Ela achava que eu a havia empurrado de propósito quando estávamos cuidando do sr. Hassan. Reclamara com a enfermeira-chefe que eu me envolvia demais com os pacientes. Ela sempre achava que nossa chefe me favorecia e tinha me dito isso: "Você teria que matar alguém para cair no conceito dela". Mas será que ela me odiava tanto a ponto de arriscar a vida de uma paciente? Talvez ela só quisesse prejudicar Mira, e não causar sua morte.

Ah, por que fui sair do quarto? Será que isso teria acontecido se eu tivesse ficado lá observando Mira enquanto ela dormia? Mas só havia saído para procurar as três pessoas que sabiam mais sobre o tratamento de Mira do que qualquer outra. Eu estava tentando ajudá-la. Foi por isso que eu não estava lá quando ela morreu.

Fui procurar Amit. Sabia que devia cuidar de meus outros pacientes, mas minha mente estava perdida no imenso vazio deixado por Mira. Vi a porta da sala dele aberta, mas ele não estava lá. Desapontada, decidi ver Ralph Stoddard. A data de sua alta estava chegando e eu lamentaria vê-lo ir embora.

— Quem morreu? — perguntou assim que entrei no quarto. O sr. Hassan dormia tranquilamente com seu novo romance, *Anandamath*, de Bankim Chandra Chatterjee, fazendo-lhe companhia ao lado.

Meus olhos se encheram de lágrimas, mas não as deixei cair.

— Ah, querida. Ah, minha menina. — Ele estendeu as mãos para mim. Olhou em volta à procura de um lenço, mas peguei o meu primeiro. Esfreguei os olhos, pedindo desculpas por demonstrar tanta emoção. — De forma alguma. Agora me conte o que aconteceu.

— Mira... a srta. Novak... ela... — Não consegui terminar a frase.

— Mas eu a vi ontem mesmo. Timothy me levou naquela cadeira de rodas até a sala de altas e ela estava ótima. Tinha um sujeito grande e loiro com ela.

Assenti, esforçando-me para manter a voz natural.

— Era o marido dela, Filip Bartos. — Pigarreei. — Deixe-me aferir sua pulsação e temperatura. — Executei os procedimentos enquanto o dr. Stoddard olhava bondosamente para mim.

— Podemos jogar uma partida de gamão, se isso ajudar.

Através de seus óculos de aros de chifre, vi os olhos azuis aquosos de um homem que havia tido sua cota de tragédia. Quem era eu para trazer mais uma para a sua lista?

Fiz que não com a cabeça. Ele me observou anotar seus sinais vitais no prontuário.

— O senhor receberá alta em dois dias. Deve estar satisfeito.

— Sim, mas vou sentir sua falta.

— Também vou sentir a sua, dr. Stoddard — respondi e me forcei a lhe dar um sorriso. Meus lábios mal se moveram, mas foi o melhor que pude fazer.

Depois de cuidar dos meus dois pacientes seguintes, a mãe que acabara de dar à luz com o bebê deitado ao seu lado e uma mulher idosa com hemorroidas (ela havia ocupado o lugar do garoto que extraíra as amígdalas), voltei à sala de Amit, mas a encontrei ainda vazia.

O torno da sala de mecânica fazia sua própria música: um zumbido baixo pontuado por estalos fortes a intervalos regulares. Mohan desmontava um engradado com equipamentos médicos recém-chegados.

Tossi educadamente para avisá-lo da minha presença. Ele levantou os olhos, endireitou o corpo e ergueu as sobrancelhas.

— Eu soube — foi tudo o que disse. Notícias de morte corriam rapidamente em um hospital. Ao contrário de Rebecca, ele parecia sinceramente triste com a morte de Mira. — Como você está?

Dei de ombros, com medo de desabar em lágrimas se falasse qualquer coisa. Sabia que meus olhos já estavam vermelhos por ter chorado.

Mohan limpou as mãos sujas de tinta em um pano já muito usado. Era um alívio saber que éramos amigos outra vez. Teria sido compreensível se ele me evitasse, se sua decepção por minha recusa a ser sua esposa comprometesse nossa amizade.

— A srta. Novak mandou uns quadros para cá, *bhai*? — perguntei.

Ele olhou por cima do meu ombro esquerdo para um canto da sala.

— Aham, estão aqui. Estava me perguntando se alguém viria pegá-los.

— Antes de morrer... — Precisei fazer uma pausa para me controlar. — Ela me disse que as pinturas estavam aqui. Entendi que queria que eu as embalasse para enviá-las para o marido dela.

Mohan foi até onde os quadros estavam, encostados na parede. Ele tomara o cuidado de colocar um pedaço de madeira por baixo deles para protegê-los da tinta e da graxa.

— Você tem aquelas folhas grandes de papel marrom? Para embrulhar esses quadros?

Eu sabia que todo equipamento e peças do hospital chegavam a esta sala embrulhados em papel, estopa ou algum pano acolchoado. Era trabalho de Mohan encaminhar os itens para o destino correto. Mas presumi que ele guardasse as embalagens. Na Índia, nada era desperdiçado. Tudo podia ser reutilizado.

Ele fez que sim com a cabeça. Foi até a estante na parede em frente, inclinou-se e pegou uma pilha de caixas de papelão desmontadas e alguns sacos de estopa nas prateleiras mais baixas. Trouxe esse material para sua enorme mesa de trabalho, da qual tirou os demais objetos.

Levantamos os quatro quadros do chão e os encostamos nas laterais da mesa. Olhei para *A aceitação*, pensando nas mulheres que preparavam solenemente uma delas para o casamento. Quem eram? A noiva do quadro estava feliz em sua vida de casada? Tinha filhos? Quem aliviava sua carga depois de um dia de trabalho, depois de cozinhar a refeição da noite, depois de alimentar as galinhas e os bodes, depois de cuidar das necessidades dos filhos e dos desejos do marido?

Comecei a embalar *Homem em abundância*, a menos intensa das pinturas. Fiquei imaginando como Mira escolhia seus temas, o que a inspirara a pintar Paolo com três maçãs. Gostaria de lhe ter perguntado o que as maçãs significavam.

Mohan levantou *A aceitação*.

— Sona? — chamou.

Ergui o olhar. Ele estava com o quadro virado de lado, a parte de trás voltada para mim. Enfiado em um canto havia um pequeno pedaço de papel, dobrado em um quadrado do tamanho de uma caixa de fósforos.

— Tiro isso daqui? — perguntou.

Eu não tinha certeza. Seria para mim, para Filip ou para um galerista de arte? Respirei fundo e o tirei da moldura. Sem saber por quê, meus dedos tremeram enquanto eu desdobrava o papel. Era uma folha de seu bloco de desenho. A letra inclinada, que reconheci dos títulos de seus esboços, parecia ter sido rabiscada às pressas.

Querida Sona,

Sei que você vai cuidar bem deles. Assim como Jo, Petra e Po.

Com carinho,

M.

Passei o bilhete para Mohan. Suas sobrancelhas se ergueram enquanto ele lia.

— Você acha... parece que ela queria que esses quadros ficassem com você, não? — Ele me devolveu o bilhete e olhou para as pinturas. — Quem são essas outras pessoas que ela mencionou?

Hesitei um instante.

— Velhos amigos.

Uma vez mais, examinei as telas. Todas essas pinturas? Mas eram tão valiosas! Lembrei-me de suas últimas palavras para mim. *Os quadros. Lá embaixo.* Por que ela iria querer que eu ficasse com eles? Por que não seu marido? Li o bilhete outra vez. *Assim como Jo, Petra e Po.* Os quadros eram para eles? Mas quais eram para quem? Ela queria que eu enviasse os quadros ou os entregasse pessoalmente? Talvez houvesse um bilhete em cada um? Virei os quadros e passei os dedos por dentro das molduras, para tentar encontrar algum papel, mas não havia nada. A não ser... havia letras pintadas no verso de *Homem em abundância.* "Po". A tela com o grupo de monges escutando seu mestre, *Os aprendizes*, estava inscrita com um "J". *A espera* tinha um "P". A última, *A aceitação*, estava marcada com um "S".

Recuei da mesa, como se as pinturas tivessem me queimado. Cada uma havia sido designada para um amigo diferente: Josephine, Paolo e Petra. Mas ela nunca mencionara um amigo cujo nome começasse com a letra "S". Seria "S" de... Sona? Estaria ela se referindo a mim? Uma coisa era ganhar a amizade de Mira, e tive esse privilégio, mas outra bem diferente era receber um presente dessa magnitude. Olhei para Mohan, que me observava. Em troca do presente, eu deveria enviar os outros quadros para os destinatários? Como? Tirando as cidades onde Mira havia me dito que eles moravam, eu não tinha nenhum endereço. Como os encontraria sem falar com Filip? Lembrei-me da discussão entre ele e Mira na varanda dos fundos da mansão dos Singh. Ela tinha dito a Filip que não queria vender esses quatro quadros. Já devia ter decidido que queria dá-los a seus amigos.

Eu só havia conhecido Mira Novak seis dias antes, por que ela confiaria uma tarefa tão grande, tão pessoal, a mim?

— Sona, como você vai levar isso para casa? — perguntou Mohan. Era como se tivesse chegado à mesma conclusão que eu sem que nenhuma palavra tivesse sido trocada entre nós.

— Ah. — Eu não tinha pensado nisso. Cada quadro tinha sessenta por noventa centímetros. Grandes demais para levar de bicicleta.

— Tive uma ideia. — Mohan começou a tirar as molduras de madeira das telas. Sem elas, as pinturas pareciam vulneráveis. Ele as empilhou, entremeando-as com camadas de papel marrom. Muito delicadamente, enrolou a pilha, formando um longo tubo. Amarrou uma corda em cada ponta para impedir que as telas se desenrolassem. — Vou prender no suporte atrás da sua bicicleta. Se homens conseguem transportar escadas e uma família de cinco em uma bicicleta, acho que você consegue ir para casa com essas pinturas em segurança.

Sorri para Mohan. Esperava que a mulher com quem ele viesse a se casar valorizasse suas pequenas gentilezas.

— Obrigada, *bhai*.

Ele balançou a cabeça. Quando me virei para sair, disse apenas:

— *Bhagwan* vai cuidar dela, Sona.

Uma vez mais, fiquei à beira das lágrimas, por Mira e por tudo que eu havia perdido, pelo que todos os seus amigos haviam perdido, pelo que a Índia havia perdido. Enquanto voltava ao meu andar, pensei em todas aquelas belas pinturas, todo o conjunto do trabalho de Mira. Sua morte pôs fim ao que havia sido uma carreira brilhante. O talento de Mira tinha sido fonte de orgulho para os indianos. *Um dos nossos venceu, apesar daqueles que queriam nos impedir de crescer, que menosprezavam cada uma de nossas tentativas de criar, construir ou melhorar a Índia para os indianos.* Eu me surpreendi em minha hipocrisia. Aqui estava eu me alinhando com minha parte indiana e responsabilizando minha parte inglesa. Como alguém que estava *no meio*, que conveniente era, para mim, mudar de lado conforme quisesse. Eu caminhava tão imersa em meus pensamentos que quase colidi com a enfermeira-chefe vindo no sentido contrário.

— Mil perdões, senhora.

Ela me observou por um instante, depois consultou seu relógio de bolso.

— Enfermeira Falstaff, acho que você não está em sua melhor forma no momento. A morte da srta. Novak provavelmente está tornando difícil realizar suas obrigações com eficiência. Vá para casa. Vou pedir para as outras enfermeiras cobrirem o resto do seu turno. Venha falar comigo amanhã quando chegar.

A afirmação pareceu mais uma reprimenda que uma sugestão amigável. Talvez sua repreensão se justificasse.

— Sim, enfermeira-chefe — respondi.

Eu estava ansiosa para falar com Amit sobre a morte de Mira e sobre a saudade que sentiria dela. Porém ambulâncias particulares tinham trazido dois pacientes envolvidos em um acidente. Um jovem inglês cuja lambreta tinha atropelado uma mulher indiana que saía de uma viela com sua sacola de compras. Ambos estavam inconscientes. O dr.

Holbrook e Amit chamaram reforços de emergência do Hospital JJ para ajudar na triagem dos ferimentos e conter o sangramento na coxa do homem e no estômago da mulher. As cirurgias levariam horas.

Naquela noite, saí do hospital às oito. Pedalei para casa devagar, tentando retardar minha chegada e a necessidade de contar a minha mãe o que havia acontecido. Minha rota saindo do Hospital Wadia passava pelo Supremo Tribunal de Bombaim, onde estava acontecendo um protesto pelas condições de trabalho dos operários têxteis. Um homem gritava em um megafone:

— Trabalhamos catorze horas por dia e mesmo assim não conseguimos alimentar nossa família. Homens perderam braços, mãos e dedos em máquinas velhas que os malditos ingleses não consertam. Estamos sufocando! Trabalhamos em salas sem janelas, sem ventilação...

Sua voz foi abafada pelo grito que se elevou da multidão:

— Respeitem nossos direitos!

Segui em frente, passando por um parse de terno, com uma pasta debaixo do braço. Três muçulmanos conversavam diante de uma mesquita. Parei para observar um homem na lateral da rua ensinando um corvo a tirar um beedi de seu bolso e colocá-lo em sua boca. Sem dúvida o truque ganharia para o homem e para o corvo uma ou duas refeições. Um vendedor de sorvete servia seu produto em um carrinho (a noite podia ter refrescado um pouco, mas um dia de trabalho duro ainda justificava um kulfi). Ao lado dele, um homem estava sentado em um pequeno tapete, esculpindo um grupo de elefantes em marfim.

Depois de um tempo, nem os manifestantes nem os vendedores de rua conseguiam mais me distrair. Eu me afastei em minha bicicleta e me vi seguindo na direção oposta à minha casa, no sentido da Marine Drive, onde Mira vivia. O calçadão se curvava em torno da baía Back e da praia. Parei em frente ao prédio dela e olhei para cima, para o apartamento onde a ajudara a escolher um vestido para a festa dos Singh, na noite anterior. Parecia que já fazia tanto tempo. Achei que havia uma luz no apartamento. Talvez Filip Bartos estivesse lá, de luto. Ele tinha olhado para mim de um jeito tão estranho quando Amit o conduzira para fora do quarto de Mira esta noite.

Virei a bicicleta e me dirigi para oeste, em direção ao Terminal Victoria, um mastodonte gótico intimidante projetado pelos ingleses. Eu estava tão deprimida que não pude deixar de lamentar as dezenas de milhares de indianos que haviam se matado de trabalhar construindo aquilo sem terem nada para levar para casa no fim do dia além de um punhado de moedas que mal alimentavam sua família.

Três horas mais tarde, transpirando e sem fôlego, depois de ter pedalado por sentimentos de vergonha, desespero e injustiça e de ter tentado correr mais do que todos eles, cheguei ao apartamento que minha e eu mãe dividíamos. O turno que deveria ter terminado às quatro da manhã me fez voltar a casa às onze da noite. Eu detestava a ideia de ter que subir a escada e contar a minha mãe sobre a morte de Mira. E que parecia ser para mim que todos se voltavam em busca de respostas.

Uma olhada em meu rosto e minha mãe se virou, foi até o fogãozinho e me serviu um prato de dal e makki ki roti, uma das minhas comidas favoritas. Ela me levou até a mesa como se eu fosse uma inválida e me ajudou a me sentar. Puxou sua cadeira do outro lado da mesa e se sentou à minha frente.

— Conte.

Foi igual a quando as meninas da escola fizeram piada por eu ter um pai que não me amava o suficiente para ficar comigo. Ou quando a enfermeira-chefe do hospital em Calcutá me chamou de "encrenqueira". Minha mãe sabia quando algo me perturbava sem que eu precisasse dizer uma palavra.

Minha garganta estava tão apertada que doía. Eu lhe contei sobre a morte súbita de Mira e o que a enfermeira-chefe dissera. Talvez eu tivesse sido descuidada com a dose? Por que eu deixara o quarto sem ninguém quando havia um frasco de morfina ali? Como pude ter deixado aquilo à vista?

Minha mãe ouviu com a testa franzida, as rugas se aprofundando conforme eu contava. Pôs a mão sobre a minha.

— Sinto muito mesmo pela sua amiga.

— Ah, mãe!

Fui até ela e a abracei. Ela sabia como eu sentiria saudade de Mira. Nos últimos seis dias, eu tinha falado tanto sobre ela. Só o fato de a minha mãe ter dito a palavra *amiga* soltou algo de dentro de mim que eu vinha tentando conter. Mira *tinha* sido uma amiga. Havia me deixado ver um lado dela que eu imaginava que ela compartilhasse com poucos. Antes de ela chegar ao hospital, estivera ocupada com sua pintura, suas exposições, vagueando pelos próprios pensamentos. Ao ficar presa em uma cama, se vira forçada a reduzir o ritmo, refletir sobre a vida e compartilhar confidências, lamentos e lembranças sobre aqueles mais próximos a ela. E, felizmente, eu tinha estado presente para escutar. Os seis dias com ela pareceram muito longos, como se nos conhecêssemos havia anos.

Minha mãe me embalou do jeito que fazia quando eu era criança e tinha ralado o joelho, estava com um dente mole ou com um braço quebrado. Eu me deixei consolar até toda a tristeza sair do meu corpo. Sabia que o luto vinha em ondas, como acontecia com as famílias dos pacientes que perdíamos. Talvez fosse ser assim com o marido de Mira também.

Por fim, minha mãe me soltou. Mexeu em seus retalhos de pano na mesa e encontrou um para enxugar meu rosto. Depois, partiu um pedacinho de roti de fubá, mergulhou-o no dal e o levou até minha boca.

— Coma.

Eu me forcei a engolir. Era uma filha obediente. Sempre tinha obedecido. De alguma maneira, depois que meu pai nos deixou, soube que ela precisava que eu fizesse como ela queria, sem criar problemas. Ela não tinha dinheiro para me matricular em uma escola de convento como aquela para onde seus pais indianos de classe média a haviam mandado. Em vez disso, fui para uma escola gratuita do governo. Em casa, ela testava meu inglês, fazendo-me ler em voz alta o conteúdo de seus livros de costura para treinar minha fala a soar menos indiana e mais britânica.

Eu sabia pronunciar palavras como bolsos embutidos, calça palazzo e pesponto antes de entender o que significavam. Essas aulas da minha mãe acabaram me fazendo ganhar uma bolsa de estudos em uma escola de convento particular. Quando ela quis que eu me matriculasse em um curso de enfermagem, obedeci.

O roti de fubá estava delicioso, mesmo que eu não tivesse apetite. O jeito como minha mãe cozinhava refletia o modo como ela estava se sentindo. Quando estava feliz, seus curries eram maravilhosos. Quando estava brava, triste ou irritada por causa de alguma cliente, seus pratos ficavam cozidos demais, muito picantes ou muito ácidos. O prato de amanhã ficaria insuportavelmente picante.

Ela preparou outro pedaço para mim e o segurou diante dos meus lábios.

— E sobre o que disseram de você estar cansada por excesso de trabalho? Você está mesmo? — perguntou ela com um timbre de voz que insinuava uma pitada de medo.

Afastei sua mão.

— Você também está contra mim? Acha que eu sou culpada?

— De jeito nenhum. — Segurou meu queixo com a mão livre. — Estou do seu lado, sempre. Estou perguntando como você vai se preparar para o que está por vir. Uma década atrás, eu acharia que você estava segura. Você é metade inglesa. Mas agora… há tantos protestos para os britânicos irem embora. Muitos estão com medo, estão voltando para casa. — Passou a palma da mão sobre a mesa riscada. — Agora, não é tão fácil os britânicos tratarem mal os indianos ou erguerem o nariz para as pessoas que eles dominam há duzentos anos. Os eurasianos são um lembrete de tempos passados, que não são tempos felizes para os indianos que vivem sob o controle britânico há tanto tempo. Às vezes eu penso que não devia ter criado você tão britânica. Insistido que usasse vestidos em vez de sáris. Que falasse inglês fluente em vez de hindi. Eu só pensei que as vantagens superariam qualquer inconveniente. Isso podia ser verdade quando eu nasci, mas com certeza agora não é mais.

Ela levantou os olhos para ver se eu tinha entendido o perigo. Eu tinha. Aqui em Bombaim, víamos as manifestações de desobediência civil, mas, em outras partes da Índia, eu tinha ouvido sobre revoltas irrompendo contra a opressão, rapidamente reprimidas pelos colonos. No trabalho, notava a demora para receber os suprimentos que solicitava. Sentia o olhar hostil de enfermeiras indianas que recebiam um salário menor do que o meu. Eu ganhava mais por causa do meu sangue inglês e também porque não tinha restrições para tocar pacientes que fossem estranhos a mim da maneira como as mulheres indianas eram proibidas de fazer. O Grant College, nas proximidades, tentava atrair mais mulheres indianas para o curso de enfermagem, mas o progresso era lento. Pacientes do Wadia tinham começado a fazer referências veladas à minha partida iminente do país *deles*. No caminho para casa, eu ouvia sussurros dirigidos a mim. *Meio a meio*. Era meu país também, eu queria dizer. Não tinha escolhido meus pais. A Índia era meu lar. Eu tinha nascido aqui. E queria ficar.

Seria a sugestão da enfermeira-chefe de que eu havia calculado mal a dose uma desculpa conveniente para se livrar de mim porque meu sangue miscigenado deixava a equipe incomodada? Ela era uma inglesa que, quando se aposentasse, iria voltar para a Cornualha, que era sua terra. Amit era indiano. Ele continuaria aqui quando a independência fizesse o país voltar a ser de indianos como ele. Eu era parte indiana, parte britânica, alguém de casta mista. Eu não pertencia a lugar nenhum.

— Eu não conheço nenhum jeito de eliminar a dúvida que está pairando sobre a minha cabeça, mãe. Todos os indícios apontam para uma superdosagem, que apenas eu poderia ter administrado. Eu já relembrei cada minuto, cada segundo do meu turno. Não vejo como eu poderia ter calculado mal a morfina que deveria dar a ela.

Eu lhe contei sobre ter visto Rebecca saindo do quarto e sobre a conversa que ouvi entre a enfermeira-chefe e o dr. Holbrook. Será que a morfina estava adulterada? Minha mãe ouviu atentamente.

Bateu o dedo no meu prato.

— Coma. — Apontou com o queixo o rolo de telas que eu tinha trazido comigo. — O que é aquilo?

Eu estava tão perdida em minha dor que apenas largara o tubo na borda da mesa. Olhei para ele, cansada.

— Você poderia desenrolar, mãe? Preciso mostrar uma coisa.

Ela desocupou a mesa, deixando apenas meu prato. Com sua tesoura, removeu a corda e desenrolou as pinturas. *A aceitação* estava por cima.

Procurei o bilhete de Mira em minha mochila e o mostrei a ela.

Ela o leu com uma expressão intrigada. Depois levantou a primeira tela e a segurou com os braços estendidos. Examinou as outras, uma a uma. Eu a observei com atenção.

— Mira deixou isso para você? — perguntou.

— Deixou.

— E as pessoas no bilhete? Jo, Petra e Po. Não era sobre elas que a Mira falava com você?

Confirmei com a cabeça.

— Aham, Petra é uma velha amiga dela em Praga, estudaram juntas até Mira ir embora para a Itália. Po, o Paolo, foi o instrutor de pintura dela em Florença. Eles ficaram juntos antes e depois de ela se casar com Filip. Jo é Josephine. De Paris. A negociadora de arte dela. Com quem ela teve uma briga.

Minha mãe arqueou uma sobrancelha e olhou para mim, mas não disse nada. A seu favor, ela não havia feito julgamentos sobre a vida de Mira. Virou as telas.

— Essas letras atrás…

— Acho que indicam para quem é cada pintura.

Minha mãe apontou para a pilha.

— Então a que está marcada com "S" é sua?

— O bilhete de Mira estava preso na moldura dela e era para mim, então acho que sim.

Minha mãe pegou de novo *A aceitação* e a examinou.

— Será que você é essa noiva com a mão pintada de henna?

Enrubesci.

— Mãe, sinceramente, eu não sei o que Mira tinha em mente quando escreveu esse bilhete.

— E você tem certeza de que ela não queria deixar essas pinturas para o marido?

— Pelo bilhete, parece que sim.

Minha mãe ergueu uma sobrancelha.

— É estranho, não é?

Eu lhe contei sobre a discussão que havia testemunhado entre Mira e Filip na noite da festa dos Singh.

— Sona, se ela escreveu isso antes de morrer, você acha... que ela sabia que estava morrendo?

Mordi o lábio. Eu tinha pensado nisso, mas como Mira poderia saber que acabaria voltando ao hospital, e ainda mais que perderia a vida? Ou... e eu não queria nem pensar nisso... será que Mira tivera uma overdose de propósito? Por quê? Porque estava sentindo muita dor? Que outra razão teria para tirar a própria vida? Ela estava melancólica por causa de Jo, Petra e Po e de como os havia tratado. Estaria mais deprimida do que deixava transparecer?

Minha mãe começou a enrolar as pinturas.

— O dr. Mishra sabe alguma coisa sobre estas telas?

Franzi a testa. Será que Mira tinha dito a Amit alguma coisa que não me contou?

— Posso perguntar a ele.

Formaram-se rugas em sua testa e ela esfregou o peito.

— Você tomou seu remédio? — indaguei.

— *Hahn* — respondeu ela, vagamente.

Tornei a amarrar a corda em volta das telas, olhando de vez em quando para a expressão preocupada da minha mãe. Quando terminei, ela pediu para eu me sentar. Então se sentou à minha frente e segurou minhas mãos, afagando meus dedos com ternura.

— Talvez você não queira ouvir isso, Sona — começou, hesitante. — Mas a culpa vai cair sobre você. Não vai ser no dr. Mishra. Não vai ser na sua enfermeira-chefe. Não vai ser no dr. Holbrook. Mas vão precisar responsabilizar alguém pela morte de Mira. Minha preocupação é de que amanhã você não seja mais enfermeira no Wadia.

A imagem da minha mãe ficou turva, como se eu olhasse para ela embaixo d'água. Eu havia desconfiado que poderia ser punida, que meu salário poderia ser reduzido, mas não que poderia perder o emprego. Havia demorado para encontrar esse trabalho e demoraria para encontrar outro. O que diria para a enfermeira-chefe seguinte quando ela me perguntasse por que eu tinha saído do Wadia? Ela escreveria para a enfermeira-chefe daqui para perguntar o que havia acontecido? Ou teríamos que nos mudar de cidade de novo? Nenhuma de nós suportaria outra mudança. Será que a morte de Mira seria a minha destruição? Os pelos dos meus braços se arrepiaram. Se alguma outra pessoa havia causado a morte de Mira, teria sido para castigar a mim ou a ela?

Minha mãe continuava falando. Fiz um esforço para prestar atenção.

— Você precisa limpar seu nome, *beti* — disse ela. — Pelo seu próprio bem. Para que essa acusação não fique pairando sobre a sua cabeça. É o único jeito de você poder seguir em frente. Talvez uma dessas pessoas, ou todas as três... — Fez um gesto indicando o bilhete de Mira. — Talvez elas possam ajudar você. Talvez saibam algo sobre ela que você não sabe. Ou pode ser que não saibam nada. — Apontou as telas com o queixo. — Mira deixou um bilhete claramente pedindo para você entregar esses quadros aos amigos dela. Ela poderia facilmente ter enviado as telas, mas queria que *você* as enviasse. Por quê? Deve haver alguma razão. — Minha mãe soltou o ar devagar. — Para descobrir, você vai precisar do dinheiro do seu pai.

Eu não podia acreditar no que a minha mãe estava sugerindo.

— Mas, mãe, nós vamos precisar do dinheiro para o aluguel, para a comida e para os remédios. Vamos usá-lo até eu encontrar outro emprego.

Ela balançou a cabeça.

— Não, *beti*. Primeiro você precisa salvar a sua reputação para poder continuar sendo enfermeira. Estou pedindo para você fazer isso. Você precisa ir.

Olhei para minha mãe, que raramente me pedia algo, mas fazia tantas coisas sem eu precisar pedir. Ela descascava as uvas porque sabia que eu só gostava da polpa doce de dentro. Massageava minhas pernas depois de um longo turno no hospital, mas nunca me deixava fazer o mesmo por ela. Costurava, limpava e passava meus uniformes, sempre colocando pétalas de rosas nos bolsos para perfumá-los. Quase nunca comprava algo novo para si. Eu notava como a gola e as mangas de sua blusa estavam gastas. Ela precisava de óculos novos, mas se recusava a gastar dinheiro com isso, mesmo tendo que chegar cada vez mais perto do tecido para ver se as costuras estavam retas.

— Não posso deixar você sozinha aqui em Bombaim, mãe. Quem vai cuidar de você? — Senti algo semelhante a medo. Como o medo que senti depois que meu pai fora embora. Quem iria cuidar de nós?

Ela apertou minhas mãos.

— Sona, não sou eu que preciso ser cuidada. Estou cuidando de você desde que era bebê. Vou ficar bem. Você precisa aprender a cuidar de si mesma. Eu deixei você muito mole.

A afirmação me pegou de surpresa. Eu me via como uma pessoa forte, determinada, capaz de lidar com qualquer coisa que aparecesse em meu caminho.

— Muito *mole?*

— Todos esses anos, eu resguardei você de pessoas que queriam prejudicá-la. O vendedor do mercado que mandava você para casa com frutas machucadas. O motorista de ônibus que não deixava você entrar no ônibus dele. Eu fui lá e dei uma bronca no vendedor de frutas. E no motorista do ônibus. E em todos os outros que prejudicavam você. Devia ter feito você mesma enfrentá-los. Eu a empurrei para a escola de enfermagem para você poder se sustentar mesmo que eu não estivesse aqui. Fiz você mais britânica porque achei que isso a protegeria. Me esforcei para deixar você tão segura que agora você tem medo de correr riscos. Pense no que a sua vida poderia ser se você não tivesse medo.

Disparei antes que pudesse me conter.

— Você correu um risco com o meu pai e veja onde isso a levou! — Meu coração batia forte contra as costelas. Eu nunca tinha falado com a minha mãe assim antes.

Ela soltou minhas mãos. Seria pena que eu via nos olhos dela?

— Ah, Sona. Você não entende que eu amei o tempo que passei com ele? Eu nunca me arrependi. Detestei que ele mentiu. Detestei que ele foi embora, mas não que nós dois tenhamos ficado juntos. E ele não me deixou sozinha. Ele me deixou com vocês, meus preciosos filhos, você e Rajat. Como eu poderia *não* ter corrido esse risco? Mas agora estou falando da sua vida. Você deve vivê-la do jeito que quiser, ir para onde quiser, conhecer coisas que não pode nem imaginar. O dinheiro do seu pai vai tornar isso possível.

Fiquei olhando para ela, boquiaberta. Minha mãe achava que eu vivia com medo? Com medo demais de me arriscar, medo até de me defender? Uma lembrança de quando eu tinha treze anos flutuou à minha frente. Estava em pé ao lado da minha mãe, na sala da diretora. Minha mãe dizia que a professora roubara minha posição como primeira aluna da classe em prol da própria filha, que não tinha ido tão bem no exame quanto eu. Ela falava com calma, mas com determinação. Não estava reclamando, estava explicando. No dia seguinte, a professora me dera a posição que era minha por direito. Eu sabia que a minha mãe conseguiria. Porque ela sempre conseguia. Por que nunca notei as muitas maneiras em que ela foi forte quando eu não sabia ser? Ela precisara de coragem — e mais do que isso — para superar a traição do meu pai. Caso contrário, como poderia ter criado uma filha sem família, sem dinheiro?

Pensei na repreensão da enfermeira-chefe quando me chamou à sua sala. Eu não quis criar problemas para Rebecca pelo que aconteceu quando o sr. Hassan teve um ataque cardíaco. Devia ter dito à enfermeira-chefe o que minha mãe diria. Com seus modos calmos, ela teria explicado que, sem meu pensamento rápido, um paciente poderia ter morrido. E a crítica sobre socializar com os pacientes? Por que eu não disse à enfermeira-chefe que proporcionar conforto emocional aos doentes era parte da minha função como enfermeira, o que eu fazia distraindo-os de suas aflições e envolvendo-os em atividades de que eles gostavam? Em vez disso, eu não disse nada. *Muito mole.*

Uma batida à porta nos sobressaltou. Não costumávamos receber visitas. Minha mãe sempre atendia os clientes na casa deles, levando um pequeno kit de costura de alfinetes, giz para marcar alinhavos e uma fita métrica. Ela fazia o possível para dar vida ao nosso minúsculo apartamento, costurando cortinas novas, fazendo uma toalha de mesa nova de crochê e confeccionando uma rajai nova todo ano, mas certamente não seria adequado que seus clientes vissem nossa modesta moradia. Entre eles havia indianos ricos cuja lealdade estava com os britânicos enquanto isso lhes conviesse. Outros eram britânicos que viviam como realeza na Índia, mas antes haviam levado uma existência de classe média frugal na Inglaterra. Alguns eram europeus desocupados, não suficientemente inteligentes para ajudar com a propriedade do pai em seu país, ou transgressores de tal forma que foram mandados para longe da vista, de modo a caírem no esquecimento.

Eu me levantei para atender. Era a proprietária, a mãe da ninhada do andar de baixo. Não pela primeira vez, notei que ela precisava alargar as costuras de sua blusa: um pedaço de pele se destacava entre a barra da blusa e a cintura da saia.

— Você tem visita. Um homem — anunciou ela. E permaneceu ali parada, olhando-me com ar desconfiado. Puxou melhor o pallu em torno dos ombros roliços. — Você sabe que eu não aprovo visitantes vindo assim tão tarde à nossa casa.

Dei uma olhada no relógio. Quase meia-noite. Tirando Amit, que havia chegado cedo na noite anterior para me levar à festa dos Singh, minha mãe e eu nunca recebíamos visitas.

— Bem, se é uma visita, é melhor eu ir ver — disse, contornando seu corpo robusto. Desci depressa a escada e ela desceu lenta e pesadamente atrás de mim.

Amit Mishra estava no portão. Meu coração acelerou. A lâmpada fraca lançava sombras em seu rosto que o faziam parecer dez anos mais velho. Ou ele parecia cansado por causa das longas horas que passara em cirurgia com os pacientes da emergência? Ou porque Mira tinha morrido no turno dele?

— Estou indo — avisei, abrindo o portão para me encontrar com ele na rua. Eu o conduzi pela ruela estreita, afastando-me da casa.

Após darmos alguns passos em direção à rua principal, ele perguntou:

— Como você está?

— Eu... É tão... — Não consegui terminar a frase. Peguei o lenço no bolso e assoei o nariz. — Nem posso imaginar chegar lá amanhã e não a ver.

Ele levantou a mão, talvez para me confortar, mas a abaixou logo em seguida e enfiou ambas as mãos nos bolsos da calça. Olhou para o chão. Mira tinha sido amiga dele também. Ocorreu-me que ele deve ter tido que reprimir seus sentimentos em relação à morte dela no trabalho. Caminhamos um pouco sem falar.

— Sei como você deve estar triste por causa da Mira — disse ele. — Não sei se ajuda, mas o que aconteceu com ela pode acontecer com qualquer paciente. Vemos sofrimento todos os dias, sem exceção. Ela me disse como você tornou o sofrimento dela suportável. Você fez muito por ela, mais do que ela poderia imaginar. E acredito que ela amava você. Um dia, estávamos conversando sobre... ah, nem sei... óperas que tínhamos visto em Londres, ou como o rio Wein em Viena brilha ao pôr do sol, como é belo o som de cantos à capela em uma catedral de Praga... e ela disse que teria adorado levar você a todos esses lugares. Ela via em você alguém que estava louca para explorar o mundo, mas ficava se segurando.

Ah, Mira. O que levou você a pensar que eu fosse mais do que eu era capaz? Eu lhe disse tantas vezes que o seu mundo e o meu não eram parecidos.

Ele tirou as mãos dos bolsos e parou de andar. Eu me virei para ele.

— Eu... tive uma boa conversa com o dr. Holbrook e com a enfermeira-chefe — disse. — E também com a diretoria do hospital. Discutimos as várias causas para a morte súbita de Mira. Holbrook ainda afirma que ela sofria apenas de gastrite... e que a festa na casa dos Singh muito provavelmente a esgotara. — Hesitou. — Mas a questão da seringa deixada no quarto, a morfina faltando no frasco... ainda é motivo de preocupação. Eu falei da sua dedicação ao trabalho, aos seus pacientes, do seu histórico profissional impecável. Disse que a explicação não podia estar em uma participação sua. Há uma série de possibilidades que o hospital vai investigar.

Um trem passou em velocidade atrás da cerca de arame. *Chuc-chuc--chuc-chuc*. Amit parou de falar. Recomeçamos a andar.

— Sona, se isso a faz se sentir melhor, estive pensando se *eu* teria cometido um erro no tratamento dela. Talvez ela não tenha nos contado sobre algum problema de saúde, como uma doença cardíaca, uma doença de infância, que poderia ter causado essa súbita... recaída. Se ao menos eu tivesse conseguido convencer o dr. Holbrook a fazer a cirurgia... Fico pensando por que... como...

Com um sobressalto, percebi que, assim como eu, ele também se torturava. *Ele poderia ter evitado a tragédia?*

Aquele teria sido o momento perfeito para contar a ele a conversa que eu tinha ouvido entre a enfermeira-chefe e o dr. Holbrook. Que o médico havia ignorado a dor de Mira porque achava que ela não era digna de sua atenção. Não era suficientemente britânica. Não era suficientemente casta. Não era o tipo de pintora que ele aprovava. Eu poderia ter contado a Amit que o dr. Holbrook desconfiava que Horace, da farmácia, estava comprando medicamentos mais baratos e de qualidade duvidosa. Mas como eu provaria qualquer uma dessas coisas? E de que adiantaria contar a Amit? Ele só se sentiria pior por não ter brigado com mais empenho pela pintora. Além do mais, nada poderia trazer Mira de volta.

Amit parou de repente e se virou para mim, com a testa franzida de preocupação. Tocou meu braço e olhei para onde seus dedos estavam.

— Infelizmente não estarei no hospital amanhã, Sona. Minha tia ficou doente em Shimla. Vou pegar um trem para Délhi daqui a pouco e depois para Shimla.

Quase me engasguei. *Não me deixe sozinha aqui*, tive vontade de dizer. Cruzei os braços sobre o peito, como para me proteger. Minha mãe estava certa? Sem ninguém para me apoiar quando eu aparecesse no trabalho amanhã, eu levaria a culpa pela morte de Mira. Meus olhos lhe imploraram.

— Repassei tudo na minha mente tantas vezes. Não vejo onde eu possa ter errado. Eu não administrei aquela dose fatal, mas não imagino quem possa ter sido.

Ele chegou mais perto e pôs as mãos nos meus braços.

— Eu acredito em você.

Examinei o rosto dele, desesperada para ter certeza de que confiava mesmo em mim. Eu achava a opinião de Amit importante, porque ele tinha sido amigo de Mira e porque eu sentia que era meu amigo também.

Ele baixou as mãos.

— Se algo acontecer, se o hospital... O que quero dizer é que... — Passou a mão no cabelo. — Eu falei com Ralph Stoddard. Talvez ele tenha dito a você que vai para Istambul. Ele vai precisar de uma enfermeira para acompanhá-lo. O cargo inclui passagem e despesas completas, além de um salário. — Ele me ofereceu um breve sorriso. — E a companhia de um velho doidinho e adorável. Isso é algo que você poderia considerar se...?

Eu estava tonta. Como poderia deixar minha mãe em uma cidade que ainda mal conhecíamos? Istambul era tão longe de casa. Era o tipo de oportunidade que Mira teria agarrado sem nem pensar duas vezes. A simples emoção de uma nova experiência teria sido suficiente.

— Pense nisso — disse Amit.

Concordei com um movimento vago e olhei para o chão duro de terra. Ficamos quietos e parados, ouvindo outro trem passar, assobiando.

— Quando você volta?

— Não sei. Preciso ver como minha tia vai ficar. Claro que espero o melhor. Podem ser cinco dias ou três semanas. Se você decidir não aceitar a oferta do dr. Stoddard, eu a ajudarei a encontrar outro emprego em Bombaim, o que seria... preferível para mim.

Quando encontrei os olhos dele, vi tristeza. A morte de Mira poderia ter sido um momento para encontrarmos conforto um no outro, mas o decoro não permitia. Tudo que pude fazer foi assentir. Retornei a meu apartamento, sabendo que ele me observava até eu estar segura, do lado de dentro do portão.

Enquanto subia a escada, decidi que não contaria para minha mãe que iria perder o emprego, embora ela já esperasse por isso. Eu mentiria e diria que o dr. Mishra tinha vindo para me garantir que meu emprego estava seguro. Eu a deixaria ter mais uma noite tranquila antes da inevitável ruína.

SETE

No dia seguinte, cheguei cedo para o meu turno e procurei a enfermeira-chefe, temendo o encontro. Olhei em todas as salas dos dois andares do hospital antes de avistá-la. Ela instruía duas enfermeiras novas sobre o método Nightingale de dar banho em pacientes. Embora tivesse a mesma altura que as outras, a enfermeira-chefe tinha uma presença tão marcante que parecia muito maior que elas. As enfermeiras olhavam dela para a paciente, uma mulher idosa, com olhos assustados.

— Água quente e uma toalha como esta. — A enfermeira-chefe apontou para a toalha áspera ao lado da bacia, na mesa de rodinhas. — Esfreguem e esfreguem com força. Nada de sabonetes chiques nem esponjas macias, usando isso as pessoas tendem a não esfregar tão forte e a limpeza passa longe. — Olhou para a paciente, que se agarrava ao lençol.

A enfermeira-chefe se virou para sair do quarto, me viu esperando junto à porta e fez sinal para eu segui-la até sua sala.

Indicou-me a cadeira em frente a sua mesa, depois sentou-se em sua própria cadeira.

Abriu uma gaveta à sua esquerda e pegou alguns papéis.

— É minha responsabilidade, no Hospital Wadia, garantir o bem-estar dos nossos pacientes enquanto estiverem sob os meus cuidados. Eu falhei na minha obrigação em relação à srta. Novak. Ela era uma personalidade importante, um tesouro nacional, e sua morte será chorada por muitos. Informei à diretoria do hospital que aceito a responsabilidade. Claro, eles entendem que erros acontecem de tempos em tempos, mas querem ter certeza absoluta de que isso nunca mais voltará a acontecer. E, para cumprir essa exigência, solicitam que você seja dispensada de suas funções imediatamente.

Seu rosto pálido ficou avermelhado. Ou ela estava brava por ter sido colocada nessa situação ou constrangida por estar atribuindo a culpa a mim. Baixou os olhos para os papéis como se contivessem a parte seguinte de seu script.

Eu me senti entorpecida. Minha pulsação não estava acelerada. A respiração continuava estável. Olhei para as mãos. Estavam firmes. Olhei para o chão. Mármore branco com detalhes cinza. Meus sapatos arranhados. Amit havia me preparado para isso. Mesmo assim, parte de mim se perguntava se não seria tudo imaginação: Amit indo ao meu apartamento na noite anterior, me contando sobre a reunião da diretoria, me falando sobre o dr. Stoddard e a oferta de ir para Istambul. Nesse momento, tudo em que conseguia pensar era: será que eu sempre seria rejeitada em todos os lugares em que trabalhasse?

A enfermeira-chefe não me encarou quando disse:

— Mesmo que você não tenha administrado a dose fatal, deixou uma seringa e um frasco de morfina à plena vista no quarto. Foi um enorme descuido. — Tocou a cruz em seu colar. Estaria buscando apoio do alto?

Por um momento, não pude falar. Eu *tinha* ficado fora do quarto mais tempo do que era aceitável. A morfina *tinha* ficado à vista. Vinte minutos teriam permitido que qualquer pessoa entrasse e desse uma injeção em uma paciente adormecida. Mas deixei Mira desprotegida? Fiz isso com ela? Outras enfermeiras saíam dos quartos o tempo todo para pegar alguma coisa no depósito ou fazer um intervalo para uma xícara de chá. Nada acontecia a seus pacientes. Fui a premiada com a má sorte.

Mas e a conversa entre Amit e o dr. Holbrook? Holbrook havia tomado uma decisão baseada em sua opinião pessoal quando a saúde de Mira estava em jogo.

Pigarreei.

— Nos seis dias em que a srta. Novak não estava respondendo ao tratamento…

Ela franziu a testa.

— Prossiga.

O calor subiu por meu pescoço. Na noite anterior, minha mãe me dissera que havia me resguardado toda a minha vida, que me defendia quando eu não tinha condições para isso. Ela queria que eu fosse mais corajosa, mais firme, que corresse riscos. Bem, aqui estava a minha chance. E, embora todas as partes sensatas da velha Sona me dissessem para não falar, minha boca não escutou. Pigarreei de novo e a olhei de frente, com determinação.

— A srta. Novak era uma jovem que estava sofrendo, e que esperava que nós a ajudássemos, mas ela foi julgada indigna de receber nosso cuidado máximo. — Minha voz se elevou.

A enfermeira-chefe ficou vermelha do outro lado da mesa.

— O que está dizendo, menina? Fazer insinuações sobre a nossa equipe não vai ajudá-la em sua situação. É um insulto e não tem justificativa.

— Não tem justificativa? A senhora e o dr. Holbrook estavam falando sobre ela outro dia. Que a srta. Novak não pintava direito, que não era suficientemente inglesa, que não era uma mulher decente. Ela era nossa paciente, enfermeira-chefe!

— Você estava nos *espionando*?

— E pensar que ela pode ter recebido medicação de segunda classe da farmácia…

— Você está realmente se excedendo! — Ela se levantou da cadeira, olhando furiosa para mim. — Esvazie seu armário agora mesmo. E, se estiver procurando referências, não vai ter nenhuma vindo de mim.

Eu me levantei, sem tirar os olhos dela. Precisei de um momento para estabilizar as pernas trêmulas.

— A srta. Novak era uma amiga — disse. — Ela era gentil e generosa, ela importava. Importava para mim, importava para a Índia. Vou sentir uma saudade imensa dela.

Ela desviou o olhar, enrubesceu e tocou a cruz novamente.

Segui para o meu armário em meio a uma névoa. Eu tinha acabado de me defender? E defendera Mira? A artista sempre fora generosa com sua amizade, me fazendo rir mesmo quando estava com dor, me aquecendo por dentro com palavras que me valorizavam, me agradecendo por cuidar dela. Ela me ensinara coisas. Suas histórias pareciam não ter pé nem cabeça, até chegarem ao ponto que ela queria. Certa vez, ela estava desenhando quando eu chegara ao quarto. Sem tirar os olhos do desenho, dissera:

— O cardamomo leva de três a cinco anos para produzir as vagens verdes. Essas vagens não são nada parecidas com as vagens duras e enrugadas que abrimos para tirar as sementes, aquelas que usamos para dar sabor ao *chai*, ao *burfi* ou ao curry de frango. Aprendi isso com uma agricultora em Kerala. — Fizera uma pausa para ver se eu a acompanhava e continuara: — Uma vez, a Josephine me pediu para pintar algo urgente para um cliente que estava ansioso para comprar um dos meus quadros. Eu disse a ela que não poderia fazer isso. Ela respondeu que Picasso pintava ou esboçava centenas de obras de arte por ano. Eu lhe contei sobre o cardamomo, sobre quanto tempo demora para amadurecer, e disse: "Eu posso ser tanto europeia como indiana, Jo, mas não as duas coisas ao mesmo tempo. Aqui na Índia, sou indiana. Eu sou o cardamomo".

Mira virara seu bloco para que eu visse o que estava desenhando. Era um retrato meu. Eu havia pegado o bloco da mão dela e observara o desenho. Era como olhar no espelho. Os traços do meu rosto que poderia ser tanto indiano quanto inglês.

Naquele momento, as palavras da enfermeira-chefe ressoavam em minha cabeça, um carrossel cruel de: *você deixou uma seringa e um frasco de morfina à plena vista no quarto.* Como eu superaria aquela acusação? Como viveria sabendo que tinha falhado? *Você saiu do quarto, você saiu do quarto, você saiu do quarto.*

As palavras da minha mãe também me voltaram: *A culpa vai cair sobre você.*

Abri meu armário. A saia espinha de peixe marrom que minha mãe havia feito, uma blusa bege herdada de uma colega de trabalho em Calcutá, sapatos bata marrons de salto baixo. Um par de meias cor de café. Um avental extra. Nada de fotos de lugares exóticos. Ou namorados. Ou amigos rindo em grupo. Não muito para mostrar depois de dois anos no Wadia. Ah, como eu queria que Mira ainda estivesse aqui! Nós poderíamos rir de como meu avental tinha quase a minha altura. Eu podia vê-la, os olhos brilhando, as faces coradas. Vesti a saia, abotoei a blusa, calcei as meias de lã, dobrei meu uniforme e o guardei na mochila.

Quando fechei a porta do armário, Rebecca entrou no cômodo.

— Então quer dizer que você vai nos deixar? — disse em um tom agradável, como se me perguntasse se eu tinha notado que as papoulas estavam florindo. Como se o fato de eu ir embora de lá fosse uma escolha. Ela tirou a touca e soltou o cabelo, pondo os grampos nos bolsos e conferindo seu reflexo no espelho da parede. Sacudiu o cabelo castanho-claro. Era bonito assim, solto, comprido até os ombros. — Parece que vou ficar com os pacientes ricos agora. — Riu.

De seu armário, tirou um pente de tartaruga de dentes largos. Enquanto penteava o cabelo, perguntei:

— O que você estava fazendo no quarto da srta. Novak logo antes de acontecer?

Ela levantou as sobrancelhas, com uma expressão de alerta.

— Como assim?

— Vi você saindo do quarto dela. Logo antes de eu entrar e ver que ela estava em estado crítico.

Ela ergueu o queixo e deu de ombros, de um jeito um pouco forçado.

— Provavelmente achei que a tinha ouvido me chamar. Mas percebi que estava enganada. — Pôs o pente de volta no armário, evitando meu olhar. Então começou a mexer nos grampos e na touca enquanto eu esperava.

Apertei o cordão da mochila. Minha garganta estava seca. Meus olhos doíam. Eu não tinha mais energia para lutar. De que adiantaria? Minha palavra não valia mais nada.

— Você devia usar mais o cabelo solto, fica bem em você. — Com isso, saí da sala.

Tentei adiar a volta para casa o máximo possível. Teria que contar à minha mãe que estava encerrado. Eu tinha perdido. Embora eu tivesse a sensação de que ela já sabia.

Quando cheguei à nossa rua, a Chameli Marg (um nome ambicioso para uma rua sem nenhuma flor perfumada), um grupo de vizinhos estava aglomerado na entrada do prédio. A proprietária do nosso apartamento estava no meio deles, tagarelando. Mesmo à distância, dava para notar pelo tom de sua voz que estava brava ou ressentida com alguma coisa.

Quando me aproximei, a ouvi dizer:

— ... Eu tive que pagar o médico. Quem vai me pagar de volta? — A pele sob seu braço balançava a cada movimento das mãos. Então ela me viu. — Aí está a filha. Muito bem, srta. Enfermeira Chique, trate de dar um jeito nisso agora mesmo. Não quero um *burree aatma* na minha casa!

Passei depressa por ela, o coração quase parando. Corri escada acima, a mochila batendo em minhas costas. A porta do nosso apartamento estava aberta. Não havia ninguém no quarto a não ser minha mãe, deitada na cama, de olhos fechados, completamente imóvel.

— Não, não, por favor, não! — pedi em voz alta. Procurei batimentos cardíacos em seu pulso. Nada. Tentei o pescoço, sob o queixo. Nada.

— O médico já veio e já foi — disse a proprietária, parada junto à porta. — Disse que foi um ataque cardíaco. Nem precisou levar para o hospital. — Ela falava como se minha mãe fosse culpada por morrer.

— Saia daqui! — gritei e tranquei a porta na cara dela.

Com as costas apoiadas no batente, olhei para o corpo da minha mãe na cama. Como isso podia ter acontecido? Ela tinha problemas cardíacos, mas, como tomava os remédios, estava tudo bem. Teria sido por causa da morte de Mira? Porque ela sabia que isso me faria perder o emprego? Eu tinha visto a resignação e o medo em seu rosto. *Ah, mãe, fui eu que fiz isso com você?*

Do outro lado da porta, a proprietária gritou:

— Você precisa tirar esse corpo daqui. Não quero isso na minha casa!

— Deixe minha mãe em paz — sussurrei dentro do quarto.

A pessoa que mais me amava no mundo se fora. Lágrimas borraram minha visão. Quem me amaria? Quem perguntaria sobre o meu dia? Quem escutaria minhas histórias? O que eu faria sem ela? Enxuguei o nariz com o dorso da mão.

Eu me afastei da porta e fui até a cama que dividia com minha mãe desde que conseguia me lembrar. Eu me deitei e aninhei meu corpo junto ao dela no colchão estreito. Murmurei em seu ouvido:

— Você se lembra de quando eu estava grande o bastante para ir ao cavalinho do carrossel pela primeira vez? Eu devia ter uns quatro anos. Você disse que estava na hora. "Na hora de quê?", perguntei. "Na hora de você fazer as coisas sozinha". "Mas eu gosto de fazer as coisas com você", respondi. "Eu sei", você retrucou, "mas existem muitas coisas que você vai gostar de fazer, e eu não vou estar aqui para sempre para fazê-las com você".

As lágrimas que desciam abundantes dos meus olhos e corriam pelo nariz até a boca tinham gosto de sal, tristeza e solidão.

— Mãe, não estou pronta para fazer todas essas coisas sozinha. Preciso de você. Preciso que você fique. Você não pode ficar só mais um pouquinho? Por favor, mãe, fique.

Abracei sua cintura com força. Solucei junto ao seu ombro e ao seu sári florido, o que eu dissera que a fazia parecer um campo de alfazema quando tinha nove anos. Eu tinha tanto para contar a ela: minha demissão do hospital, a promessa do dr. Mishra de me arrumar um emprego, como eu me sentia em relação a ele, como eu precisava dela, como a amava. Mas nada daquilo faria diferença naquele momento.

Decidi fazer um enterro em vez de uma cremação. Tinha a sensação de que minha mãe se via mais como inglesa do que indiana ao ficar mais velha, e um funeral seria uma escolha melhor. Nossos vizinhos da frente, Fatima e o marido, e uma senhora rica que era cliente da minha mãe compareceram aos ritos finais. A senhora queria que eu soubesse o quanto ela lamentava pelo acontecido e como estava preocupada que seu vestido não ficasse pronto a tempo para o casamento da filha.

Paguei a um padre de uma igreja cristã próxima para ler o discurso que eu mesma havia escrito e, então, estava tudo encerrado.

No intervalo de uma semana, eu tinha perdido minha mãe, minha amiga Mira e meu emprego no hospital. Era uma órfã sem nenhum amigo. Depois que empacotei os restos de tecido e a pouca louça que tínhamos, o apartamento ficou quase vazio. Eu daria os tecidos e a máquina de costura da minha mãe para a escola perto do mercado de tecidos de Mohatta, onde minha mãe ocasionalmente instruía costureiras novatas. Eu não precisava das louças. Dei nossa cama, mesa e cadeiras para o casal que limpava o prédio. Para a proprietária, dei o fogãozinho portátil a gás em troca do que havia gastado. O fogãozinho valia muito mais que a visita do médico, mas preferi pagar a dívida com folga a me arriscar que ela cobrasse uma quantia maior futuramente.

Minha última tarefa era empacotar nossas roupas no baú gasto que tínhamos trazido de Calcutá. Quando chegamos, ele continha nossas roupas, lençóis, toalhas e alguns potes e panelas. Fiz um balanço de tudo que ainda restava lá dentro. No alto, estava o vestido de noite que minha mãe fizera a partir do sári de casamento que nunca tivera oportunidade de usar. Levantei o vestido para admirar seu trabalho. Uma bolsinha de tecido pesada e uma foto caíram no chão. Peguei a foto em preto e branco. Papel grosso. Bordas amassadas. Era a foto de um homem de uns trinta anos. Branco. Estava de uniforme militar, o cabelo repartido ao meio.

Era ele? Larguei a foto como se tivesse me queimado.

Cautelosa, agachei para examiná-la, sem tocar. Ali estavam minhas sobrancelhas que faziam um ângulo abrupto em direção às têmporas.

Lábios que não eram finos nem cheios. A linha do cabelo reta na testa em vez de formar um "M".

Com a ponta da unha, virei a foto. *Owen Falstaff, Artilharia da Guarnição Real.*

Sentei-me sobre os calcanhares. Minha mãe tinha guardado uma foto dele esse tempo todo, por quê? Porque ela ainda o amava depois de todos esses anos? Mesmo depois que ele a havia traído? Por que ela nunca a mostrara para mim? Fechei os olhos com força. Ao saber como ele era, será que conseguiria ter alguma lembrança de nós dois juntos? Esperei. Nada.

Abri os olhos de novo. Minha mãe escondera a foto no vestido verde de propósito, para que eu a encontrasse depois que ela morresse? Mas ela não tinha como saber quando iria morrer, então isso não fazia sentido. Pensei em rasgar a foto e jogá-la fora. Ele tinha sido um péssimo pai e um péssimo marido. O que eu devia a ele? Uma pequena parte de mim, porém, talvez a criança de três anos que devia ter se sentido amada antes que ele fosse embora, quis guardá-la. No fim, acabei enfiando a foto dentro do baú.

Abri a bolsinha de tecido. Dentro, havia as libras que meu pai mandara. "Você precisa limpar seu nome, *beti*", dissera minha mãe. "E, para isso, vai precisar do dinheiro do seu pai."

Só o que guardei da minha mãe foi o sári verde, naquele momento o único vestido de noite que eu tinha. Comprei três rosas vermelhas, cujas pétalas espalhei entre as dobras.

Ela não possuía nenhuma joia, não houvera pais ou sogros para lhe dar isso de presente de casamento.

Uma semana depois, eu estava a bordo do RMS *Viceroy of India*, rumo a Istambul.

OITO

Eu tinha aceitado o fato de que, tirando a oferta do dr. Stoddard, não me restavam mais opções. A voz da minha mãe, me incentivando a correr riscos, a descobrir novos mundos, havia se instalado no fundo da minha mente. Naquele momento, eu deixava a segurança do que conhecia para explorar um território estranho, pelo menos para mim. Era assustador e empolgante ao mesmo tempo. A oportunidade de ir ao encontro de um destino tão longe quanto Istambul, a meio caminho da Europa. De lá, eu poderia usar o dinheiro do meu pai para entregar as telas para os amigos de Mira em Florença, Praga e Paris. Claro, eu ainda precisaria descobrir onde eles moravam a partir das pistas que as histórias de Mira haviam deixado.

No dia seguinte à partida de Amit para Shimla, eu havia recebido um bilhete do dr. Stoddard.

Minha querida enfermeira Falstaff,

Que prazer senti ao saber que você aceita acompanhar um fóssil como eu até Istambul. Se nunca esteve lá, posso lhe dizer que é um lugar encantador com a mais divina baclava e o café mais forte que você já experimentou. Será muito divertido. E estou bem ansioso pelos nossos jogos de gamão. Encontre-me na prancha (humor duvidoso!) na próxima quinta-feira às dez da manhã. Sou o homem com a enfermeira de cara azeda (temporária) a reboque.

Atenciosamente,

R. S.

Peguei um bonde para o porto de Bombaim com meu velho baú, que era grande o bastante para conter as telas enroladas, mais algumas saias, suéteres e camisas. Havia muita gente por lá. Homens indianos de peito nu em seus dhotis carregavam baús de viagem para os barcos. Um vendedor cortava a tampa de cocos verdes com um facão. Operários viravam a fruta para despejar a água do coco diretamente na garganta. Um supervisor britânico ordenava que homens empilhassem carga em uma carroça. Uma mulher indiana de meia-idade fritava bhaji de cebola para clientes famintos. Mulheres europeias em seus vestidos cor de marfim, chapéus e luvas desciam de um Daimler azul-celeste, enquanto o motorista levava seus baús para a doca de passageiros do navio a vapor. Famílias britânicas, francesas e holandesas se despediam de seus entes queridos que seguiriam viagem por mar.

O RMS *Viceroy of India* era ainda maior que o hotel Taj Mahal Palace de Bombaim. Passageiros acenavam dos quatro conveses para os que tinham vindo se despedir deles. O casco do navio era de um preto reluzente com uma faixa branca, e os conveses e cabines eram da cor da praia Chowpatty. Duas enormes chaminés pretas soltavam fumaça, ou seria vapor?

Quatro dias antes, enquanto comprava sapatos novos para a minha viagem (naquele momento eu tinha dinheiro para substituir os sapatos arranhados), eu passara por uma agência de viagens. Cartazes com imagens de palmeiras convidavam os turistas a visitar Calcutá, Allahabad e Mysore. Em um impulso, entrara para perguntar sobre o RMS *Viceroy*.

Como eu nunca havia estado em um navio, queria estar preparada, não queria que o dr. Stoddard me achasse ignorante. O agente, um parse com óculos de aros de chifre, me dissera que as cabines de primeira classe — decoradas por profissionais, claro — podiam ser reservadas com ou sem quartos conjugados. Havia quadras de tênis e badminton, bar e biblioteca, um espaço para fumantes, um salão de jantar formal e uma piscina em estilo romano. Uma piscina! Eu nunca tinha estado em uma!

No dia e hora marcados, esperei no cais onde os passageiros aguardavam para embarcar no navio. Quando vi a enfermeira impassível empurrando o dr. Stoddard na cadeira de rodas que seu sobrinho havia arrumado, fui ao encontro deles. Havia um cobertor de lã xadrez sobre as pernas do dr. Stoddard. Ele olhou para mim através das grossas lentes. Apontou para a enfermeira atrás de si.

— Enfermeira Steele. Confiável. Totalmente destituída de humor, claro. Não é verdade, Steele? Vou sentir saudade dela. — Ele se inclinou para mim e sussurrou: — No Dia de São Nunca. — Seus olhos dançaram como se compartilhássemos uma piada interna.

A enfermeira Steele mantinha uma expressão tão neutra que parecia entalhada em pedra. Eu a cumprimentei com um gesto de cabeça profissional. *Este aqui é osso duro de roer*, ela parecia me avisar.

— Pois bem, então. Vamos, enfermeira Falstaff? — disse ele, sorrindo para mim.

Assumi o lugar da enfermeira mais velha e levei o dr. Stoddard em direção à prancha de embarque.

— Quero aproveitar minha viagem para Istambul. Queria alguém alegre e bonita para me acompanhar. Foi o que eu disse ao Mishra. Bom homem, ele. Você e eu ficaremos juntos por doze dias neste navio e pode apostar que será um tempo maravilhoso — disse ele, em seu sotaque britânico aristocrático.

Tão pouco tempo depois da morte da minha mãe, eu tinha receio de não ser uma companhia muito divertida. Será que eu iria decepcionar o bom doutor? Mas já era tarde demais para me preocupar com isso.

O navio apitou e deixamos o porto de Bombaim. Minha aventura havia começado.

O médico se alojou em uma cabine de primeira classe bem equipada, com um quarto conjugado destinado a mim. Dessa maneira, eu estava suficientemente perto para ouvi-lo, caso precisasse de mim à noite, mas também tinha minha privacidade. Meu quarto era confortável e muito mais luxuoso do que o apartamento que minha mãe e eu dividíamos. As paredes eram de mogno polido, assim como a mobília. Eu tinha uma cama, uma pia, uma cômoda e uma poltrona. Não precisava de mais nada.

Meu trabalho era acomodar o doutor na cama, ajudá-lo a vestir o pijama, alimentá-lo, auxiliá-lo com exercícios para curar sua perna e prepará-lo para o dia. Eu o empurrava na cadeira de rodas pelo navio para seu passeio matinal e suas refeições. Não ficava muito em cima dele. Sabia que ele detestaria ser paparicado. Se precisasse de alguma coisa, me pediria.

No entanto, não havia contado com os enjoos. Os primeiros dias foram os piores. Certa vez, eu conduzia o doutor na cadeira de rodas e comecei a me sentir nauseada. Automaticamente, reduzi a velocidade. Sem dar sinal de que havia percebido meu desconforto, o dr. Stoddard disse:

— Eu gostaria de ir mais para perto da grade, enfermeira.

Vomitei no mar até não restar mais nada. Usei meu lenço para limpar a boca.

— Desculpe, doutor. Eu nunca estive em um navio antes.

— Desculpar pelo quê? Prefiro a vista daqui. — E não falamos mais a respeito.

Porém, à noite, encontrei um pequeno pedaço de gengibre em um prato ao lado da minha cama. Passei a colocá-lo no chá daquele dia em diante para controlar a náusea.

O doutor cochilava à tarde, o que dava tempo para minha mente divagar. Eu só pensava na minha mãe e no vazio que sua morte havia deixado em minha vida. Como ela teria adorado estar neste navio, conhecendo passageiros do mundo todo. Durante meus passeios vespertinos, eu levava um pequeno caderno comigo e me acomodava em uma cadeira no convés. Ali, despejava todos os meus sentimentos no papel.

Querida mãe,

Sinto saudade de tudo em você. Sinto saudade do seu cheiro, aquela mistura de água de rosas, cúrcuma e algodão que não é de mais ninguém. Sinto saudade das coroas de papel que você fazia no meu aniversário, mesmo quando eu já estava velha demais para isso. Sinto saudade da sua surpresa de uma bala de caramelo, só uma, sempre que eu ia bem em uma prova. Sinto saudade dos casaquinhos que você fazia para as minhas bonecas de pano. Você punha colchetes onde normalmente haveria botões, porque, como me disse, não faziam botões tão pequenos assim. Eu costumava ficar olhando, fascinada, quando você cortava a linha com os dentes. Tentei fazer igual quando você não estava olhando e acabei arrancando meu dente de leite. Lembra? Você disse que ele iria crescer de novo se puséssemos o dente em um frasco e o enterrássemos no solo. Dia após dia, eu fiquei esperando o novo dente crescer, até que, um dia, você apontou para a minha boca e disse: "Está crescendo, beti". Você sabia tudo. Tudo que importava para mim. Por que não me disse que chegaria um dia em que eu teria que saber tudo também? Mas eu não sei. Não sei o que estou fazendo. Não sei para onde estou indo. Não sei aonde vou chegar. Não tenho certeza de nada. Por que você não está aqui para me guiar?

Em algumas tardes, eu caminhava pelo navio, vagueando de um convés a outro, iludindo minha dor a pensar que eu a havia superado. Passei a gostar do cheiro do oceano, uma mistura de ovos em conserva, camarão e ar parado, e da brisa fresca que borrifava minha pele quente. Meu uniforme de enfermeira atraía olhares e eu o usava como um escudo para evitar perguntas sobre minha vida. Se um tripulante estivesse passando, eu puxava conversa com ele para evitar que passageiros curiosos me abordassem primeiro. Para engenheiros, eu perguntava: "Como um navio tão pesado flutua?". Para um suboficial: "Quantas viagens o *Viceroy* faz em um ano?". Depois de alguns dias, os passageiros que tinham me visto empurrando a cadeira de rodas do doutor pararam de me ver como uma curiosidade. Uma vez mais, eu me tornara invisível, que era como eu preferia. Eu havia me esquivado de perguntas indiscretas e comentários maldosos sobre minha aparência *meio a meio* a vida toda. Houve tempos em que eu acreditara que as meninas na escola realmente desejavam ser minhas amigas e baixava a guarda. Mas, então, todas as vezes eu me dava conta de que elas só queriam saber a história da minha mãe e do meu pai para poder usá-la e ganhar prestígio entre os próprios amigos. Eu chegava em casa chorando quando elas me evitavam no dia seguinte. Era só olhar para mim e minha mãe preparava o suji ka halwa que eu amava, o mais simples, sem uvas-passas ou nozes. Conforme crescia e ficava mais cautelosa, às vezes me perguntava por que meus pais tinham me posto nessa posição em que eu era a diferente. Eles não tinham percebido como seria difícil me encaixar? As perguntas que me fariam? Eu tinha treinado desviar o olhar sempre que minha mãe dizia às fofoqueiras que meu pai tinha morrido de um ataque cardíaco. Sabia que meu rosto entregaria a mentira. Tornou-se mais seguro para nós duas ficar longe das pessoas que alimentavam a fábrica de fofocas.

O dr. Stoddard era perfeitamente agradável com os passageiros, com sorrisos e comentários sobre a saúde deles. "Está em forma, hein, meu jovem? Ainda firme e forte, major? Sentindo-se supimpa, madame?" No entanto, se alguém tentasse puxar conversa, ele inventava alguma atividade de que precisava participar, ou que era hora de descansar, não acha, enfermeira? Eu sabia por que eu mesma era tão reticente, mas não entendia que razão ele teria para ser também.

Ele era convidado com frequência para se sentar à mesa do capitão, um convite que raramente aceitava, mas, quando ia, insistia que eu fosse junto. Os outros convidados lançavam olhares alarmados em volta. Eu também. Sabia que meu lugar não era ali, e o dr. Stoddard também sabia. Eu tinha a sensação de que meu paciente teimoso fazia isso de propósito para irritá-los.

Jogávamos gamão juntos. Eu passara a ganhar mais jogos do que perdia. E provavelmente foi por isso que ele começou a me ensinar a jogar gin rummy. Ele roubava nas cartas também, até eu entender o suficiente do jogo para notar o que ele fazia. Percebi que um jogo não era divertido para ele a menos que tivesse um oponente que valesse a pena. Então me tornei esse oponente. Em um curto período, estávamos apostando goles de vinho do porto, que um camareiro entregava na cabine todas as noites. O vencedor ganhava o gole, o perdedor ficava olhando e passando vontade. Claro que o vencedor acabava ficando agradavelmente tonto. Também apostávamos colheradas de caviar, que o doutor pedia da cozinha. Eu nunca havia experimentado caviar ou vinho do porto antes. O álcool me subia à cabeça, soltando minha língua e me fazendo rir mais do que era de costume. O doutor parecia gostar quando eu o repreendia ou quando eu ficava feliz por ter ganhado um jogo. Claro, havia noites em que o dia tinha sido difícil demais para ele, para sua perna, e o doutor só queria ir para a cama. Ele era mais sério, menos brincalhão, nessas ocasiões.

Enquanto eu prendia os lençóis de sua cama uma noite, ele disse:

— Eu votei contra o resto da diretoria.

Parei e olhei para ele.

— Conheço você. Mishra também. Seria mais fácil você cortar o próprio dedo do que ser displicente com a dose de medicamento de um paciente. — Ele tirou os óculos e olhou para eles, mexendo nas hastes. — Quando eu era um jovem médico, em Manchester, cuidei de um paciente rico que eu tinha diagnosticado com tuberculose. Tinha certeza de que estava certo. Prescrevi descanso e exercícios leves. — Mexeu mais um pouco nos óculos. — Acontece que ele tinha pneumonia, que poderíamos ter tratado com arsênico. Talvez ele não tivesse sobrevivido mesmo assim, mas, quando ele morreu... a culpa me perseguia por onde quer que eu fosse. Achei que poderia escapar fugindo para a Índia. E recomecei do zero. — Tornou a pôr os óculos. — Erros acontecem todos os dias em nossa profissão, minha cara.

— Mas a questão é justamente essa, doutor. Tenho certeza de que não cometi aquele erro. Não dei mais do que a dose prescrita para a srta. Novak. Foi alguma outra pessoa, mas quem? A suspeita de que eu tenha feito o impensável me segue por toda parte. — Cocei a testa. — E aonde eu iria para recomeçar? A Índia é o meu lar.

Ele assentiu.

— Então como você pretende recuperar sua reputação?

Fui até o outro quarto e voltei com as telas e o papel com a caligrafia de Mira.

— A srta. Novak deixou essas pinturas sob meus cuidados, junto com esse bilhete.

Ele leu o bilhete. Depois examinou os quadros, um por um, demoradamente. Virou para olhar o verso de cada um deles. Por fim, comentou:

— Ela não era uma pintora incrível? Que cores! E a composição é fantástica. — Refletiu sobre o bilhete. — As iniciais nas pinturas correspondem aos nomes no bilhete.

— É, acredito que "S" seja de Sona.

— E quem ou o que são "P", "Po" e "J"?

— São pessoas que foram importantes para a srta. Novak. Uma amiga da vida inteira. Um ex-professor de pintura. Sua negociadora de arte. — Fiz uma pausa. — Acho que ela queria que eu entregasse esses quadros para seus novos donos. E talvez eles possam me contar coisas sobre ela que ainda não sei, ou que eu precise saber para me inocentar.

Ele pôs um dedo nodoso nos lábios, refletindo.

— E onde estão esses amigos?

— Petra está em Praga, Josephine, em Paris e Paolo, em Florença.

— E se o que você encontrar não for o que espera?

— Como assim?

Ele fez uma pausa, como se organizasse os pensamentos.

— Você parece encantada com a srta. Novak. Criou uma ideia de quem ela era. Eu soube que ela era encantadora… inteligente, generosa… mas você só a conheceu por seis dias. Pode acontecer que, se você se aprofundar nos relacionamentos passados dela, encontre versões de Mira que a surpreendam. Versões que talvez a confundam.

Enrijeci.

— Sou boa em entender as pessoas, doutor. Acho que a compreendi de um jeito que não teria mudado se eu a conhecesse há seis anos.

O tom dele foi brando.

— Só que as pessoas nem sempre são o que parecem, minha querida.

Sua expressão carregava o peso de oito décadas.

— Onde está sua família, enfermeira Falstaff?

— Eu só tinha minha mãe. — Meus olhos arderam. — E ela se foi.

— E o seu pai?

Hesitei. Sempre que pensava nele, eu me sentia envergonhada, brava ou constrangida. Como resposta, fui até minha cabine e peguei a foto de Owen Falstaff.

O dr. Stoddard pegou a fotografia da minha mão.

— Vocês se parecem. — Uma pausa. — O que aconteceu?

Meu rosto estava quente de vergonha.

— Ele mora na Inglaterra, com a família dele. — Não tinha percebido que esfregava uma mão na outra até elas começarem a doer.

O doutor ficou me observando por um longo momento.

— Uma vítima do Raj Britânico. — Parou um instante. — Mas isso ainda não é tudo, é?

Meus olhos imploravam para que ele não me fizesse falar. Era muito doloroso. Eu cairia em seu conceito quando ele descobrisse. Ele poderia me largar no Cairo e me mandar de volta para Bombaim.

Os olhos dele cintilaram.

— A menos que você tenha assassinado alguém, minha cara, acho que pode confiar em mim. Você não está planejando uma reviravolta na vida, está?

Engasguei-me com uma risada e comecei a tossir.

— Acho que é hora de passarmos para o Glenlivet, minha menina. Vinho do porto é só para gamão e *gin rummy*.

Peguei o telefone e pedi que nos trouxessem o uísque. Quando o camareiro chegou, eu havia guardado a foto de volta no baú. Ele serviu nosso uísque em dois copos baixos. Quando saiu, o dr. Stoddard mandou que eu bebesse primeiro. Tomei um gole. Eu nunca havia bebido uísque. O álcool queimou minha garganta, mas logo aqueceu confortavelmente meu estômago.

O doutor observou minha reação e sorriu. Levantou o copo.

— Continue.

Contei sobre meu pai ter nos deixado quando eu tinha três anos. Contei sobre meu irmão, Rajat, que morreu não muito tempo depois. Contei sobre minha mãe não fazer a menor ideia de que meu pai era casado até ele confessar tudo no dia em que fora embora.

— Humm. — Tomou um gole do uísque. — Então você vai para Praga, Paris e Florença, correto? — Fez uma pausa, sua expressão se iluminando. — E quanto a Londres?

— Por que Londres?

— Você não vai visitar seu pai?

— Por que eu iria? — Minha voz carregava o ressentimento de vinte longos anos. Terminei meu uísque de um só gole.

O olhar dele se voltou para meu copo vazio.

— Esse pode ser o motivo. — Olhou para mim. — De qualquer modo, você vai fazer uma excursão bem cara, querida menina.

— Eu tenho algum dinheiro… do meu pai. — disse, e contei sobre o presente que meu pai me dava todos os anos em meu aniversário e lhe mostrei a bolsa de cédulas e moedas.

Ele as contou. Depois me olhou sobre os óculos.

— Não chega nem perto do que vai precisar. A menos que você planeje ludibriar os condutores dos trens.

Em menos de um minuto, meu plano tinha passado de possível para absurdo. Eu me senti ridícula. Na noite em que minha mãe e eu contamos o dinheiro, tinha parecido o tipo de sorte grande que o marido de Indira vivia buscando nas corridas de cavalos. Por que achei que isso poderia dar certo?

O doutor esvaziou seu copo. Ele parecia cansado.

— Me ponha na cama, enfermeira Falstaff. Vamos ter ideias melhores de manhã. Ah, e beba dois copos d'água antes de dormir esta noite, minha menina. Confie em mim.

Na manhã seguinte, fui à cabine do dr. Stoddard para ajudá-lo a se aprontar para o dia. Quando acordei, senti como se tivesse algodão dentro da boca e no cérebro. Eu já havia vomitado duas vezes. Minha cabeça doía.

— Estamos nos sentindo meio mal, não? — Seus olhos brilhavam. Ele estava tricotando. Uma bola macia de lã azul-clara girava sobre o cobertor de colo. Eu me espantei. Nunca tinha visto um homem fazer tricô. Ele não ficou nem constrangido nem incomodado com a minha reação. — É para a minha neta.

Seus dedos moveram habilmente os pontos de uma agulha de tricô à outra, completando mais uma fileira. As costas de um suéter estavam quase prontas. Devia estar tricotando desde quando chegamos ao navio e nunca me contara. Enfiou as agulhas na bola de lã.

— Vamos fazer nossa performance no salão de música esta noite.

Afastei o cobertor para que ele pudesse virar as pernas para a lateral da cama.

— Nós?

— E mais alguns. — Ele se apoiou em mim para ajudá-lo a ir até o banheiro. — Vista algo bem atraente.

Inclinei a cabeça.

— O senhor quer dizer meu uniforme de enfermeira com uma touca ou meu uniforme de enfermeira com uma touca?

— Muito engraçada. Agora me deixe tomar meu banho.

Às nove da noite, levei o dr. Stoddard na cadeira de rodas para o salão de música. Era uma sala elegante com tapetes persas, poltronas e até uma lareira. Havia um piano ao lado desta última, uma harpa no fundo da sala e um gramofone de manivela perto da porta. Até onde eu sabia, o dr. Stoddard não tocava nenhum instrumento musical.

— O que estamos fazendo aqui? — perguntei.

— Ah, deixe de ser afobada, menina! — respondeu ele.

Empurrei a cadeira de rodas salão adentro. As poltronas, que se agrupavam em torno de pequenas mesas todas as vezes que eu entrara ali, tinham sido dispostas em volta de uma mesa de mogno. O capitão estava na cabeceira. Os outros cavalheiros, homens de aparência próspera, vestidos com coletes, relógios de bolso e com papadas debaixo do queixo, eram pessoas que eu tinha visto à mesa de jantar dele na maioria das noites. Todos seguravam cartas nas mãos. A fumaça dos charutos espiralava em direção ao teto ornamentado de gesso. Várias notas de libras espalhavam-se no meio da mesa.

— Doutor! — cumprimentou o capitão. — Nunca o vi aqui antes. Bem-vindo, bem-vindo. Acredito que já conheça todos.

O capitão não dirigiu o olhar para mim uma vez sequer. Eu era invisível, como todos os funcionários indianos, como todas as camareiras indianas. Ele havia tolerado minha presença à sua mesa de jantar só porque teria sido indelicado não aceitar.

Conduzi a cadeira de rodas até a mesa. O dr. Stoddard bateu a mão na poltrona ao seu lado. Olhei para ele, em pânico. Uma coisa era me sentar à mesa do capitão para jantar, outra bem diferente era jogar cartas com empresários.

O dr. Stoddard se dirigiu ao grupo com um sorriso charmoso.

— Esses malditos olhos não são mais os mesmos. A enfermeira aqui... — disse e se inclinou sobre a mesa, com um ar confidencial — ... não é muito esperta, eu sei, mas faz o melhor que pode. — Ele se recostou na cadeira de rodas. — Não se incomodam, não é, camaradas? Vou fazer as vezes do banco para ela. Ah... — Fez um sinal para o garçom na sala. — Uma taça de vinho do porto. Isso mesmo, meu jovem.

Os homens se entreolharam e murmuraram sua concordância. Eu estava apavorada e bastante magoada pelo comentário dele sobre eu não estar à altura. Na última vez em que eu e o doutor jogamos, eu havia ganhado todas as partidas. Ele até me parabenizara por eu ter chegado tão longe, tão depressa.

— Tem certeza de que não pegou meus maus hábitos, enfermeira? — perguntara ele.

Eu levantara uma sobrancelha.

— Está falando de roubar? E de maneira tão óbvia, doutor? O senhor não engana nem a uma criança. — Eu havia ficado mais ousada no modo de falar com ele desde que aprendera a gostar de nossas ocasionais trocas de provocações.

Os cantos de seus olhos haviam se enrugado quando ele sorrira.

— Touché, minha menina. Touché.

Seus olhos se demoraram um pouquinho nos meus e eu sentira a gentileza que havia neles. O amor que um pai poderia ter por uma filha. Algo que havia me faltado na vida. Sentira que poderia brotar uma lágrima dos meus olhos e desviara o rosto.

Naquele momento, no salão de música, ele dizia a todos que poderiam até roubar seu dinheiro enquanto eu estivesse à mesa. Meu peito se apertou de irritação, mas mantive a expressão neutra.

O doutor se inclinou para mim e baixou a voz enquanto o capitão dava as cartas para uma nova rodada. Seus olhos azuis se fixaram nos meus.

— Como eu ensinei a você, como uma boa menina.

O dr. Stoddard fez uma aposta. Meus dedos tremeram. As mãos estavam úmidas. Eu as enxuguei no avental, com medo de deixar as cartas escorregarem. Sentia gotas de suor na testa. Os homens percebiam que eu estava nervosa. Vi suas expressões presunçosas, seus olhares maliciosos uns para os outros.

O capitão jogou dinheiro no centro da mesa.

— Agora não vai demorar para sabermos o que aconteceu com o Hindenburg.

— Minha esposa disse que seu sobrinho teve sorte de sobreviver. — comentou um cavalheiro com uma cicatriz na face esquerda. — Que desastre! — Ele jogou um xelim na mesa.

— Nem a coroação do rei George conseguir ofuscar esse caso. — O homem com a maior barriga jogou sua aposta na pilha.

— Sinto ter perdido a bobajada toda. Parece que toda a Inglaterra compareceu à cerimônia — disse o dr. Stoddard.

Perdi a primeira mão. E a segunda. Olhava para o doutor de tempos em tempos para ver se ele estava tão nervoso quanto eu. Ah, como eu queria que ele tivesse me avisado que eu ia jogar no lugar dele esta noite. Esses homens sabiam o que estavam fazendo. Eram experientes em ganhar. Eu era uma novata. Pensamentos de como eu havia falhado com Mira, como eu havia falhado com minha mãe, como eu havia falhado em manter meu emprego, todas as coisas que eu tinha feito e que terminaram em fracasso, me consumiam. O suor descia pela minha nuca.

— Enfermeira, por favor, poderia me pegar um copo d'água? — A voz do doutor se intrometeu em meu pânico particular.

O capitão fez um sinal para o garçom.

— Ele vai trazer.

O doutor deu uma risadinha.

— Apenas a enfermeira Falstaff sabe como eu gosto. Não muito fria, não muito morna.

— Claro — respondi, levantando-me da mesa.

Passei a mão para alisar o uniforme. Os homens conversavam sobre as recentes eleições provinciais na Índia e como Nehru seria líder do Congresso Nacional indiano enquanto eu ia até o aparador despejar água de uma jarra em um copo.

— A Índia nunca será capaz de governar seu povo sem nós — disse o capitão, fumando seu charuto.

O dr. Stoddard pareceu achar graça.

— Mas não era isso que a Índia fazia antes de chegarmos lá?

O capitão franziu a testa para ele.

— Doutor, caso o senhor tenha se esquecido: "O sol nunca se põe no Império Britânico". Acho que todos os homens aqui sabem disso. — Olhou para os outros em busca de confirmação. Alguns assentiram. Outros fingiram estudar suas cartas.

O doutor soltou um risinho.

— Teria se posto muito mais cedo se a Inglaterra não tivesse usado soldados indianos para nos ajudar a ganhar nossas guerras. — O capitão, cujas bochechas tinham ficado vermelhas, fuzilou com os olhos o dr. Stoddard, que sorriu para ele com bom humor e encerrou o assunto: — Mas não estamos aqui para falar de política, e sim para jogar cartas. Não é verdade, meu velho?

Eu me apoiei no aparador, me sentia enjoada. Quando achei que conseguia respirar outra vez, voltei com a água. Ofereci o copo ao dr. Stoddard. Ele pôs as mãos em volta das minhas, me sobressaltando.

Olhei para ele, que sustentou meu olhar com impassíveis olhos de coruja.

— Como eu lhe ensinei — disse baixinho.

Senti outra vez. O incentivo de um pai ensinando a seu filho como bater na bola em um jogo de críquete. Ou instruindo sua filha sobre o saque de tênis perfeito.

Puxei minha cadeira para junto da mesa. Pus o dinheiro do doutor na pilha de apostas e me concentrei no jogo em vez de ficar pensando em como eu me sentia inadequada. Olhei para minhas cartas. Contei as cartas que ainda restavam. Calculei o que cada jogador tinha na mão.

Ganhei aquela rodada. E a seguinte. E todas as mãos subsequentes. A pilha espalhada de moedas de prata e notas de libras estava agrupada à minha frente. Eu estava tão concentrada no jogo que não ouvi o doutor dizer aos homens que estava cansado e precisava se deitar. Achei que senti, mais do que ouvi, um suspiro coletivo de alívio.

O dr. Stoddard começou a recolher meus ganhos no cobertor sobre seu colo. Foi quando percebi que o jogo tinha acabado. Ou pelo menos minha participação nele.

Atordoada, empurrei a cadeira de rodas e o tirei da sala esfumaçada.

— O que acabou de acontecer aqui? — perguntei, de trás da cadeira.

— Como você está se sentindo? — A voz dele escondia um sorriso.

— Fantástica, seu bobo.

Ele riu. Eu também.

Tinha sido *fantástico* ver o ego daqueles homens desinflar, um por um, durante o jogo. Eu deixara de ficar petrificada por medo de perder o dinheiro do doutor e comecei a ser — o quê? — impulsiva? Corajosa? Imprudente? Quem se importava? Eu tinha adorado! Era esse o tipo de risco que minha mãe queria que eu corresse? Fora feliz assim que ela havia se sentido no dia em que conhecera meu pai e decidira correr o risco? Era assim que Mira se sentia todos os dias de sua vida? Ela teria considerado uma fraqueza ter medo da vida, esconder-se nas sombras como eu vinha fazendo. Se ela queria pintar o que ninguém mais estava pintando, não pensava duas vezes. Se queria dormir com alguém, não precisava que ninguém lhe desse permissão.

O doutor apontou para o cobertor em seu colo.

— Isso deve levá-la até onde você precisa ir, minha cara.

Olhei para os ganhos. Nunca tinha visto tanto dinheiro! Mordi o lábio. Se minha mãe estivesse aqui para ver! E, se estivesse aqui, me diria que não era justo ficar com tudo. Eu sentia o mesmo.

— Esse dinheiro é tanto seu quanto meu, doutor.

Ele sorriu, balançando um dedo torto para mim.

— Não seja do contra, minha menina. Você foi a campeã esta noite. Aproveite!

— Meio a meio?

Ele recusou com a cabeça.

— Nem pense nisso. — Fez uma pausa. — Agora, sobre o seu pai...

Meu coração acelerou. Será que eu tinha dito alguma bobagem depois de uma noite de muito vinho do porto e uísque? Como eu empurrava a cadeira, não podia ver a expressão no rosto dele.

— Minha querida, nós, britânicos, prejudicamos muito o seu país. Percebo como você está pagando o preço.

Levou o braço para trás e deu um tapinha em minha mão. Meus olhos se encheram de lágrimas.

Querida mãe,

O dr. Stoddard acha que devo procurar meu pai. Bem, ele não falou exatamente isso, mas sei que é o que está pensando. Mas por que eu faria isso, mãe? Ele nos abandonou em Calcutá sem nada. Como ele pôde fazer isso conosco?

Vou lhe contar algo que vi quando tinha cinco anos e nunca contei a ninguém. Foi quando morávamos em uma casa com outra família e seus quatro filhos. Nós tínhamos um quarto tão pequenininho, que só cabia um charpoy e uma cômoda. A família vivia no resto da casa. Nós nos mantínhamos reservadas, embora a filha deles tivesse a mesma idade que eu. Ela cuspiu em mim na primeira vez que nos encontramos (lembra que você sempre perguntava por que eu não brincava com ela?). Uma noite, eu tive um pesadelo. Sonhei que um cachorro corria atrás de mim. Eu acordei e me virei para você, mas você não estava lá, então saí da cama para procurá-la. A casa estava silenciosa, porque a família tinha viajado para ir a um casamento. Eles ficariam fora por uns dias. De repente, eu me dei conta de que poderia ir a qualquer lugar da casa que quisesse.

Entrei de quarto em quarto, já nem me lembrando mais do pesadelo. Toquei as bonecas marionetes da menina. Movi peças no tabuleiro de xadrez, mesmo não sabendo jogar. Olhei as roupas deles. Estava entrando na cozinha para ver se havia biscoitos por ali quando vi você junto à mesa de jantar deles. Quase chamei, mas algo me disse para não fazer isso. Você estava inclinada sobre a mesa. Seu sári, levantado nos quadris. Eu só vi a silhueta dele, mas soube pela barba que era o proprietário que estava sobre você, gemendo. Você estava quieta. Meu coração batia tão forte, que tive medo de que você ouvisse. Voltei sem fazer barulho para nosso quarto e cobri o rosto com a coberta. Mas era como se ainda estivesse vendo. E eu sabia que era algo ruim. Foi isso que o abandono do meu pai fez com você, conosco. Roubou o seu orgulho e fez de mim uma testemunha da sua vergonha. Se eu contasse isso ao bom doutor, será que ele ainda iria querer que eu encontrasse o meu pai?

O RMS *Viceroy* faria uma parada no Canal de Suez para os passageiros a caminho do Cairo desembarcarem. Depois, continuaria a navegar pelo mar Mediterrâneo, rumo a Istambul.

Eu sentia saudade de Amit também. Escrevia cartas para ele todos os dias em meu caderno. Não podia mandá-las para o hospital. O que os funcionários pensariam dele se o vissem recebendo cartas de uma enfermeira desonrada e solteira? E eu não sabia onde ele morava. Às vezes, enquanto caminhava pelo convés, fingia que andávamos de braços dados e conversávamos, como havíamos feito na tonga aquela noite, quando voltávamos da festa na casa de Dev Singh.

Querido Amit,

Nunca vi tanto mar nem tanto deserto! Calcutá, Bombaim e tudo o que minha mãe e eu conhecíamos se resumiam apenas a campos verdes e florestas. Ao longo do Canal de Suez, só existe uma cor: areia. De vez em quando, vemos pessoas montadas em camelos, homens descarregando pequenos navios de carga e balsas, mesquitas, um trechinho de verde. A certa distância, há vilarejos minúsculas e pequenas cidades. Muitas vezes fico junto ao parapeito do navio, atrás da cadeira de rodas do dr. Stoddard, enquanto ele aponta para mim os enormes grifos que cruzam o céu. Ele me contou que o ar quente que sobe do deserto permite que voem sem mover um músculo.

O doutor me incentiva a jogar cartas com alguns jogadores experientes que apostam dinheiro, e acho que estou me tornando um deles. Ele também me ensinou a beber uísque à noite. Quantas coisas perdi todos esses anos! Por que ninguém nunca me contou nada?

Por falar em coisas que perdi, você sabe o que eu estava pensando na noite da festa dos Singh? Eu só tive coragem de beijá-lo, mas teria feito muito mais se estivéssemos sozinhos. Eu queria sentir suas mãos no meu corpo, as minhas mãos no seu, sua pressão sobre mim. Eu queria...

Senti o rosto esquentar quando esses pensamentos passaram pela minha cabeça. Claro, eu não poderia me imaginar realmente dizendo essas coisas em voz alta. Eu não teria essa coragem.

Queria que você estivesse aqui, Amit, e que estivéssemos junto ao parapeito do navio, desfrutando dessa grande aventura. Que tudo corra bem com você e sua tia em Shimla.

Cairo era o destino de muitos no navio. Empresários, comerciantes, turistas e arqueólogos eram levados de ônibus para o Cairo depois do desembarque. Vários dos cavalheiros com quem jogamos gin rummy entravam em táxis que aguardavam no porto. Eu teria gostado de conhecer o Cairo, explorar os mercados ao ar livre, as ruas estreitas e movimentadas, beber o encorpado café egípcio de que os marinheiros tanto falavam. Mas o dr. Stoddard e eu iríamos direto para Istambul. Eu teria que me satisfazer com o que conseguia ver do Egito do parapeito do *Viceroy*.

Enquanto observávamos os passageiros deixando o porto, o dr. Stoddard puxou o ar entre os dentes.

— Sabe, há um cartaz de propaganda enorme do Dewar's Whisky no alto de um prédio no Cairo. Na praça logo embaixo, homens e mulheres muçulmanos vêm e vão em suas longas túnicas. Imagine o contraste. — Suspirou. — Mais uma consequência nefasta do que nós, ingleses, criamos.

Desembarcamos no movimentado porto de Istambul. O filho do dr. Stoddard, tão magro quanto o pai, foi solícito conosco, mas estava com pressa para voltar a seu escritório. Como o pai e seu primo Timothy, ele usava óculos. Seu terno de tweed e camisa branca não combinavam com o calor turco.

— Enfermeira Falstaff, este é meu filho, Edward. Edward, esta é minha muito competente enfermeira Falstaff. — Ele se inclinou na direção do filho. — Ela é um terror nos jogos de cartas. Fique atento.

Eu ri. Edward sorriu, uma covinha aparecendo na face esquerda. Ele tinha o mesmo nariz longo e a testa alta do pai, mas seus traços eram mais suaves, menos angulosos. Sua pele era só um pouquinho mais escura do que a minha; presumi que por conta do trabalho sob o sol turco. Tentei não o comparar com Amit, mas foi impossível, já que Amit estava tanto em minha mente. Será que o sorriso de Amit era mais cativante? Tinha a voz mais rouca?

— Sei que você quer voltar para o escritório, Edward, mas devemos à nossa enfermeira um pouco de descanso e relaxamento. Afinal, ela teve que cuidar de mim durante todo esse tempo. Pobre alma.

Meu trem partiria para Praga dali a quatro horas. O dr. Stoddard teve a gentileza de comprar minha passagem quando ainda estávamos no navio. Eu não poderia dar mais trabalho ainda para ele. E, para falar a verdade, não queria dever a ele mais do que já devia. Meu baú estava pesado de moedas, notas de libras e gratidão.

— Doutor, o senhor já foi tão generoso. Eu não poderia...

O filho dele olhou para mim e ergueu uma sobrancelha.

— Ele levou o vinho do porto, não levou? E roubou no jogo? Fez você jogar *gin rummy*? — As linhas de riso em volta de sua boca mostravam que ele não levava a vida tão a sério quanto eu. Deu uma piscadinha. — Fez o mesmo comigo na minha primeira viagem de navio.

Seu pai sorriu.

Edward assumiu o controle da cadeira de rodas.

— Nós lhe devemos isso, enfermeira Falstaff. Está certo, pai. O escritório pode esperar. Vamos ao Grand Bazaar.

O mercado cheirava como a Índia. Havia montes de cúrcuma picante, mostarda e cominho em pó, e barris de pistache. Muitas lojas vendiam apenas óleos essenciais: attar de rosas, de jasmim, óleo de sândalo, oud. Outras vendiam tapetes, o chapéu turco, conhecido como fez, lamparinas de bronze e móveis. O aroma forte de sandálias e sapatos de couro permeava os corredores. E o cheiro caro das correntes de ouro reluzentes na seção de joalheria era o mesmo do Zaveri Bazaar, em Bombaim. No entanto, Istambul não se *parecia* com a Índia. Aqui, as compradoras usavam terninhos e chapéus europeus. Não havia nenhum dhoti à vista.

Senti falta das vacas humildes e os carros de boi de Bombaim. Senti falta até das mulheres de boa lábia nos estandes tentando me convencer a comprar uma cesta de vime de que eu não precisava.

Meu uniforme atraiu muitos olhares. Em Istambul, supus que enfermeiras não tivessem o hábito de fazer compras nesses mercados. Eu me senti constrangida, sem saber para onde olhar. Algo parecido com o desconforto que eu sentia quando condutores de riquixá indianos me olhavam nas ruas de Bombaim. Eu tentava enfrentar o olhar deles, mas geralmente acabava baixando os olhos, envergonhada.

O doutor parou para falar com um vendedor sobre seus doces. Cubos de manjar turco em tons alegres de rosa, limão e violeta. Alguns cobertos com pistache, outros, com coco.

— Meu prazer secreto — disse o dr. Stoddard.

Enquanto ele fazia perguntas ao vendedor sobre o sabor de cada um, Edward e eu esperamos no corredor, observando-o com indulgência como pais olhando para um filho.

— Meu pai gosta muito de você. Ele me escreveu longamente sobre como você é competente, charmosa e bonita. Quase fiquei com ciúme. — Eu me virei e o vi sorrindo para mim, seus olhos brilhando. — E devo dizer que ele não a descreveu muito bem. Eu teria dito que você é linda.

Não pude deixar de enrubescer.

— Me conte, como está meu querido pai? Achei que ele estaria fora da cadeira de rodas a essa altura. Devo me preocupar?

Eu ri.

— Ah, ele não precisa mais da cadeira, já está andando sozinho, mas gosta da atenção. É como um brinquedo novo que ele pretende aproveitar ao máximo. Seu primo Timothy o levava em passeios animados pelo hospital.

Edward riu de um jeito alegre que parecia percorrê-lo inteiro, dos lábios aos dedos dos pés. Estava visivelmente feliz. Eu o observei melhor, então. Seu prazer era diferente do de Dev Singh. Não havia nada de malicioso em Edward.

— Timothy não é meu primo de sangue. Nós crescemos juntos. Nossas mães eram amigas. Somos mais como irmãos. Ele é uns anos mais novo. Você precisava ter visto o que nós dois aprontávamos quando éramos pequenos. Meu pai nos levava a Pushkar para a feira de camelos e pagava a um dos criadores para nos deixar andar nos camelos menores. Timmy e eu apostávamos corrida. Saíamos voando pelo deserto, sem a menor preocupação de cair e nos machucar. E meu pai ficava louco da vida, nos vendo sacolejar sobre aquelas criaturas magníficas. — Ri também ao imaginar a cena.

— Sua mãe os acompanhava nessas viagens?

O riso de Edward se desfez em um pequeno sorriso.

— Ela morreu quando eu tinha oito anos.

— Ah, sinto muito, sr. Stoddard.

— Por favor, me chame de Edward. Ela era maravilhosa, mas meu pai mais do que compensou a falta dela. Ele se tornou pai e mãe. Me ensinou sobre corpetes femininos e a dançar. Eu sei fazer as duas partes na dança, sabia? Venha, vou lhe mostrar.

Antes que eu tivesse tempo de pensar, ele pousou a mão nas minhas costas, levantou meu braço e já deslizávamos pelo corredor. Ele era tão autoconfiante em seus passos que contornávamos facilmente os demais compradores. Vendedores saíam de dentro de seus estandes para nos ver. Eu nunca havia sido uma dançarina graciosa, mas Edward me fez sentir como se eu fosse. Peguei um reflexo de nós dois em um espelho alto do lado de fora de uma das lojas quando ele me girou. *Aquela era mesmo eu?* Mira teria dado vivas e batido palmas se estivesse aqui. Edward nos levou de volta à loja de doces turcos onde o dr. Stoddard nos esperava em sua cadeira de rodas.

— Você leva jeito — disse Edward, parecendo relutante em soltar minha mão. E eu me vi não querendo soltar a dele também.

— Eu tinha a esperança de que vocês voltassem ainda hoje — brincou o dr. Stoddard, com um sorriso travesso.

Edward inclinou o corpo em um cumprimento para mim, como se tivéssemos dançado em um baile formal. Por mais reservada que eu sempre tivesse sido, não pude esconder o prazer em ser cortejada assim. Eu me aproximei e beijei Edward no rosto. Foi a vez dele de enrubescer.

— Você precisa experimentar este, minha querida. É como inalar uma rosa. — O doutor me deu um doce cor-de-rosa e eu o mordi. Era açucarado demais para mim, mas ele tinha razão. Era como inalar uma rosa.

O doutor e Edward me levaram para almoçar em um café do lado de fora do bazaar, um lugar que Edward frequentava. Ele fez os pedidos para nós. Chegaram pratos fumegantes de köfte de cordeiro, trazendo consigo o aroma de alho refogado, cebola, cominho e canela. Uma salada de tomates, pepinos, azeitonas e pimentões verdes temperada com limão e vinagre e um prato de pilaf de tomate e lentilha completavam a refeição. Comemos como indianos, compartilhando a comida das travessas. Edward riu quando fingi desmaiar ao provar o cordeiro. Perfeitamente temperado, era um pouco como um kofta indiano.

Dois homens na mesa ao lado jogavam o que parecia ser gamão em um tabuleiro de jacarandá incrustado com madrepérola.

Edward reparou que eu os observava.

— Chama-se *tavla*. Quem perde tem que pôr o tabuleiro embaixo do braço para mostrar a todos que o está levando para casa porque precisa treinar.

O doutor se inclinou para mim.

— Você, minha cara, nunca precisaria levá-lo para casa. — Isso era um grande elogio vindo dele.

Edward comeu um pedaço de seu köfte.

— Ele nunca disse isso para mim. Você deve ter ganhado muito dinheiro dele.

Os olhos cor de mogno de Edward demoraram-se nos meus mais do que o necessário e precisei desviar o olhar. Eu nunca fora de fazer gracejos. Não saberia como fazer isso naquele momento, não tendo tido muita prática. Desejei ter uma personalidade diferente, como a de Mira.

Ela e Dev Singh trocavam frases espirituosas com facilidade. Eu adorava o humor seco de Amit também, mas não saberia imitá-lo. Tinha vivido em um mundo que incluía apenas minha mãe, as enfermeiras do hospital e o encontro ocasional com vizinhos, como Fatima, moradora de frente ao nosso antigo apartamento. Resguardada. Não teria sido por isso que minha mãe queria que eu fosse para o exterior?

Eu me esforcei para pensar em algo para dizer a Edward. De repente, me lembrei do suéter que o doutor estava tricotando.

— Quantos anos tem a sua filha?

Edward franziu a testa.

— Filha? Eu não sou casado.

Meu rosto esquentou. Olhei para o doutor.

— O suéter… o senhor disse… que era para a sua neta…

O dr. Stoddard deu uma risadinha. De debaixo do cobertor em seu colo, tirou um suéter de lã mohair azul-claro.

— Você deve ter me ouvido mal, minha querida. Isso é para você. Você vai para lugares mais frios do que todos em que já esteve antes e acho que precisará dele.

— Ah. — Foi tudo que consegui dizer.

Ele estava tricotando o suéter para mim? A única pessoa que já havia feito coisas para mim tinha sido minha mãe. Eu o desdobrei. Era um cardigã de mangas longas e botões de marfim. Passei a mão pelo mohair macio.

Quando olhei para o doutor, ele disse:

— De nada.

Eu estava sem palavras. Levantei da cadeira e o beijei no rosto.

Ele riu.

— Ora, ora. Um simples "obrigada" está de bom tamanho.

— Muito bom, pai — disse Edward. — E onde está o meu?

— Não seja ridículo, Edward. Agora, me diga… você não tem alguma relação com diplomatas?

O garçom trouxe nossos cafés turcos. O café era mais encorpado e mais amargo do que qualquer coisa que eu já havia provado. Decidi que um gole era o suficiente.

Edward colocou dois cubos de açúcar em sua xicarazinha e tomou um gole, depois arqueou uma sobrancelha.

— Você sabe muito bem que eu trabalho na embaixada britânica, pai.

— Ah, sim. Então será que você não se incomodaria de dar uma mãozinha para a enfermeira Falstaff com umas consultas que ela precisa para a Europa?

— Para onde você vai daqui? — Edward me perguntou.

Fui pega de surpresa. Eu não sabia onde Edward trabalhava e não esperava que o doutor me ajudasse com esse assunto. Eu tinha pensado muito em como seguiria o caminho de Mira de Praga para Paris e Florença, mas, naquele instante, quando o momento se apresentou à minha frente, estava com medo. Talvez fosse a adrenalina causada pelo café ou a ideia de ir para um lugar desconhecido sozinha, mas, de repente, eu não tinha certeza se seria capaz de fazer essa viagem por minha própria conta. Com o dr. Stoddard, eu estava segura e em mãos confiáveis. Ele havia viajado pelo mundo e poderia me guiar no navio e em Istambul. No entanto, dali a uma hora, eu continuaria a jornada sozinha de trem para cidades que só tinha sonhado que pudesse visitar um dia. Sentia minha coragem minguando. O cordeiro que eu havia acabado de devorar passou a pesar no estômago.

Engoli a bile garganta abaixo.

— Ahn... Praga, Paris e Florença. — Engasguei na última palavra e busquei o copo d'água. Minha mão estava trêmula. O olhar entre o doutor e seu filho não me passou despercebido.

Edward pegou minha xícara de café e a esvaziou na dele, depois despejou no pires a borra que ficou no fundo da minha xícara.

— Ahmed vai prever a sua viagem. Tenho certeza de que será feliz. — Chamou nosso garçom, que ele já conhecia de suas vindas anteriores ao café.

Ahmed veio à nossa mesa com um sorriso para examinar meu pires. Em um inglês hesitante, disse:

— Viagem… muito distante. — Seu sorriso desapareceu e as sobrancelhas escuras se encontraram no meio da testa. — Família. Não é bom. — Olhou de lado para Edward para saber se deveria continuar.

Os pelos dos meus braços se arrepiaram como se fosse um dia frio, embora estivesse quente. Minha viagem estava condenada a ser um fracasso? No que eu havia me metido? Queria realmente fazer isso? Mas para onde mais eu poderia ir? Meu pânico cresceu em espirais. Eu não tinha mais casa. Não tinha mais minha mãe para esperar por mim. Não tinha mais um emprego de enfermeira para o qual voltar.

O doutor riu, desdenhando da leitura da borra de café feita por Ahmed. Deu uma palmadinha no meu ombro.

— Bobagem! Como aqueles mágicos no porto de Bombaim. Edward, um homem me disse uma vez que conseguia erguer uma pedra só com o olhar! Tolice pura, eu garanto! Vamos levar você até o trem, minha menina, para você continuar sua grande aventura?

Quando passei os cuidados com o dr. Stoddard para seu filho no Terminal Sirkeci, o doutor olhou para mim através das grossas lentes, os olhos de coruja dançando, travessos.

— Uma coisinha de nada para você se lembrar de mim, minha querida — disse ele, pondo um pedaço de vidro liso do tamanho de uma moeda de três pence em minha mão. No centro, havia o que parecia um olho azul com uma pupila preta. — Para afastar o mal. — Deu de ombros. — Eu não acredito nessa história de ler a sorte, mas não custa se precaver, não é? — Pegou minha mão em sua mão quente, como se quisesse me transmitir coragem. Ah, como eu queria nunca mais soltá-la. Como eu queria me agarrar à gentil presença dele e ouvi-lo me garantir que tudo sempre ficaria bem. Não era isso que os pais faziam? Pais que amavam seus filhos?

Edward pagou a um dos carregadores do Arlberg Orient Express para levar meu baú ao meu compartimento. Depois, me ajudou a subir no trem que me levaria diretamente para Praga. Antes de se afastar, me entregou um guia Baedeker.

— Meu pai achou que você poderia precisar disso, então o trouxe comigo hoje. Em todos os lugares para onde você for, sua primeira parada deve ser na embaixada britânica. Qualquer coisa de que precisar, é só mencionar meu nome em qualquer uma delas. Vou garantir que você seja atendida.

Seus olhos se demoraram nos meus e senti novamente o agradável arrepio que percorrera meu corpo quando ele me girou pelo Grand Bazaar.

O doutor acenou da plataforma.

— Boa viagem. E cuidado com o uniforme, ele fica muito atraente em você, minha menina.

Senti o rosto corado até muito depois de ele e Edward partirem.

PRAGA

NOVE

Com o dinheiro que eu havia ganhado nos jogos de gin rummy no *Viceroy*, pude me dar ao luxo de pagar por um vagão-dormitório no Arlberg Orient Express. Mesmo assim, precisava economizar, de modo que, em vez de optar por uma acomodação privativa, preferi dividi-la com outra passageira. O funcionário uniformizado com luvas brancas imaculadas havia colocado meu baú no compartimento superior.

A mulher que viajaria comigo já estava instalada em seu assento quando cheguei. Ela era, talvez, uns dez anos mais velha do que eu. Seu conjunto de saia e casaco verde-claro e o chapéu turbante do mesmo tom com um véu delicado eram muito mais adequados à elegância do nosso vagão: o revestimento de nogueira reluzente, as cortinas de veludo, o estofamento de lã mohair.

— Esse seu rapaz é bem bonito — comentou ela, tirando os cigarros de sua bolsinha de mão e apontando com a mão livre para a janela.

— Ah, ele... não é isso. Ele é filho de um paciente... bem, um ex-paciente — gaguejei. A ideia de Edward ser meu... era absurda. Ouvi a voz de Mira em minha cabeça: *Não, Sona, por que você acha isso?*

Minha companheira de viagem deu um risinho e estendeu a mão enluvada.

— Agnes Kelmendi.

Eu não estava acostumada a apertar a mão de mulheres e o gesto me confundiu tanto que me esqueci de me apresentar. Em vez disso, fiz o que costumava fazer com pacientes: perguntas. De onde ela era? O que a levava a Belgrado? Ela iria para Praga depois, como eu?

— Estou vindo da Albânia para trabalhar em uma nova feira de comércio. — Acendeu o cigarro e balançou o fósforo até a chama se apagar. — Sou designer de interiores.

Aqui estava outra mulher como Mira, fazendo coisas que eu achava que mulheres só faziam em livros ou filmes!

— Nossa, isso deve ser incrível. Você viaja a trabalho com frequência?

Ela assentiu.

— Alemanha, França... minha favorita é a Itália. A culinária, a moda, a arte. — Deu uma tragada no cigarro, o rosto envolto em fumaça. — Você já esteve lá?

Só consegui balançar a cabeça em uma negativa, constrangida por minha falta de sofisticação. Será que um dia eu me sentiria tão segura quanto ela parecia ser, viajando sozinha, sem se intimidar com costumes e línguas diferentes?

Ela estendeu a mão e deu uma batidinha em meu joelho.

— Você precisa ir.

O funcionário trouxe o chá da tarde. Senti uma pontada de dor quando vi a bandeja de prata com os itens do chá: petits-fours e delicados sanduíches de pão de forma sem casca. No meu aniversário, minha mãe me fazia um chá formal. Quando eu era pequena, o chá era apenas água quente com açúcar, pequenos sanduíches de pepino e pãezinhos com geleia de damasco. Na adolescência, minha mãe passou a servir chá do Ceilão de verdade com pão de ló e tortas de limão. Eu adorava o cuidado dela em tornar o dia especial. Mas, nas noites de aniversário, em nossa cama compartilhada, eu a ouvia tentando abafar os soluços. Sem precisar que me dissessem, eu sabia que a data era um lembrete anual do que ela e meu pai tinham trazido ao mundo e de tudo que não havíamos tido como família.

Agnes interrompeu meu devaneio. Pousou sua xícara na mesinha e indicou meu uniforme.

— Você está indo a algum lugar para cuidar de outro paciente?

— Na verdade, estou indo entregar uns quadros.

De repente, tive vontade de mostrar a essa mulher europeia viajada o trabalho de Mira. Claro que ela apreciaria as pinturas! Dei a última mordida no sanduíche de agrião e puxei meu baú do compartimento superior. Uma cliente da minha mãe tinha dado esse baú para ela, de tweed gasto com dois fechos e correias. Ele não era pesado, só grande e incômodo. O trem deu uma balançada e eu perdi o equilíbrio, de modo que, quando abri o baú, meus pertences estavam uma bagunça lá dentro. Eu havia mantido o papel marrom em volta das telas enroladas para que não se danificassem. Abri o papel com cuidado e levantei *A aceitação*. Olhei para Agnes à espera de sua reação, mas ela observava minha bagagem: minhas roupas íntimas, blusas, a bolsa com o dinheiro, estava tudo misturado. Meu velho baú e seu conteúdo desorganizado expostos dessa maneira eram humilhantes. Fechei-o depressa.

— Percebe o foco na jovem que está sendo preparada para o casamento? — perguntei. — O que a srta. Novak observou foi que, embora a noiva pareça adotar uma atitude de aceitação de seu destino, há uma alegria quieta na serenidade da cena.

— Sim, percebo — disse Agnes. Pegou a tela e a examinou. — Belo trabalho com o pincel. Você disse que o nome da artista é Mira Novak?

— Era. Era seu nome. — Olhei pela janela. — Ela morreu recentemente.

— Sinto muito — lamentou ela, devolvendo-me o quadro. — Vejo que essa pintora era importante para você. — Sua voz era solidária.

Precisei de um momento e me senti grata por ela manter o silêncio.

O funcionário veio recolher as bandejas do chá e fazer nossas reservas no vagão-restaurante. Agnes perguntou se oito horas estaria bom para mim. Por um instante, fiquei sem fala. Estava lisonjeada por uma mulher tão refinada como Agnes querer jantar comigo. Concordei com a cabeça.

Quando o funcionário saiu, ela disse:

— Imagino que tenha algo para vestir? — Olhou significativamente para minha roupa.

Baixei os olhos para o uniforme branco com o avental mais branco ainda.

Em uma voz mais doce, ela alertou:

— Espera-se traje formal no jantar.

Subitamente me lembrei do vestido verde que minha mãe havia feito.

— Sim, eu tenho! — Tateei no fundo do baú, abrindo-o mais discretamente desta vez.

Agnes entreabriu os lábios pintados de cor-de-rosa e sorriu.

— Servirá muito bem.

Mesas de cerejeira. Arandelas em forma de tulipas. Poltronas de plush. O vagão-restaurante do Arlberg Orient Express era muito mais glamouroso que o do *Viceroy*. Agnes usava um vestido de noite da cor de um pisco-azul-indiano. Sua única joia era uma gargantilha larga de strass. Enquanto eu andava atrás de Agnes até nossos lugares, homens em black tie e smoking nos seguiam com os olhos. Como na festa dos Singh, me senti constrangida por expor tanto dos meus seios, mas, ao mesmo tempo, a atenção produzia em mim um prazer peculiar. Pensei em Amit e em como ele quis me proteger dos olhares ávidos dos homens. Isso me fez sorrir.

Depois de uma refeição de quatro pratos que incluíam bisque de lagosta, capão assado com batatas dauphine, salada de endívia e morangos batidos com creme, eu estava com o estômago totalmente cheio. Quando retornamos, o funcionário havia convertido nosso vagão em um dormitório. Fiquei na cama de cima. Caí rapidamente em um sono profundo, sonhando com homens em black tie vendendo lamparinas de bronze e incenso em um estande no Grand Bazaar.

Na manhã seguinte, fui ao vagão-restaurante para um café simples de ovos cozidos e torradas com chá. Agnes me disse que nunca tomava café da manhã e estava bebendo uma xícara de café quando voltei. Mais uma vez, o funcionário tinha transformado nosso vagão em um local para sentar, sem nenhuma evidência das camas que haviam estado ali uma hora antes. Havia um jornal matinal em cada um dos assentos. Agnes lia o dela e eu peguei o meu.

Pelos números atualizados, os corpos de treze passageiros e vinte tripulantes foram encontrados no local do desastre do Hindenburg. O dirigível estava inutilizado.

O filme norte-americano Vamos dançar?, *com Fred Astaire e Ginger Rogers, foi um sucesso de bilheteria.*

Foi marcada a data para o casamento do duque de Windsor e Wallis Simpson.

O Partido Republicano perdeu a Guerra Civil Espanhola e Franco ascendia ao poder.

Parei de ler para olhar pela janela para as colinas verdes e os vilarejos que passavam. Tentei imaginar Mira sentada diante do meu banco em vez de minha colega de vagão albanesa e senti uma saudade tão intensa da sua amizade como sentia do amor da minha mãe.

Mira havia comentado muitas vezes sobre viajar em trens como este. Ela descrevera tudo, até o espelho acima da pia do canto. Contou que sempre deixava um pequeno desenho enfiado atrás do espelho de cada compartimento em que dormia.

— Uma vez, desenhei o rosto do funcionário que cuidava do meu vagão. Eu o estava enfiando atrás do espelho e ele me pegou no flagra. Ele só piscou para mim.

Ela rira e eu havia rido junto. Mira dissera que usava os trajes mais extravagantes no vagão-restaurante: penas de pavão em uma faixa de cabeça de paetês ou camadas de chiffon tão volumosas que os demais passageiros tinham que abrir espaço para ela no corredor.

Eu me levantei e fui até a pia do canto. Tateei pelas bordas do espelho para ver se sentia algum espaço onde algo poderia ser escondido. Não havia nenhuma brecha. Teria sido impossível prender qualquer coisa entre o espelho e a parede lisa de madeira. Curioso. Talvez Mira tivesse inventado aquilo.

— O que está fazendo?

Agnes deixou o jornal de lado. Ela estava novamente com o conjunto de saia e o chapéu verde-claros, parecendo... perfeita. Tinha deixado a xícara de café vazia na mesinha. Procurou os cigarros e acendeu um.

— Bem... — comecei e fui me sentar outra vez — ... acho que me contaram uma coisa que não era verdade. — Naquele momento, eu me sentia péssima. Era como se estivesse chamando Mira de mentirosa. — Mas talvez eu só tenha entendido errado.

Agnes ficou pensativa. Bateu as cinzas do cigarro no cinzeiro de vidro embutido na mesa.

— As coisas nunca são o que parecem, sabe? — Estranho. Isso era semelhante ao que o dr. Stoddard havia dito. Agnes rolou o cigarro pela borda do cinzeiro. — Dê uma olhada para o meu baú. O que você vê?

Olhei para o compartimento de bagagens e me encolhi de vergonha. Ali estavam meu baú de tweed, com partes gastas, o fecho manchado, e a mala elegante dela, de lona de algodão encerada em um marrom-avermelhado, com contornos de couro, tachinhas de latão e três iniciais douradas: C. R. S.

— É uma mala bonita. Acho que nunca vou poder ter uma dessas.

— É isso que você vê?

Ergui as sobrancelhas. O que mais havia para ver? Mas olhei melhor e, então, percebi.

— As iniciais não são as suas?

Ela soltou uma nuvem de nicotina, deixando a fumaça espiralar à sua volta, como se fosse um gênio de *As mil e uma noites*.

— Se meu nome fosse Agnes Kelmendi.

Franzi a testa.

— Mas você disse…

— Ou talvez Agnes seja meu nome, e eu tenha roubado essa mala.

— Não estou entendendo — disse.

— Ou eu poderia ter comprado a mala de alguém com as iniciais C. R. S.? Eu também poderia ter sido casada com um homem horrível com essas iniciais e ter ficado com a mala para mim no divórcio. — Seus dentes brancos brilhavam entre os lábios cor-de-rosa. — Qualquer uma dessas opções poderia ser verdadeira. Como você saberia?

O trem reduziu a velocidade. Estávamos nos aproximando de Belgrado, onde nosso vagão-dormitório seria desengatado e acrescentado ao trem que seguiria para Praga.

— Não estou entendendo — repeti, como se tivesse perdido parte da conversa e estivesse com dificuldade para acompanhar.

— Você vai entender. — Agnes apagou o cigarro no cinzeiro, calçou as luvas e pegou a bolsa. O funcionário surgiu na nossa cabine para tirar a bagagem dela do trem. Ela segurou meu queixo e sorriu. Parecia triste. Senti um sopro do cheiro adocicado e de jasmim de seu cigarro quando ela disse: — Você é uma menina meiga. O mundo é um lugar grande. Você vai aprender.

Fui à porta do compartimento e parei no corredor, vendo-a ir embora, os saltos altos soando no piso, do trem para a plataforma, passando pelos outros passageiros, até sumir de vista. *O que ela quis dizer?*

Sozinha no compartimento, senti falta da companhia de Agnes. Pensamentos sobre o que eu havia deixado na Índia inundaram minha mente. O modo como os coqueiros se balançavam ao vento, fazendo o som de ondas batendo na praia de Juhu. Uma manga tão madura que eu podia espremer a polpa por um furo em uma das pontas e deixar o sumo doce explodir em minha boca. Mulheres com bindi na testa, conversando à porta de casa, descascando ervilhas. Para afastar a nostalgia, peguei meu caderno e escrevi para minha mãe sobre o doutor, sobre dançar com Edward (o que me fez bater os pés ritmadamente no chão), os doces turcos no Grand Bazaar, o vestido esmeralda que usei no jantar. Guardei o caderno quando o funcionário chegou com o chá da tarde.

Eu me demorei no chá com creme, imaginando Amit sentado ao meu lado. Contei para ele o que eu gostava no trem, como tivemos que nos vestir para o jantar e sobre minha companheira Agnes e nossa estranha conversa a respeito da mala.

Quando a bandeja foi retirada, falei com Mira.

— Mira — sussurrei —, estou aqui, na Europa. Dá para acreditar? Eu mesma quase não acredito. Vou encontrar seus amigos. Eu prometo.

Em algum momento, adormeci e acabei perdendo o jantar. Talvez o funcionário não tenha querido me acordar.

No meio da noite, vesti o suéter que o dr. Stoddard tricotara para mim porque senti frio e, embora odiasse admitir, isso fazia com que eu me sentisse menos solitária, como se o doutor estivesse ao meu lado. De manhã, decidi continuar com ele sobre o uniforme de enfermeira. Era hora de reorganizar o baú antes de sair do trem. Dobrei de novo as blusas e tornei a enrolar as pinturas de Mira. Lembrei que teria que trocar dinheiro para dar uma gorjeta ao funcionário, pagar um táxi e minha hospedagem. O guia Baedeker que Edward Stoddard havia me dado em Istambul me informava onde trocar dinheiro em Praga.

Peguei a bolsinha de pano onde guardava meu dinheiro. Com meus ganhos dos jogos de gin rummy, ela havia ficado mais cheia e difícil de fechar. Mas, naquele momento, estava mais vazia.

Minhas mãos tremiam. Eu não conseguia abrir o fecho com os dedos trêmulos. Parei um momento para respirar fundo e acalmar o coração acelerado. Tentei abrir a bolsa outra vez e, dessa vez, consegui. Despejei todo o dinheiro no banco. Comecei a contar. *Ah, não! Não, não, não, não.* Era metade do que eu havia trazido. Procurei no baú. Será que o fecho tinha aberto lá dentro e o dinheiro havia caído? Virei o baú, espalhando tudo que eu havia acabado de dobrar e organizar pelo assento. Pus as telas de lado. Que alívio que elas ainda estavam ali! Mas, mesmo enquanto remexia minhas coisas, eu já sabia que o dinheiro não estaria lá. Não estava. Desabei no banco. Baixei a cabeça entre os joelhos. Eu tinha sido descuidada. Mas... onde poderia tê-lo perdido? O baú estivera junto comigo o tempo todo desde que tinha saído de Istambul. Exceto nas ocasiões em que eu fora ao vagão-restaurante e quando o funcionário entrava em nosso compartimento para convertê-lo em dormitório todas as noites. Mas poderia ter sido ele? Os encarregados das cabines dos trens eram irrepreensíveis. Sua integridade e discrição precisavam ser criteriosamente atestadas pelo serviço ferroviário. Se eles roubassem os passageiros, ninguém pegaria os trens. Não, não poderia ter sido ele.

A única outra pessoa que tivera acesso ao meu baú fora Agnes. Quando ela havia ficado sozinha com ele? No dia anterior, quando dissera que não queria tomar café da manhã. Eu só havia ido ao vagão-restaurante. Mas... como poderia ser ela? Com certeza tinha dinheiro suficiente. Com sua roupa elegante, o vestido de noite caro e aquela mala bonita... algo que eu precisaria do salário do ano inteiro para pagar, se deixasse de comer. O que havia sido toda aquela conversa sobre como a mala estava com ela? Que talvez não fosse dela? Ou que ela não fosse quem parecia ser? Será que ela era mesmo designer de interiores? Estaria mesmo indo para Belgrado trabalhar na feira de comércio?

A verdade me atingiu como um soco no estômago. Eu não queria acreditar. Que idiota eu tinha sido! Que ingênua! Aqui estava eu fingindo ser adulta quando não passava de uma menininha boba! Todo esse tempo, ela estava ali sentada com o meu dinheiro, rindo de mim.

O que eu poderia fazer? Informar ao funcionário responsável pelo nosso vagão? Mas o que ele poderia fazer? O serviço ferroviário não iria me reembolsar. Ir à polícia? Belgrado era uma cidade grande e Agnes podia facilmente ter desaparecido por lá. Além disso, esse provavelmente nem era o nome dela. Eu não podia ir à embaixada britânica. Eles não tinham nenhuma responsabilidade nesse caso e nenhuma obrigação de me devolver o dinheiro.

Lentamente, contei o dinheiro que restava. Agnes poderia ter levado tudo, mas não fez isso. Será que levou só metade porque teve pena de mim? Teve pena por minha ignorância ingênua? Eu me enchi de raiva. Pior do que perder o dinheiro era imaginá-la remexendo meu baú, se apiedando de mim por meus poucos pertences. O dr. Stoddard havia me alertado para tomar cuidado. E Agnes também. *O mundo é um lugar grande. Você vai aprender.* Que constrangedor ser avisada por uma ladra que tinha me roubado!

Pisquei para afastar as lágrimas. Lutei contra a vontade de desistir. O que importava se eu nunca entregasse essas telas? Jo, Paolo e Petra nunca saberiam que Mira tinha deixado algo para eles. Não havia nada dizendo que eu precisava fazer como Mira me instruíra. Eu poderia voltar para Bombaim e esperar que Amit me arrumasse outro emprego. E, então, ouvi a voz de Mira: *Que tontas fomos de ter tirado os olhos do dinheiro, Sona! Mas e daí? Foi um grande contratempo, contudo o que passou, passou. Não vamos deixar que isso estrague nossa aventura.* Ela teria dado risada e seguido em frente. Era uma perda grande demais para eu superar tão depressa, mas passei a respirar um pouco mais tranquila. Precisava pensar no que fazer. Eu tinha dinheiro suficiente para os trens, mas teria que ser muito cuidadosa com meus gastos com comida e hospedagem. Podia esquecer os táxis e usar o transporte público. Ou andar. Pular algumas refeições.

Apoiei as mãos nas coxas e me levantei. Mira havia escrito: "Sei que você vai cuidar bem deles. Assim como Jo, Petra e Po", o que significava que os quadros precisavam ser entregues a seus legítimos herdeiros. Não imaginava o que mais ela poderia querer dizer com isso. Aqui em Praga, eu precisava encontrar Petra e entregar o presente de Mira para ela. Esvaziei os pulmões do ar que prendia e parei de sentir dó de mim mesma.

Antes de sair do trem, procurei no bolso do uniforme o amuleto contra mau-olhado que o dr. Stoddard havia me dado. Eu o peguei e deixei na mesa, sob a janela.

Desci do Arlberg Orient Express na Praha hlavní nádraží, em Praga. Estava cansada. Sentia os olhos secos. E ainda me doía a estupidez de ter confiado em deixar meus pertences com uma completa estranha e ter perdido meu dinheiro. Pela primeira vez, eu estava longe do toque da minha mãe, longe do nosso apartamento, longe da Índia. E se eu não conseguisse me localizar em Praga? E se eu nunca encontrasse Petra? E se eu ficasse sem dinheiro? Tinha sido muito fácil ganhar nas cartas no *Viceroy* sob a orientação protetora do dr. Stoddard, mas não havia como conjurar um jogo de cartas aqui, onde não conhecia ninguém. Repreendi a mim mesma. Eu estava planejando passar o resto da viagem remoendo as coisas que não poderia fazer? Ajeitei a postura e caminhei rumo ao portão de saída da estação.

Ali fora, parei por um instante, estudando os arredores. Eu estava um pouco atordoada de pensar como tinha chegado longe. Havia brincado com a ideia de seguir os passos de Mira e aqui estava eu, realmente fazendo isso. Será que Mira e sua mãe haviam parado neste exato local, esperando o chofer tirar suas malas do carro? Esta era a estação de onde elas teriam começado suas viagens para Florença e Paris. Fechei os olhos e respirei fundo. Imediatamente senti um cheiro forte de café, algo semelhante a vinagre, fumaça de trens, cigarros e... repolho? Abri os olhos. Havia um homem a poucos passos de mim, tocando um acordeão e com um cigarro pendurado na boca. Ele me cumprimentou com a cabeça, o cumprimentei de volta.

Usei o francês que havia aprendido no colégio — que bom que eu havia conseguido aquela vaga na escola do convento em Calcutá — e apontei para o mapa em meu guia Baedeker. Ele me informou qual bonde me levaria à embaixada britânica. No bonde, eu não tinha a moeda certa (haleru e coroas), mas, ao ver meu uniforme de enfermeira, o condutor me deixou seguir sem pagar. Foi ideia do dr. Stoddard que eu usasse o uniforme ao longo da viagem; seria visível quando importasse e invisível quando não fizesse diferença.

Mira havia descrito sua cidade natal com perfeição. Pontes preservadas, pináculos seculares com o topo dourado adornando igrejas e catedrais, prédios de pedras majestosos onde reis e seus ministros haviam discutido estratégias para governar a Boêmia. Automóveis modernos e bondes moviam-se pelas mesmas ruas que as ocasionais carruagens puxadas a cavalo. Homens e mulheres em seus casacos bem cortados e sapatos parisienses transitavam à vontade em meio à história que os cercava.

A embaixada britânica era tão majestosa quanto os prédios pelos quais eu havia passado na Cidade Velha e na Cidade Nova de Praga. Na recepção, que era ainda mais imponente, com enormes pinturas a óleo, sofás revestidos de seda e castiçais dourados, uma inglesa de pele clara foi chamar, no andar de cima, um tal sr. Peabody, um funcionário público alegre com olhos que se voltavam para múltiplas direções. Ele descera ao saguão para me acompanhar até seu escritório. Enquanto subíamos a escada, comentou:

— O sr. Stoddard insistiu muito que a ajudássemos em sua primeira visita aqui. — Ele me fez entrar em seu escritório impecável. — Bom sujeito, o Stoddard. Ele dirige aquela embaixada em Istambul. Uma estrela em ascensão.

A afirmação me pegou de surpresa. Edward era uma pessoa tão simples que achei que só fizesse parte do corpo diplomático.

— Pois é, todos querem o posto em Paris. Só que, no momento, todos os olhos estão na Espanha e na Alemanha. Franco, Hitler, Mussolini. Coisas terríveis. E, logo ao norte de nós, os alemães dos sudetos estão agitados. — Enlaçou os dedos sobre a mesa. — Mas a senhorita não está aqui para isso, não é? É um cargo de enfermeira que procura?

— O quê? — Confusa, franzi a testa. Então percebi que ele se referia a meu uniforme. — Não, senhor. Preciso de ajuda com outros dois assuntos.

Pelo enrijecer de seus ombros, soube que meu sotaque o havia desconcertado. Pelo meu sobrenome e olhos castanho-claros, ele deve ter imaginado que eu teria um sotaque britânico. Mas eu tinha sido educada por freiras indianas que falavam inglês e, embora não tivesse o sotaque acentuado da maioria dos indianos ao falar esta língua, certamente não falava como uma britânica culta, como ele devia esperar.

Uma jovem esguia de uns vinte anos entrou com uma bandeja de chá e biscoitos. Percebi que ainda segurava meu baú, com medo de deixá-lo depois do que havia acontecido com minhas economias. Eu o coloquei no chão, encostado nas pernas da cadeira. Peguei uma xícara de chá fumegante da bandeja e despejei um pouco de leite nela. A assistente pôs a xícara do sr. Peabody sobre a mesa, lançando-me um olhar intrigado ao sair da sala. Tenho certeza de que se perguntava por que o sr. Peabody conversava com uma enfermeira.

— Sr. Peabody, eu estava encarregada de uma paciente em Bombaim que morreu no hospital. Talvez o senhor tenha ouvido falar dela. Mira Novak. Ela era pintora. — Eu havia ensaiado essa fala no trem, para minimizar meu suposto envolvimento em sua morte.

As sobrancelhas dele se ergueram.

— Sim, sei quem é. Ela era daqui, de Praga. Ah, que lamentável, que lamentável. Sinto muito por ouvir isso. Preciso enviar condolências. — Pegou um biscoito da bandeja. — Como posso ajudar?

— Ela me pediu para avisar a sua melhor amiga aqui de Praga. A srta. Petra... — Eu não sabia o sobrenome. Mas, se os Novak eram conhecidos do sr. Peabody, talvez ele também conhecesse seu círculo de amizades. Eu contava que eles frequentassem os mesmos grupos. — Os Novak eram vizinhos da família dela.

— Por acaso é a srta. Hitzig? Da família Hitzig? Se for, estamos com sorte. O pai dela é dono de uma das maiores fábricas de cristais. Produzem peças de jantar maravilhosas, conhecidas por toda a Europa. Estão sempre à frente. É Petra Hitzig que a senhorita está procurando?

Eu não sabia se essa era a mesma Petra, mas sabia que a família de Mira era bem relacionada e a família Hitzig parecia alguém que eles conheceriam. Com toda a autoconfiança que pude transmitir, respondi:

— Essa mesmo.

Peabody terminou seu chá e afastou a xícara.

— Vou pedir que Regina lhe dê o endereço. Eles ficam do outro lado da ponte Carlos, acredito. A família ficará arrasada. Os Novak saíram daqui há muitos anos. Desde a Grande Guerra, os judeus andam ressabiados, compreensivelmente. Não culpo os Novak de forma alguma. Hitzig não está preocupado. Ele está muito à vontade com os alemães. Além disso, tem uma empresa para administrar. — Peabody enlaçou os dedos sobre a mesa. — A senhorita precisa de acomodação? — Mudou de assunto tão depressa como Mira costumava fazer.

Demorei um momento para registrar que ele havia feito uma pergunta.

— Sim, por favor.

— Vou pedir a Regina que lhe dê uma lista de opções também. Os documentos de viagem estão em ordem?

— O dr. Stoddard, pai do sr. Stoddard, cuidou de tudo isso em Bombaim.

Por mais que eu detestasse admitir, a cidadania britânica do meu pai e os contatos do dr. Stoddard haviam me ajudado a obter um passaporte britânico.

— Nunca estive em Bombaim. Não suporto o calor. Me dá urticária. Aqueles soldados indianos… coisa sólida. Eles serão muito úteis se entrarmos em guerra outra vez. Bem, então é isso. — Ele se levantou e estendeu a mão. — A senhorita, ahn, não é… mas seu nome…

Esperei que ele terminasse. Sabia que perguntaria por que eu parecia *meio a meio*. Depois da experiência com a enganosa Agnes, achei que seria melhor não me abrir demais.

— Não é da minha conta. Peço desculpas, senhorita.

Apertei sua mão estendida e agradeci.

— Ah, espere, srta. Falstaff. Há uma carta para a senhorita.

Minha querida enfermeira Falstaff,

Gostou da adorável estada no Orient Express? Eu sempre digo que, se for para viajar, tem que ser com estilo. A comida lá não é nada mal, não é? Aprecio muito o pato à l'orange deles.

Conte como está se saindo sozinha. Você sabe que sempre poderá vender aquele suéter por um bom dinheiro, se precisar. Mohair está na moda, pelo que eu soube. Minha esposa adorava meus suéteres, apesar de dizer para todo mundo que era ela quem os tricotava. Eu ficava louco com isso.

Ando bastante ocupado com velhos amigos que parecem ter vindo todos parar em Istambul também. Nós jogamos bridge, um pouco de gin rummy e bezique. Eu mesmo gosto muito de pinochle, mas a Alemanha tirou toda a graça do jogo. Claro, eu roubo, porque você não está aqui para me controlar. É difícil perder velhos hábitos quando não há ninguém de olho, mas é muito útil para lucrar um dinheirinho. Edward finge que não está vendo, é claro. A propósito, ele lhe manda lembranças. Acho que ficou muito bem impressionado com você. Mas sou um velho bobo quando se trata de amor, portanto me ignore, minha cara.

Em Praga, experimente o filé mignon com molho bechamel (não os deixe economizar no molho!). E há também o joelho de porco, se estiver se sentindo aventureira.

Espero receber boas notícias quando você chegar a Paris. Fique bem, querida menina.

Com amor,

Ralph Stoddard

Eu tinha esperado até estar de volta ao saguão da embaixada para ler a carta. Quando terminei, minhas pernas estavam trêmulas. Desabei em uma poltrona. Como eu contaria ao dr. Stoddard que tinha perdido metade do dinheiro na primeira viagem de trem na Europa? Ele me consideraria descuidada, se não idiota. Será que balançaria a cabeça, decepcionado? Ou riria com aquele seu jeito tranquilo e brincalhão? *Enfermeira Falstaff, não imaginei que a senhorita fosse um alvo tão fácil!*

A recepcionista me observava.

— Más notícias?

Fiz que não com a cabeça e saí do prédio. O que minha mãe teria dito sobre meu infortúnio? A mesma coisa que dizia quando eu chegava em casa chorando porque "as meninas na escola me chamaram de olho amarelo" ou "elas não quiseram brincar com uma preta-e-branca": "Você precisa ser mais corajosa para sobreviver a elas, *beti*". Desde então eu devia ter percebido quanta coragem ela precisara ter para administrar uma vida sem o homem que supostamente a amaria para sempre. Quanta coragem fora necessária para criar sozinha um lembrete dessa decepção.

Respirei fundo. Eu escreveria para o doutor, mas deixaria de fora a parte do dinheiro. Ele devia estar brincando sobre o suéter, mas, de qualquer modo, eu nunca venderia algo tão precioso, feito especialmente para mim.

Meia hora depois, cheguei a pé à acomodação mais barata da lista da embaixada. Uma mãe exausta, equilibrando uma criança pequena em um lado do quadril e uma pilha de fraldas limpas no outro, atendeu a porta. Mostrei o bilhete que o sr. Peabody havia escrito em tcheco para ela. Ela assentiu e me levou ao meu quarto. Estava limpo, embora o apartamento cheirasse a fralda molhada e repolho cozido. Ela foi cuidar do jantar e dar comida para o bebê.

Coloquei o baú sobre a cama (as molas rangeram). Para me tranquilizar, conferi se a bolsa com o dinheiro ainda estava lá dentro. O sr. Peabody havia trocado pessoalmente libras por coroas para mim, o suficiente para durar alguns dias. As notas tchecas estavam no meu bolso. Como eu poderia proteger o resto das minhas economias sem ter que levar todo o dinheiro comigo para onde quer que fosse?

Tirei a tela designada para Petra do baú a desenrolando e fui procurar a proprietária. Ela estava na cozinha conjugada com sala de jantar, sentada em uma cadeira junto à mesa com a criança no colo, dando-lhe de colher o que parecia um mingau. Fiz um gesto de pôr a tela em uma sacola que eu pudesse pendurar no ombro. Ela apontou para uma sacola de rede pendurada na maçaneta da porta. Fiz que não com a cabeça e olhei em volta. Apontei para a sacola de lona sobre a tábua de carne, que ela devia ter usado para ir ao mercado.

— Ah — fez ela, gesticulando para eu levar a sacola para ela. Tirou de dentro um filão de pão e ofereceu a sacola vazia para mim.

— Está perfeito.

Sorri. Ela também sorriu, embora eu achasse que não tinha entendido o que eu havia dito. Mas fiquei feliz, porque, de algum jeito, nós nos entendíamos.

O prédio de cinco andares era próximo ao rio Vltava. Como muitos dos prédios que eu tinha visto em Praga, o lar dos Hitzig e essa fila de residências de elite se assemelhavam mais à arquitetura britânica do que à indiana. Não havia minaretes. Não havia cúpulas arredondadas. Não havia arenito vermelho. Estes prédios eram planos, angulares, muito menos decorados que os indianos, com fileira após fileira de janelas. Os únicos adornos eram estátuas gregas e romanas, como as de meus velhos livros de escola. No alto da residência dos Hitzig, havia o afresco colorido de uma mulher deitada em uma cama, seminua, tocando uma harpa com anjos em volta. Seus equivalentes na Índia eram estátuas entalhadas em pedra de homens e mulheres nus, geralmente fazendo amor, com cintos, tornozeleiras e braceletes ornados como única vestimenta. A mulher do afresco parecia posar. As estátuas nuas, não. Sorri: ponto para a Índia.

Preparei-me para o que estava por vir. Ou esta seria a Petra de Mira ou eu teria que recomeçar minha busca na escola Minerva, que elas haviam frequentado quando meninas.

Quando toquei a campainha à direita da enorme porta de madeira, uma empregada impecavelmente vestida, com o cabelo preso em um coque, veio atender. Sua expressão era educada, embora eu tenha percebido um lampejo de alarme em seus olhos ao ver meu avental e touca.

— Gostaria de falar com a srta. Hitzig — disse em francês, como o sr. Peabody havia me aconselhado a fazer com pessoas como os Hitzig. Meu francês de escola teria que servir.

Ela hesitou uma fração de segundo antes de abrir mais a porta. Entrei em um saguão de mármore. Estava mais frio dentro do prédio do que fora. O fim de maio em Bombaim era sufocante. Em Praga, eu tremia, feliz por ter vestido o suéter do dr. Stoddard antes de sair da pousada. Logo adiante, ficava a entrada para um pequeno pátio nos fundos do prédio. À esquerda, havia uma escada que circulava o saguão estreito e parecia subir mais e mais e mais, como naquela história que minha mãe lia para mim, *João e o pé de feijão*. Olhei para cima. Lá no alto, no centro do teto, vi uma janela de vidro com painéis chumbados. À direita, havia quadros enormes em molduras douradas em que homens brancos de aparência importante julgavam silenciosamente os visitantes. Eu ouvia o som distante de uma música, que me lembrou "Eine Kleine Nachtmusik", a música da noite que Mira havia cantarolado para mim.

A empregada me acompanhou por quatro lances de escada. Ao longo do caminho havia mais quadros de molduras douradas, palmeiras em vasos e tapetes espessos nos degraus. Em cada patamar havia uma porta, que presumi que fossem a entrada para outras partes da casa. A música ficava mais alta conforme subíamos. No último andar, vi que a janela de vitral no teto era muito maior do que parecia do térreo.

A música vinha desse andar. A empregada fez uma careta com a boca, como se tivesse provado algo rançoso, e indicou que eu encontraria a srta. Petra ali dentro. Em seguida, tornou a descer a escada.

Bati à porta, mas a música que vinha do aposento era tão alta que tive certeza de que ninguém lá dentro tinha ouvido. Virei a maçaneta e percebi que não estava trancada, então abri a porta devagar.

— Quem é você? — perguntou Petra.

Embora eu não entendesse tcheco, o tom de sua voz transmitiu o significado. Ela me olhava de trás de uma grande tela em um cavalete. Era exatamente como Mira a havia descrito: cabelo loiro-avermelhado caindo em cachos sobre os ombros e descendo pelas costas, a boca grande, sardas no nariz longo. O tipo de compleição clara que não toleraria uma hora no sol. Era tão magra que eu via os ossos dos quadris salientes sob a túnica chinesa de seda bordada à mão, que, aberta, revelava uma combinação cor de pêssego por baixo.

Ao contrário do frio da escada, o apartamento de Petra era quente como Bombaim. Tinha cheiro de ar viciado, como o odor de corpos não lavados que eu conhecia tão bem do hospital. O espaço era um único grande aposento em que ninguém se preocupara em fazer os acabamentos. As paredes eram de tijolos vermelhos com argamassa branca. O assoalho era tão antigo, que havia espaços entre os tacos de madeira. Vigas de madeira rústica sustentavam o teto. Parecia o sótão de uma daquelas casas coloniais onde uma vez eu tinha atendido um criado doente.

Dei alguns passos para dentro da sala.

— *Vous parlez français?*

— Pelo amor de Deus, feche a porta! — exclamou ela em francês.

Corri para obedecê-la. Quando me virei de novo, Petra estava acendendo um cigarro com um fósforo. Com os olhos semicerrados, ela examinava sua pintura, inclinando a cabeça para cá e para lá. Pegou o pincel e tocou-o delicadamente na tela. Seus olhos se voltaram para mim, que estava a poucos passos dela. Pareceu se lembrar de que tinha visita.

— *Alors?* — perguntou ela, dando uma tragada no cigarro. Pela primeira vez, reparou de fato em mim, examinando-me de cima a baixo. Franziu a testa. — Tem alguém doente?

Olhei para mim mesma. O uniforme de novo!

— Não, não. Vim para lhe entregar uma coisa. — Indiquei a sacola de lona em meu ombro.

— Mal consigo ouvir você.

Antes que eu tivesse chance de repetir, ela se virou para a cama atrás de si, uma pilha amarfanhada de lençóis brancos. Alguns dos travesseiros estavam espalhados pelo chão.

— *Káva!* — disse Petra para a cama.

A pilha de lençóis se moveu e então parou.

— Agora — ordenou ela.

Dessa vez, o braço de um homem jovem, depois uma perna, seguida por um torso, surgiram. Ele estava nu. Espreguiçou-se e bocejou, os músculos do abdômen se contraindo. Ele sacudiu a cabeça, como que para despertar, e se dirigiu a uma cozinha improvisada, que consistia em uma bancada com um fogareiro com duas bocas, uma pequena pia e um armário de parede.

Eu já tinha visto homens e mulheres nus no meu trabalho, mas nunca fora dele.

O cabelo loiro-escuro caía sobre seus olhos. Vi os músculos de suas costas se moverem quando ele levantou o pote de café e despejou os grãos em um moedor. Depois abriu a torneira para encher a cafeteira mais estranha que eu já tinha visto: um globo de aço inoxidável com uma alça de plástico verde. Encheu o funil com o café moído, ligou o fio na tomada. Os músculos de suas nádegas se contraíram quando ele caminhou para o rádio perto da cama e virou o botão. De repente, silêncio. Acompanhei seus passos de volta para a cama.

— Bonito, não é? — disse Petra e sorriu através de uma lufada de fumaça.

Corei, constrangida por ela ter me pegado olhando. Virei-me para Petra, que tinha voltado à sua tela.

— É sobre a srta. Novak. Sua antiga colega de escola.

Ela se espantou.

— Mira?

Afrouxei a mão na sacola de lona.

— Sinto muito por trazer más notícias. A srta. Novak esteve recentemente no Hospital Wadia de Bombaim, onde eu trabalho. Ela morreu há três semanas. De uma maneira bastante súbita. — Observei a reação dela. No hospital, algumas pessoas desmaiavam ao saber da morte de um paciente.

A boca de Petra se moveu em algo entre uma careta e um sorriso.

— Mira? A *minha* Mira? Mas ela não pode ter mais que vinte e nove anos. A mesma idade que eu. Ela é muito jovem. Tem certeza de que está falando da Mira certa?

— Vocês se conheciam desde pequenas e estudaram juntas no Ginásio Minerva? Ela a chamava de *ovce*?

O pincel de Petra pingou tinta amarela no chão. Ela olhou para o respingo, que rapidamente criava um padrão de estrela na madeira. Só então notei manchas de tinta espalhadas por todo o assoalho. Imaginei que a empregada nunca entrasse aqui. Talvez não tivesse permissão.

A mão de Petra tremia quando ela deixou o pincel sobre a paleta. Ela fechou a túnica e cruzou os braços como se estivesse repentinamente com frio. Parecia estar em choque. Esperei pelas perguntas.

— Como? E como você sabe? — questionou ela por fim.

— Meu nome é Sona Falstaff. Eu era a enfermeira do turno da noite encarregada de cuidar dela em Bombaim. Ela foi internada por causa de um aborto espontâneo. Passou por uma pequena cirurgia e parecia estar se recuperando, mas, depois de seis dias... nada pôde ser feito. — Eu não queria contar a ela sobre a morfina, a acusação contra mim, as fofocas que circulavam nos corredores sobre um possível aborto provocado ou as críticas ao estilo de vida exuberante de Mira.

Ela franziu a testa.

— Ela estava grávida?

Assenti.

— Mas ela nunca ligou para bebês. Me disse que preferia morrer a abrir o corpo desse jeito.

O cigarro havia queimado o suficiente para chamuscar seus dedos. Ela o largou no chão e soprou os dedos para resfriá-los. Percebi que os pontos escuros na velha madeira não eram tinta. Ela parecia ter o hábito de largar cigarros onde quer que estivesse.

— E o que aconteceu? — perguntou se balançando para a frente e para trás sobre os calcanhares, os braços apertando o corpo magro. Vi o brilho de lágrimas em seus olhos.

Escolhi as palavras com cuidado.

— Fizeram tudo que poderia ser feito. Não sei de mais nada.

— Então o que está fazendo aqui? — O tom dela era hostil. Enxugou os olhos com o dorso da mão.

Eu já tinha visto isso antes. A transição de choque para raiva. Sabia que não era pessoal, então não encarava como se fosse.

— Fiquei pensando se você poderia falar um pouco dela para mim. Eu só a conheci por seis dias. Você a conhecia desde a infância.

— Mas eu não via Mira há... ahn... seis anos. Desde que ela se casou com Filip. Não, eu a vi dois anos atrás, quando ela veio expor na Galeria Nacional. Organizaram uma retrospectiva em homenagem a ela. — Prendeu o cabelo atrás das orelhas. — Ela foi embora de Praga aos quinze anos, para Florença. Alguns anos depois, o pai dela se mudou com a família para a Índia.

— Ela me disse.

Petra abriu a boca, depois olhou para a cama, onde seu companheiro parecia ter adormecido outra vez. Virou-se para a tela com um olhar crítico. Ela o estava pintando deitado na cama, a perna descoberta, a cabeça voltada para o outro lado. Levantou a voz e falou com ele.

— Acabou a tinta carvão, Henrich. Vou ter que sair para comprar mais. — Ela se sentou na cama e calçou botas curtas nos pés nus.

O garoto, que percebi que não podia ter mais que dezesseis ou dezessete anos, ergueu a cabeça, apontou para a cafeteira e disse algo em tcheco. Parecia irritado. Com certeza tinha a ver com o fato de que o café estava pronto e fora ela que o mandara sair da cama para fazê-lo.

Petra lhe jogou um beijo e caminhou decidida para a porta. Ainda estava com a combinação e a túnica chinesa.

Fiquei imóvel, confusa, no meio de seu apartamento com a sacola de lona no ombro, enquanto ela abria a porta e saía. O que havia acontecido? Eu deveria segui-la?

Ela estava quase fechando a porta quando parou, enfiou a cabeça pela fresta e fez um gesto com o queixo para que eu a seguisse.

Na rua, Petra caminhava depressa, a túnica flutuando à sua volta. Tive que correr para acompanhá-la. A maioria das pessoas que víamos na rua estava de paletó ou casaco leve. Eu me sentia confortável com o suéter de mohair sobre o uniforme. Petra parecia não sentir nem o frio do ar livre nem o calor abafado de seu apartamento.

Duas mulheres de meia-idade com sacolas de compras vinham em nossa direção, as mãos enluvadas. Ambas usavam casaco e saia feitos sob medida. Olharam com desaprovação para o traje bem mais casual de Petra, mas ela pareceu nem notar.

Petra manteve a voz baixa quando falou comigo.

— Está difícil hoje em dia. Nunca se sabe quem está ouvindo. De que lado estão. É melhor manter assuntos pessoais privados. — Viramos à esquerda na esquina e continuamos andando ao longo do Vltava. — Há boatos de outra guerra. Não queremos Hitler por perto, mas, com as conversas sobre um Acordo de Munique, é uma possibilidade. Henrich… — apontou para o seu prédio — … é tcheco-alemão. Mas não conversamos sobre qual lado ele está. Eu não quero saber. — Cruzou os braços sobre o peito magro. — A paz é frágil.

Havíamos percorrido dois longos quarteirões quando ela entrou no que parecia ser um café com a placa *Kavarna Slavia*. Do outro lado da rua havia um enorme prédio renascentista de quatro ou cinco andares. Era tão grandioso quanto a Casa de Ópera Real de Bombaim. Petra percebeu a direção do meu olhar.

— É o Teatro Nacional.

As paredes do café eram revestidas de mogno vermelho-escuro. O piso de mármore branco e as janelas altas que davam para a rua produziam luz mais do que suficiente para criar um efeito alegre. O cheiro de café e doces folhados me lembrou que eu não comia desde o chá com creme no trem, no dia anterior.

Eram três horas da tarde. O café era uma cacofonia de pessoas conversando, copos tilintando, um homem tocando jazz ao piano. De vez em quando, risadas irrompiam no barulho. Petra cumprimentou muitas pessoas. Havia homens mais velhos de barba bem aparada e traje elaborado, como nas peças de Shakespeare que eu tinha visto na Índia. Petra os beijou no rosto. Ela não me apresentou. Várias mulheres e homens jovens a chamaram para se sentar com eles. Ela sorriu e recusou, acomodando-se em uma pequena mesa redonda com duas cadeiras. Assim que nos sentamos, tirou uma cigarreira de prata da túnica e acendeu um cigarro.

— Era do Filip?

Por um instante, fiquei confusa com a pergunta.

— Ah, o bebê? — Antes que eu pudesse responder, fez outra pergunta.

— Ela sentiu dor?

Hesitei. Era contra o código de ética falar de detalhes médicos de pacientes.

— Ela estava sofrendo — disse apenas. Em vista da pesada dose de morfina que eu tinha que aplicar a cada quatro horas, era difícil saber o nível de dor que ela sentia, já que a medicação devia aliviar boa parte dela.

Havia um cinzeiro de vidro em cada mesa e o ar da sala estava espesso de fumaça. Petra girou o cigarro pela borda do cinzeiro. Parecia séria naquele momento, menos brusca. Seus cílios estavam molhados. Senti que, sob aquelas maneiras impetuosas, havia uma mulher que não estava totalmente no controle de seus sentimentos. Desviei o rosto, meu olhar pousando no quadro de um homem conversando com o que parecia ser um gênio feminino. Ou seria um fantasma?

— A fada verde — explicou Petra. Eu me virei e a vi apontando para o quadro. — Ele está bebendo absinto. Faz a gente ver coisas que não estão ali.

Um garçom de camisa branca, calça de pregas e colete pretos, carregando uma pequena bandeja redonda, aproximou-se da nossa mesa. Cumprimentou Petra com um sorriso e eles trocaram algumas palavras em tcheco. Ela disse algo e peguei a palavra "kafe". Esperava que ela não estivesse pedindo café para mim. Eu estava acostumada com café misturado com muito leite. Dois dias antes, quando me serviram café turco, meu estômago protestou.

Petra deu uma tragada profunda no cigarro.

— Onde o Filip estava todo esse tempo?

— O marido a levou ao hospital. Eu o vi duas vezes depois disso. Ele pode tê-la visitado em outras ocasiões, mas não o vi. Faço o turno da noite.

Ela soprou fumaça pelo canto da boca.

— O pai foi vê-la no hospital? E a mãe?

— O pai foi. A mãe não pôde. — Decidi que era melhor ser vaga do que falsear a situação.

Petra desdenhou.

— A mãe de Mira não gostava que o marido desse atenção à própria filha. É por isso que ela vivia levando Mira para Florença, Roma e Paris. E, quando os três estavam juntos, a sra. Novak fingia estar fraca e precisando de ajuda, para o marido ser forçado a pensar apenas nela. Mas até na morte? — Balançou a cabeça, soltou fumaça. — No primeiro dia de aula, todas as crianças tchecas levam um pequeno buquê de flores para a professora. A mãe de Mira se esquecia de preparar o dela. Mira ficava com vergonha de chegar à escola de mãos vazias, então sempre dava um jeito de faltar no primeiro dia. Uma vez, pedi para minha mãe me fazer dois buquês, para eu dar um para Mira, mas ela era orgulhosa demais para aceitar. — Petra enxugou os olhos com o dorso da mão.

Lembrei-me da pintora me contando que tinha sido criada por governantas, por isso não teve tanto contato com a mãe como eu tive com a minha. Então talvez uma existência sem mãe fosse normal no mundo em que ela e Petra tinham nascido. Mesmo assim, Mira tinha chorado quando soubera que sua mãe não iria se sentar ao lado de sua cama. A julgar por tudo que Mira me dissera e o que Petra me dizia naquele momento, a mãe de Mira não merecia o afeto da filha. Ela deve ter feito a pintora achar que não era digna de ser amada. Isso me enraiveceu. Não foi assim que meu pai fez com que eu me sentisse quando não pôde me amar o bastante para permanecer na Índia?

— A ironia é que o pai dela estava sempre ocupado demais para pensar em qualquer uma das duas — disse Petra. — Ele ficou obcecado com a ideia de construir aquela sinagoga em Bombaim. Se sentia em casa na

Índia. Os pais dela têm uma casa em Bombaim, mas geralmente estão em outros lugares. Em uma caçada de tigres, visitando um jardim de ervas medicinais ou passando uma temporada em uma estação de águas por aí.

Os olhos de Petra estavam cheios de lágrimas. Ela fungou. Procurei um lenço no bolso, mas um senhor já lhe estendia um antes que eu o fizesse. Era uma das pessoas que Petra havia cumprimentado quando entramos no café. Estava sentado sozinho em uma mesa de canto. Era um tipo elegante: flor na lapela, lenço no bolso do colete. Seu terno era um pouco largo, como se ele tivesse encolhido dentro da roupa, mas feito de material de qualidade. Ter uma mãe costureira havia me ensinado a diferença entre tecidos finos e baratos.

O senhor segurava seu chapéu. Petra o fitou e lhe tocou o braço. Disse algo em tcheco. Ele lhe deu uma palmadinha no ombro e manteve a mão ali por um longo momento. Depois, me deu um sorriso antes de pôr o chapéu na cabeça. Caminhou até a entrada do café, um pouco oscilante.

Petra o observou enquanto ele ia embora.

— Meu avô. Meu *dědeček*. Ele mora no apartamento embaixo do meu. Meus pais ficam no primeiro andar. É o lar da nossa família há duzentos anos. — Juntou o cabelo cor de cobre atrás da cabeça e o puxou sobre o ombro esquerdo. — Acho que ele gosta de mim mais do que os meus pais. Ele vem a esse café, mesmo sendo um lugar para artistas, escritores e atores. A tradição o forçou a administrar a fábrica de cristais, como seu pai antes dele e agora meu pai, mas acho que meu *dědeček* teria adorado ser dramaturgo.

O garçom trouxe um café para Petra e um chocolate quente com uma montanha de chantili e um wafer finíssimo para mim. Colocou uma tigela de cubos de açúcar, uma pequena jarra de leite e dois doces folhados sobre a mesinha de mármore. Depois de nos fornecer guardanapos de pano e talheres, retirou-se discretamente. Fiquei sensibilizada por Petra ter pensado em pedir algo para mim que não fosse café. Ela sorriu quando me viu examinar minha bebida. Eu estava em dúvida se seria melhor primeiro comer o chantili com uma colher ou tentar beber o chocolate quente através do creme.

— Mira adorava o chocolate quente daqui. — Petra despejou leite em seu café e mexeu.

Dei uma mordida no doce folhado e me surpreendi com o recheio cremoso. Estava acostumada com o pudim de pão da minha mãe e o katli e burfi indianos, que eram doces mais pesados. O doce tcheco atingiu meu estômago vazio com tanto ímpeto que tive de parar de mastigar por alguns instantes.

— Você disse que os Novak saíram de Praga há... o que... uns dez anos?

Petra tomou um gole do café.

— O pai de Mira é judeu, como o meu. Ele não se sentiu seguro depois da Grande Guerra. Estar tão próximo da Alemanha o deixava nervoso, ele ficava nervoso com muita facilidade. Nenhum país da Europa parecia seguro. E, como a esposa dele era indiana... — Ergueu o ombro em um movimento elegante e acendeu outro cigarro. — Foi bem difícil para a mãe dela, que não queria voltar para a Índia. Amava o estilo de vida europeu. A alta-costura francesa. A culinária italiana. A liberdade. Ela usou o talento de Mira para a pintura como uma desculpa para viajar pela Europa.

Limpei migalhas dos lábios com o guardanapo de pano.

— A srta. Novak gostava disso?

— Ah, ela adorava faltar à escola. Para Mira, pintar era a única educação de que precisava. Preferia mil vezes passar o dia pintando em um estúdio a ficar sentada em uma sala de aula com um livro de química. A arte era o ar dela. Entende o que quero dizer? Permitia que ela respirasse.

Petra mal havia tocado em seu doce. Naquele momento, partiu um pedacinho folhado e o mastigou.

— Lembro que uma vez nossa professora de história pediu para escrevermos um trabalho sobre a influência da dinastia Habsburgo na Europa. Mira levou uma grande pintura, três vezes o tamanho dessa mesa. Ela havia pintado uma obra abstrata com várias cores caóticas. A professora perguntou: "O que é isso?". "Endogamia", respondeu ela. — Petra riu. Um som rouco, próprio de fumante. — A professora não sabia o que dizer. Mas Mira estava completamente séria. Na cabeça dela, havia cumprido a tarefa.

Quando Petra ria, eu conseguia imaginá-la com Mira: duas meninas se dobrando de tanto rir. Queria ter participado da amizade delas, de suas experiências compartilhadas.

A amiga de Mira girou a xícara no pires. A fumaça de seu cigarro espiralava até o teto. Notei que ela havia terminado o café, enquanto meu chocolate quente ainda estava ali parado, esfriando. Eu tinha comido todo o chantili. Tomei um gole.

— Mira era um verdadeiro talento. Eu tenho habilidade, mas preciso me esforçar muito. Mira só precisava ver um determinado estilo e já pegava o jeito na hora. Realismo. Cubismo. Impressionismo. Pós-impressionismo. Surrealismo. Tudo com tanta facilidade. — Apagou o cigarro no cinzeiro. — Como se o estilo deslizasse por seu braço até os dedos que seguravam o pincel.

Seria ressentimento ou admiração que eu ouvia na voz de Petra?

Ela me examinou com seus olhos castanho-esverdeados, uma leve sugestão de cautela neles.

— Por que veio até aqui para me contar? Não poderia ter escrito?

— Eu não tinha seu endereço nem sabia seu sobrenome. Mira me deu algumas dicas. Ela me contou que vocês tinham estudado juntas no Minerva. Eu teria ido lá para tentar encontrar você se a embaixada britânica não tivesse conseguido me ajudar. Felizmente, sua família é bem conhecida aqui.

Um jovem de cavanhaque e óculos redondos de armação em padrão tartaruga colocou sua mochila na mesa ao nosso lado. Ele cumprimentou Petra em tcheco. Ela não pareceu feliz por vê-lo. Sua resposta incluiu uma elevação do queixo para me indicar. Será que ela disse que eu era uma amiga? Ou mencionou algo sobre a morte de Mira?

Em francês, explicou:

— Esse é o Pavel. Ele leciona história na Universidade Carolina.

Pavel sorriu. Era daqueles que vivia sorrindo. Como Edward Stoddard. Apertou minha mão.

— *Bonjour.* — Sua mão estava ligeiramente suada. — Sou professor adjunto, não professor titular ainda. — Seu modo educado era charmoso. Fez um gesto para que o garçom viesse anotar seu pedido. — De onde você é? — perguntou ele.

— De Bombaim, na Índia.

O rapaz sorriu.

— Isso é fantástico. Você veio de tão longe para ver a Petra? Como vocês se conheceram?

Petra o interrompeu em tcheco e se levantou, pegando sua cigarreira de prata. Também me levantei, sem saber o que fazer.

— Você vai à exposição de Petra hoje à noite? — perguntou Pavel. — Vai ser um grande evento.

— Ela não está interessada. — A resposta de Petra foi lacônica.

— Estou, sim — retruquei. — Talvez haja outras pessoas lá que conheçam a srta. Novak.

— Mira? — O rosto de Pavel se iluminou. — Todos nós conhecemos a Mira. Ela é muito famosa agora. Então somos famosos por extensão. Não é mesmo, Petra?

Petra semicerrou os olhos e franziu os lábios. Naquele momento, outra amiga de Petra entrou. Ela beijou a mulher no rosto e se virou para mim.

— Bem, obrigada por ter vindo.

Ela estava me dispensando?

— Então é assim? — disse Pavel para Petra. — Essa mulher viajou da Índia… — Ele se virou para mim. — Todos nós sabemos sobre o sr. Gandhi. Admiramos o que ele está fazendo. A Índia merece ser livre. — Ele se voltou para Petra outra vez. — E você vai deixá-la aqui?

Olhei de Petra para Pavel e vice-versa, como se assistisse a um jogo de tênis.

A outra moça, que tinha ido até o balcão pedir um café, voltou e se espantou ao ver o rosto fechado de Petra e a expressão confusa de Pavel.

— O que está havendo? — Ela se sentou em uma cadeira à mesa de Pavel e abriu um maço de cigarros novo.

Pavel falou rapidamente em tcheco. Petra revirou os olhos e seguiu para a porta. Eu fiquei ali parada, vendo-a sair do café, sem entender o que havia acabado de acontecer.

Pavel mudou para o francês.

— Ela fala francês, Martina. E conhece Mira.

Martina expressou o mesmo entusiasmo que Pavel ao ouvir o nome de Mira.

— Você a conhece? — perguntou. — Ela é incrível. Eu sempre quis pintar como a Mira, mas meu talento está mais na fotografia. Gosto de tirar fotos de pessoas.

Eu não gostava da ideia de ser a estraga-prazeres, mas queria explicar por que estava em Praga. Contei a eles o que havia acontecido com Mira. O rosto de Pavel exibiu um meio-sorriso até ele se dar conta de que eu estava falando sério. Ele estendeu a mão para os cigarros e fósforos de Martina. A expressão dela se congelou, horrorizada.

— *Comment?* — disseram ambos ao mesmo tempo e olharam um para o outro. — Não faz nem dois anos que ela esteve aqui para aquela retrospectiva, não é? Tão jovem. E saudável.

Eu não tinha sido convidada para me sentar à mesa deles, mas puxei uma cadeira mesmo assim. O garçom apareceu com os pedidos e saiu tão discreto quanto havia chegado.

Pavel pigarreou.

— Nós estudamos todos na mesma escola. Fazíamos muitas coisas juntos. Mas Mira e Petra… — Deu uma olhada para sua amiga. — Elas eram muito próximas. Petra venerava o chão em que Mira pisava, até mais do que isso. Ela sentia algo a mais por Mira. E Mira só achava divertido, mas para Petra era sério. E então o Paolo apareceu. — Ele sorriu, e Martina também.

Meus ouvidos zumbiam. Era o Paolo de Mira.

Com um risinho rouco, Martina uniu os dedos de uma das mãos e disse, em um sotaque italiano exagerado:

— Pa-o-lo! — e continuou em francês. — Mira não parava de falar dele. Ela devia ter… o que… quinze anos? Quando ela foi para Florença estudar com ele…

Pavel quase se engasgou enquanto tomava um gole de café.

— A mãe dela foi para Florença estudar Paolo e arrastou Mira junto. A mãe de Mira estava louca por ele. — Pavel e Martina riram.

Isso não era novidade para mim. Mira havia me contado sobre a paixão de sua mãe por Paolo. Teria sido por isso que Mira resolvera conquistá-lo também? Para se vingar de sua mãe por sua indiferença, por seu ciúme?

O café era um fluxo contínuo de clientes entrando e saindo, amigos se cumprimentando. Sentada com Pavel e Martina, eu quase podia fingir que era assim que vivia. Como se passasse tardes batendo papo com amigos, bebendo chocolate quente, comendo doces folhados, fofocando sobre pessoas que conhecíamos. Minha vida de verdade parecia tão sem graça: casa, hospital, casa, mercado, casa. Sem meu emprego nem minha mãe, minha vida não era nem mais isso.

O garçom se aproximou e Pavel fez um pedido em tcheco. Martina disse algo apontando para a barriga dele. Pavel lhe deu um olhar de lado, como se falasse: "Me deixe em paz, eu como o que quiser".

— A srta. Novak gostava de estudar com Paolo? — perguntei.

Eles riram de novo, Martina se recostando em Pavel.

— Ela gostava de estudar *o* Paolo. — A risada dela se transformou em tosse. Reconheci os sinais de uma fumante frequente.

Quando se recuperou, Martina pigarreou e prosseguiu.

— Ela só falava disso. Estava completamente… — Perguntou alguma coisa a Pavel em tcheco.

— Enfeitiçada — disse ele.

— Enfeitiçada! — Martina repetiu, levantando o cigarro.

— Ele também a amava? — Foi muita ousadia da minha parte perguntar, mas eu queria saber. Mira não tinha me dado nenhuma pista em relação a isso. Ela só havia falado de como sempre amaria Paolo, quer estivessem juntos ou não.

Martina fez uma careta e se virou para Pavel.

— Acho que, para ele, não era nada muito especial. Nós nunca o vimos. Só ouvimos sobre ele.

Pavel se recostou na cadeira e deu de ombros.

— E o marido dela, Filip? — perguntei.

Eles se entreolharam. Martina fumou. Pavel bebeu seu café. Por fim, ele respondeu:

— Filip era um homem autoconfiante, não exigia nada dela. Mira era arrojada, aventureira. Seus pais queriam que ela se casasse e parasse de criar escândalos com homens e mulheres. Ela era muito livre. Então Filip se ofereceu. Não sei se foi ela que pediu ou se foi um gesto galante da parte dele. Eles se casaram, mas Mira continuou tendo seus casos. Filip fingia que não via e isso parecia conveniente para ambos.

— Ele não tinha ciúme?

— Filip? — Martina balançou a cabeça. — Acho que não. — Olhou para Pavel. — Ele tem quantos anos? Uns dez a mais que nós? — Ela se virou para mim. — Nós todos o conhecemos, mas não muito bem. Não acho que seja possível conhecê-lo. Ele é muito fechado. Está sempre ali, pairando no segundo plano. Sempre me perguntei o que Mira viu nele.

Pensei em como Filip era um fantasma invisível no hospital. Ali, mas não ali. Mira havia dito que nunca fora apaixonada por ele, que nunca fora apaixonada, de fato, por ninguém.

— Ele era primo de primeiro grau dela — comentou Pavel.

— Ela me contou — falei. — Eles estavam planejando ter filhos? — Eu tinha que perguntar, por causa do comentário enigmático de Mira sugerindo que o bebê fosse de Paolo.

— Mira? — Martina sorriu. — De jeito nenhum. Ela nunca quis filhos. Eu a conheço desde que ela era desse tamanho. — Indicou a altura da mesa. — Nem uma única vez ela disse algo diferente disso.

A menos que eles perguntassem, eu não lhes contaria que Mira havia chegado ao hospital com um quadro de aborto espontâneo. Mas senti uma pontada de tristeza. Por Mira. Pela perda do seu talento. Pela maneira quase indiferente como a notícia de sua morte estava sendo recebida pelas duas pessoas à minha frente.

Pedi licença e fiz menção de me levantar. Foi quando me dei conta de que ainda estava com a sacola de lona que a proprietária da pousada havia me emprestado. Eu tinha me esquecido de dar *A espera* para Petra.

— Outros amigos de Mira estarão na exposição de hoje à noite. O grande evento de Petra. Por que você não aparece lá? — Pavel escreveu o endereço no guardanapo. — Onde você está hospedada?

Eu lhe falei o endereço e ele me informou qual bonde eu deveria pegar para ir à galeria.

Decidi voltar a pé para a pousada. Parecia que eu tinha ficado sentada durante dias. E, enquanto estava em Praga, queria absorver o máximo que pudesse desse mundo. Afinal, talvez eu nunca mais passasse por aqui. Caminhando pela Cidade Nova, senti cheiro de carne assada e pão fresco, sabonetes perfumados e poeira das ruas. Desviei de bondes e excrementos de cavalo. Desci a ampla avenida em frente à praça Wenceslau, admirando a elegante alta-costura feminina nas vitrines das boutiques. Uma mulher saiu da loja de sapatos Bata, com seus filhos carregando várias sacolas de compras. Em uma loja de artigos de couro, decidi comprar um cinto com uma pequena bolsa para carregar meu dinheiro. De volta à avenida, um cartaz de barbearia promovia os benefícios de barbas bem cuidadas. Parei para olhar um anúncio na vitrine de uma farmácia, que prometia seios exuberantes e os segredos para parecer mais jovem. Sorri diante dessas alegações: ridículas e tão parecidas com os anúncios de Bombaim, mas, ainda assim, sedutoras.

Depois segui para a praça da Cidade Velha. Meu guia Baedeker recomendava uma parada no Relógio Astronômico, um ponto turístico famoso. Ele marcava a hora da antiga Boêmia, a hora babilônica, a hora alemã e a hora astronômica, além do trajeto do sol e da lua pelas constelações. Aonde quer que fosse, eu me perguntava se Mira já estivera naquele mesmo lugar, o que tinha feito ali, o que estaria pensando e com quem havia estado. Se eu fechasse os olhos e imaginasse seu rosto, seu perfume singular de linhaça, quase conseguia senti-la ao meu lado.

Por fim, cheguei à pousada. Queria tomar um banho e tirar o uniforme. Tive apenas tempo suficiente para escrever uma resposta rápida para o dr. Stoddard antes de ir para o salão de exposições.

Caro dr. Stoddard,

Nunca pensei que fosse sentir saudades do nosso cassino no navio. O senhor me transformou em uma jogadora. Na próxima vez que o encontrar, terá que me ensinar um jogo novo, de preferência um em que o senhor tenha alguma chance de ganhar de mim. (Este é o ponto onde o senhor resmunga da minha arrogância.)

Cheguei a Praga em segurança e estou hospedada em um belo apartamento com vista para o rio Vltava. A comida é tão deliciosa quanto o senhor previu, especialmente o filé mignon com molho bechamel. Não os deixei ser econômicos com o molho!

A cidade é muito bonita e muito diferente de Istambul, Bombaim ou Calcutá. Para onde quer que eu olhe, há pináculos de igrejas, ruas de calçamento de pedras e uma neblina dourada que envolve tudo. O cenário me faz pensar no sr. Rochester em Thornfield Hall e em como Jane Eyre se sentiu quando viu a casa dele pela primeira vez. (Não ligue, estou sendo uma garotinha boba com fantasias de garotinha.)

Graças ao senhor (e a Edward), a embaixada me ajudou a encontrar Petra, a amiga de infância de Mira. Ela foi muito solícita em me contar sobre a vida de Mira aqui. Parece ter sido idílico. Petra me apresentou a outros amigos de Mira, que me contaram ainda mais coisas. Esta noite, eles me convidaram para ir a uma exposição que Petra organizou de seu próprio trabalho, então tenho que correr.

Adorei ter notícias suas.

Atenciosamente,

Sona Falstaff

Eu detestava mentir para ele. Mas, se eu contasse a verdade, que não tinha havido filé mignon algum, que Petra não havia sido particularmente amistosa, ele poderia se preocupar. Sua saúde era frágil; eu não podia fazer isso com ele. Ainda assim, gostaria de poder falar com alguém sobre a minha situação financeira, que não ia nada bem. Guardar esse problema só para mim estava me fazendo mal, e foi por isso que, muito relutantemente, tive que recusar a refeição que a proprietária me ofereceu. Eu sorri para ela e mostrei meu relógio, sinalizando que precisava sair.

Era uma noite agradável de maio, a temperatura estava amena, e bastava vestir um suéter. Peguei o bonde para o Salão de Exposições Manes, um prédio monocromático e funcional muito diferente da arquitetura gótica, renascentista ou art nouveau da cidade. O Manes ficava parte à beira d'água e parte sobre o rio Vltava. Aquele jazz típico que tocava nos clubes britânicos em Bombaim soava alto pelas janelas e portas abertas. Parecia não haver ninguém na entrada conferindo ingressos ou monitorando o evento. Entrei em um espaço bem iluminado, com pé-direito alto. Estava tão cheio de gente que os garçons precisavam levantar as bandejas de canapés acima da cabeça para circular pelo ambiente. Os tchecos se pareciam com os britânicos, mas se vestiam melhor, como os franceses. As mulheres jovens exibiam echarpes de chiffon incrivelmente longas em volta do pescoço, as pontas chegando abaixo dos quadris. Usavam vestidos justos desestruturados, feitos de seda cara, ou calças plissadas com blusas de cetim. Alguns homens tinham cavanhaques, como Pavel. Outros tinham cabelo longo até as orelhas ou ombros. Muitos usavam suspensórios coloridos como acessório. Eu me senti malvestida com meu suéter, a saia de tweed feita em casa e a blusa de algodão, mas ninguém reparava em mim. Eu era invisível de novo, e isso me convinha perfeitamente.

Ouvi trechos de conversas em francês enquanto caminhava pelo labirinto de gente à procura de Petra e Pavel.

— Estão construindo mais casarões em Colônia Baba. São tão modernos...

— Eu mesma não li, mas só se fala disso. Antes de lançar o livro dela, você sabia que a Gertrude Stein...?

— Soube que estão censurando peças no Teatro Gratuito...

— O swing nunca vai fazer o mesmo sucesso que o jazz...

— Pois é! O primeiro aeroporto da Tchecoslováquia. Meu pai já reservou um assento...

Quando a multidão se abriu o suficiente para eu ter um vislumbre da exposição de Petra, levei um susto. Havia um quadro de Mira lendo. Mira tomando banho. Mira olhando por uma janela.

Uma batidinha em meu ombro me fez dar um pulo.

— Você veio — observou Pavel. — Venha, vou apresentá-la. Você já conheceu a Martina.

A mulher do café sorriu para mim e levantou seu copo de coquetel. Ao lado, havia um homem de boina e uma vistosa capa de cetim. Seu nome era Emil. Depois havia Gerta, cujos cachos loiros balançavam toda vez que ela se mexia. Todos estavam com um copo na mão: champanhe, vinho tinto, uísque, absinto. Emil pegou um copo com um líquido cor de laranja da bandeja de um garçom que estava passando e o entregou a mim.

Agradeci e tomei um gole. Era doce e forte. Tentei não fazer uma careta e resolvi largar o copo em algum lugar na primeira chance que tivesse. Passei os olhos pelos quadros no salão.

— São todos...

— Sobre Mira? — completou Pavel.

Fiz que sim com a cabeça.

— Eu disse que a Petra era obcecada por ela. Não conseguia superar que Mira tivesse outros amantes. Petra meio que esperava que Mira fosse estar aqui hoje. Ela a havia convidado. Uma espécie de reconciliação.

— Elas tinham brigado?

Gerta riu.

— Mira tinha se cansado da adulação. As pessoas se cansam de estar em um pedestal. Claro, eu nunca soube como é isso... ainda não, pelo menos. — Deu uma risadinha bem-humorada. — Vocês percebem que, com a morte de Mira, o valor dos quadros de Petra acabou de disparar?

Eu não gostava quando alguém falava em lucrar com morte. Balancei o copo na mão.

— Petra não me disse que estava fazendo uma exposição sobre quadros de Mira. Quando cheguei ao apartamento dela esta manhã, ela estava pintando...

Martina ergueu uma sobrancelha bem delineada.

— Um garoto? Bonito, cabelo loiro-escuro?

Confirmei.

— Henrich. Todos os pintores o usam. Fala principalmente alemão. Responde a *káva*. — O grupo de Pavel riu.

— O que vocês acham?

Pavel e eu fomos pegos de surpresa pela voz de Petra. Ela estava com a mesma túnica de seda daquela manhã (será que não tinha outras roupas?), mas com tranças no cabelo. Usava um boá de cetim rosa enrolado ao pescoço e glitter nas pálpebras. Sua aparência era bastante etérea.

— A exposição se chama Minha despedida de Mira.

Franzi a testa.

— Mas você não sabia de... da morte dela antes de hoje, não é?

Petra me olhou como se eu tivesse lhe dado um tapa. Seu rosto ficou pálido. Ela se virou, abrindo caminho pela multidão, que rapidamente se fechou de novo atrás dela. Perdi Petra de vista. Será que ela soubera da morte de Mira antes de eu chegar? Como? Fazia três semanas desde seu falecimento. Eu não tinha visto nenhuma notícia no jornal sobre a morte da renomada pintora. Então, como Petra descobriu? Será que ela tinha resolvido mostrar aquelas telas porque sabia que Mira havia morrido? Se sabia, por que pareceu tão surpresa quando eu lhe contei?

O coquetel me deu dor de cabeça. Eu me despedi de Pavel e seu grupo e fui embora pouco depois. Sabia que não conseguiria dar a tela de Mira para Petra naquela noite. Teria que dar um jeito de entregá-la no dia seguinte, antes de partir para Paris.

A proprietária da minha pousada se despediu de mim na manhã seguinte com café forte e rolinhos de maçã caseiros. O café era amargo até eu acrescentar um pouco de açúcar e muito leite. Talvez um dia eu me acostumasse com esse sabor que os europeus pareciam preferir. Em um francês hesitante, ela perguntou sobre meu próximo destino. Eu lhe contei que ia a Paris falar com a negociadora de arte de Mira.

— Fique bem. — Ela sorriu. Seu bebê sorriu também, mostrando os dois primeiros dentinhos.

Baú na mão outra vez e o cinto de couro na cintura (eu esperava que parecesse mais um acessório da moda do que uma visão desagradável), caminhei até o apartamento de Petra. Queria lhe dar tempo para se recuperar da recepção da noite anterior, então perambulei à toa pela Cidade Nova por uma hora. Pela maneira como todos bebiam na véspera, eu tinha a sensação de que a recepção devia ter se estendido até quase de manhã. A mesma empregada me recebeu na residência dos Hitzig. Fui até o último andar e bati à porta.

Como Petra não respondeu, testei a maçaneta, como no dia anterior. Estava aberta... de novo. Petra estava esparramada na cama, o lençol cobrindo apenas metade do corpo. Atravessei o aposento até a cama e pus a mão sob seu nariz para ter certeza de que estava respirando. O rímel tinha escorrido dos olhos, dando-lhe uma aparência macabra. O cabelo de um lado da cabeça estava emaranhado e a roupa do dia anterior, manchada de vômito. Havia um hematoma em um dos braços.

Coloquei meu baú no chão e fui à cozinha improvisada ferver água. Uma busca nos armários revelou um saco de café e um pacote aberto de biscoitos. As únicas xícaras estavam na pia, esperando para serem lavadas. Eu as mergulhei em água quente (não parecia haver sabão). Quando o café ficou pronto, eu o despejei em uma xícara e enchi a outra de água fria. Levei as duas para ela com o pacote de biscoitos.

— Petra?

Ela se mexeu.

— Beba a água primeiro, depois o café. Eu tenho algo para você... da srta. Novak.

Ela abriu os olhos, borrados de rímel e delineador. Quando me viu, gemeu.

— Você, a intrometida. — Fechou os olhos de novo.

Eu já havia sido chamada de coisas piores por pacientes. Com os teimosos, era preciso ser firme (mas gentil, de acordo com o manual de enfermagem). Eu a puxei pelas mãos, que estavam meladas. Ela me empurrou e se sentou, amontoando os travesseiros às costas. Estendeu a mão para o café primeiro, mas o segurei fora do alcance dela e lhe entreguei a água.

Ela bebeu avidamente e pediu o café.

— Mira se importava com você, Petra — disse. — Eu sei pelo jeito como ela falava de você.

Eu tinha a atenção dela naquele momento. Petra olhou rapidamente para mim, os olhos grandes no rosto miúdo.

— É mesmo?

— Ela me contou que não teria sobrevivido à escola sem você. Vocês duas assistiam a todos os filmes de Voskovec e Werich que chegavam ao cinema e riam até cair da cadeira. Vocês duas choraram na apresentação de *A noiva vendida* e xingaram o casamenteiro maquiavélico. Vocês patinavam no gelo no inverno, de mãos dadas. Faltavam às aulas para desenhar juntas no parque acima da estação ferroviária.

Petra enxugou o nariz com o lençol que a cobria. Seu rosto estava molhado de lágrimas, mas ela sorria.

— Ela era tão divertida! Sempre pronta para uma aventura. Ela liderava, eu seguia. É por isso que ela me chamava de *ovce*, carneirinho em tcheco. Mas eu não me importava. Ela falava de um jeito carinhoso. Ela era uma boa mímica e imitava todo mundo na escola: os professores, os assistentes, os instrutores de educação física. Nós tínhamos um professor de química com apenas três dedos na mão esquerda. Isso nos fascinava. — Soltou um soluço e riu. — Passávamos horas imaginando o que podia ter acontecido com ele. Ele teria nascido assim? Tivera os dedos cortados como naquela fábula de *A donzela sem mãos*? Desmaiou em uma tempestade de neve e os dedos congelaram? Nas aulas, ele levantava seus oito dedos e dizia algo do tipo: "Quero que vocês memorizem dez elementos para amanhã". Nós sabíamos que ele fazia isso de propósito, para nos provocar.

Petra começou a gargalhar.

— Um dia, a Mira... — Teve que recomeçar várias vezes até conseguir continuar. — Um dia, a Mira dobrou dois dedos da mão esquerda e os prendeu na palma com fita adesiva. Ela fez o mesmo comigo. Nós andamos pela escola o dia inteiro dizendo: "Há dez regras que quero que vocês sigam", levantando os oito dedos. Ele nos pegou, no corredor. Nós nos sentimos muito mal, mas ele só riu e disse que poderia nos mandar fazer uma experiência química que ia fazer aquilo acontecer de verdade. Ele virou nosso professor favorito naquele ano.

Petra baixou os olhos para seu vestido arruinado e mexeu em um dos vincos no tecido.

— Senti saudade dela. Todos os dias, desde que ela foi embora de Praga. Passei um tempo com ela em Paris quando ela estudava lá e nós nos divertimos muito. Não posso acreditar que ela se foi. — disse e roeu a unha.

Parecia tão pequena e frágil. Eu podia imaginar a menininha que ela havia sido, de trancinhas no cabelo, esperando sua amiga Mira depois da aula para as duas partirem em mais uma aventura. Mira me dissera que sua amizade com Petra tinha ficado para trás, mas, claramente, Petra não tinha superado sua afeição por Mira. Ela nunca mais compartilharia aquelas brincadeiras com sua amiga de infância.

— Mira deixou um quadro para você — comentei e tirei *A espera* de meu baú.

Ela pousou a xícara de café no chão e pegou a tela com ambas as mãos. Passou o dedo sobre as camadas de tinta seca. Por vários minutos, ficou em silêncio.

— Você sabe por que ela escolheu essa para mim? É uma das telas mais famosas dela, não queria vendê-la por nada.

— Não sei. Ela deixou apenas instruções para entregá-la a você. Há outra tela para Paolo, que você sabe quem é. E uma para Josephine, que você deve ter conhecido em Paris quando esteve lá com Mira...

Virei o quadro para lhe mostrar o "P" no verso da tela.

— Ela deixou isso aqui também. — Mostrei-lhe o bilhete que Mira anexara às pinturas.

Petra acariciou as palavras.

— Sem dúvida é a letra de Mira. — Olhou para *A espera*. — Essa tela me lembra as menininhas que nós fomos. — Apontou para as figuras na tela. — Sei que essas meninas são indianas, mas, no rosto delas, eu nos vejo muito novas, antes de mudarmos. Um tempo em que confiávamos nos nossos pais, porque ainda não os conhecíamos bem. Quando encontrar a pena de uma ave canora era a coisa mais importante do mundo, antes que meninos entrassem na nossa vida. E então tomamos consciência do nosso lado fêmea, que viria a atropelar qualquer outra parte de nós. — Acariciou a pintura novamente. — Mas por que ela deu isso a você? Vocês se conheciam em Bombaim antes de ela ser internada no hospital?

Eu me sentei na cama ao lado dela. Meu lado enfermeira precisava ignorar o lençol sujo e fingir que as manchas amarelas nos travesseiros eram maquiagem.

— Não, só a conheci por seis dias enquanto era enfermeira dela no turno da noite. Mas nós conversamos muito durante esse período. Ela me contou algo sobre você que acho que queria que eu lhe dissesse pessoalmente.

Petra inclinou a cabeça, como um passarinho ouvindo um chamado.

Fui cuidadosa com minhas palavras. Queria ter certeza de transmitir os pensamentos de Mira com exatidão.

— Ela ficou feliz por você ter ido a Paris. Achava que você era uma ótima modelo. Você foi a modelo na pintura que a fez ganhar espaço no Salão de Paris. Mas, quando você demonstrou interesse em se tornar pintora, ela disse que não foi muito gentil. Que falou que você nunca seria boa, que deveria desistir antes de se decepcionar. — Fiz uma pausa. — Srta. Hitzig, ela se arrependeu muito de ter dito essas coisas. Ela disse: "Não sei por que fiz aquilo".

Uma lágrima deslizou do rosto de Petra para o lençol.

— Ah, como eu odiava a Mira quando ela era cruel. E isso acontecia com frequência. Mas o que ela disse era verdade. Meu pai pagou por um lugar para mim no instituto de artes daqui. Eu nunca teria conseguido entrar por própria conta. Eu realmente não era boa. Mas ficava pensando se poderia ser melhor se ela ao menos me incentivasse um pouquinho. Eu a idolatrava. — Olhou para mim. — Sou uma pintora melhor agora do que era naquela época. Mas a Mira me magoou de verdade. E muito.

Senti vontade de lhe pedir desculpas, embora não tivesse sido parte do círculo delas.

— Eu a conheci por tão pouco tempo, mas gostaria de tê-la conhecido desde muito antes. Ela contou histórias maravilhosas sobre você, o Paolo e a Josephine.

— Ela era desse jeito. Era o dom dela. Eu sempre detestava quando uma menina nova chegava à escola e Mira logo se tornava a melhor amiga dela. Elas faziam tudo juntas na primeira semana, depois Mira simplesmente a largava, assim. — Estalou os dedos. — Aí ela voltava para mim. — Sorriu. — Às vezes, ela fazia isso só porque queria alguma coisa de mim. Geralmente dinheiro.

Inclinei a cabeça, intrigada.

— Os pais dela não a sustentavam a menos que ela vendesse um quadro, mas ela não conseguia pintar assim tão rápido, então estava sempre sem dinheiro. — Deu de ombros. — E eu sempre emprestava para ela. Claro, eu sabia que ela nunca ia me pagar de volta. Eu entendia. Filip nunca ganhou nada.

Aquela imagem me perturbou. Mira só se interessava pelas pessoas quando pudesse obter algo delas? Ela demonstrou interesse por mim porque precisava que eu fizesse o que ela pedia? Como entregar essas telas? Mas isso não tinha lógica, porque ela não tinha como saber que iria morrer. Talvez a mulher que Petra conhecera tivesse sido cruel e egoísta, mas houvesse mudado com o tempo? Ou havia dois lados em Mira e ela escolhia qual mostrar para quem. Qual era a verdadeira Mira Novak?

Respirei fundo.

— Há uma coisa que não contei. A srta. Novak morreu de overdose de morfina. Não está claro quem a aplicou. Algumas vezes me perguntei se poderia ter sido ela mesma, mas isso parece absurdo. — Olhei para Petra para ver como ela reagiria a esse comentário. Ela mexia no lençol, com a testa franzida. — Mesmo assim, se houver algo que você saiba sobre ela que possa ajudar… — Não concluí a frase, porque não sabia, de fato, o que perguntar.

Petra ficou pensativa.

— Como enfermeira dela, não seria você a responsável por aplicar a morfina?

Baixei os olhos para a cama.

— É complicado. Sei que não dei a superdosagem a ela, mas não sei quem foi.

— Ela escreveu esse bilhete para você enquanto estava no hospital, certo? Por que ela teria feito isso? A menos que… — Seus olhos se encheram de lágrimas outra vez.

A frase ficou suspensa no ar e fiquei pensando naquilo por um momento. Era difícil imaginar que qualquer um de nós soubesse quando ou como iria morrer.

— Ontem à noite, você disse que chamou sua exposição de sua despedida da srta. Novak. O que quis dizer com aquilo?

Ela suspirou.

— Achei que aquelas pinturas me libertariam. Como se finalmente eu a tivesse superado. Uma espécie de despedida. Sei o que todos eles falam de mim. E queria que isso acabasse. Mas só fez com que eu sentisse ainda mais saudade dela.

Levantei-me da cama e levei a xícara de café para a cozinha. Eu a lavei e sequei.

— Sabe o que é estranho? — perguntou ela.

Eu me virei para ela e apoiei meu peso na bancada.

— O que Pavel falou é verdade. Meu avô não vai ser mais o único que compra meus quadros. Com a morte de Mira, eles vão vender muito fácil. Vou ter meu próprio dinheiro e não vou precisar mais depender do meu pai. Você acha que eu deveria vendê-los?

Petra parecia uma criança perguntando se podia tomar mais um sorvete. Eu não sabia o que responder. Dei de os ombros e tentei lhe dar meu sorriso mais solidário.

— Bem, pelo menos esse eu vou guardar. *A espera*. É lindo.

Ficamos em silêncio por um tempo.

— Mira e eu não nos falávamos desde a última vez que ela veio a Praga — disse Petra por fim. — Mas tenho certeza de que ela e Paolo mantiveram contato. Fale com ele. Ele deve saber mais.

— Eu espero que sim. Vou procurá-lo em Florença. — Fiz uma pausa. — Por acaso você teria o endereço dele?

Ela balançou a cabeça e respondeu baixinho:

— Nós não somos amigos.

Peguei o bilhete de Mira de volta e o guardei na bolsa em meu cinto.

Petra soluçou. Eu lhe dei outro copo d'água. Ela tomou um grande gole. Seus olhos grandes, tão desamparados e sentimentais, me examinaram.

— Espero que você encontre paz, srta. Falstaff.

A declaração me surpreendeu. Um sentimento como esse vindo de uma mulher que eu havia subestimado como uma criança. Eu estava buscando paz? Achei que minha procura era por causa de Mira. Petra estava sugerindo que era por minha causa? Talvez houvesse mais nela do que eu havia imaginado.

Peguei meu baú. Era hora de partir para Paris.

PARIS

DEZ

Eu estava me sentindo solitária. A visita a Petra tinha me deixado deprimida e eu saíra de lá um pouco menos encantada com Mira. Sentia falta da minha mãe, que teria feito seu suji ka halwa e recitado um lindo poema de Tagore para me consolar. Sentia falta de Amit. Resisti à vontade de perguntar ao dr. Stoddard sobre ele. Eu tinha certeza de que ele adivinharia como eu me sentia em relação a Amit e queria guardar esses sentimentos só para mim. Sentia falta do velho doutor também. E de Edward. Eu sorria toda vez que pensava em nossa dança no Grand Bazaar. Queria estar com alguém que se importasse comigo. Também sentia falta da Índia, saudade da familiaridade de seus aromas, de sua pulsação, das pessoas.

Desembarquei na Estação do Leste em Paris e me dirigi ao hôtel particulier no qual uma placa de bronze informava que eu estava na Embaixada de Sua Majestade Britânica. O conselho de Edward Stoddard para que eu fosse à embaixada em todas as cidades que visitasse havia sido útil na primeira parada. Se a de Praga era majestosa, a de Paris era deslumbrante, como um palácio de conto de fadas: candelabros de cristal, paredes com espelhos altos e colunas douradas. No chão, um tapete macio com estampas em carmesim e ouro. Pelas janelas que iam do chão ao teto na parede dos fundos, meu olhar foi atraído para um gramado primorosamente cuidado.

Quando me apresentei ao recepcionista, ele me entregou um envelope com detalhes em relevo. Era endereçado a mim na letra espremida do dr. Stoddard. Nunca na vida fiquei tão feliz de receber uma carta.

Minha querida menina,

Fico muito feliz por você ter aproveitado ao máximo sua visita a Praga. Espero que esteja desvendando o mistério daquela pintora tão enigmática. Não precisa se sentir obrigada a nada em relação a nós. Edward só fez o que normalmente faria. Estamos aqui para assisti-la, como nos for possível.

Mas tenho um assunto para falar com você.

É compreensível que você não deseje visitar seu pai, mas, se deixar esta vida sem ter dito a ele o que tinha a dizer, não ficará em paz consigo mesma. Sei que ele magoou você e sua mãe, mas não deixe que a continue magoando.

Tenho algo que queria lhe contar desde que a conheci. Nem Edward sabe disso. Talvez a ajude a entender alguma coisa sobre seu pai.

Eu larguei uma noiva na Inglaterra quando fui para a Índia. Tinha toda intenção de mandar buscá-la e me casar com ela depois que me estabelecesse em Bombaim. Mas, então, conheci Deva. Nunca havia conhecido ninguém como ela. Tinha uma calma interior que eu achava tranquilizadora. Eu vinha me sentindo muito mal por ter perdido meu paciente na Inglaterra em razão daquele descuido. Erros acontecem, mas nunca imaginei que eu cometeria um. O homem que morreu sob meus cuidados era irmão da minha noiva. Ela ficou arrasada. Eu não conseguia me perdoar. Senti necessidade de ir para bem longe para fugir do sentimento de fracasso. Eu a havia machucado. Ela me perdoou, nunca me culpou pela morte do irmão. Nunca mudou de ideia sobre se casar comigo. Mas eu queria fugir da minha culpa. Então vim para a Índia e me apaixonei por Deva. Fiz isso para não ter que voltar à Inglaterra, onde havia cometido o pior dos meus erros? Ou simplesmente quis começar uma vida com uma mulher extraordinária?

Eu me casei com Deva. Fomos felizes juntos. Edward é o resultado dessa união e a realização mais magnífica da minha vida. Quando ele tinha oito anos, Deva morreu atropelada por um bonde.

As pessoas olhavam para Deva e para mim do jeito como provavelmente olhavam para seu pai e sua mãe. Como se tivéssemos infringido alguma lei. Éramos uma abominação aos olhos delas. Antes não era assim. Houve um tempo em que o governo britânico incentivava casamentos como o nosso, como o dos seus pais, para criar laços e aliviar tensões entre eles e os indianos. Mas o ressentimento jamais poderia arrefecer enquanto os britânicos estivessem no poder. Os casamentos mistos eram as consequências negativas.

Havia tamanha nuvem de desaprovação em torno de nós que Deva e eu geralmente não socializávamos. Existiam outros na mesma situação, mas ninguém queria ser parte de um clube de rejeitados. Quando conheci você, logo soube que era uma de nós. E você confirmou.

Eu sempre penso em como fui insensível com minha noiva, rompendo nosso noivado por carta. Covarde demais para encontrá-la pessoalmente. Nunca voltei à Inglaterra. Minha família não estava interessada em ter contato comigo. Nem a dela. Estavam todos com vergonha de mim. Eu tinha vergonha de mim também. Havia fugido do meu país. Depois havia fugido da minha obrigação com Elizabeth.

Tudo isso para dizer que meu maior arrependimento na vida é nunca ter encarado Elizabeth e ter lhe pedido desculpas pela minha insensibilidade. Não posso deixar de sentir que seu pai quer, precisa, dizer isso a você também, pedir desculpas pela deserção. E, se a montanha não vai a Maomé...

Prometa para mim que vai pensar no assunto.

Todo o meu amor e admiração,

Ralph Stoddard

Fiquei parada com a carta na mão por um longo tempo. Ao redor, homens sérios de ternos escuros de lã, coronéis e majores britânicos, secretárias em conjuntos de saia lápis e suéter, se movimentavam apressados pela área da recepção, seguindo em uma direção ou outra em seus afazeres. Eu, no entanto, continuava imóvel.

O dr. Stoddard tinha sido casado com uma mulher indiana? Havíamos convivido por doze dias no navio. Por que ele não me contou nesse tempo? Eu havia compartilhado sentimentos com ele — sobre ter sido rejeitada no hospital, rejeitada pelo meu pai — que não havia falado com mais ninguém a não ser minha mãe. Ele ouvira. Olhara para mim como um pai olharia: com aceitação, sem julgamento. Mas tinha feito exatamente o mesmo que meu pai: abandonara alguém que confiava nele, do jeito que minha mãe tinha confiado no meu pai. Eu odiava meu pai por isso. Será que havia bancado a boba de novo, ao depositar minha confiança no doutor? Como ele pôde ter ganhado tão facilmente minha afeição, que eu geralmente só concedia em pequenas medidas, e depois tê-la arrancado tão brutalmente?

Outra surpresa: Edward era anglo-indiano como eu? Pensara que sua pele era mais escura por causa do sol quando, na verdade, era de nascença. Ele havia crescido, como eu, sob a sombra da desgraça? Sido submetido aos mesmos insultos dolorosos? Chorado nos braços da mãe como eu? No entanto, não tinha visto nele o árduo ressentimento que eu carregava. Seria porque, ao contrário do que acontecera comigo, seu pai tinha ficado e o criado mesmo depois que a esposa morrera? Edward trabalhava na embaixada britânica, não na indiana. O que significava que tinha cidadania britânica por intermédio de seu pai, um pai que o reconhecera. Edward tinha um privilégio real.

Alguém tocou meu braço. Era uma mulher mais velha de cabelo loiro curto e nariz pequeno. Em sua juventude, devia ter sido muito bonita. Havia olheiras sob seus olhos.

Sua voz era suave, tranquilizadora.

— Se ficar parada aqui por muito mais tempo pode acabar sendo atropelada. São más notícias? — Deu uma olhada para a carta em minha mão.

Percebi que ela achou que eu tivesse recebido a notícia de alguma morte. Para lhe mostrar que não era isso, sorri.

— Nada tão grave, mas um choque mesmo assim.

— Então venha para o lounge e nós lhe traremos uma xícara de chá, o que acha?

Peguei meu baú e fui conduzida para uma sala elegantemente decorada. Um funcionário se aproximou.

— Como posso ajudá-la, madame Phipps?

— Chá para a senhorita, por favor. — Quando o funcionário se afastou, ela se virou para mim. — Precisa de mais alguma coisa? Veio aqui para obter documentos de viagem?

— Não, senhora. Vim pedir ajuda com hospedagem. Para duas ou três noites.

Ela olhou para o meu baú.

— Claro, você é de... não, deixe-me adivinhar... pelo seu sotaque... Índia?

— Isso, de Bombaim. — Indiquei a carta. — Me orientaram a vir aqui. O dr. Stoddard e o filho dele, Edward Stoddard, sugeriram...

O rosto dela se iluminou.

— Eddy? Ah, claro. Ele lhe disse para vir aqui?

Confirmei.

Madame Phipps sorriu.

— Então vamos ver quem podemos conseguir para ajudar você.

— A senhora também trabalha na embaixada?

Ela riu com simpatia.

— Acho que poderíamos dizer que sim, sou a esposa do embaixador.

No fim, a sra. Phipps me passou o nome de uma velha amiga, madame Renaud, que morava sozinha e gostava de companhia. Contei o dinheiro que me restava. Era o suficiente para me levar até Florença. Mas, aqui em Paris, que eu sempre ouvira dizer que era uma cidade cara, eu precisaria ter muito cuidado e torcer para que a hospedagem não custasse muito. Se o pior acontecesse, eu sempre poderia passar a noite na estação de trens.

Conferi o endereço de madame Renaud. O prédio branco ficava no ponto em que o Boulevard Raspail cruzava com a rue Bréa. Balcões com filigranas emolduravam as janelas. No térreo, havia um café, com bicicletas estacionadas na calçada de pedras. Quase fui embora. Aquela hospedagem certamente estava muito acima do meu orçamento. A esposa do embaixador não havia conversado sobre valores comigo e eu ficara com vergonha de perguntar.

Madame Renaud era uma mulher elegante, cuja casa devia ter sido majestosa em outras épocas. Ela morava em um dos três apartamentos do quarto andar. As almofadas do sofá estavam gastas pelo uso, mas eram revestidas de uma linda lã mohair cor-de-rosa. Ao longo do tempo, milhares de passos haviam deixado marcas no tapete persa. As cortinas de veludo que iam do teto ao chão pareciam precisar de uma boa limpeza. Eu me perguntei se a Grande Depressão teria tido algo a ver com o estado da casa. Em um francês preciso, madame Renaud me disse para ficar com o primeiro quarto à esquerda da porta da frente.

Eu tinha passado o dia todo carregando o baú e meu braço doía. Como se eu tivesse dito isso em voz alta, minha anfitriã falou:

— Você deve estar cansada. Vá se acomodar e depois jantaremos.

O prato servido no jantar foi bacalhau levemente salteado com cogumelos e cebolas. Pão quente e salada de vagem acompanharam a refeição. Madame Renaud serviu vinho tinto em nossas taças. A mesa estava posta com porcelanas finas e talheres de prata. Desdobrei o guardanapo de seda no colo, imaginando se ela comia dessa maneira tão formal todos os dias. Madame Renaud devia ter uns sessenta anos, usava o cabelo ralo grisalho preso em um coque na nuca. Seu vestido preto tinha um bom corte, feito de jersey de lã pesada. Usava pequenos brincos de pérola e uma corrente grossa no pescoço que prendia os óculos.

Ergueu a taça.

— A Frances... ahn, madame Phipps... me disse que você conhece o Edward Stoddard.

— Sim, senhora. — Comi uma garfada do bacalhau. Era delicadamente temperado com sal e manteiga. Estava delicioso. Eu não comia uma refeição desde que saíra do trem e estava faminta. — Eu o conheço por intermédio do pai dele, o dr. Stoddard.

— Ah, não tive o prazer de conhecer seu pai. Sentei-me ao lado de Edward em um jantar na casa dos Phipps, ele é encantador.

Enrubesci, esperando que ela não notasse. E daí se ela o achava ou não encantador?

Ela passou manteiga no pão.

— O que está achando de Paris, mademoiselle Falstaff?

— Tão bela e sedutora quanto Hemingway a descreveu. Ou Zola. Ou Guy de Maupassant.

— É uma leitora, mademoiselle?

— Sou, nunca fui de ter muitos amigos. — O fato de eu revelar algo tão pessoal sobre mim, e não muito lisonjeiro, por sinal, me surpreendeu.

Mas madame Renaud apenas riu. Ergueu a taça e imitei seu gesto. Brindamos.

— Somos duas. — Tomou um gole. — Creio que não está aqui em uma viagem de turismo.

— Não, vim para dar a notícia da morte de uma pessoa.

Ela baixou o garfo.

— *Mon Dieu*, Frances disse que você veio de Bombaim.

Mastiguei uma vagem.

— Eu precisava dar a notícia pessoalmente. E entregar uma pintura também.

— Uma pintura? Que interessante. Será que conheço o artista?

— O nome dela era Mira Novak. Nos últimos anos, ela pintou principalmente cenas de mulheres indianas em áreas rurais.

— Já ouvi falar dela. Acho que expôs aqui há algum tempo. Posso ver a pintura?

Eu me levantei para procurá-la em meu baú. Desembrulhei *Os aprendizes* e levei até a mesa. Ela limpou a boca no guardanapo de tecido e estendeu as mãos para pegar a tela.

Procurou os óculos na corrente e os levou ao nariz, antes de estudar a pintura demoradamente.

— Muito boa. A composição é notável, assim como o tema. Meu marido e eu fomos à Índia em 1922. Um país tão lindo e diferente. Encontramos pessoas espirituais como estas. Orando pela vida de outros o dia inteiro. — Removeu os óculos e os deixou pendurados na corrente.

Devolveu-me a tela com a mão trêmula. — Pessoas tão cordiais, os indianos. Eles nos convidavam para ir à casa deles e nos davam comida praticamente sem nos conhecer. — Tomou um gole do vinho. — Meu marido teria gostado de conhecê-la, mademoiselle. Ele morreu no ano passado. — Seus lábios tremeram, um prelúdio para as lágrimas, mas ela as conteve e tomou outro gole de vinho.

Segurei a mão dela. A pele era muito fina, mas quente. Ela apertou a minha. Cada vez que eu vivenciava a morte no curso da minha carreira como enfermeira, meu coração se partia um pouco mais.

Continuamos a jantar. Quando ela fez menção de recolher nossos pratos, eu me levantei para ajudar, mas ela me deteve.

— Não, não, fique sentada. Não suporto gente na minha cozinha.

Retornou com dois pratos do que parecia um pudim. Ela havia colocado três mirtilos em cima de cada um.

— *Panna cotta* — anunciou. — É italiano, mas ninguém é perfeito. — Riu.

Dei a primeira colherada. Parecia rasmalai, embora mais leve e delicado. Contudo, não consegui apreciar tanto quanto queria. Estava muito ansiosa por causa do pouco dinheiro que me restara. Baixei a colher.

— Madame… se não for muito impertinente da minha parte… eu poderia saber quanto a senhora está cobrando pela minha estada? — Enrubesci até a raiz do cabelo, sentindo que era uma pergunta vulgar, mas eu precisava saber.

Os lábios dela se curvaram em um sorriso.

— As amigas de Frances são minhas amigas também. E não peço que amigas paguem pela estada, mademoiselle.

Soltei a respiração que vinha segurando.

Antes de apagar minha luz de cabeceira naquela noite, li novamente a carta do dr. Stoddard. Queria ver se meus pensamentos ficavam mais claros. Por um lado, o doutor era meu amigo e estava me ajudando, mesmo a milhares de quilômetros de distância. Por outro, era também o inimigo: um desertor, como meu pai havia sido. Como eu poderia conciliar essas duas imagens? O dr. Stoddard estava querendo me dizer que as razões para o mau comportamento do meu pai eram mais complexas do que eu imaginava? Que eu devia perdoar meu pai do jeito que o doutor desejava ser perdoado? Eu queria que meus pensamentos se acalmassem, mas eles se recusavam. Meu sono foi agitado. Meus sonhos, sombrios.

— Josephine? — O homem coçou o rosto. — Está falando de Josephine Benoit? Ela estará no *Marché* hoje.

Eu tinha vindo procurar Josephine no sétimo arrondissement, que é onde madame Renaud me disse que ficavam as galerias de arte. Em um mapa da cidade, ela me mostrou como Paris tinha forma de espiral, como um caracol, e era dividida em seções chamadas "arrondissements". Depois de tentar várias ruas ao longo do Sena, encontrei o nome de Josephine Benoit em uma porta de vidro. Pelas janelas, vi dois quadros que poderiam ter sido de Mira. Mas a porta estava trancada.

Monsieur Maillot, cujo nome estava na porta da galeria adjacente à de Josephine, era um homem corpulento em um terno caro. Dava todos os sinais de um coração sobrecarregado: bochechas avermelhadas, suor na testa, embora fosse um dia ameno, as dobras do pescoço saltando do colarinho engomado da camisa. A enfermeira em mim teve vontade de lhe dizer para cortar a carne vermelha e caminhar depois do jantar.

— Que *marché*, monsieur? — perguntei.

Ele me olhou de cima a baixo. Eu poderia pensar que ele avaliava meu senso de estilo, como as parisienses faziam quando eu me aproximava, mas o instinto de autoproteção me alertou que não era bem isso.

— *Le marché aux punces.* — Apontou vagamente em direção ao norte de Paris, os olhos pousados em meus seios.

Eu não queria estar ali mais tempo do que o necessário e estava ansiosa para ir embora.

— Será fácil encontrar Josephine lá? Deve haver uma centena de vendedores. — Eu tinha lido sobre o grande mercado no guia Baedeker.

Ele me olhou com mais atenção, como se reparasse em mim pela primeira vez.

— Vocês são parentes?

Não entendi a razão da pergunta.

— *Pardon*?

— Você é a prima da srta. Benoit, a que mora na Martinica?

— Ah, não. Sou da Índia.

Ele franziu a testa.

— Da Índia? A srta. Benoit representa uma artista da Índia, não?

Ele devia estar se referindo a Mira, mas eu não queria falar sobre ela com ninguém além de Josephine. Fingi que não ouvi.

As faces de monsieur Maillot pareceram balões quando ele soprou ar pela boca.

— O *Marché* é grande. Fica maior a cada dia. Lá você precisa ter cuidado com o que compra, hein? Há alguns… — Girou a mão no ar. Entendi o que ele queria dizer. As pessoas sempre falavam isso dos nossos mercados de Bombaim.

O telefone tocou e ele recuou até a sua mesa enquanto falava comigo.

— Pergunte por Louis Le Grand, ele saberá onde encontrá-la.

Ouvi seu “Allô” enquanto saía e fechava a porta.

Caminhar até o mercado de pulgas levaria uma hora. Mas, como eu estava economizando dinheiro com a hospedagem, resolvi pegar o metrô. O mercado se revelou um emaranhado de barracas ao longo de corredores estreitos com uma variedade de itens à venda, não muito diferente do Hutatma Chowk de Bombaim. Em vez de manchas de suco de bétele nas paredes e do aroma de incenso, sementes de erva-doce e suor, o mercado de pulgas francês cheirava a gesso, fumaça de cigarros, couro e algo metálico, como latão. À minha esquerda, havia um homem vendendo louças e porcelanas usadas. O estande à minha direita exibia uma cadeira de ferro forjado, delicada em comparação com as robustas cadeiras de teca das casas antigas de Bombaim. Em outras barracas, utensílios domésticos usados e pinturas emolduradas eram expostos em biombos, mesas antigas ou pendurados no teto. Vi gaiolas de passarinhos, livros antigos, panelas esmaltadas, móveis pesados de mogno (bem parecidos com os aparadores da sala de visitantes da escola de convento de St. Joseph). Depois de meia hora, eu já havia percorrido tantas ruelas que parecia que eu tinha andado em círculos. Como encontraria Josephine nesse labirinto?

A cada poucas barracas, eu perguntava aos lojistas onde poderia encontrar Louis Le Grand. Alguns davam de ombros. Outros me ignoravam completamente. Tentei não perturbar os que estavam no meio de uma negociação, mas não pude deixar de ouvir que os vendedores daqui usavam as mesmas táticas que os de Bombaim: "A senhora não encontrará nada mais fino do que esta renda. Até na Holanda imploram por algo tão delicado. Tenho clientes na China que pagariam quatro vezes mais do que eu cobro, mas não podem viajar para cá com tanta facilidade quanto a senhora".

Finalmente, um homem com quem eu havia falado algumas barracas atrás assobiou. Eu me virei, assim como vários outros clientes e lojistas. Fez um gesto para eu me aproximar. Quando cheguei ao seu lado, ele se inclinou e apontou para uma loja no final do corredor. Agradeci e segui depressa para lá.

Esse estande era diferente. Em vez de uma cortina de lona, havia uma porta de vidro na entrada. Parecia uma das lojas mais prósperas. Entrei. Em todas as paredes, inclusive no teto, havia pinturas. Algumas emolduradas, a maioria, não. No centro da loja, havia uma mesa com diversas telas empilhadas. De costas para mim, estava uma mulher muito alta com um elegante tailleur azul-marinho. Usava chapéu cloche mostarda sobre o cabelo preto-azulado penteado em ondas, como eu já vira em outras mulheres europeias. Examinava uma tela com as mãos enluvadas.

O homem, que supus que fosse Louis, usava uma camisa de algodão listrada, as mangas arregaçadas até os cotovelos, e calça preta com suspensórios. Seus braços estavam cruzados sobre o peito.

— Falei com a artista na semana passada. E ela não quer aceitar nada menos do que isso. — Seus dentes muito juntos eram como as ripas de uma cerca prestes a desabar.

— A pintura não é boa o suficiente para os meus clientes — murmurou a mulher.

O lojista apontou as palmas para o chão.

— Madame, ela está viciada em haxixe. Tomou conta dela como um amante. Se é bom o suficiente para Hugo e Baudelaire… Isso é o que ela diz. *Et alors*, ela precisa do dinheiro.

— Pode ser, mas meu cliente não vai pagar o preço que a artista quer.

— Qual é o cliente?

Pelo jeito como enrijeceu os ombros, pude ver que a mulher não gostou da pergunta.

— Monsieur Le Grand, eu jamais revelo o nome dos meus clientes — afirmou ela, como se repreendesse uma criança desobediente. Baixou a tela e a deixou na mesa.

Louis agitou as mãos.

— Eu sei, eu sei, *désolé* — desculpou-se ele, parecendo mais exasperado do que sentido.

— Vamos pagar metade do que você está pedindo.

Louis passou a mão pela boca e encolheu os ombros.

— Então deixe-a aqui. — Nesse instante, ele pareceu me notar. Ergueu o queixo na direção da tela sob o meu braço e perguntou: — Mademoiselle?

Eu estava tão concentrada na conversa deles que dei um pulo. Foi quando a mulher se virou. Sua pele era da cor de café com só um pouquinho de leite. Os olhos tinham a mesma cor. Ela poderia ser do Sul da Índia. Na verdade, fora assim que Mira a descrevera. Josephine usava luvas creme. Um cordão de pérolas brilhava junto à pele escura. Só o que entregava sua idade eram as rugas nos cantos da boca. Ela devia ter uns quarenta ou cinquenta anos. Era difícil dizer. Um batom castanho-avermelhado delineava os lábios finos.

Provavelmente eu olhava fixo demais, porque Louis voltou a perguntar:

— *Puis-je vous aider?*

Eu tinha me esquecido de cumprimentar o proprietário com o "bonjour" que Ralph Stoddard havia dito que era habitual. Inclinei a cabeça para Louis.

— *Bonjour.* — Dei alguns passos em direção a mulher. — Madame Benoit?

Ela franziu a testa.

— A senhora conhecia Mira Novak?

Ela fez uma expressão de estranheza.

— Eu *conheço* a Mira — respondeu ela, cautelosa.

— Sinto muito, mas tenho notícias tristes — Notei que as sobrancelhas de Louis se ergueram de surpresa. — Poderíamos conversar em particular? — perguntei.

Mas Louis foi rápido. Naquele momento, ele sorria, os dentes totalmente à mostra.

— Veja só, madame Benoit. O trabalho de Mira Novak vai alcançar preços altos no mercado de arte agora. A senhora mesma tem alguns, não é? Seu futuro está parecendo muito promissor. — Levantou a pequena tela da mesa. — Posso embrulhá-la para a senhora? Preço cheio?

Josephine, cujos saltos altos deixavam seus olhos no mesmo nível que os de Louis, encarou-o de cima, como se fosse uma cabeça mais alta. Seu rosto estava tenso. Ela enfiou a mão na bolsa e colocou um maço de notas de francos sobre a mesa.

Louis uniu as mãos e as moveu para cima e para baixo, em um gesto de agradecimento.

— *Merci*, madame. — Começou a embrulhar a pequena tela em papel pardo, inserindo papelão de ambos os lados para protegê-la.

Assim que ele a entregou, Josephine se virou e saiu da loja com os saltos martelando no chão. Andava tão depressa que precisei correr para alcançá-la.

Depois que passamos por algumas lojas, ela pôs o quadro embaixo do braço e parou para acender um charutinho fino com um isqueiro dourado. Fechou-o com um estalo e deu uma tragada profunda. Quando a alcancei, ela disse:

— Você me custou uma negociação. — Não parecia brava, mas sua voz era tensa.

Eu estava um pouco sem fôlego. Minhas axilas, umedecias de suor. A temperatura era de quinze graus, vinte graus mais fresco do que em Bombaim. Eu deveria estar com frio.

— Desculpe, madame. Mas vim de longe para falar com a senhora. De Bombaim.

Os olhos dela se desviaram do charuto para minha boca, como se ela fosse surda e tentasse ler meus lábios.

— E você é…

— Eu era a enfermeira da srta. Novak. Ela ficou doente em Bombaim. Infelizmente, não viveu mais do que seis dias no hospital.

Estávamos paradas em frente a um grupo que ouvia uma banda de jazz. Os guitarristas improvisavam, cada um tocando um solo. Tive que falar alto para ser ouvida. Várias pessoas olharam para nós.

Ela se manteve perfeitamente imóvel, alheia às pessoas que precisavam se desviar dela. Seus olhos estavam fixos no chão, sujo de restos de comida, pontas de cigarro e tíquetes de venda. Dei-lhe tempo para digerir a notícia. Ela não parecia perturbada, apenas chocada. Cada um enfrentava o luto de uma maneira diferente.

— Srta. Benoit?

Ela estava tão imersa em pensamentos que não me ouviu chamá-la. Puxei o charuto aceso do meio de seus dedos enluvados e o joguei no chão, esmagando-o com o sapato. Gentilmente, peguei a tela embrulhada que ela havia acabado de comprar de debaixo de seu braço, estava em risco de cair. Cuidar das necessidades dos outros era tão natural e automático para mim quanto respirar.

Depois de vários minutos, Josephine endireitou o corpo e me examinou. Parecia ter tomado uma decisão.

Por fim, me olhou nos olhos.

— Mira morreu?

Confirmei com a cabeça.

— Bom. — O tom dela era profissional. Pegou os óculos de sol na bolsa e os colocou. Se já parecia distante antes, naquele momento, parecia mais ainda. Os óculos de sol eram parte de seu figurino cotidiano ou seriam para esconder emoções visíveis em seu rosto? Olhou para o relógio. — Estou atrasada para um compromisso. — E me contornou para sair do mercado.

— Mas, srta. Benoit, eu vim de tão longe!

Ela se virou e me encarou.

— Você é surda? Eu não ligo. — Sua saliva atingiu meu rosto. Sem dizer mais nada, se virou novamente e abriu caminho rapidamente pelo mercado movimentado.

Eu ainda segurava a tela que ela havia comprado.

— Não, espere, srta. Benoit! — gritei. — Estou com o seu… — E ela só andou mais depressa.

Mas eu não queria ser acusada de roubar a compra dela. Se a sociedade francesa fosse minimamente semelhante ao Raj Britânico, eu seria taxada de criminosa. O preconceito secular seria meu juiz e meu júri. Fui passando pelo meio da aglomeração, de olho no chapéu cloche mostarda à frente. Estava acostumada aos bazares de Bombaim, onde os clientes deixavam a torrente da multidão guiá-los em vez de forçar caminho através da maré de gente. Aqui em Paris, precisei abrir passagem entre as pessoas para alcançar a amiga de Mira.

Ela ia em direção ao metrô, o mesmo que eu pegara para chegar ao Marché. Eu a segui, segurando duas pinturas, uma delas *Os aprendizes*, de Mira. Josephine entrou em um vagão de primeira classe. Hesitei apenas por um segundo, eu tinha um bilhete para a segunda classe e as portas entre os distintos vagões eram trancadas. Sabia que, se ela desembarcasse, eu a perderia de vista.

O compartimento da primeira classe estava vazio, exceto por dois homens de negócios e uma mulher corpulenta, cercada de sacolas de compras. Josephine olhou para mim, perplexa, quando me sentei ao lado dela.

Assim de perto, eu sentia seu perfume: uma nota cítrica com almíscar, pimenta-do-reino e o charuto que ela estivera fumando. Uma fragrância sutil, mas suficiente para marcá-la como uma mulher poderosa.

— Eu não quero saber. — Ela se levantou e mudou de banco abruptamente.

— Mas... — Eu a segui e lhe estendi a pintura que ela havia comprado de Louis. Ela olhou para o pacote. Sua boca se abriu e se fechou. Ela arrancou a tela da minha mão sem nem agradecer.

Não era a reação que eu esperava, especialmente quando a de Petra fora o contrário. Petra havia sentido o luto da maneira como eu imaginei que sentiria. Mira tinha me contado uma vez que Petra não sabia fingir. Suas emoções vinham quentes e rápidas. Josephine era completamente diferente. O que me confundiu foi que ela era a negociadora de arte de Mira. Não deveria pelo menos querer saber os detalhes de sua morte? Ficar triste pela amiga e cliente? Demonstrar um mínimo de sentimento? Certamente ela precisaria saber quem cuidaria dos quadros que ainda restassem.

Minhas mãos se fecharam em punhos. Eu não estava acostumada a demonstrar raiva, mas, naquele momento, eu a sentia borbulhar. Havia viajado milhares de quilômetros para contar a esta mulher sobre Mira, apenas para ser rechaçada desse jeito tão grosseiro. Em vez de parecer triste com a notícia, Josephine parecia brava. Eu poderia, claro, apenas entregar o quadro para ela e ir embora. Meu dever estaria cumprido. Mas a reação de Josephine era desconcertante. Talvez fosse por causa da traição de Mira a Josephine e seu marido.

Fiz outra tentativa de me sentar ao lado dela. Ela levantou a mão.

— Não. — Era uma ordem. — Obviamente ela conquistou você, como conquistava todo mundo. Muito bem, você disse o que veio dizer. Agora vá. — Ela se virou para a janela.

Fui para outro banco e mantive os olhos nela. Eu precisava entregar a tela de Mira. Só precisava encontrar a hora certa.

Eu a segui do metrô até a saída da estação Vavin, ajustando os olhos à claridade. Nas quatro esquinas do cruzamento, clientes pontilhavam as calçadas dos cafés do Boulevard du Montparnasse. À minha esquerda, havia um charmoso café chamado Le Dôme.

Josephine atravessou a rua. Fiz o mesmo. Ela contornou as mesas de outro grande café na esquina: La Rotonde. Mais adiante na rua, havia duas outras cafeterias com clientes esparsos, La Coupole e Le Select. No La Rotonde, todos pareciam conhecer Josephine. Na calçada, clientes acenaram para ela de várias mesas. Os garçons a beijaram nas duas faces. Esperei, um pouco afastada. Parecia que ela não havia percebido que eu estava ali. Parou em frente a uma mesa onde três homens fumavam e conversavam. Os três se levantaram e lhe deram beijos no rosto.

Josephine perguntou ao homem de testa alta:

— Picasso não está com você hoje, Marcel?

Marcel sorriu. Apesar dos olhos estreitos e do nariz afilado, a simetria de seus traços o tornava bonito.

— Está no estúdio com a Dora. Trabalhando que nem doido na pintura para a Expo.

Outro homem na mesa, de olhos fundos e sobrancelhas permanentemente franzidas, disse:

— É uma pintura colérica. Ele está furioso com Franco e com a Alemanha por bombardearem Guernica.

O homem de rosto duro e nariz achatado de boxeador olhou para ele.

— Miró também está bravo, Manny. Se você fosse espanhol, não estaria? — Tomou um gole de sua cerveja e ficou com uma linha de espuma no bigode.

Josephine sorriu.

— Ouvi dizer que a raiva só faz os dois pintarem mais rápido.

Os homens riram.

De outra mesa, um homem de modos tranquilos usando terno e gravata-borboleta entrou na conversa.

— Picasso tem sorte de terem dado a ele um estúdio onde pintar. Não fazem isso para todo mundo. — Ele escrevia com um lápis em alguns papéis à sua frente.

— Louis, fique fora disso — pediu Marcel. — Preocupe-se com sua própria propaganda — provocou, de maneira amistosa.

Exceto pelo homem elegante chamado Louis, os outros pareciam meus pacientes depois de três dias internados no hospital. Cabelo desgrenhado, pele um pouco pálida, camisas amassadas. No trem, ouvi um turista contar a outro que a região de Montparnasse, onde estávamos, era um refúgio para poetas, escritores e pintores. Os homens que conversavam com Josephine provavelmente faziam uma pausa durante o trabalho.

O homem com nariz de boxeador acendeu um cigarro Pélican. Tragou e soltou fumaça pelas narinas.

— E você, Jo? Vai voltar para a Martinica? Há boatos...

Josephine fez que não com a cabeça.

— Sempre há boatos, Fernand. Se chegar a esse ponto, então, sim, minha irmã e eu vamos voltar. Estou tentando fazê-la ser um pouco menos política na escrita.

— Ela é um tantinho tipo esquerda caviar — provocou Marcel, com um sorriso de lado.

Josephine sorriu.

— Não a deixe ouvi-lo, ela ficaria chocada. — Deu uma espiada para dentro do café. — Algum de vocês viu a Berthe? Eu a procurei no *Marché*, mas não a encontrei.

— Uma de suas causas perdidas, Jo — disse Manny e, em seguida, piscou para mim. — Aquela ali é outra?

Morri de vergonha quando os homens me olharam. Tentei disfarçar, mas Josephine me viu e seu rosto congelou. Ela se virou de novo para os homens e falou com irritação:

— Não, Manny. Não é. Se vocês virem Berthe, digam a ela que estou lá dentro. Ela é uma pintora talentosa... quando está trabalhando. Ou melhor, não digam nada. Ou ela vai sair correndo.

Os homens riram. Fiquei com inveja da facilidade com que Josephine conversava com eles. Da habilidade com que frustrava suas tentativas de começar assuntos de que ela não queria participar.

Ela deu alguns passos em minha direção.

— Pare de me seguir. Você não tem nem um pingo de dignidade? — sibilou.

Apertei os dentes. Já havia gente demais me intimidando. Eu tinha perdido meu emprego, minha casa, minha família. Tinha viajado para longe e não ia deixar aquela mulher me tratar como se eu não fosse nada. Minha pulsação acelerou. Eu estava furiosa, mas consegui controlar a voz.

— Preciso lhe dar uma coisa da parte de Mira e não vou embora até que me deixe entregar a você.

— Seja o que for, não quero.

— Por que não?

Ela apertou os lábios como se tentasse se conter para não dizer algo de que depois se arrependeria. Parecia o tipo de mulher que não gostava de escândalo e eu a estava envolvendo em um. Balançou a cabeça como se não quisesse se dar ao trabalho de responder, se virou e entrou no café.

O interior do La Rotonde tinha bancos de veludo vermelho, revestimento de madeira nas paredes, toalhas brancas nas mesas e abajures amarelos com cúpulas de franja, um pouco como as do distrito chinês de Bombaim. Ao mesmo tempo simples e sofisticado, o café parecia o tipo de lugar que eu imaginava que a alta sociedade de Bombaim frequentava para ouvir jazz e beber coquetéis todas as noites. O aroma de café e de álcool se misturavam no ar.

Nas paredes, alguém havia pregado centenas de desenhos a lápis; havia até mesmo uma pequena escultura de um gato se espreguiçando.

Josephine se sentou no fundo do salão, com uma visão clara da entrada. Eu me sentei em uma mesa próxima, mas atrás de uma coluna, fora da linha de visão dela. Como no Kavarna Slavia, em Praga, o garçom que se aproximou de sua mesa usava calça preta e camisa branca, com uma gravata-borboleta preta. Sobreposto ao conjunto, o maior avental branco que eu já tinha visto.

— *Bonjour*, Henri.

— *Bonjour*, mademoiselle. *Vous voulez*...

Josephine pediu algo, mas não consegui ouvir.

Quando ele veio à minha mesa, falei que queria a mesma coisa que ela havia pedido.

— Campari — disse ele. — *Bien.*

— Por que os artistas deixam desenhos aqui? — perguntei, quando ele já se virava para ir embora.

O garçom seguiu meu olhar.

— Clientes que não podem pagar fazem isso. Quando voltam com o dinheiro, nós devolvemos as obras. No caso de alguns pintores, como Picasso, o proprietário prefere ter a arte ao dinheiro — disse, secamente. — Negociadores de arte, como Josephine — ele a indicou com uma discreta inclinação de cabeça —, muitas vezes veem desenhos de artistas que eles representam aqui, mas preferem deixá-los pendurados. É uma boa publicidade.

— Jo! *Désolée, désolée!*

Uma mulher roliça em um vestido largo e cabelo crespo escapando de um chapéu mole correu até Josephine. Suas faces eram redondas. A papada sob o queixo caía sobre o pescoço. Ela podia ter trinta, quarenta ou cinquenta anos. Era difícil dizer.

Beijou a negociadora de arte nas duas bochechas. Josephine aceitou o cumprimento, virando o rosto para cá e para lá, mas não sorriu.

— Berthe.

— Muito obrigada por resgatar meu quadro. Você sabe como o Louis é mesquinho, Jo!

Entendi, então, que Berthe era a pintora do quadro que Josephine tinha comprado no mercado de pulgas.

— Você comeu hoje? — Josephine perguntou a Berthe depois que ela se sentou. Josephine chamou Henri para trazer um omelete com salada.

— E aqueles pepinos em conserva também — acrescentou Berthe, olhando para Josephine com um sorriso acanhado.

— Tome — disse Josephine, empurrando seu copo de Campari para a mulher. Ela falava com gentileza, bem diferente da voz fria que usara quando me aproximei dela no mercado. — Berthe, já conversei com você sobre vender seu trabalho por uma ninharia dessas. Você é boa demais. Seu trabalho é precioso.

— Eu sei, mas eu precisava do meu remédio. E o Ricard precisa do dele. — Ela baixou os olhos para as unhas, roídas até a carne. Fechou as mãos em punhos, provavelmente para não as roer outra vez.

Josephine pegou as mãos rosadas de Berthe em suas próprias mãos cor de mogno. Berthe era muito clara, com sardas no rosto, nos braços e nas mãos.

— Você não precisa disso, Berthe. E não precisa que Ricard a impeça de pintar. Ele torna a sua vida tão mais difícil…

— Mas eu preciso, sim, Jo! E preciso do Ricard. — Berthe estava com lágrimas nos olhos. — Se eu parar com o remédio, não consigo pintar.

— Você realmente sabe que é desse jeito ou só tem medo de que seja assim?

O omelete chegou e Berthe o atacou com o fervor dos esfomeados. Entre as mordidas, disse:

— Eu sei. Na única vez que parei, tive uma dor de cabeça tão forte que não conseguia me concentrar. Ricard teve que arranjar um pouco para que minha dor passasse. — Voltou os grandes olhos azul-claros para Josephine, que suspirou.

— Tudo bem. Se você não parar de usar, pelo menos me procure na próxima vez e me deixe vender seu trabalho, para você poder comer. Posso conseguir mais dinheiro do que o Louis Le Grande. Quero que você pelo menos coma e fique forte.

Berthe sorriu, revelando a falta de dois dentes de baixo.

— Você é tão boa para mim, Jo, me perdoe por me esquecer disso. — Olhou para a pintura embrulhada sobre a mesa. — Posso receber o dinheiro agora?

— Preciso vender primeiro.

— E se você me der um adiantamento?

— Para você dar o dinheiro para o Ricard?

— Ele cuida de mim, Jo. Você sabe disso.

— Então a resposta é *não*.

— E se eu não der para ele?

— Então você estaria mentindo, e a resposta continuaria sendo *não*.

— Ele é toda a minha vida.

— A pintura é toda a sua vida. Você trabalhou muito por isso.

Berthe limpou o prato com um pedaço de pão.

— Tudo bem. Posso tomar um Pernod?

Josephine consentiu e chamou o garçom, depois tirou outro charutinho do maço em sua bolsa.

Berthe me fez lembrar de pacientes que sentiam pena de si mesmos. Protestavam indignados como se fossem os prejudicados, quando, na verdade, haviam sido eles próprios a causa de seus problemas. Como o sr. Mittal, que não seguira as instruções para limpar e refazer o curativo do ferimento e voltara com uma infecção mais grave, culpando-nos por não o termos tratado adequadamente.

Do lado de fora do La Rotonde, ouvi vozes gritando em uníssono, distantes a princípio, depois ficando mais altas. Como os protestos dos trabalhadores têxteis em Bombaim.

Os clientes se levantaram para olhar da entrada do café. Josephine e Berthe continuaram sentadas. Cheguei à porta a tempo de ver a manifestação passando pelo Boulevard Raspail, com cartazes que diziam: "Les riches doivent payer!"

Um cliente endinheirado consultou seu relógio de bolso de ouro e disse para a mulher que o acompanhava:

— Eles não sabem o perigo que estão correndo. Outra guerra está para estourar, pode ter certeza. E vai ser preciso muito mais do que esses protestos para detê-la.

— Eles têm todo o direito de protestar — retrucou um homem mais jovem de camisa branca, com os quatro primeiros botões e o colete abertos. — Veja quantos estão desempregados. Há quatro anos, esses cafés estavam lotados de clientes. Agora, olhe só: apenas um quarto das mesas ocupadas.

Senti um peso no estômago. Eu me perguntei se ter vindo para a Europa realmente tinha sido uma boa ideia, já que parecia haver tanta insatisfação no ar, primeiro em Praga e depois em Paris. As conversas que eu ouvia em todos os lugares para onde ia eram sempre as mesmas: que poderia ocorrer outra guerra sangrenta como aquela que o mundo acabara de enfrentar. Uma batalha entre nazistas, fascistas, o resto da Europa e as Américas. Como haviam feito na última guerra, os britânicos mandariam o exército indiano lutar em seu nome. Um país tão pequeno como a Grã-Bretanha não poderia travar uma guerra de outra forma. Soldados indianos perderiam a vida a troco de nada em uma guerra que não haviam instigado e da qual não tirariam proveito. Eu conseguia imaginar as baixas, as mutilações e as mortes sobrecarregando os hospitais. Minhas pernas bambearam diante da imagem e tive que me apoiar em uma mesa do café para me equilibrar.

Ainda estava um pouco trêmula quando voltei à minha mesa. O garçom me trouxe um copo cheio de um líquido vermelho. Quando viu que eu o olhava com uma expressão desconfiada, ele disse:

— A senhorita nunca bebeu Campari?

Fiz que não com a cabeça, me sentindo uma idiota. Será que eu nunca ficaria tão à vontade no mundo quanto Mira, Josephine ou Petra? Quem eu achava que era, sentada em um café em Paris, fingindo ser adulta?

— Talvez seja um pouco amargo para o seu gosto, mas é uma boa bebida para antes do jantar. — Ele sorriu, revelando um espaço entre os dois dentes da frente. Em outra pessoa, talvez isso não fosse charmoso, mas nele, era.

Cautelosa, tomei um gole. Era doce, leve e, como ele dissera, um pouco amargo. Mas gostei. Tomei tudo de uma vez. Depois do que eu tinha visto lá fora, precisava daquele alívio. Pedi outro. Estava começando a me sentir bem, pensando: *Olhe para mim agora, mãe. Estou correndo riscos. Fazendo coisas que nunca fiz. Só queria que você estivesse aqui comigo.*

Josephine e Berthe discutiam sobre uma encomenda que Berthe ainda precisava pintar.

Depois do terceiro Campari, precisei usar o banheiro. Perguntei para o garçom onde era e ele apontou a escada. Passei por trás da mesa de Josephine, um pouco cambaleante. Era uma sensação boa, como se meus membros estivessem tão relaxados que eu pudesse me dobrar todinha. O pensamento me fez sorrir. Segurei no corrimão enquanto descia a escada. Quando abri a porta do banheiro, alguém me empurrou por trás com tanta força que eu desabei contra a pia, batendo a cabeça no espelho acima. Um homem pressionava meu corpo. Senti cheiro de cerveja e o aroma amadeirado de um cigarro. A borda da pia apertava tanto meu estômago que a bile me subiu à garganta. Senti mãos desajeitadas levantando minha saia em volta dos quadris. Tinha acontecido tão rápido que nem pensei em gritar. E então percebi que não podia. A mão forte do homem tampava minha boca e meu nariz. Não conseguia respirar. Enfiei os dentes na mão dele até encontrar o que pudesse morder. Ele gritou:

— *Guenon!*

Tentei usar a mão direita para socá-lo nas costelas. Mas o corpo dele estava perto demais e meu punho acertou suas costas de leve. Ele segurou meu braço e o dobrou para cima. A dor fez lágrimas subirem aos meus olhos. Mordi com mais força. De repente, senti o peso sair das minhas costas. Caí para a frente e me segurei nas laterais da pia. Apoiei a cabeça no espelho, respirando com dificuldade.

— *Ça va?*

Eu me virei e vi Josephine. Atrás dela, um homem saía aos tropeções do banheiro, segurando a mão, e se apressava para a escada. Josephine estava contra a luminosidade do teto. Eu não conseguia ver sua expressão. Três copos de Campari subiram como um foguete pela minha garganta e eu me virei para a pia a tempo de vomitar. Não tinha percebido que estava chorando. Meu nariz escorria. O suéter azul que o doutor tinha tricotado para mim estava encharcado. Era água ou vômito?

— Não sei o que estou fazendo — chorei, sentindo-me humilhada. — Por que estou aqui, em Paris?

— Lave o rosto.

Abri a torneira e fiz o que Josephine mandou. Havia uma pequena toalha em um gancho na parede, em que centenas de mãos tinham se enxugado. Josephine me estendeu seu lenço e eu enxuguei o rosto.

Em seguida, ela pegou meu braço e me puxou para fora do banheiro. Parei.

— Tenho que fazer xixi — avisei.

Eu tinha cinco anos outra vez, precisando que minha mãe segurasse minha mão.

— Vá — disse ela.

Antes de eu sair do banheiro de novo, ela me deu o próprio casaco e mandou que eu tirasse o suéter e a blusa manchados.

Foi comigo até a mesa e me ajudou a me sentar. Berthe havia desaparecido. Havia levado a pintura embrulhada.

— *Merde!* — exclamou Josephine, soltando um suspiro de desânimo. Balançou a cabeça e chamou o garçom. Eu estava cansada demais para entender o francês rápido deles.

Quando o garçom se afastou, ela me ofereceu um copo d'água. Eu o virei em um só gole.

— Precisa pegar leve com o Campari. — Pediu outro copo d'água a Henri.

Eu deveria saber. Não tinha feito papel de boba no *Viceroy* na frente do dr. Stoddard com algumas taças a mais de vinho do porto? Eu me sentia tão idiota que não conseguia nem olhar para ela.

— Para onde ele foi?

— Ele fugiu. — Ela acendeu um charuto com o isqueiro dourado e soprou uma nuvem de fumaça. — Nunca o vi aqui antes. Houve um tempo em que eu conhecia quase todo mundo aqui. Mas muitos deixaram Paris. Pintores, como Gris, Matisse, e escritores, como Hemingway, Fitzgerald. Os cafés ficavam tão lotados que havia mesas até na rua. Agora, parece mais uma cidade-fantasma.

Bateu seu charutinho fino no cinzeiro.

— Os que ficaram são os surrealistas, como os homens lá fora. O de nariz achatado é Fernand Léger. — Soltou fumaça pelo canto da boca para não a soltar em cima de mim. — Ao lado dele, Marcel DuChamp, e o outro é Man Ray. As pessoas o chamam de Manny. O da outra mesa é Louis Aragon. Ele é mais escritor e colecionador de arte. Cada um deles é um gênio a seu próprio modo. E também há Picasso. Ele ainda está aqui e é um pouco de tudo: surrealista, cubista, futurista, um pioneiro.

Henri voltou com uma toalha limpa, igual às que havia sobre as mesas. Josephine me instruiu a embrulhar minha roupa molhada nela.

— Desculpe. — Foi tudo que consegui dizer.

Josephine me observou através da fumaça.

— Como é seu nome?

— Sona Falstaff.

— Falstaff, como em Shakespeare?

Inclinei a cabeça, perplexa. Era como se houvesse água escorrendo pelo meu cérebro. Eu nunca tinha pensado muito no sobrenome do meu pai.

— Você não deveria estar aqui. É nova demais para estar sozinha.

Era o que eu estava sentindo, mas ouvi-la dizer foi constrangedor.

— Tenho vinte e três anos. — Ouvi minha voz soando como se eu tivesse doze.

Henri trouxe outro copo d'água e Jo o empurrou para mim.

— Só comprova o que eu disse.

Tomei um gole. Depois outro.

— A srta. Novak me contou que a senhora só representa artistas mulheres.

Ela inspecionou seu charutinho e bateu mais cinzas no cinzeiro.

— Não estou pronta para falar sobre ela. Mas, se você está perguntando por que não tenho artistas homens no meu catálogo, eu lhe perguntaria de volta: não acha que os homens já tiveram vantagem suficiente? — Puxou o cinzeiro para mais perto, deixando-me refletir sobre seu comentário. — Elas são especiais, as artistas. Como crianças.

Crianças muito talentosas, mas que precisam de amor. Precisam que lhes digam que estão fazendo um trabalho que merece ser visto. Que são importantes.

— A senhora fala como uma mãe. — Eu não sabia se Josephine era casada ou se tinha filhos.

— Imagino que eu seja tipo uma mãe. Para Berthe, que você viu. Chana Orloff. Sonia Delaunay. Germaine Richier. Mais importante, sou a guardiã delas. Eu as protejo de más notícias. Eu lhes trago oportunidades. Cuido do dinheiro delas quando sei que não são capazes de fazer isso sozinhas.

— A senhora as ama?

Ela tirou um pedaço de tabaco da língua.

— Amo. Se pudesse fazer o que elas fazem, faria. Mas o fato é que não tenho o talento. Sei como estimulá-lo, mas eu mesma não o tenho. — Fez um sinal pedindo dois cafés. — Mas vou lhe dizer uma coisa. Prefiro passar meu tempo com qualquer uma das minhas artistas, até mesmo com aquelas que bebem demais ou jogam, do que com as pessoas que vão às reuniões noturnas de sexta-feira na casa da minha irmã. Elas fazem discursos bonitos sobre igualdade, distribuição de renda igual para todos etc. etc. Mas, no fim das contas, discutem isso tomando o melhor champagne e comendo um belo boeuf bourguignon. Agora, as artistas? Elas estão fazendo algo, estão dizendo algo importante.

Henri trouxe os cafés. Falou com ela em um francês tão rápido que não consegui entender. Josephine respondeu igualmente rápido. Ele riu e foi atender outra mesa.

Ela sorriu para mim.

— Ele perguntou se você era minha parente.

Pela segunda vez naquele dia, a cor da minha pele tinha chamado a atenção.

— O vizinho da sua galeria, monsieur Maillot, também me perguntou isso.

— Você é uma mulher atraente, e os franceses adoram o exótico, o misterioso. Josephine Baker, Kiki de Montparnasse, Fujita, aquele artista do Japão, porque ele tem uma aparência estranha. Os franceses amam.

Eu me perguntei o que minha mãe acharia de ser chamada de "exótica". Em uma terra de indianos, ela não se destacava. Aqui em Paris, será que ela cuspiria no chão para afastar os maus espíritos ou ficaria agradavelmente surpresa e aceitaria o elogio? Ri com o pensamento.

Josephine abriu um sorriso diante da minha reação, exibindo seus dentes perfeitos. Apagou o toco do charuto no cinzeiro e terminou o café. Em seguida, pegou seu maço de charutos, as luvas e a bolsinha de mão.

— Quantos dias vai ficar em Paris?

Pensei no dinheiro que me restava.

— Provavelmente vou embora depois de amanhã.

— Onde está hospedada?

Eu lhe disse.

Ela me examinou com uma expressão séria, as pupilas escuras como o fundo de um poço.

— Provavelmente vou me arrepender disso. — Suspirou. — Encontre-me amanhã no Museu de Arte Moderna às onze horas. É suficientemente longe da Expo para você não ser engolida pela multidão. E tenha cuidado, as pessoas são ardilosas. Se tiverem oportunidade, vão se aproveitar de você. — Josephine se levantou e saiu.

O comentário me fez lembrar, como tenho certeza de que foi a intenção dela, do que havia acontecido no banheiro um pouco antes. Meus olhos se encheram de lágrimas. Senti como se estivesse levando uma bronca. Mas, pensando bem, talvez aquele recado viesse daquela Jo que demonstrava seu lado maternal para com suas clientes, da mesma forma como minha mãe fazia para me proteger. Quando eu não precisaria mais dessa proteção? Josephine teria precisado disso um dia? Ela parecia alguém que havia sido catapultada da infância para a idade adulta, pulando a insegurança entre uma fase e outra. Talvez eu oscilasse nesse limite. De um lado, uma mulher que se encolhia atrás da linha de frente; de outro, uma que marchava rumo à batalha. Josephine estava no segundo grupo. Mira também. De que lado eu acabaria?

No dia seguinte, esperei na frente do Museu de Arte Moderna, observando as pessoas que entravam no espaço da Expo. Um carrinho transportando uma dúzia de passageiros serpenteava entre a multidão. Turistas se acercavam ao longo das muretas de pedra do Sena para ver os barcos flutuarem pelo rio. Outros consultavam seus mapas e apontavam para os pavilhões que queriam visitar, do outro lado do Sena.

— Não está tão cheio quanto esperavam — comentou Josephine, aproximando-se de mim. Ela usava outro conjunto de saia bem cortado, de lã marrom-avermelhada, com um chapeuzinho inclinado combinando.

Josephine me deu o braço e me guiou até a Avenue du Président Wilson. Depois do dia anterior, quando havia sido tão brusca, seu toque casual, como se nos conhecêssemos havia anos e fôssemos amigas, me surpreendeu.

— A Expo deveria ser uma oportunidade para Paris se reerguer — disse ela. — Mas há tanta incerteza no ar em relação a uma guerra, que muitos que planejavam vir acabaram desistindo.

Paramos na Place du Trocadéro.

— Pediram que setecentos murais fossem criados por artistas do mundo todo — continuou Josephine. — Achei que seria uma excelente oportunidade para Mira. Sabia que ela seria aceita, por causa do tema que pintava: mulheres do Sul da Índia. — Soltou meu braço e começou a caminhar em direção às fontes do Trocadéro. — Mas Mira recusou. Ela disse que a luta pelo poder entre os soviéticos e a Alemanha nazista ia obscurecer todo o resto. Agora olhe para os dois maiores pavilhões nas laterais da entrada. Vê as bandeiras?

Apontou para as estruturas mais altas dos dois lados da ponte Iena.

— Esses dois países estão declarando sua briga pelo domínio do mundo. Se a Alemanha vencer, e Mira estava convencida de que isso aconteceria, ela temia pelo futuro dos judeus. Ela disse que jamais participaria de algo que odiava metade do que ela era sem justa causa. — Ela me lançou um olhar. — Mira sempre foi tão segura de si, de suas convicções. Eu a respeitava por isso. Era algo que me contrariava e me dava orgulho dela ao mesmo tempo. Ao contrário de Berthe, que não sabe se defender, pobrezinha. Ela sempre vai deixar as pessoas a usarem.

Enquanto Jo falava, eu a examinava. No dia anterior, ela não queria nem saber de Mira. Depois do que a artista tinha me contado, eu compreendia a raiva de Jo. Mas aqui estava ela, me dizendo o que admirava na pintora.

A negociadora de arte contornou as fontes e caminhou em direção à ponte Iena. A Torre Eiffel erguia-se do outro lado do Sena. De perto, era enorme. Estávamos em silêncio enquanto atravessávamos a ponte. Josephine parou e se inclinou sobre o parapeito de pedra para observar os barcos lá embaixo, como tantos faziam.

— Então quer dizer que você ficou fascinada pela Mira. — Ela me olhou, me avaliando. Senti o pescoço esquentar. Era assim tão óbvio?

— As histórias dela me levavam para um mundo que eu desconhecia por completo, um mundo muito além da Índia. Em um minuto, ela contava sobre uma exposição de arte que tinha visto em Viena e, no seguinte, falava de uma sinfonia de Mozart. Coisas muito distantes da minha realidade.

Josephine riu.

— "Eine Kleine Nachtmusik"?

— Isso, por que é engraçado?

— Era parte da rotina de sedução dela. Ela segurava a sua mão desse jeito, não é? — Josephine segurou minha mão do mesmo modo que Mira fazia, as mãos dela tão escuras em contraste com as minhas.

Fiquei perplexa. Nenhum dos momentos com Mira, momentos em que eu havia me sentido especial, privilegiada por estar em sua companhia, tinha sido exclusivo para mim?

— Quando Mira queria que alguém a amasse, usava um repertório. Mozart era um deles. Mas não era real, srta. Falstaff. Ela fez isso porque era você que estava lá. Se não fosse você, ela teria feito a mesma coisa com quem quer que estivesse.

Ela deve ter feito o mesmo com Amit, pensei. Desviei o olhar, tentando esconder a decepção.

Josephine deu uma palmadinha solidária em minha mão. Depois, com uma mudança muito ligeira no tom de voz, continuou:

— Eu era casada com um homem encantador quando reparei em Mira na *école*. Vi de imediato o enorme talento dela, tudo de que era capaz. Ninguém precisava ensiná-la a pintar bem. Ela já tinha aquilo dentro de si, só precisava que alguém desse forma ao seu talento. Jean e eu ficamos fascinados. Na época, ela tinha dezoito anos e estava um pouco perdida. Louca por Paolo, o professor italiano. Tinha ido embora de Florença porque ele não queria assumir nenhum compromisso com ela.

A atenção de Josephine se dispersou e senti que ela relembrava algo. Em seguida, piscou e prosseguiu:

— Nós também víamos a solidão dela, que confundimos com vulnerabilidade. Eu disse a você como artistas precisam ser protegidas. Pessoas como eu as protegem de colecionadores gananciosos. Mira era audaciosa, mas do jeito que uma menininha se veste com as roupas de uma mulher mais velha para enganar o medo. Como uma criança, estava sempre testando os limites dos outros. Dormia com qualquer um. Ninguém era proibido para ela. Tudo para provar que ela podia.

Jo olhou para as águas lamacentas do Sena lá embaixo.

— Ela participava de marchas pela igualdade, como a que você viu ontem no La Rotonde. Achava que o fato de ser meio indiana lhe dava o direito de combater todas as injustiças que o mundo já viu. Era um passarinho silvestre procurando um lugar para pousar. Praga era sua cidade natal, mas não era seu lar. Ela estudou em Paris e amava esta cidade, mas não conseguia se fazer ouvir em meio aos homens donos da verdade dez anos mais velhos e vinte quilos mais pesados do que ela. Estudou em Florença e passava o tempo todo babando por Paolo. Nada disso era bom para a arte dela.

Josephine pegou seus charutinhos. Tirou um do maço, mas não o acendeu.

— Fui eu que recomendei que ela tentasse pintar na Índia. Talvez porque ela ainda estivesse obcecada por Paolo. Talvez porque eu soubesse que a metade dela que era indiana ainda não tinha visto a luz do dia e precisava crescer dentro dela. E veja só o que aconteceu. — Deu um largo sorriso, a mãe orgulhosa de sua cria. — A arte dela adquiriu um novo significado. Ela não estava mais desesperada para provar nada. Estava entusiasmada para *mostrar* algo. Podia lutar contra a injustiça sem ter que marchar por ela. Ela mostrava mulheres trabalhando, o tipo de trabalho opressivo que não escolhiam nem queriam. Essa é... *era*... — disse e fez uma pausa, a boca se acostumando com a palavra — ... a genialidade dela.

O relato de Jo era semelhante ao que Mira havia me contado em seu leito de hospital: por que ela pintava aqueles temas, como ela havia descoberto a essência de si mesma na Índia. Mas uma coisa diferia. Mira fizera parecer que estava no controle de seu relacionamento com Paolo, e Josephine dizia o contrário. Do tempo em que Jo a conhecera até o momento em que Mira chegara ao nosso hospital, dez anos haviam se passado. Por que Mira diria que o bebê que perdeu no Wadia era de Paolo?

— Me conte sobre o Paolo — pedi.

Jo fez uma careta e acendeu o charuto.

— Ele era professor dela. — Soltou uma nuvem de fumaça em direção ao céu. — Mira tinha quinze anos quando o conheceu, em Florença. O que esse homem estava pensando para se envolver com uma estudante com metade da idade dele? Ele era bonito, isso tenho que admitir. Mira adorava pintá-lo. Mas ele me dava nojo. Você sabia que ele também estava dormindo com a mãe dela? Isso dava um nó na cabeça de Mira. Realmente a torturava. *Ele* a torturava. Que tipo de monstro faz isso?

Sacudiu a cabeça e continuou:

— Fico furiosa de pensar em quanto mais ela poderia ter realizado se não houvesse o Paolo para distrai-la do trabalho. A interferência dele foi prejudicial. No fim, esse caso com ele a deixou muito infeliz. Você não faz ideia de quantas vezes Jean e eu íamos até a casa dela e a encontrávamos na cama, por dias. Eu ficava conversando com ela até que melhorasse de humor. Levava comida para ela. Ela adorava aqueles pequenos macarons da Ladurée. Eu comprava de todas as cores. Ela comia um monte e ficava feliz por um tempinho. Eu a punha na cama e penteava o cabelo dela até ela dormir.

Josephine sorriu, indulgente.

— Como eu disse, apesar da bela aparência, do talento, da natureza cheia de energia, ela ainda era uma menina. Acho que os pais dela não a ensinaram a ser nada além disso. Quando Mira ficou deprimida demais, eu escrevi para a mãe dela, que estava fazendo um tour no Physic Garden, em Chelsea. Ela me disse apenas que Mira tendia a essas mudanças de humor, que iria passar. Escrevi para o pai dela, que estava fazendo uma trilha nos Alpes com seu Clube do Himalaia. Ele nunca respondeu. Mira não tinha ninguém, nem para onde ir. Ela precisava de um lugar em que pudesse se sentir segura. E pintar sem interrupções. Eu lhe dei dinheiro para ir para a Índia, onde sabia que ela iria desabrochar. Mas, em vez disso, sabe o que ela fez? — Josephine apontou para mim com seu charuto.

Baixei os olhos para minhas mãos.

Josephine me encarou, as pupilas mais escuras do que antes.

— Ela dormiu com meu marido. Arruinou meu casamento.

— Ela me contou.

Josephine se virou e apoiou os cotovelos na mureta.

— Pobre Jean, não sabia no que estava se metendo. Ela só estava brincando. Testando, testando, testando, como sempre fazia. Até onde ela poderia chegar antes que alguém a parasse? — Bateu a cinza do charuto no Sena. — Ela contou que levou meu dinheiro? Tinha pegado emprestado como adiantamento de uma futura comissão, um dos meus maiores contratos. Bom, teria sido um dos meus maiores contratos se ela não tivesse largado tudo e voltado para Praga sem intenção de completar o trabalho.

Disso eu não sabia. Mira tinha me dito que estava sem dinheiro quando foi para Praga.

— Talvez não alivie muito, mas ela queria que a senhora soubesse que estava muito arrependida de tudo o que fez. Ela queria poder voltar atrás. Uma das últimas coisas que me disse foi que a senhora e seu marido tinham sido muito bons para ela. Que a senhora construiu um nome para ela no mundo da arte.

Jo jogou o charuto no rio.

— Ela disse que não quis mais agenciá-la?

Confirmei.

— Quantos anos faz que a senhora deixou de agenciar a Mira?

— Nove.

Pensei no intervalo de tempo.

— Depois que ela já tinha ido para a Índia?

— Como uma boba, continuei com ela. Porque ela me disse o mesmo que disse para você: que sentia muito, que estava muito arrependida por ter me traído daquele jeito. Ela chorou e eu a peguei de volta. Quando se é jovem, bela e charmosa, consegue-se muita coisa.

Josephine observava minha reação com um pequeno sorriso nos lábios.

— Ela não contou essa parte, não é? Ela era assim. Mentia ou deixava partes da história de fora quando lhe convinha. Eu tenho um nome no mundo da arte. Muitas artistas querem se associar a mim. Com Mira não era diferente, ela queria que as pessoas pensassem bem dela. E você, srta. Falstaff, caiu direitinho. Todos nós caímos.

Balancei a cabeça, tentando compreender Mira, o camaleão.

— A senhora falou com ela desde então?

— Mira me pediu para ser a negociadora dela de novo.

— Quando?

— Há um ano. Disse que achava que a negociadora que tinha não estava fazendo justiça ao trabalho dela. Ela precisava de mais dinheiro.

— O que a senhora respondeu?

— Na primeira vez, eu desliguei. Ela ligou de novo. Eu disse que aceitaria se ela pintasse o mural para a Expo. Ela recusou, eu compreendi e lhe desejei boa sorte. Então ela ligou uma terceira vez para me dizer que precisava muito de mim. Nem esperei que terminasse a frase e desliguei. Ela me magoou uma vez e eu não ia deixar que fizesse isso de novo.

Josephine endireitou os ombros.

— Agora preciso visitar alguns pavilhões. Fique à vontade para fazer o mesmo, mas não comigo.

Eu não podia deixá-la ir embora. Ainda tinha perguntas.

— Ela chegou ao hospital depois de sofrer um aborto espontâneo.

Josephine franziu a testa.

— Um aborto? Mira nunca quis filhos.

— Foi o que a amiga dela, Petra, disse.

O brilho em seus olhos revelou o reconhecimento.

— A amiga de Praga, que cresceu junto com ela. Acredito que foi a modelo para *Duas mulheres*. — disse Jo.

— Sim, foi ela. Petra não conseguia acreditar que a srta. Novak tivesse mudado de ideia quanto a filhos. Nem os outros amigos de Praga.

Josephine deu de ombros.

— Também acho difícil de acreditar.

— A senhora teria alguma ideia, qualquer ideia, do que a faria mudar de opinião? A senhora sabe se uma gravidez a teria colocado em risco?

Ela franziu a testa.

— Essa não é uma pergunta para os médicos dela?

— É, mas achei que talvez a senhora soubesse alguma coisa, qualquer coisa, que pudesse ajudar.

Ela olhou para os sapatos, feitos de couro preto brilhante e com saltos grossos.

— O que o marido dela disse? Alguém me contou que ela tinha se casado com um amigo de Praga. — Olhou para o relógio. — Se não tiver mais nada…

— Há mais uma coisa. Mira queria que eu lhe desse isso. — Peguei *Os aprendizes*, que carregava enrolado debaixo do braço, e lhe entreguei junto com o casaco que ela me emprestara na véspera.

Ela examinou a tela, pensativa. Se ficou surpresa ao vê-la, não demonstrou. Talvez essa expressão neutra fosse seu trunfo quando negociava, como havia feito com Louis Le Grand, no Marché.

— É difícil tirar os olhos desse quadro, não é? As cores da Índia, de sol e terra quente. Isso é exatamente o que eu queria que ela pintasse. É muito bom. Mira queria que eu o vendesse para ela?

— Tudo que sei é que ela queria que a senhora ficasse com ele. O que vai fazer com a pintura é decisão sua. — Virei a tela. — Vê sua inicial no verso? — Peguei o bilhete de Mira no bolso da saia e o mostrei a ela.

Com uma expressão intrigada, Jo olhou a pintura outra vez.

— Ela queria que eu ficasse com essa tela em particular? — Seus olhos focaram a figura central, o sábio com a dupla tikka. Depois de alguns minutos, sorriu. — Nossa Mira por fim entendeu — declarou Josephine, com admiração. — Uma vez eu disse a ela que meu papel era triplo: mestra, protetora e promotora. Eu sou o mestre aqui, não sou?

— Talvez a pintura tenha sido o jeito dela de reconhecer isso — sugeri. — E um pedido de desculpas pelo que fez tantos anos atrás.

A negociadora de arte me olhou de soslaio.

— Talvez.

Deixei Josephine ali, na ponte, procurando pistas no presente de Mira. Caminhei pela Expo por uma hora antes de retornar à casa de madame Renaud. Ela veio me encontrar no hall, calçando as luvas. Ajeitou o chapéu no espelho de parede. Havia um ar de empolgação nela, como se estivesse de posse de um segredo e louca para contá-lo a alguém.

— Há um cavalheiro à sua espera no café lá embaixo. Bonito. Belas maneiras. Muito charmoso.

— À minha espera? Um cavalheiro?

Eu não conhecia ninguém em Paris além da esposa do embaixador, madame Renaud e Josephine.

Ela inseriu um alfinete com uma pérola no chapéu e tirou o excesso de batom rosa-claro que havia aplicado nos lábios.

— Tenho um jantar na casa da minha amiga Solange. Imagino que você ficará bem sozinha. — Seus olhos brilhavam de alegria. — Ou não tão sozinha.

Fiquei confusa com seu comentário. Ela deu uma palmadinha no meu braço e abriu a porta.

— Ah, espero que você o convide para subir para... Bem, eu vou voltar tarde... bem tarde. — Ela me lançou um sorriso cúmplice e fechou a porta. Ouvi seus saltos ecoando na escada.

Eu estava com calor e um pouco cansada de caminhar pela Expo. Lavei o rosto e bebi água antes de descer ao café no piso térreo. Do lado de fora, havia um único cliente sentado a uma mesa.

Era Amit Mishra.

Ele se levantou da cadeira quando me viu. Deu alguns passos em minha direção e parou. Fiquei imóvel, sem saber o que fazer. Nós dois parecíamos paralisados, uma parede invisível nos mantendo afastados. E então... uma voz, a voz de Mira, sussurrou: "Sona, sua vida vai ser tão grande quanto você deixar que ela seja". Passei a mão sobre o peito, onde uma vez a mão de Mira havia marcado um círculo. "Quero grandes coisas para você, Sona", dissera. "Você também quer. Está tudo aqui dentro e lá fora. Vá atrás."

Corri até ele.

Pus os braços em volta de seu pescoço, sem me importar se alguém estava vendo ou o que estavam pensando. Aqui era Paris, não Bombaim. Aqui, eu podia fazer o que quisesse, ser o que quisesse. E aquilo era o que eu queria. Ele me abraçou apertado. Depois afrouxou o abraço o suficiente para pousar os lábios sobre os meus, não o beijo rápido que eu havia dado na noite da festa dos Singh, mas um beijo de verdade. Um beijo que tornou a urgência entre minhas pernas insuportável. Segurei a mão dele e o puxei para a entrada do prédio de madame Renaud. Antes de entrarmos, peguei seu rosto e o beijei de novo. Desejei que até a respiração dele se tornasse minha. Enquanto subíamos a escada, parávamos para trocar carícias, abraços e beijos. Só naquele momento eu entendia por que madame Renaud tinha saído com tanta pressa. Ela queria nos dar o luxo do tempo. Dentro do apartamento, tirei o paletó de Amit. Ele desabotoou minha blusa e soltou o sutiã. Segurou um de meus seios na mão e sugou o mamilo com força. Gemi alto de prazer. Desabotoei a camisa dele, abri o zíper de sua calça, acariciei sua ereção. A pilha de roupas no chão foi aumentando enquanto avançávamos para meu quarto. Quando estávamos no contato delicioso de pele com pele, abracei seu pescoço e levantei as pernas em volta da sua cintura. Ele umedeceu os dedos na boca e me tocou onde eu estava molhada. Implorei que me penetrasse e o primeiro movimento foi doloroso, mas o seguinte e o próximo foram gloriosos. Ah, como era delicioso o que eu sentia. Era como se nós dois fizéssemos isso a vida inteira. Ele me deitou na cama, sem desgrudar seu corpo do meu. Quando os movimentos tornaram nossa respiração tão ofegante que achei que meus pulmões fossem explodir, foi muito, muito melhor do que qualquer coisa que eu tivesse imaginado.

Mira me dissera que a vida estava aí para ser vivida e tudo que eu precisava fazer era agarrá-la.

E eu a agarrei.

— Você não veio a Paris só por minha causa, não é? — perguntei, quando minha respiração voltou ao normal.

Amit se ergueu sobre um cotovelo para me olhar. Passou o dedo pelo contorno inferior do meu seio e circulou o mamilo. Fechei os olhos.

— Fiquei em Shimla mais tempo do que esperava. Quando minha tia se recuperou, voltei o mais rápido que pude a Bombaim e soube que você tinha partido. Mas havia uma carta do dr. Stoddard me esperando, dizendo que você tinha aceitado a oferta dele. Considerando a decisão da diretoria do hospital, fiquei feliz com a notícia. Ele escreveu que Mira tinha enviado você em uma missão para a Europa e que você provavelmente estaria em Paris por volta dessa data. — Pousou a mão quente no meu braço. — Soube da sua mãe. Sinto muito, Sona.

Suspirei e me virei de lado para ficar de frente para ele.

— Ela me surpreendeu, Amit. Disse que eu vivia uma vida pacata demais. Que precisava deixá-la, que tinha que ir ver o mundo. Sempre achei que eu ficava porque precisava cuidar dela. Mas acho que, na verdade, eu estava me escondendo. Minha mãe não foi a única que viu isso. Acho que Mira viu também.

Ele pousou a mão no meu quadril e acariciou minha perna.

— Sim, é verdade. Uma vez ela me disse que queria revelar a verdadeira Sona que existia dentro de você.

Pensei em Mira em seu leito de hospital.

— Sinto falta dela. Das histórias, da risada. — Tracei a sobrancelha dele com o dedo. — O que aconteceu com seu emprego no Wadia?

Ele pegou minha mão e beijou a palma, causando-me um arrepio no baixo ventre. Pus a perna sobre a coxa dele.

— Quando estava em Shimla, resolvi que ia pedir demissão. E então recebi uma proposta muito interessante, de um dos homens que conheci na festa de Dev. Ele me convidou para uma reunião com um homem chamado Ambedkar. — O rosto de Amit estava radiante. — Já ouviu falar nele?

Confirmei com a cabeça.

— No *Bombay Chronicle*.

Amit se sentou de frente para mim, gesticulando animado, como os universitários faziam quando falavam da independência da Índia.

— Ambedkar é um *dalit*. E muito inteligente. Por causa da casta baixa, talvez ele nunca tivesse a oportunidade de se tornar advogado se não fosse pelo apoio do marajá de Baroda. Ambedkar pode até acabar escrevendo a constituição da Índia quando alcançarmos a independência. Ele é a favor de acabar com o sistema de castas.

Eu adorava o jeito como Amit estava empolgado, tão cheio de ardor.

— Na festa, fiquei tão interessado que perguntei como poderia ajudar. Os homens que conheci na casa do Dev estão montando um projeto mundial para melhorar as condições de higiene nas comunidades mais pobres, e muitos deles vêm das castas mais baixas. Ele me convidou para participar. Estamos aqui em Paris nos reunindo pela primeira vez, organizando e formulando um plano. É um trabalho importante e as pessoas envolvidas me respeitam muito mais do que homens como Holbrook.

Dei uma batidinha no nariz dele.

— Você parece um menininho entrando pela primeira vez em uma loja de doces.

Ele sorriu.

— E quero todos os *jalebi*! A Inglaterra nos deixou com tanta pobreza. Mas a partida deles nos dá uma oportunidade. Imagine só, Sona! Podemos adotar práticas de saúde melhores. Construir estradas e ferrovias. Fortalecer a nossa economia em vez da economia deles. Quero ajudar com isso.

Seu entusiasmo me fez sentir que era possível, que as coisas aconteceriam como ele estava dizendo. Eu o puxei para se deitar ao meu lado de novo.

— Vai levar tempo, Sona, mas, se começarmos agora, estaremos prontos.

Passei um dedo pelo lóbulo de sua orelha.

— Como você me encontrou? Aqui, na casa da madame Renaud?

Ele pôs a mão nas minhas costas e puxou meu corpo para o seu.

— Você acha que é a única que tem contato com a esposa do embaixador? — Buscou minha boca outra vez, fazendo-me esquecer do que ia dizer.

Toquei os lábios onde a boca de Amit havia estado. Alisei os lençóis, ainda quentes dos nossos corpos. Fiquei deitada de costas, relembrando cada momento lindo com ele, às vezes sorrindo, às vezes suspirando. No dia seguinte, Amit pegaria a balsa noturna para Londres e, na manhã seguinte, o voo para Bombaim. Eu seguiria para Florença. Estava maravilhada com minha nova vida. Como foi que eu havia passado de uma mulher que não corria risco algum a outra que andava pelo mundo, dormindo com homens com quem não era casada?

Quando madame Renaud chegou, tudo no apartamento estava em ordem. Ela tirou o chapéu e me cumprimentou, toda sorridente.

— Teve uma noite agradável, *chérie*?

Beijei seu rosto maquiado com pó de arroz.

— A senhora é uma romântica, madame.

— Você também, mademoiselle. — Riu.

Na manhã seguinte, Amit e eu nos encontramos no Louvre. Eu dissera a ele que queria ver os quadros de que Mira falava. Em *Maçãs e laranjas*, de Cézanne, vi o amarelo e o ferrugem vibrantes de *Homem em abundância*, de Mira. As expressões nos rostos de *A espera* tinham uma semelhança perturbadora com a jovem de *Um bar no Folies-Bergère*, de Manet. Mira havia captado a atmosfera sombria de *Quando você casa?*, de Gauguin, em seu *A aceitação*. Diante desses quadros, tão repletos de cor, eu conseguia sentir Mira ao meu lado, murmurando em meu ouvido o que ela mais admirava neles.

Depois, caminhamos de mãos dadas no Jardim das Tulherias, admirando o elegante caminho até a Place de la Concorde. À nossa esquerda, homens idosos jogavam petanca, aplaudindo quando um deles rebatia melhor que o outro. À direita, homens e mulheres estavam sentados em cadeiras de jardim, ouvindo um concerto de violinos. Crianças brincavam de pega-pega entre os castanheiros-da-índia. Amit parou de andar e se virou para mim. Com um dedo em meu queixo, inclinou meu rosto para cima e se curvou para me beijar.

Demos uma olhada no Jeu de Paume, uma ex-quadra de tênis coberta que tinha sido transformada em um museu de arte havia pouco tempo, com Picassos, Matisses e as artistas mulheres que Josephine representava. Sorri diante de um Léger colorido, lembrando-me do pintor de nariz achatado no La Rotonde.

Quando chegamos ao Museu Orangerie, onde os *Nenúfares* de Monet nos aguardavam, estávamos famintos. Na rue Saint-Honoré, encontramos um bistrô com uma mesa tão pequena que nossos joelhos se tocavam. Amit passou a mão por toda a extensão da minha coxa, provocando arrepios deliciosos em minhas costas. O garçom colocou uma sopa de batatas e um omelete de ervas finas com feijão verde na minha frente. Eu sentia falta dos condimentos fortes da Índia, mas comecei a amar os temperos sutis da comida francesa. O vinho branco, frio e seco, me deixou tonta. Amit estava dizendo que gostaria de me mostrar a Notre-Dame e a Sainte-Chapelle, que tinha adorado vir a Paris enquanto estudava na Inglaterra, mas eu só tinha cabeça para pensar que ele iria embora à noite. Meu corpo só queria saber dele. Apertei os lábios, tentando suprimir meu desejo, imaginando o que Mira diria se me visse assim, tão excitada.

Ele pegou o copo e sorriu para mim, intrigado.

— O que foi?

— Seu hotel fica longe daqui? — perguntei.

Amit ergueu as sobrancelhas, pagou a conta e pegou minha mão, praticamente me levantando da cadeira. Corremos ao longo do Sena, atravessamos a ponte Neuf e chegamos ao hotel. O recepcionista me lançou um olhar enquanto Amit pegava a chave. Se estivéssemos na Índia, com certeza perguntaria se éramos casados e espalharia a fofoca para uma dúzia de parentes assim que saíssemos do saguão. Esse funcionário apenas sorriu e nos desejou uma *bonne journée*.

Amit mal havia terminado de fechar a porta quando pus a mão em seu pescoço e o puxei para a cama comigo.

Também não acredito que sou eu, Mira.

Ele afastou alguns fios de cabelo do meu rosto e os prendeu atrás da orelha.

— Você tem uma pinta na orelha. Notei na primeira vez em que nos vimos.

— Sério? — Eu me deitei de bruços, os braços dobrados sob o queixo.

— Sempre quis ver de perto.

Eu ri.

— É tudo que você tinha imaginado?

— Mais.

Eu estava sonolenta e fechei os olhos.

— Sona, meu trabalho vai me levar por toda a Ásia durante o próximo ano. Talvez demore mais tempo ainda. — Ele fez uma pausa. — Adoraria se você fosse comigo.

Abri os olhos e o encarei. Isso era impossível. Homens e mulheres solteiros não viajavam juntos.

— Mas teríamos que viajar para áreas com poucos recursos, com um sistema de saneamento precário. Eu não posso… seria egoísta da minha parte… pedir para você correr esse risco.

Naquele momento, eu estava bem acordada, o coração acelerado, descompassado.

— Você está me pedindo em casamento?

— Bem que eu queria. Mas nesse momento não há como… Eu jamais colocaria você em perigo.

Olhei para os lençóis, para o peito nu de Amit, para a luz que entrava pelas cortinas. Eu queria me casar com Amit? Estivera tão ocupada em saciar meu desejo que nem considerara a ideia de casamento. Mas ele não estava me pedindo oficialmente, estava? Ele estava me dando as razões pelas quais não poderia fazer isso naquele momento. Além do mais, ele era indiano e lutava por uma Índia livre, sem castas. Eu era meio indiana, meio inimiga. O que essa associação pareceria aos olhos daqueles que consideravam os ingleses seus opressores? Gandhi, Bose, Sardar Patel, Bhagat Singh. Até mesmo mulheres como Begum Hazrat Mahal. Nenhum deles era *meio a meio*.

Amit continuou:

— Não posso pedir para que você espere. — A frase soou menos como uma afirmação e mais como uma pergunta, e ele ficou esperando a minha resposta.

Eu não repetiria a vida da minha mãe. Não dormiria com o inimigo. Não era isso que a família dela havia pensado? Não era isso que todos pensariam de nós, Amit e eu? Não era o que haviam pensado do dr. Stoddard e sua esposa? O trabalho de Amit pretendia trazer a atenção do mundo para um problema sério. Seria algo público. Isso significava que *nós* seríamos públicos. Nós dois estaríamos expostos. As pessoas julgariam não só o trabalho dele, mas as escolhas que ele faria em sua vida particular. Os resultados de seus esforços ficariam manchados. Preta-e-branca. Chee-chee. Eu não queria ser responsável por arruinar o bem que ele poderia fazer por seu país. Meu país também, ainda que meu direito a isso parecesse tênue.

Havia tanta coisa que eu poderia dizer, mas também tanta coisa que eu não queria falar. Virei a cabeça no travesseiro para não precisar encará-lo.

FLORENÇA

ONZE

Cheguei à estação ferroviária de Santa Maria Novella, em Florença, em uma segunda-feira. Tinha dormido a viagem inteira desde que saíra de Paris. A conversa com Amit me deixara esgotada. Eu não tinha conseguido encontrar a resposta certa, se é que havia alguma. E se eu tivesse dito que o esperaria até que ele acabasse aquele trabalho? Como saber quanto tempo levaria? Como a Índia reagiria a um dos seus se unindo ao outro lado?

Eu costumava dobrar turnos no hospital sem me cansar. Mas, naquele momento, sentada em um trem durante treze horas, estava exausta como nunca havia estado. Tinha economizado dinheiro ficando na casa de madame Renaud, mas ainda precisava ser cautelosa. Para evitar a despesa de um vagão-leito, dormi sentada a viagem inteira para Florença. Meu pescoço estava duro. As pernas pareciam de borracha. Estava com dor de cabeça.

Quando saí na plataforma da estação, me surpreendi com sua simplicidade imaculada. Ao contrário das estações de Praga e Paris, a arquitetura da SMN beirava o austero. O piso de travertino reluzente, com faixas alternadas de mármore vermelho e branco, parecia jamais ter sido pisado por alguém. Homens e mulheres passavam por entradas e saídas sem adornos. Até mesmo as placas — "saída", "tabacaria", "banca de jornal" — eram escritas em letras simples. O Edifício New India Assurance em Bombaim era simples de uma maneira parecida, construído de concreto armado, mas pelo menos exibia esculturas em baixo-relevo de mulheres de sári e homens de turbante. A estação de Florença era tão frugal que parecia que alguém tinha se esquecido de completá-la.

Um garoto de bermuda gritava as manchetes dos jornais. Reduzi o passo para dar uma olhada no *Corriere della Sera*. Pela foto e por algumas palavras semelhantes ao francês, entendi que uma mulher envolvida no movimento de resistência havia sido fatalmente esfaqueada em um trem. Protestos desses movimentos pareciam estar em toda parte: em Bombaim, Praga, Paris e, naquele momento, em Florença. Será que Agnes era uma espiã ou uma colaboradora? Eu não ficaria aqui tempo suficiente para descobrir. Depois que encontrasse Paolo, voltaria a Bombaim.

Meu estômago roncou. Eu só tinha tomado uma xícara de chá com torrada no trem. A embaixada britânica ficava a vinte e cinco minutos a pé, mas eu estava sem energia para caminhar até lá. Queria apenas encontrar uma pensione barata onde pudesse deixar meu baú e depois procurar um lugar para comer.

Do outro lado da rua, na frente da estação, a parede inteira de um prédio estava coberta por um cartaz: "Credere, Obbedire, Combattere". No centro, havia um homem de meia-idade em uniforme militar e botas pretas reluzentes, a boca aberta como se fizesse um discurso, um braço estendido. Reconheci Mussolini pelas fotos que via nos jornais. Em Paris, clientes dos cafés falavam sobre ele. "Ficou sabendo que ele quer juntar forças com Hitler?" Na parte de baixo do cartaz, estava escrito: "Federazione dei Fasci di Combattimento". Não era preciso saber italiano para entender a doutrina fascista. Como nas partes da Europa que eu tinha visto até ali, senti que as pessoas estavam em estado de alerta. Como se olhassem constantemente por sobre o ombro, atentas ao inimigo.

Esperei que um bonde e uma carruagem puxada a cavalos passassem antes de atravessar a rua. Se eu seguisse o mapa do guia Baedeker pela Via degli Avelli, sairia em uma grande praça onde ficava a Igreja de Santa Maria Novella. Era uma área turística famosa, portanto esperava encontrar um hotel barato nas proximidades.

Em uma ruazinha à minha esquerda, avistei uma placa de "pensão". Levantei os olhos para o prédio estreito. O contraste entre a estação ferroviária austera de que eu tinha acabado de sair e o prédio renascentista à minha frente era gritante. Segui a seta até o alto da escada, puxando meu baú, que parecia ficar mais pesado a cada cidade. O prédio tinha cheiro de mofo, como uma arca trancada há décadas. No topo, havia uma mesa de madeira esburacada vazia a não ser por um grande livro de registro e o que parecia ser um álbum de fotografias (vi algumas fotos que ainda não haviam sido coladas aparecendo entre as páginas). Como em um passe de mágica, uma senhora idosa, com um vestido preto largo, emergiu de uma cortina atrás da mesa. Enxugava as mãos no avental amarrado na cintura.

— *Buongiorno, signora* — cumprimentou ela. Seus olhos moveram-se rapidamente para meu dedo anular e ela se corrigiu. — *Signorina.*

Uma das vantagens de ser enfermeira de um hospital eram as diferentes nacionalidades que encontrávamos. Eu havia conseguido aprender algumas expressões de boas maneiras em vários idiomas: "bom dia", "olá", "sim", "não", "com licença", "por favor".

— *Buongiorno. On parle français?*

Ela me deu um sorrisinho e ergueu os ombros. Seus olhos eram da cor de bolotas de carvalho. As rugas no canto externo eram de uma mulher que havia tido uma longa vida.

Levantei um dedo e fiz um gesto para me representar dormindo em uma cama. Ela riu, revelando a falta de um dente na arcada superior. Pelo que pude entender, ela, então, me perguntou quantas noites eu pretendia ficar. Tentei calcular de quantos dias eu precisaria para encontrar Paolo. Não fazia a menor ideia, mas levantei três dedos.

A mulher assentiu. Abriu o livro de registro e o virou para mim. Na lista de nomes na primeira coluna, vi alguns que pareciam ser franceses, espanhóis, holandeses e ingleses. Estava acostumada a apresentar meu passaporte e os vistos em todo lugar a esta altura e os procurei em minha bolsa.

Quando ela viu meu endereço, perguntou:

— *Dall'India?*

Eu estava escrevendo meu nome no livro.

— *Si.* — Levantei os olhos e sorri.

— *Però...* — Ela virou umas páginas no livro de registro e apontou para um nome: "Raji Murty". Então fez uma mímica de vestir um sári girando algumas vezes e jogando um pallu imaginário por sobre o ombro esquerdo. Quando parou, apontou para a minha saia. Comecei a rir quando entendi que ela me perguntava por que eu não usava um sári, como sua hóspede anterior. Os olhos da velha senhora se enrugaram de riso.

Era complicado demais explicar por que eu tinha um passaporte britânico em vez de um indiano. Apenas dei de ombros. Ela repetiu meu gesto e então me deu uma chave e apontou para o corredor e depois para cima.

Indiquei minha barriga e fiz um gesto de comer.

— Ah — disse ela e abriu a cortina atrás de si, revelando um pequenino refeitório. Havia três mesas, uma das quais ocupada por uma mulher da minha idade que estava comendo.

A senhora falou algo em italiano. A mulher à mesa levantou os olhos, me viu e falou em inglês:

— O almoço está incluso. Ela está convidando você a se sentar. — Ela era estadunidense.

Entrei na sala para cumprimentá-la e me apresentar. Seu aperto de mão foi frouxo.

— Taylor — disse ela. Comia o que parecia ser um risoto, e minha boca salivou.

— Vou só levar minhas coisas para o quarto e já volto.

Foi difícil conter meu entusiasmo por encontrar uma colega viajante com quem podia falar em inglês. Tentar me comunicar em outras línguas que não as minhas era exaustivo. Eu me apressei para o andar de cima e para meu quarto. Sabia que seria modesto e não me decepcionei. Havia uma cruz em uma parede, com a cama embaixo. A colcha era velha, mas limpa. Uma cadeira de madeira, encostada em uma mesa. O que me sensibilizou foi a margarida que havia sido posta em um pequeno vaso sobre a mesa. Era algo que minha mãe faria e, de fato, havia feito em inúmeras ocasiões. Como na vez em que passei no exame de admissão para a escola de enfermagem, ou quando costurei meu primeiro vestido, ou ganhei uma medalha na corrida de cem metros no sexto ano da escola. De repente me senti consumida pela saudade de casa. Da minha mãe. Das suas flores. Da sua gentileza.

— Oi, mãe — murmurei.

Quando voltei ao refeitório, Taylor tinha ido embora e a signora esperava para me servir uma grande tigela de sopa de feijão com batatas e tomates, algum tipo de verdura, pão rústico e uma generosa porção de dentes de alho. Minha anfitriã ralou um pouco do que parecia ser queijo curado na minha tigela. A sopa não era dal, mas era saudável e substanciosa.

A sobremesa era uma maçã. A signora sentou-se à mesa à minha frente e a cortou. Ofereceu-me uma fatia, antes de pegar uma para si. A maçã era bem doce, do tipo que às vezes chegava a Bombaim, do Himalaia. Comemos em um silêncio amigável.

A única pista que eu tinha de Paolo era que ele havia ensinado Mira na Academia de Belas Artes de Florença, que ficava na Via Ricasoli. Com meu Baedeker na mão, me aventurei a pé. O ar estava quente, quase vinte e sete graus, um clima a que eu estava acostumada em Bombaim, e me senti à vontade com minha camisa de linho de manga curta. Ciclistas, carruagens puxadas por cavalos, automóveis e pedestres disputavam espaço nas ruas de paralelepípedos. Para onde quer que eu olhasse, havia um cartaz com a imagem de Mussolini. Por mais que tentasse ignorá-las, as palavras "credere, obbedire, combattere" se repetiam como um mantra indesejado.

Passei por várias padarias, um açougue que exibia um porco esfolado pendurado no teto e um café onde os clientes tomavam cappuccinos em pé, junto ao balcão.

Depois de um tempo, parei diante de um prédio em estilo italianizante (pelo menos seria como minha professora do ensino médio, sra. Norton, que era casada com um arquiteto, o teria chamado). A fachada era uma arcada de belas proporções. Duas estudantes, com mochilas penduradas no ombro e telas debaixo do braço, entraram no prédio por enormes portas de madeira. Eu as segui e me vi em um saguão.

À minha esquerda, havia uma escadaria de pedra, larga e muito bonita, que levava aos andares superiores. Bem à minha frente encontrava-se um pátio retangular, rodeado por salas de aula onde alunos pintavam, desenhavam ou esculpiam. À minha direita, havia uma janela aberta para um balcão. Uma mulher estava sentada atrás dele, de costas para mim, conversando com uma jovem em gravidez avançada, sentada a uma mesa grande. A mesa estava posta com dois pratos contendo o que pareciam ser montes de massa cobertos de molho vermelho e uma cesta de pão. Vapor subia dos pratos. As duas mulheres conversavam animadamente em italiano. Consegui entender as palavras para sopa, azeite e sal. Uma discussão sobre culinária?

— *Buongiorno, signora* — cumprimentei, imitando a dona da minha pensão.

A mulher se virou na cadeira para olhar para mim. Parecia ter uns cinquenta anos. Seus olhos estavam úmidos, mas ela não estava chorando. A boca fazia um biquinho, mas não de forma sedutora; deve ter nascido com essa expressão. Usava óculos bem baixos no nariz. Baixou o queixo para poder me ver por cima das lentes.

— *Si?*

— A senhora fala francês ou inglês, *per favore*?

Houve uma pausa e tive receio de tê-la ofendido de alguma maneira. Depois de alguns segundos, ela respondeu em francês.

— Madame, temos estudantes do mundo inteiro. Podemos falar em inglês, se preferir.

Sorri.

— Obrigada. Estou procurando um professor chamado Paolo.

— Não temos nenhum aqui com esse nome, *signora*.

— Talvez ele tenha dado aula aqui há um tempo? — Fiz um cálculo rápido. — Por volta de 1924 ou 1925?

Ela empurrou os óculos para cima no nariz, como se fechasse uma porta.

— Por favor, *signora*. Viajei da Índia até aqui para encontrá-lo.

Algo nela cedeu. Sua testa relaxou.

— Sabe o sobrenome?

Hesitei. Que idiota chega a uma cidade sem saber o nome completo da pessoa que está procurando? Por que Mira não havia facilitado um pouco mais as coisas para mim?

— Ele deu aula a uma jovem artista chamada Mira Novak.

A mulher não disse nada, mas percebi, pelo levantar de suas sobrancelhas, que algo havia se encaixado.

A mulher grávida à mesa estalou os dedos. Em um inglês ruim, disse:

— Ela está falando daquele *don juan*! Paolo… — Bateu o dorso de uma das mãos na palma da outra, como se pedisse para sua memória cooperar. — Paolo, Paolo… um rosto bonito… Paolo Puccini! — Sorriu, triunfante.

A mulher no balcão revidou em um italiano furioso. Algo sobre ela não ter nada que interferir. Por que não estava em casa servindo o marido?

Sua companheira de almoço não se ofendeu. Em vez disso, riu. Se entendi bem, ela respondeu: "Por que acha que não estou lá?"

A administradora se virou para mim outra vez com a testa franzida.

— Minha sobrinha! Tão grávida assim e vindo para o escritório. Sempre comendo. Comendo por três, pelo que dizem. — Suspirou. — Mas é isso mesmo que ela disse. Infelizmente... ou felizmente, o sr. Puccini não trabalha mais aqui. — Tirou os óculos e abriu as mãos para os lados.

— A senhora sabe onde posso encontrá-lo?

Uma vez mais, foi a mulher grávida quem falou. Entendi "Borgo San Frediano" na longa sequência de palavras em italiano que as duas trocaram.

Minha amiga de olhos úmidos deu de ombros e ajeitou uns papéis sobre o balcão.

Esperei.

— Temos regras muito rígidas aqui, sabia? — disse, por fim. — Paolo ficava muito amiguinho das alunas. — Baixou o queixo e a voz. — Embora as *ragazze* também ficassem um pouco amiguinhas demais dele. No caso de Paolo, foi a srta. Novak... e *la mama*. — Olhou para mim com resignação. — *Che fiasco!* Isso nós não poderíamos tolerar.

A mulher mais jovem à mesa sussurrou alto:

— A mama estava *innamorata* de Paolo. — Balançou a cabeça.

A mulher mais velha observava minha reação. Ao não ver nenhuma, continuou:

— *Va bene*. Você pode encontrá-lo...

Ela se virou para consultar a outra, que repetiu: "Borgo San Frediano".

A sobrinha grávida passou a mão pela barriga enorme.

— Todas se apaixonam por Paolo. Você também, não foi, *zia* Maria? — provocou ela.

Agradeci às duas e me virei para ir embora.

Mal havia me afastado dois passos quando a mulher mais velha começou a dar uma bronca na sobrinha, algo sobre não se meter no assunto dos outros. A risada da mulher mais jovem ricocheteou nas paredes de pedra do edifício.

Borgo San Frediano ficava do outro lado do rio Arno. Os turistas tendiam a ficar do lado Duomo do rio para visitar a catedral ou a Galeria Uffizi. Precisei atravessar o rio para o lado sul pela ponte Vecchio, onde a maioria das pessoas falava inglês. Enquanto cruzava a ponte, eu me peguei invejando as mulheres inglesas e estadunidenses, seus vestidos de seda esvoaçantes e conjuntos de saia e casaquinho, seus saltos anabela que pareciam ser a grande moda por aqui. Eu me sentia em evidência em meu uniforme de enfermeira e sapatos baixos. As inglese, como eram chamadas, pediam para ver os pesados braceletes e colares de ouro em exposição nas lojas ao longo da ponte. E os vendedores se mostravam ansiosos para convidá-las para suas lojas, com espressos e biscotti de amêndoas para recebê-las. Eu me perguntava como seria ter dinheiro à vontade como essas mulheres tinham.

Contornei os compradores e acelerei o passo.

A rua onde eu provavelmente encontraria Paolo era formada por apenas dois quarteirões. Caminhei de um lado para o outro da rua na esperança de encontrar — o quê? — uma placa anunciando que ali morava um pintor? Ou um professor de pintura? Eu ainda não sabia o endereço exato de Paolo. Teria que bater de porta em porta. Meu coração pulava no peito. Eu era autoconfiante dentro das paredes de um hospital, mas, fora dele, a coragem muitas vezes me escapava. Respirei fundo e bati à porta à minha direita. Nenhuma resposta. Bati à porta seguinte. E à seguinte. Quando alguém atendia, eu perguntava: "Paolo Puccini?". Depois de várias negativas, um homem com uma vassoura me atendeu e apontou para a casa em frente.

Bati à porta que ele havia indicado. Sem resposta. Eu me virei para o homem com a vassoura, que confirmou com a cabeça e fez um gesto com a mão para que eu batesse mais forte. Bati.

— *E adesso?*

O grito veio de cima. Recuei vários passos para olhar para o segundo andar. O homem com um pincel na mão e uma camisa branca apropriadamente manchada de tinta devia ser Paolo. A mulher grávida com quem eu conversara na academia de artes não estava errada, ele era muito bonito. Cachos escuros emolduravam seu rosto. A pele era como uma noz de bétele: lisa, marrom-terrosa. Estava com a camisa aberta no colarinho e as mangas arregaçadas. Era o homem na pintura *Homem em abundância*, de Mira.

— *Mi scusi, signor.* — Foi tudo que consegui dizer antes de passar para o inglês. — Estou procurando Paolo Puccini, o pintor.

— Por quê? — perguntou ele, em um inglês com sotaque.

Eu não queria gritar o nome de Mira na rua ou fazer as pessoas abrirem as cortinas de suas janelas. Olhei em volta para ver se o homem da vassoura continuava observando. Continuava.

Ouvi Paolo falar lá de cima em um italiano rápido com o homem, que bateu com o dorso da mão no queixo e desapareceu porta adentro. Suspirei.

— Seria mais fácil se o senhor me deixasse entrar ou descesse para falar comigo.

— Você quer encomendar um quadro?

— O quê? Não.

— Bem, estou pintando agora.

— Mas tenho algo para lhe dar. É importante.

Ele me examinou com mais atenção. Hesitou.

— Você conhece o Caffè Doney?

— Não.

Ele entrou e, quando voltou à janela, tinha um papel na mão. Soprou o papel e o deixou flutuar até o chão à minha frente.

— O endereço é esse. Vou terminar por aqui. Me encontre lá às quatro.

Então entrou em casa novamente.

Peguei o papel. Nele estava rabiscado, em tinta preta ainda molhada: "Nº 81 Via de' Tornabuoni".

Antes de me encontrar com Paolo, eu tinha o tempo exato para ir até a embaixada britânica, que, de acordo com o Baedeker, ficava a poucos quarteirões de distância. Minha pulsação acelerou: talvez houvesse uma carta de Amit. Eu disse a ele que a embaixada britânica era o lugar onde poderia me contatar. Ou talvez houvesse uma mensagem do dr. Stoddard. Eu não havia respondido à última carta dele, porque não sabia como responder. Sua revelação, de como ele havia abandonado a noiva, mudara alguma coisa entre nós, pelo menos na minha cabeça. Eu o achava em falta, como meu pai. Sim, havia a outra metade dele que eu amava, a metade que havia cuidado de mim no *Viceroy* com uma ternura inimaginável. Ele ficara tão feliz de me ensinar gin rummy. Ele tinha me apresentado ao vinho do porto e ao caviar, me ensinado a confiar nos meus instintos nos jogos de cartas, feito surgir dentro de mim uma ousadia que eu nem sabia que tinha. E avisara Amit de que eu estaria em Paris. Como eu poderia achar a metade de alguém agradável e desprezar a outra?

Mas às vezes eu não me sentia do mesmo jeito em relação a minha mãe? Amava a metade dela que fazia nimbu pani para mim quando eu estava doente e secretamente desprezava a parte dela tão cega pelo amor que conseguira tornar minha existência vergonhosa? Eu não queria amar e odiar na mesma medida. Não queria ser consumida por esses pensamentos ruins.

Nem percebi que estava parada à porta da embaixada britânica com as mãos fechadas em punhos ao lado do corpo, o olhar fixo nas pedras da calçada.

Uma mulher falou comigo e ergui o olhar. Ela segurava a porta aberta e perguntava se eu também iria entrar. Ela entrou e eu a segui.

Havia uma carta de Edward Stoddard esperando por mim. Eu a li enquanto descia a escada de volta.

Querida srta. Falstaff,

Este envelope contém duas cartas. Uma do meu pai, que fala de você a toda hora e sempre com afeto. E esta é minha.

Espero que não me considere muito presunçoso por lhe escrever diretamente, pois sinto como se a conhecesse tão bem quanto meu pai. Ele me contou sobre sua mãe na Índia e seu pai na Inglaterra. Por favor, não fique brava com ele por causa disso. Eu praticamente o forcei a contar, de tanto que o perturbei para saber mais sobre você. (Espero que não esteja brava comigo.)

Quando voltar a Bombaim, espero que nos dê o prazer de nos honrar com sua companhia. Fui designado recentemente para a embaixada britânica em Bombaim e vou partir daqui dentro de duas semanas. Meu pai vai me acompanhar. Uma bênção, pois eu já estava mesmo querendo cuidar dele. Ele sempre foi uma enorme fonte de amor em minha vida. Depois que minha mãe faleceu, mesmo com todo o trabalho no hospital, ele redobrou os esforços para estar sempre ao meu lado. Nós saíamos para pescar nos fins de semana com os pescadores da comunidade koli, na costa de Bombaim. Passávamos horas construindo pipas para participar dos campeonatos. Ele deu um jeito para que a filha do melhor amigo dele pusesse um rakhi no meu pulso, já que eu não tinha irmãs para me desejar saúde e felicidade. Nada me dará mais prazer do que demonstrar por ele o carinho que sempre teve comigo.

Se, em qualquer momento, você precisar de ajuda, saiba que estou aqui. Minha oferta (nossa oferta?) de hospedá-la em Bombaim em nossa humilde residência estará em pé até você nos dar sua resposta.

Seu amigo,

Edward Stoddard

Saí do prédio e atravessei a rua até uma mureta de pedra além da qual o rio Arno fluía suavemente. Olhei para a água cinzenta lá embaixo. Meu reflexo estava na sombra, mas eu sabia que minhas faces estavam enrubescidas. Primeiro Amit, depois Edward? O que minha mãe diria sobre essa reviravolta do destino? Ela, que queria o melhor para mim, mas achava que Mohan era o melhor que eu poderia esperar. *Eu queria que você estivesse aqui nesta viagem, mãe. Tem sido cheia de belas surpresas!*

Olhei dentro do envelope e tirei a outra carta.

Minha querida menina,

Quando você ler isto, estará em Florença. Prometa-me que vai dar uma volta pelo Uffizi, especialmente pela passagem secreta que leva até o Palácio Pitti. Tantas histórias, tantos encontros amorosos aquele corredor poderia contar! Sempre pensei que seria adorável ter corredores secretos em hospitais, onde pudéssemos nos refugiar de pacientes carentes ou chorar por um paciente favorito que tivesse acabado de falecer. Diga-me se não gosta dessa ideia um pouquinho que seja.

Não recebi notícias suas depois da última carta. Entendo que talvez você esteja ressentida (ou, em meus momentos mais esperançosos, apenas um pouco brava) pelo modo insensível como abandonei Elizabeth, minha noiva. Eu lhe garanto que minha única intenção ao revelar esse assunto tão particular foi lhe mostrar que minha covardia talvez se iguale à do seu pai quando se trata de pedir desculpas.

Você tem uma enorme coragem, minha querida. Você se manteve firme, quando muitas crianças sem pai não conseguem. Você decidiu empreender uma tarefa impossível que lhe foi confiada pela pintora que tanto admira. Você se aventurou sozinha. Muitas mulheres, indianas ou europeias, jamais pensariam em fazer isso. Não tenho dúvida de que você alcançará seu objetivo. Você é suficientemente determinada (e suficientemente imprudente, perdoe este velho em mim). É por causa dessa garra que sei que você conseguirá encarar seu inimigo.

Eu lhe contei que procurei informações sobre Elizabeth há alguns anos? A idade nos faz reconsiderar as decisões e querer reparar as transgressões. Descobri que ela nunca se casou. Minha culpa, imagino. Eu sempre pensava em escrever uma carta, pedindo desculpas pelo meu comportamento indesculpável, mas nunca escrevi. Teria servido apenas a mim, me libertado da minha culpa, ou será que a teria ajudado saber que eu ainda pensava no que havia feito, tantos anos depois? Acho que nunca vou saber, já que fui covarde demais para enviar aquela carta.

Agora é a sua vez, querida Sona. Não a estou incentivando a procurar seu pai porque isso vai ajudá-lo a se sentir melhor, mas porque vai ajudar você a se sentir melhor. Seu ressentimento não tem para onde ir até que você fale com ele.

Você sabia que uniformes militares têm botões com o número do regimento? Seu pai está usando um uniforme desses na foto que você me mostrou. Edward fez algumas pesquisas e encontrou o último endereço conhecido de Owen Falstaff. Sei que você deve estar me achando um chato por insistir nesse assunto, mas será que não poderia fazer a vontade deste velho?

Pense melhor na ideia. Espero que o faça. Se precisar daquele endereço e/ou de dinheiro, por favor, escreva para Edward. Ele adoraria receber uma carta sua. Ele fala de você toda hora desde que você foi embora. Boa sorte.

Com amor e amizade,

R. S.

Dobrei as cartas e as enfiei de volta no envelope. Os sinos do Duomo começaram a tocar, lembrando-me de que eu precisaria me apressar se quisesse chegar ao Caffè Doney para me encontrar com Paolo às quatro horas. Atravessei a ponte Santa Trinità e passei por um impressionante prédio de tijolos com ameias no alto. Uma pequena placa de bronze ao lado da entrada anunciava: "Officina di Salvatore Ferragamo". Ah, o estilista de sapatos mencionado no Baedeker. Uma pequena praça na frente do prédio levava à Via de' Tornabuoni.

Os edifícios de ambos os lados da rua eram muito diferentes do humilde, e um tanto decadente, ateliê de Paolo. Segundo o guia, lado a lado em um todo compacto, situavam-se os palacetes das pessoas abastadas, construídos quinhentos anos antes, durante o Renascimento europeu. No térreo, havia butiques (com homens parados na entrada para abrir a porta para os clientes entrarem) e cafés. Os andares superiores, com suas longas cortinas, pareciam ser residências. Passei por um ateliê de alta-costura, onde uma mulher elegante apontava para uma foto em uma revista. Algumas clientes inglesas da minha mãe às vezes pediam que ela copiasse um vestido da *Marie Claire* ou da *Vogue*. Ao passar pela loja de sapatos, ouvi uma cliente dizer em inglês: "Ah, o que o sr. Ferragamo faria se não dependesse somente desses materiais italianos horríveis!". Na loja do outro lado da rua, uma vendedora mostrava rendas finas para duas mulheres. Logo à minha frente, havia um enorme cartaz anunciando uma exposição de Giotto, o pintor em quem Mira havia se inspirado.

Por fim, cheguei ao Gran Caffè Doney, considerado um favorito dos expatriados, segundo o Baedeker. Muitos deles moravam nessa rua. O café estava tão lotado que era impossível circular entre as mesas e cadeiras sem esbarrar no chapéu de alguma senhora.

Lá dentro, procurei por Paolo. Ele não estava em nenhuma das mesas. Enquanto esperava ao lado do balcão, observei os doces folhados na vitrine de vidro, que não tinham os tons quentes de laranja, os verde-pistache e os amarelo-calêndula dos mittai indianos. Ali, havia geleias, petits-fours, todos os tipos de biscotti e algo chamado tiramisu, uma palavra que experimentei dizer em voz alta, sussurrando, claro. Uma generosa cobertura de chocolate em pó sobre várias camadas de creme e massa folhada muito fina. Minha boca se encheu de água.

Desviei o olhar do balcão de doces e olhei em volta outra vez. Um casal estava saindo, então me dirigi à mesa vazia com vista para a rua. À minha esquerda, estava um senhor idoso de terno leve, lendo um jornal: *Osservatore Romano*. Havia uma pequenina xícara de café em sua mesa. O garçom, de uniforme preto e branco, aproximou-se dele, inclinou-se em direção ao seu ouvido e falou em voz baixa. O homem olhou para o garçom. Consegui entender a essência do que ele disse: "Vou ler o que quiser... Não tenho medo... não preciso de fascistas". O garçom pigarreou e se posicionou atrás do balcão de doces.

Esperei uma hora por Paolo, enrolando com um cappuccino, que decidi que preferia aos outros cafés que havia experimentado na Europa.

— *Signorina?*

Levantei os olhos. Se não estivesse sentada, poderia ter me desequilibrado. Assim tão de perto, Paolo era ainda mais bonito. Alguns cachos errantes de seu cabelo escuro caíam sobre a testa. E aqueles lábios esculturais! O lábio inferior era uma almofada macia com uma depressão no meio. A boca era emoldurada por um bigode e um cavanhaque. Em outro homem, poderia ser esquisito, mas ele parecia um Ali Babá moderno. Um nariz reto, perfeitamente simétrico. Olhos que o faziam parecer ao mesmo tempo sonolento e alerta. Será que era assim dez anos antes, quando Mira o conhecera?

— Você tem algo para mim? — Ele segurava um cigarro aceso entre o polegar e o indicador.

Tentei me levantar, mas não havia muito espaço e acabei fazendo uma meia reverência e me sentindo idiota.

— Eu sou... Sona Falstaff.

Ele assentiu e se sentou. Fez um sinal para o garçom, pedindo dois cafés.

— Fui enfermeira da srta. Novak.

— Mira? — A voz dele subiu uma oitava. — Ela está bem? Não temos notícias dela há semanas e estávamos preocupados. — Pegou minhas mãos e se inclinou para a frente até nossas cabeças quase se tocarem. — Diga que ela e o bebê estão bem.

Ele sabia que Mira estava grávida? De repente ficou tão agitado que senti que o café não era o lugar certo para aquela conversa. Paolo deve ter visto o choque em meu rosto. Apagou o cigarro no cinzeiro.

— É melhor você subir — disse ele, deixando algumas moedas na mesa.

Caminhamos menos de vinte passos até a entrada de um pátio circular. Dois carros estavam estacionados na frente das portas do palazzo: um Alfa Romeo e um Mercedes-Benz. Emoldurando essas portas, havia afrescos de jovens mulheres regando flores. À nossa volta, um emaranhado de hera cobria as paredes. Havia quatro caixas de correio de madeira, portanto, quatro apartamentos.

Paolo abriu a porta do elevador e fez sinal para que eu entrasse. Subimos quatro andares.

— Minha esposa não vai gostar de você estar aqui.

Depois de todas as histórias de conquistador, fiquei surpresa ao saber que ele tinha uma esposa. Franzi a testa, imaginando o que eu poderia ter feito para desagradar uma mulher que nunca tinha visto.

— Ah, não é nada com você. Tem a ver com qualquer mulher para quem eu olhe. Mas ela está no cinema, então…

O elevador se abriu em um magnífico apartamento. Ele indicou o sofá de veludo branco, onde me sentei. À frente, havia duas poltronas azul-claras. A mesa de centro tinha contornos cromados tubulares, desafiando a atmosfera de velho mundo da sala: pé-direito e janelas altos, paredes com estuque, molduras elaboradas. Eu me perguntei quem tocaria o piano de cauda que estava no canto. Do teto, no meio da sala, pendia um candelabro de cristal.

Paolo permaneceu de pé.

— Agora me conte sobre Mira.

Achei que seria melhor fazer isso como se puxa um curativo: rápido.

— Sinto muito por trazer notícias tão tristes, sr. Puccini. A srta. Novak faleceu algumas semanas atrás.

Paolo me olhou demoradamente. Uma ruga se formou entre suas sobrancelhas.

— O quê? Como?

— Ela estava internada no hospital devido a um aborto espontâneo.

Ele cobriu a boca, os olhos cheios d'água. Fez o sinal da cruz.

— O bebê… Como isso aconteceu? Como uma mulher morre de aborto espontâneo em 1937?

A porta do elevador se abriu. A mulher que entrou no apartamento usava um vestido preto simples, que marcava suas curvas. Certamente era a esposa de Paolo. Devia ser uns bons dez anos mais velha que ele. Eu já tinha visto o contrário, homens décadas mais velhos que suas esposas, mas nunca o marido tão mais jovem. Se Paolo estava na casa dos quarenta, sua esposa devia ter uns cinquenta. Embora tivesse mantido a forma, o queixo começava a ceder e os tornozelos a engrossar. As sobrancelhas eram finas e os lábios estavam pintados de vermelho.

Paolo ainda permanecia mudo, parado no meio da sala.

A mulher tirou o chapéu preto de abas largas e examinou sua imagem no espelho barroco sobre o aparador.

— Foi horrível. O filme não passava de propaganda.

Seu tom neutro e anasalado, que reconheci como estadunidense por causa de pacientes de que havia cuidado na Índia, contrastava fortemente com a fala mais melódica de Paolo.

Ela tirou as luvas, puxando um dedo por vez, e as colocou sobre o aparador.

— Esse era sobre comida, dá para acreditar? — Imitou uma narração em italiano: — Mussolini acha que o segredo é usar a música e a poesia para despertar os sabores da comida. — Riu e descalçou os sapatos de salto alto. — Eu tinha certeza de que Florence Foster Jenkins ia nos convidar para irmos todos à casa dela ouvir aquele canto horrível. Tive sorte de conseguir escapar!

Por fim, ela se virou para a sala e reparou em mim.

— Ah — disse ela, com um olhar de interrogação para Paolo. Sua voz era tensa. — Quem é ela? — Seus olhos passavam rápido de mim para seu marido.

Paolo parecia atordoado.

— É a mulher que cuidou de Mira. Srta. Falstaff, essa é minha esposa, Whitney.

Whitney franziu a testa.

— Cuidou dela… como?

Paolo passou o polegar na testa e olhou para o chão.

— Quando Mira foi para o hospital.

Sua esposa semicerrou os olhos.

— Mira estava no hospital?

Eu me levantei com calma. Estava acostumada com o tipo dela, o tipo de mulher que poderia avançar facilmente para uma histeria.

— Fui enfermeira dela, senhora. No Hospital Wadia, em Bombaim.

Whitney, que ainda não havia saído de perto do aparador, perguntou:

— Por quê?

Fiquei confusa.

— Eu trabalho lá, senhora.

— Não, sua tonta. Por que Mira estava lá?

Olhei para Paolo. Era dever dele contar para a esposa. Mas ele parecia não conseguir tirar os olhos do chão.

— Alguém vai me contar o que aconteceu? — Whitney, então, olhou para o marido. — Ah, meu deus. Aconteceu alguma coisa com o bebê? Paolo! O bebê está bem?

Olhei de um para o outro. Mira tinha dito algo sobre avisar Paolo depois de saber que havia perdido o bebê. Como Whitney entrava nessa história? Eu estava no meio de algo que não entendia e não queria entender. Meu pescoço começou a esquentar e eu torcia para que não notassem o rubor subindo por ele.

Whitney continuava parada, boquiaberta. Ela se virou para o marido.

— Então não vai mais haver um bebê?

Paolo encarou a esposa, incrédulo.

— Não há mais Mira. Mira teve a vida arrancada dela. Pense nisso. — A raiva tornou sua pele mais escura.

Sua esposa ergueu as sobrancelhas bem delineadas, ainda sem acreditar.

— Mas nós íamos ter um bebê. Nós íamos ficar com o bebê. O trato era esse.

— Mas Mira...

Whitney caminhou até ele e apontou uma unha cor-de-rosa para seu peito.

— Não me importo com Mira, nunca me importei. Se não tivermos um bebê, não teremos isto. — Estendeu os braços para os lados. — Não teremos o apartamento. Não teremos a renda mensal. Não teremos nada além do que você ganha com suas... pinturas... se é que as chama assim.

Paolo franziu as sobrancelhas.

— O que você quer dizer com isso?

Sua esposa moveu a mão em um gesto de pouco caso.

— Ah, pelo amor de Deus, Paolo, você só copia os velhos mestres.

As narinas de Paolo se dilataram.

— Não foi o que me mandou fazer?

— Porque suas outras pinturas não vendem, *mio caro*! Achei que você ia ser um daqueles pintores bem-sucedidos, como De Chirico. — Ela pôs a mão na testa e o rosto de Paolo ficou tenso. Ele abriu a boca para dizer algo no momento em que Whitney pareceu se lembrar de que eu ainda estava na sala. — Há mais alguma coisa que queira nos contar?

Pensei na tela em minha sacola, mas achei que não seria uma boa ideia entregá-la a ele na frente da esposa.

— Não. Eu... eu vou indo — disse e me dirigi para a porta. — Talvez, sr. Puccini, o senhor pudesse me acompanhar até lá fora? Está escurecendo.

— Claro.

Foi alívio que vi em seu rosto? Ele preferia lidar com a esposa mais tarde, o que eu compreendia. Saímos antes que ela pudesse protestar.

No elevador, Paolo pegou o maço de cigarros no bolso da camisa. Tirou um Nazionali e procurou a caixa de fósforos.

— Nós somos obrigados até a fumar cigarros italianos por causa dele — resmungou. — Têm gosto de xixi de vaca.

Pressupus que estivesse falando de Mussolini.

Quando atravessamos o pátio até a entrada para a rua, Paolo disse:

— O pai de Whitney é o dono desse *palazzo*. Ele é estadunidense, um magnata da indústria naval. Ele comprou esse prédio por uma pechincha de uma família italiana que tinha perdido tudo na quebra do mercado de ações. Depois o dividiu em quatro apartamentos, e nós moramos em um deles. Nunca gostou de mim, provavelmente porque não sou o tipo que queria para a filha. — Suspirou. — Ele nos deixará ficar no apartamento e Whitney herdará o prédio inteiro quando ele morrer, mas só se lhe dermos um neto. Whitney e eu não podemos ter filhos. Por isso Mira estava nos ajudando.

Sob a luz do poste de iluminação, ele me observou enquanto eu pensava no que ele havia dito. Então Mira teria um bebê para os Puccini?

Eu supunha que havia muitos tipos de arranjo para casais que quisessem adotar um bebê. Esse me chocou, não só porque nunca tinha visto nada parecido, mas porque envolvia Mira, uma mulher que, até onde se sabia, não queria ter filhos.

Quando consegui reencontrar a voz, perguntei:

— Mas como?

— Como assim?

— O marido dela não iria querer ficar com o bebê? Quer dizer, naturalmente ele ia achar que era dele, não?

Paolo suspirou. Estava muito abatido.

— Escute, você pode se encontrar comigo amanhã? Vou explicar tudo. Agora não é o momento. Whitney vai pensar o que normalmente pensa se eu passar tempo demais com outra mulher. Preciso voltar para lá.

— Claro.

Ele passou a mão no queixo.

— Mira e eu costumávamos nos encontrar no Parque delle Cascine. Fica... seguindo o Arno...

— Dou um jeito de achar. — Era visível que ele não conseguia raciocinar.

— Lá você vai ver a estátua de um príncipe indiano. Encontro você... às dez. É quando estou no ateliê, trabalhando.

Assim sua esposa não suspeitaria de nada.

— Até lá.

Não queria nem pensar na briga que Paolo enfrentaria quando voltasse para casa.

Na manhã seguinte, encontrei a estátua no Parque delle Cascine, do outro lado do Arno. O parque se estendia por cinco quilômetros ao longo do rio. Caminhei por bosques de bordos, carvalhos, olmos e pinheiros. O lugar era tranquilo, com alguns florentinos passeando pelos gramados, conversando em voz baixa.

Paolo estava atrasado, então li a inscrição na estátua, que dizia que o príncipe indiano Rajaram II tinha adoecido durante sua viagem pela Europa e morrera em Florença. Ele fora cremado e suas cinzas tinham sido espalhadas no Arno, contra a vontade da Igreja Católica, que não queria que os restos mortais de um pagão, ainda que da realeza, poluíssem o rio.

— Agora você sabe por que Mira gostava daqui. — Eu me virei e o vi apontando para a efígie do príncipe. — Essa estátua a lembrava da Índia. Ela amava desafiar as convenções, o que, se você conhece... conheceu... a Mira, era o que a tornava especial. Ela não ligava para regras.

Ele estava certo. Mira teria apreciado esse aceno à desobediência, assim como amava o modo como os indianos desafiavam os britânicos, daquela maneira discreta deles. Eu o observei enquanto ele fitava o Arno. Paolo entendia Mira.

Ele usava outra camisa branca manchada de tinta, as mangas arregaçadas até os cotovelos (ou seria a mesma camisa da véspera?). Tentei não ficar olhando os pelos escuros em seus braços, tão parecidos com os de Amit. Senti uma vontade ridícula de alisá-los sobre sua pele. Um homem e uma mulher passaram por nós. Ambos se viraram e sorriram para ele. Ele atraía a atenção até de homens.

Caminhamos pelos jardins.

— Era aqui que Mira e eu vínhamos desenhar e pintar. O único lugar em que a mãe dela não se intrometia. — Fez uma pausa. — Eu gostava muito dela, sabe?

A declaração me surpreendeu. Os amigos de Mira só falaram do amor dela por Paolo, não dos sentimentos dele por ela.

Ele se virou para mim.

— Eu não tenho dinheiro, não poderia ficar com uma mulher que precisava ser sustentada. — Seus olhos imploravam que eu compreendesse.

— Mas Mira vinha de família rica — argumentei.

— Os pais dela eram ricos, mas a mãe cortou o dinheiro de Mira assim que ela e eu...

Ah, o estranho triângulo amoroso entre Mira, sua mãe e Paolo.

Paolo desviou o olhar. Passou a mão no rosto.

— Foi complicado, a mãe dela era muito persistente. Queria um relacionamento exclusivo, mas eu não queria. Não naquela época.

Deu uma olhada rápida para mim para ver se eu tinha entendido. Sim, eu tinha: ele costumava dormir com muitas mulheres, quando encontrou uma que poderia sustentá-lo, Whitney, se casou com ela. Mas eu compreendia por que a esposa dele ainda ficava desconfiada. Com um marido tão bonito, ela precisava manter o olho aberto contra predadoras.

Eu carregava a tela *Homem em abundância.*

— Mira deixou isso para o senhor.

Estendi a pintura e ele a pegou.

— Sempre gostei dessa. Foi uma das primeiras coisas que ensinei a ela, essas pinceladas ao estilo de Cézanne. Quando ela aprendeu, pediu que eu posasse para ela. — Seu sorriso era cheio de lembranças.

— Acha que sua esposa o deixará pendurá-lo em casa?

Ele sorriu.

— Acho que esse vai para o meu ateliê.

— Mira também deixou um quadro para Josephine Benoit, de Paris, e para Petra Hitzig, de Praga. O senhor reconhece esses nomes?

— Sim, claro. Mira falava delas.

— Pelo que percebi, vocês mantiveram contato mesmo depois que ela se casou com Filip Bartos?

— Sempre que ela vinha à Itália, nós nos víamos. Mira era Mira. Era divertida, animada. Não acho que ela e o Filip combinassem como casal. Ela queria provocar a mãe, como sempre fazia, se casando com alguém que a mãe não aprovava. Com um ano de casamento, Mira já estava entediada dele.

Andamos ao longo da mureta de pedra ornamentada que rodeava o monumento do príncipe. Flores de todas as cores desabrochavam à nossa volta. Margaridas, lírios e jacintos margeavam os caminhos. Percebi um aroma de ervilhas-de-cheiro. Do outro lado do rio, Florença emitia um brilho terroso. Era essa luz que me lembrava a Índia. Ou talvez fosse o ritmo das pessoas. Pareciam menos apressadas, mais dispostas a reservar um tempo para um amigo ou apenas para observar as pessoas de um banco no parque.

Parei para admirar a decoração e os baixos-relevos em forma de pavão na abóboda sobre a estátua. Foi o calor de seu corpo, mais do que sua respiração, que me disse que Paolo estava atrás de mim. Eu me virei. Ele estava tão perto que nossos braços se tocaram. Será que, naquele momento, eu tentava viver a vida de Mira? Se Paolo não fosse casado, teria tentado seduzi-lo?

— Se um dia eu tivesse me apaixonado por uma mulher, teria sido por ela. — Ele pareceu saudoso. — Mesmo agora, ainda posso escutá-la. Senti-la. Cheirá-la. Ela era tão cheia de vida. Queria experimentar tudo. Mas também queria experimentar tudo com todos que conhecia. — Colheu uma margarida e puxou suas pétalas. — Você pode achar que sou um conquistador, mas Mira também era. Ela experimentava tudo com todo mundo, para ver como era. — Deu uma risadinha.

Assenti.

— Por todos os comentários, de Petra... de Josephine... era do senhor que ela mais gostava. O senhor era diferente. — Fiz uma pausa. — Era como um prêmio. Ela o conquistou quando outras mulheres não conseguiram. — Fiquei com receio de falar de forma aberta demais, mas não consegui evitar. — Talvez vocês fossem muito parecidos? Os dois tão seguros da facilidade com que conseguiam seduzir. Esse poder devia ser inebriante.

Paolo pareceu achar graça.

— Certamente foi empolgante para ela se colocar entre mim e a mãe. Veena e eu nos conhecemos em uma exposição de arte em Veneza. Ela não saía da minha cola. — Ele jogou a flor no chão, sem pétalas. — Mira sempre quis a atenção da mãe. Do modo que pudesse. Ela viu que se meter entre nós a faria ser notada. E fez. A mãe dela ficou furiosa e voltou para Praga. Mira continuou aqui, mas perdeu a herança.

Ele me examinou por um momento.

— Ela lhe contou sobre a primeira vez que ficou grávida? — *Será que vi uma expressão de culpa em seu rosto?*

— A primeira vez?

— Ela correu para Praga e para Filip. Ele a salvou. Ela arrumou encrenca, e ele a socorreu. Filip já era formado em medicina, mas nunca exerceu a profissão. Fiquei pensando se aquela primeira operação, feita em casa e não em um hospital, não teve algo a ver com seu aborto espontâneo agora.

Mira fizera um aborto anos atrás? Essa notícia teria me chocado se viesse um mês antes, mas, naquele momento, refleti sobre a questão como enfermeira. Já tinha visto os riscos de realizar esse procedimento em casa quando as mulheres procuravam o hospital depois. Falta de esterilização, instrumentos inadequados... várias coisas poderiam comprometer o procedimento. Pobre Mira.

Começamos a andar outra vez, o cascalho sob nossos pés rangendo a cada passo.

— Fiquei encarregada de cuidar dela no turno da noite. O marido a levou ao hospital. Naturalmente, supus que o bebê fosse dele.

— Bem, srta. Falstaff, talvez seja difícil de entender, mas quero mesmo um bebê com Whitney e, como ela não conseguiu conceber, nós decidimos que eu deveria falar com Mira. Ela aceitou de bom grado, pois estávamos pagando um bom dinheiro. Mas pediu que escondêssemos a gravidez de Filip o máximo possível, porque queria tempo para revelar isso a ele com delicadeza...

— Por *revelar a ele com delicadeza* o senhor se refere a...

— Sim.

— Que o senhor a estava engravidando?

— Sim.

— E sua esposa concordou com isso?

Ele hesitou.

— A princípio, não. Mas não tínhamos muitas opções. — Fez uma pausa. — Mira e eu passamos uma semana em um hotel em Milão... longe de Florença...

— E de sua esposa.

— Exato. Mira voltou para a Índia e nós esperamos. Um mês depois, ela telefonou com a notícia. Whitney e eu ficamos eufóricos. A gravidez estava transcorrendo sem problemas. Mira estava saudável e o bebê seria parecido comigo. Se a pele dele fosse um pouco mais escura, tudo bem. Afinal, sou italiano. Teria sido perfeito. — Ele suspirou. — Como, exatamente, Mira morreu?

Tentei ser vaga.

— Uma overdose de morfina.

Paolo pareceu alarmado.

— Como?

Ah, de que adiantava tentar esconder a verdade?

— Havia um frasco de morfina deixado no quarto. Eu levei a culpa pelo descuido, mas, sr. Puccini, juro que não causei a morte dela. — Desejei que ele acreditasse em mim.

As sobrancelhas dele se uniram.

— Então o que pode ter acontecido?

Pensei se deveria ou não contar sobre minhas suspeitas.

— Só posso especular, não tenho como provar nada.

Ele apertou a ponte do nariz.

— Espere. Para começar, como ela foi parar no hospital? Mira ia ter meu bebê, quero saber. Vou ter que explicar a Whitney mesmo, seria bom se soubesse todos os fatos.

Escolhi as palavras com cuidado.

— Bem, não sei muita coisa além disso: o marido dela disse que a Mira estava se queixando de dor abdominal e dor de cabeça forte havia alguns dias. Ela começou a sangrar, mas esperou horas antes de pedir para ir ao hospital. Quando chegou, era evidente que havia sofrido um aborto espontâneo e estava com muita dor.

A testa dele se franziu de preocupação.

— Ela sofreu muito?

Hesitei.

— Ela continuou com uma dor considerável mesmo depois de perder o bebê.

Paolo pensou por um momento.

— Nem Mira nem Filip queriam filhos. Ela sempre disse que não teria nenhum.

— O que a fez mudar de ideia? Por que ela aceitou fazer isso para o senhor e sua esposa?

Paolo esfregou a mão na nuca.

— Bem, o dinheiro que estávamos pagando daria para ela pintar por um ano inteiro sem vender nenhum quadro. Os quadros dela vendiam bem, mas o dinheiro nunca era suficiente depois que os pais pararam de bancá-la. Filip não trabalhava, mas gostava de roupas caras, bons vinhos e de morar bem.

Mira era o tipo de pessoa para quem isso teria parecido um acordo razoável? Se ela estivesse aqui, eu perguntaria se ter um bebê para a esposa de seu ex-amor valia o dinheiro. E sua dignidade? E seu orgulho? Ou será que eu estava sendo muito dura em julgá-la, como havia feito com o dr. Stoddard? Como havia feito com ela quando me confidenciou sobre estar arrependida? Mira, Paolo, Petra e Josephine viviam em um mundo muito diferente do meu. Tinham um senso de moralidade diferente. Como eu poderia impor minhas crenças a eles?

Conversar com os amigos de Mira me fez questionar o quanto eu realmente conhecia da personalidade dela. Parecia haver muitas Miras. Eu havia conhecido várias versões dela. Mira, a pintora. Mira, a paciente. Mira, a amante. Como no caso do dr. Stoddard, questionei se seria possível conhecer alguém completamente. "As coisas nunca são o que parecem", Agnes havia dito. Eu continuava tendo que aprender essa lição de novo e de novo.

Caminhamos de um canto de Florença a outro. A cidade era surpreendentemente pequena. Paolo revelou pequenos detalhes sobre Mira, rindo das observações dela sobre os italianos. Ele me levou à Galeria Uffizi, onde insistiu que estava a melhor arte do mundo. Michelangelo, Botticelli, Giotto, Da Vinci. Com uma piscadinha para o guarda, me conduziu ao Corredor Vasari, a passagem secreta que a família Médici usava para ir ao Palácio Pitti sem ser vista. O dr. Stoddard havia recomendado que eu a visitasse. Paolo disse que era o lugar favorito de Mira para uma namoradinha rápida, entre Rembrandt e Velásquez. As almofadas macias de seus lábios se entreabriram em um sorriso ao mesmo tempo alegre e triste. Ele sentiria falta dela.

Ela o amara e ele a amara de volta, disso eu tinha certeza agora. Mas amor não significava passar uma vida inteira juntos, não é?

Quando voltei à minha hospedagem, tão mais humilde que a casa de madame Renaud, minha anfitriã me deu uma batidinha no ombro, parecendo sentir que eu estava perturbada. E cansada. Estendeu um braço na direção da cortina. Passei para o outro lado e me sentei junto a uma pequena mesa de madeira riscada. Ela trouxe uma tigela de pasta e um pedaço de um pão denso. O aroma da pasta era divino. Estava coberta por um molho cremoso leve e com o que me pareceram cogumelos. Apontou para a pasta e disse:

— *Tartufi.*

— *Tartufi?* — repeti.

— *Si, si, signorina. Tartufi.*

Apontou outra vez. Imitou porcos grunhindo, cavando a terra. Eu não fazia ideia do que ela estava tentando me dizer, mas sua explicação me fez rir, o que a fez rir também. Algo em meu peito relaxou e eu me senti bem pela primeira vez naquele dia.

Quando me deitei na cama aquela noite, conversei com minha mãe.

Consegui, mãe. Fiz o que Mira me pediu. Viajei milhares de quilômetros para lugares onde nunca havia estado, saboreei comidas das quais nunca tinha ouvido falar. Caminhei por cidades, jardins e ruelas por onde não teria me aventurado para encontrar as três pessoas de quem ela mais gostava. Fiquei apavorada algumas vezes. Em outras, me senti solitária. Houve surpresas, algumas das quais me encantaram (Edward, Amit), outras me feriram (Agnes, o homem no La Rotonde). Foi como a roda-gigante em que você me levou quando eu tinha seis anos. Quanto mais alto subíamos, mais o medo e a emoção me tomavam. Lá em cima, você apontou para os prédios, parques e lagos que eu só tinha visto no mapa. E, quando chegamos perto do chão, eu só queria subir lá outra vez. E é assim que quero fazer quando voltar a Bombaim. Mas, agora, não vou mais me esconder. Vou deixar as pessoas verem quem sou e vou me esforçar para aprender quem elas são. Vou fazer coisas que não fiz antes. Coisas que você e eu poderíamos ter feito todo esse tempo. Como fazer um piquenique no Colar da Rainha, ir a uma matinê no Cinema Regal, empinar pipas na praia Chowpatty. Estou pensando em procurar emprego em uma casa particular para cuidar de alguém, como fiz com o dr. Stoddard. Tenho certeza de que Edward, que é o mais gentil dos homens (você o adoraria, mãe!), vai me ajudar com isso. E há o Amit. Sinto muito por não ter falado dos meus sentimentos por ele com você. Eu queria guardá-los por um tempo só comigo. Mas acho que você os adivinhou mesmo assim. Eu não conseguia esconder muita coisa de você.

Sorri, imaginando minha mãe ouvindo meus planos.

Então, uma imagem do dr. Stoddard surgiu sem ser convidada. *Vá procurar seu pai.*

Mas esse era um pedido impossível! Por que eu deveria procurá-lo? Para mim, ele seria sempre um desertor e um conquistador barato. Ralph Stoddard achava que meu pai não tinha tido coragem de me encarar. Ir para a Inglaterra confirmaria isso? E a família inglesa dele? Como eles reagiriam quando eu aparecesse, reivindicando-o como pai? Ficariam chocados? Furiosos? Eles me expulsariam de sua casa, me chamariam de mentirosa, interesseira ou diriam que eu estava imaginando coisas?

Porém, se eu não confrontasse meu pai, também seria uma covarde? Aqui estava eu, na Europa, a meio dia de viagem de distância dele e, finalmente, tinha a chance de lhe dizer tudo que pensava. Eu estava com medo de fazer isso? Ou tinha receio de que, quando estivesse cara a cara com ele, perderia minha determinação de socar seu peito e, em vez disso, me jogaria em seus braços? Eu queria continuar a odiá-lo. Essa era a única coisa segura e estável na minha vida e não queria perder isso. Mas, quando eu retornaria à Europa depois que voltasse a Bombaim? Essa era minha chance. Eu deveria aproveitá-la?

No dia seguinte, pretendia voltar para a Índia. O plano era ir até Argel de trem e, de lá, pegar um navio. Eu tinha estado em uma agência de viagens e a atendente havia me ajudado a calcular a rota mais barata. Só me restava dinheiro para isso, mas algo me fez hesitar.

Ir ou não ir. Essa era a decisão mais importante que eu precisava tomar na minha jovem vida.

LONDRES

DOZE

A casa de Owen Falstaff ficava em uma fileira de sobrados idênticos, bem cuidados e compactos, cada um deles com uma porta preta lustrosa, aldrava de metal e cerca preta de ferro reluzente, lado a lado, como palitos de fósforo dentro de uma caixa. Eram três degraus da calçada até a porta, dezesseis passos da calçada do outro lado da rua, onde eu me encontrava. No entanto, eu não conseguia fazer o percurso.

Antes de partir de Florença, enviei um telegrama para Edward na embaixada britânica para pedir o endereço do meu pai. Ele me respondeu de imediato, perguntando se eu precisava de dinheiro. Eu me senti incomodada com a sugestão. Não precisava de caridade, tinha sido econômica. Havia montado um esquema com a mulher da agência de viagens para poder chegar à Inglaterra com o dinheiro que tinha separado para o retorno a Bombaim. Depois disso, meu futuro era vago. Eu não tinha dinheiro suficiente para voltar para casa. Não sabia como ia me virar, mas daria um jeito. Eu tinha me virado bem até aqui, não tinha?

Eu odiava meu pai, mas sempre tive curiosidade de conhecer Londres. Algumas coisas eram como em Bombaim. Os ônibus de dois andares, os bondes, os ciclistas costurando pelo meio do tráfego, os policiais de capacete e luvas brancas direcionando o trânsito no meio da rua, os vendedores de sorvete empurrando seus carrinhos, os prédios com frontões, torres góticas e colunas semelhantes ao Terminal Victoria. Mas o céu era encoberto, cinza, e a ausência de cor tornava Londres uma cidade triste. Em vez de mulheres em sáris verde-limão inclinadas sobre jharus de cerdas longas, aqui, homens de chapéu e casaco varriam as ruas. Em Londres, as pessoas não vagueavam pelas calçadas, elas andavam com determinação, como se estivessem todas em uma missão muito importante. Sem tempo para trocar cumprimentos.

Eu não sabia dizer por quanto tempo fiquei olhando para a casa do meu pai. Havia algo de intimidador, uma brancura que cegava, na casa dos Falstaff que diferia do aconchego e da receptividade das casas indianas, até mesmo da propriedade dos Singh. Um simples movimento do meu pé esquerdo, depois o direito, depois o esquerdo, me colocaria no pequeno patamar diante da porta. Eu tinha ensaiado esse ato na minha cabeça. Acompanhei, na mente, uma visão imaginária de mim mesma subindo aqueles degraus, pondo a mão na aldrava, levantando a alça e batendo-a na base de metal. *Toc, toc, toc.*

Pelo canto do olho, percebi um movimento nas cortinas da janela à minha direita. Sem pensar, me virei na direção oposta e caminhei o mais rápido que pude até o fim do quarteirão. Ofegante, parei, me curvei e vomitei no meio-fio. Meu nariz escorria. Peguei um lenço no bolso e enxuguei a boca e o nariz. Por que eu não conseguia bater àquela porta? Tinha sido corajosa, mais corajosa do que achei que seria, ao deixar minha casa, minha mãe, meu país. Tinha atravessado várias fronteiras até chegar aqui, à casa do meu pai. E, naquele momento, não conseguia juntar nem um pinguinho de coragem para ficar cara a cara com ele?

A voz na minha cabeça disse: *Você chegou tão longe. Volte lá e termine o que veio fazer aqui. Pare de ser medrosa!*

Engoli em seco, pigarreei. Um menininho com uma bermuda de lã suja de lama olhava fixo para mim, com uma bola de futebol nas mãos. Levei um susto. Será que ele tinha me visto vomitar o café da manhã? A vergonha me fez evitar seus olhos.

Daquela vez, atravessei para o outro lado da rua estreita e caminhei novamente até a casa. Pinkney Lane, 1059. *Eu consigo fazer isso. Eu mereço. Já cheguei até aqui. O que vou dizer quando finalmente vir meu pai depois de vinte anos? Vou cuspir na cara dele? Vou lhe dar um tapa? Vou chorar e lhe dizer como senti a falta dele e quis que ele voltasse para casa, para nós, para mim?*

A porta da frente da Pinkney Lane, 1059, se abriu. Congelei. Uma mulher estava ali parada, olhando para mim. Ela usava um vestido azul-marinho estampado com flores brancas e ajustado na cintura por um cinto branco. Os sapatos de salto alto combinavam com o vestido.

— Não quer entrar? — convidou ela, timidamente.

Abri a boca e a fechei de novo, sem dizer nada. Ela estava falando comigo? Senti como se tivesse sido pega fazendo algo que não devia. Como quando a enfermeira-chefe repreendia uma enfermeira por fumar um cigarro escondido durante o intervalo.

A mulher à porta tinha olhos bondosos.

— Por favor — insistiu ela.

Eu me forcei a andar em sua direção. Levantei a perna esquerda para o primeiro degrau. Depois a direita. Depois a esquerda. Estava a três passos dela. A primeira esposa do meu pai.

De perto, eu via as rugas nos cantos de sua boca e as linhas na testa. Suas bochechas e a ponta do nariz eram rosadas. Ela parecia ter uns cinquenta anos, embora eu soubesse, pela minha experiência como enfermeira, que a pele clara das britânicas envelhecia mais depressa que a das mulheres indianas.

Por um momento, ficamos olhando uma para a outra. Os olhos dela estudavam meu rosto. Talvez ela estivesse procurando sinais do marido em meus traços. Eu não sabia. Achei ter visto um mínimo movimento de confirmação de sua cabeça, mas posso ter imaginado.

Ela abriu mais a porta e ajeitou o vestido com a mão livre.

— Eu fiz chá — disse, como se tivéssemos combinado uma visita.

Diante de mim havia uma escada que devia levar ao segundo andar. À direita, vi uma pequena sala de estar. Um sofá e duas poltronas ladeavam uma lareira de pedra. Ela fechou a porta e indicou com um gesto que eu podia me sentar. Depois assentiu e pediu licença para pegar o chá.

Na prateleira sobre a lareira, havia fotografias em molduras prateadas. Uma era de um homem com o uniforme do exército britânico, a boina em um ângulo sobre a orelha direita. Ele usava um pequeno bigode. A testa alta e as bochechas fundas eram muito parecidas com as minhas. Era uma foto formal, do tipo que os militares tiravam. Devia ter sido tirada anos depois daquela que minha mãe havia guardado. Dava para ver o passar dos anos pesar sobre ele.

Passei à foto seguinte. O mesmo homem, um pouco mais jovem, estendido de lado na areia da praia, um braço apoiando a cabeça. Ele estava de camiseta e bermuda, sorrindo para a menininha à sua frente. Ela estava de costas para a câmera. Não podia ter mais que três anos, a mesma idade que eu tinha quando ele fora embora da Índia. Eu poderia ter sido aquela menina. Senti tanta saudade dele que meu peito doeu. A menina estava com uma touquinha na cabeça. Um menino sem blusa de uns cinco ou seis anos, com a cabeça apoiada nas pernas do homem, semicerrava os olhos para a fotógrafa, que eu supunha que fosse a mulher que me recebera à porta. Um relógio na prateleira bateu a meia hora.

— Brighton Beach.

Eu me virei. Ela colocava a bandeja com o chá na mesinha ao lado do sofá.

— As crianças adoravam ir para lá. — Ajustou o vestido sob o corpo antes de se sentar. — Owen também — disse, enquanto servia meu chá. Estendeu a xícara no pires para que eu a pegasse de suas mãos.

Será que eu estava sonhando tudo isso? Essa mulher, o convite para o chá, o relógio. Parecia surreal.

Peguei a xícara e me sentei na ponta de uma poltrona.

— Eu receava que você fosse vir algum dia. — Os olhos dela evitaram os meus enquanto ela servia o próprio chá. — E meio que torcia para que não viesse. — Quando ela se virou para mim outra vez, seus olhos estavam brilhando de lágrimas. — Eu não sabia sobre você e sua mãe. — Desviou o olhar de novo. — Bem, isso não é totalmente verdade. Eu sabia que havia alguma coisa. As cartas dele se tornaram cada vez menos frequentes depois que ele ficou um tempo na Índia. Eu precisava fazer alguma coisa para trazê-lo de volta. Inventei uma desculpa. Disse a ele que nosso filho estava com problemas e precisava do pai. Se Owen não viesse, nós teríamos que mandar Alistair para a escola militar. Então Owen voltou para casa, para a família dele. — Tomou um gole do chá.

Para a família dele? E a minha família? Como ele teve a ousadia de nos deixar sem nada enquanto parecia viver bastante bem aqui em Londres? A casa, o bairro, a aliança de casamento que a esposa usava. Para o aniversário de Rajat e o meu, ele não podia dispensar mais do que uma ninharia? Minha xícara tilintou no pires. Minhas mãos estavam tremendo de raiva.

— Ele estava diferente quando voltou, distante. Ficou muito feliz de ver as crianças. Mas comigo… bem… Nós nos mudamos de casa. Achamos que um lugar novo ajudaria. Por fim, fomos retomando a vida. A escola das crianças, as aulas de dança da Lucy, o críquete do Alistair.

Deixou a xícara sobre a mesa e alisou o vestido com a palma das mãos.

— Então, um dia, descobri os saques no banco. E uma foto de duas crianças: um bebê e uma menina de uns dois anos, que imagino que fosse você. A princípio, me neguei a acreditar. Depois, morri de ódio. Por ele. Pela sua mãe. Queimei as roupas dele, os livros, todos os documentos militares. Não guardei nada para meus filhos. Como ele pôde ter me enganado? Como pôde ter enganado os filhos? Por que ele não os amou o suficiente para não…

Eu não suportava mais ouvi-la. Meu chá tinha esfriado. Eu me levantei e pus a xícara sobre a mesa. Minhas mãos estavam contraídas.

— Onde ele está?

Ela olhou para a foto dele na prateleira sobre a lareira, o Owen mais velho.

— Ele morreu há sete anos. De câncer.

Na Índia, as dhobis batiam as roupas molhadas em pedra — *chuác!* — para soltar a sujeira. Foi esse o som que ouvi em minha cabeça quando a esposa do meu pai contou que ele havia morrido. Morreu no ano do meu aniversário de dezesseis anos. Todos esses anos o odiando, e para quê? Eu não poderia mais chamá-lo de covarde nem jamais receber um pedido de desculpas.

— Mas tenho recebido cartas dele há vinte anos.

Ela tocou o decote do vestido.

— Quando descobri os saques e soube que ele estava enviando dinheiro para vocês, fiquei furiosa. Era dinheiro que teria sido útil para os meus filhos.

A esposa do meu pai limpou os lábios com um guardanapo.

— Então olhei bem para vocês, na foto. A fotografia deve ter custado um bom dinheiro a Owen. No verso estavam seus nomes: Sona, Rajat. Vocês existiam. Eu não podia mais me esconder de vocês. Nenhum bebê merece ser abandonado. Pensei em todos os anos que vocês dois perderam de convivência com um pai. Eu tentava me convencer de que sua mãe provavelmente havia encontrado alguém e se casado. Talvez vocês tivessem um pai, afinal. Mas, mesmo quando pensava nisso, eu sabia que era mais uma mentira que contava para mim mesma.

Seus olhos se encheram d'água e a voz tremeu.

— Pensei nos meus próprios filhos. Como eles se sentiriam se tivessem crescido sem o Owen. Mesmo que tivéssemos nos divorciado e eu me casado de novo, eles saberiam que o pai os havia abandonado. Eles são mais velhos que você, teriam se lembrado. E talvez o odiassem e desejassem a presença dele ao mesmo tempo. — Ela girou a aliança no dedo. — Acho que finalmente entendi como vocês devem ter se sentido. — Voltou os olhos molhados para mim. — Agora você está aqui para lhe dizer como ele foi um canalha. E também para saber se ele ainda se importava com você. Era isso que eu queria quando ele voltou da Índia. Saber se ele ainda se importava conosco. — Suas lágrimas molhavam o vestido.

O olhar dela pousou nas fotos emolduradas sobre a lareira.

— Ele nunca deveria ter assumido outra família. Claro, ele sabia disso. É a coisa sensata, é a coisa certa. Mas isso não seria justo com vocês, seria? Vocês existiam por causa dele, são parte dele. — Ela ficou em silêncio. Procurou um lenço e enxugou os olhos e o nariz.

Eu entendia. Mas aquele lodo de ressentimento pesava no meu estômago. Naquele momento, não odiava só a ele, eu a odiava também. Ela o tirou de nós, da minha mãe, de mim e do meu irmão. Ela *sabia* que existíamos e o obrigou a escolher, como se fosse uma escolha. Eles eram a primeira família, ele estava apenas emprestado para nós.

No caso do dr. Stoddard, não havia uma primeira família na Inglaterra para exigi-lo de volta quando ele se apaixonara por Deva. Para romper com a noiva, bastara uma carta escrita à mão. A obrigação de voltar para casa não havia tido precedência. Foi assim que meu pai tomou sua decisão? A primeira família, com a qual ele havia se comprometido muito antes de conhecer minha mãe, era aquela com quem tinha a maior obrigação. De certa forma, ele estava honrando um código estabelecido, assim como teria honrado um código militar. Isso tornava mais fácil entender sua partida?

— Se meu pai está morto, quem estava mandando aquelas cartas?

Não poderia ter sido minha mãe, para me poupar, não é? A expressão de vergonha dela quando admitiu ter escondido as cartas de mim me sugeria que não. Ela acreditava que meu pai as mandara.

— Fui eu — disse e enxugou os olhos de novo, o rímel deixando um borrão sob os olhos. — Nos últimos anos, achei que vocês talvez precisassem de mais. Provavelmente estavam na escola, ou estudando para uma profissão, e precisariam disso.

Engoli em seco. Eu podia ter raiva do meu pai, mas a esposa tentara, de alguma forma, reparar o erro dele. Ela não tinha essa obrigação. Eu deveria ser grata a ela? Agradecer? Mas será que algumas libras por ano compensavam a participação dela nisso tudo? O fato de ela ter mentido para trazer o marido de volta? Para ela, não fora um modo de reparação, mas um sentimento de culpa. Não, eu não iria agradecer.

— Meu irmão era um ano e meio mais novo do que eu. Ele morreu depois que o seu marido foi embora. — Eu queria ver a reação dela, queria que ela sentisse a dor que eu sentia sempre que pensava em Rajat.

— Ah — disse ela, as lágrimas descendo mais rápido. — Eu lamento muito.

Eu me virei para as fotos sobre a lareira. Um rapaz de beca escura e capelo tinha o braço sobre os ombros de uma jovem. Ambos sorriam para a câmera. Eu via a semelhança no rosto deles. Era como olhar no espelho.

— É a formatura de Alistair no Imperial College. Lucy tinha dezoito anos na época. Isso já faz alguns anos, claro. Alistair tem vinte e oito agora. Lucy é um ano mais nova. Ela tem uma filha. Minha neta.

Ouvi a voz dela atrás de mim, mas soava como se estivesse muito longe. Eu só conseguia pensar que eles eram filhos do meu pai. O que significava que eram meus irmãos. *Eu tinha irmãos.* Tinha um meio-irmão e uma meia-irmã. E era a meia-irmã deles. Quase ri. Tudo seria *meio a meio* no meu mundo pelo resto da vida?

A mão dela em meu ombro me sobressaltou.

— Eu... me desculpe. — Ela tirou a mão. — Eu estava pensando se você gostaria de conhecê-los algum dia. Eles têm uma tia e um tio, mas não têm mais os avós. Não têm primos. Poderia ser bom...

Conhecer meus meios-irmãos? Eu queria isso?

— Eles sabem de mim?

Ela voltou ao sofá e se sentou, as mãos em postura de oração, os dedos nos lábios.

— Eu contei a eles quando descobri aquelas coisas sobre você e sua mãe, depois que Owen morreu.

— Como eles reagiram?

Eu quase não queria saber. E se me odiassem? Alguém com quem tiveram que dividir o afeto do pai. Eu tinha sido rejeitada por ele. Suportaria sofrer outra rejeição?

Ela suspirou.

— Levou um tempo. Alistair ficou bravo, Lucy ficou confusa. Mas isso foi há sete anos. Acho que seria diferente agora. Você era uma ideia na época. Agora, você é real.

Essa viagem não tinha servido para nada? Eu ainda não sabia. Não tinha tido a chance de jogar minha mágoa na cara do meu pai. E era esse o objetivo de ter vindo até aqui, certo?

Percebi que não sabia nada sobre a esposa do meu pai, além do papel dela em dividir nossas famílias.

— Qual o seu nome?

Ela sorriu pela primeira vez.

— É Marion, Sona. Meu nome é Marion.

— Vou ver e aviso, Marion.

E fui embora.

A casa dos Falstaff ficava no extremo norte de Chelsea. Caminhei de lá até o St. James's Park. Precisava pensar. Que mal haveria em conhecer um irmão e uma irmã que eu sempre havia tido? Conhecê-los significaria que eu tinha perdoado meu pai, perdoado meus meios-irmãos por tirá-lo de mim?

Fui desviando dos turistas ansiosos para assistir à troca da guarda no Palácio de Buckingham. Mal reparei onde estava de tão absorta em pensamentos. Estaria mentindo se dissesse que não estava curiosa para conhecer Alistair e Lucy. Eles teriam herdado as mesmas maneiras do meu pai que eu? Meu pai estaria em nossos gestos? Em nosso modo de falar? E quanto às diferenças? Certamente o sotaque deles seria diferente do meu. E as nossas roupas? Com certeza eles se vestiriam melhor do que eu. Isso nos separaria, nos afastaria de tal forma que não poderíamos ser parte da mesma família?

Caminhei por Piccadilly Circus, vendo o movimento dos carros, caminhões e ônibus de dois andares, com os anúncios de chiclete Wrigleys, água tônica Schweppes e companhia de seguros Ryman nas laterais. Um anúncio luminoso da cerveja Guinness reluzia sobre a praça. Panfletos anunciando a coroação de George VI e Elizabeth amontoavam-se nos meios-fios, enrolavam-se nos postes de luz. Eles se espalhavam pelos degraus da Estátua de Eros.

Para ficar em Londres e conhecer meus meios-irmãos, eu precisaria ficar mais alguns dias, o que significava gastar mais dinheiro. Eu nem sabia onde Alistair e Lucy moravam. Teria que viajar para fora de Londres para me encontrar com eles? Marion falou que tinha uma neta. Então isso significava que eu tinha uma sobrinha? Sempre desejei uma família maior, do tipo que Rebecca e Indira tinham. Eu conseguiria sair do casulo que minha mãe e eu havíamos construído e permitir que mais familiares fizessem parte da minha vida?

Caminhei a esmo até a Trafalgar Square. Dois policiais escoltavam um manifestante bêbado para fora do trânsito. Soube que havia chegado a Covent Garden quando comecei a ver estandes vendendo ingressos para shows: *Os contos de Hoffmann*, *Turandot*, de Puccini. Em um impulso, comprei um ingresso para a apresentação da tarde de *Tristão e Isolda*. Eu não tinha as roupas certas, nem dinheiro para comprá-las. Nunca havia estado em uma ópera, mas sabia que era o tipo de coisa que minha mãe, Mira ou Amit gostariam de ver. Além disso, serviria para distrair minha mente do carrossel interminável de perguntas que a atulhavam.

Quando saí do teatro, havia tomado a decisão.

Fui até uma agência do correio e enviei um telegrama para o dr. Stoddard por intermédio de Edward.

"É a sua vez", escrevi.

No St. James's Park, o calor escaldante fazia os homens abanarem o chapéu diante do rosto e as mulheres balançarem a saia em volta dos joelhos. Do meu banco, ouvi pessoas à minha volta reclamarem das temperaturas recordes. "Ainda nem chegamos a junho!" Sorri, imaginando o que achariam das temperaturas de Bombaim e de sua umidade sufocante. Abelhas buscavam jacintos atrás do néctar mais doce. Campânulas azuis se apinhavam sob as árvores, exalando um aroma fresco e verdejante. Repousei a cabeça no encosto do banco, com o rosto voltado para o sol, e ouvi crianças implorando por um picolé aos pais: "Mamãe, estou derretendo!"

Senti o cheiro do creme de barbear de alfazema, musgo e baunilha do dr. Stoddard quando ele se aproximou do meu banco. Com os olhos ainda fechados, perguntei:

— Como foi?

— Tão bem quanto você poderia imaginar. Não, pior.

Abri os olhos e franzi a testa para ele.

Ralph Stoddard sentou-se pesadamente, apoiando-se na bengala para se equilibrar. Eu nunca o tinha visto com a aparência tão cansada. Havia bolsas cinzentas sob seus olhos. Manchas de idade na testa. Marcas vermelhas nas faces por causa do sol. No corpo magro, não havia mais nenhum vestígio de gordura. Ele esfregou a mão na perna, aquela que havia quebrado.

— Ela disse que pensou muitas vezes no que iria dizer se eu voltasse algum dia. — Ele se virou para olhar para mim. — Disse que o que mais a magoou foi que eu me casei com uma negra e tive um filho negro.

O doutor fez uma pausa. Ele sabia que eu já tinha sido chamada de preta-e-branca, assim como o filho dele. E a maioria dos britânicos teria se referido à esposa indiana dele como negra. Era mais uma maneira de dividir as pessoas, de separar quem fazia parte de quem não fazia.

— E o que o senhor disse?

— Eu desejei um bom dia a ela.

Pisquei, surpresa.

— E depois?

— Depois eu vim para cá. — Tirou o chapéu para espantar uma mosca do meu ombro. — Quem é o santo das causas perdidas, minha querida?

Franzi a testa, pensativa.

— São Judas?

— Precisamos visitá-lo quando voltarmos a Bombaim.

Isso me fez abrir um sorriso. O dr. Stoddard havia pegado um voo de Istambul assim que recebera meu telegrama. Edward estava de partida para seu novo posto em Bombaim e, se eu não tivesse pegado seu pai a tempo, ele embarcaria junto com o filho.

— Recebi um cartão-postal de Mishra, de Paris. — Ele olhava para três moças de blusa sem manga que passavam rindo de alguma coisa que uma delas havia dito. — Fiquei pensando se por acaso você se encontrou com ele.

Evitei seu olhar.

— Paris é uma cidade grande.

O doutor ficou em silêncio por um momento, depois assentiu.

— De fato, é.

— O senhor se sente melhor? Em relação a Elizabeth?

— Deixe-me ver… Eu me sinto melhor por tê-la deixado muitos anos atrás. Mas não me sinto melhor em relação a ela — respondeu ele, secamente. Então se apoiou na bengala para se levantar e me ofereceu o braço. — Vamos para casa, minha querida?

BOMBAIM

TREZE

Junho de 1937

Filip Bartos era bonito do jeito que homens são quando usam as roupas certas e pomada modeladora no cabelo. Mas o homem que atendeu a porta era diferente do Filip Bartos que eu tinha visto no Hospital Wadia e na festa dos Singh. Este parecia um homem assombrado. As olheiras fundas me diziam que ele não vinha dormindo bem. Quando o vi pela última vez no hospital, depois da morte de Mira, ele tinha o rosto bem barbeado. Mas, naquele momento, coçava uma barba de três dias no queixo.

Quando me viu à porta, seus olhos demonstraram que me reconhecera.

— Você é a enfermeira.

— Sona Falstaff.

Ele abriu um sorriso fraco.

— Mira gostava de você, achava que dava para conversar com você sobre qualquer coisa.

Por um instante, fiquei sem saber o que dizer.

— Será que eu poderia entrar, sr. Bartos?

— Claro, claro! Desculpe!

Ele saiu depressa do caminho, como se tivesse despertado de um transe. Estava com uma camisa que provavelmente havia sido branca há uma semana. Tinha os olhos vermelhos e o cabelo estava oleoso.

Havia se passado um mês e meio desde a morte de Mira. No entanto, o apartamento continuava em luto por ela. Havia xícaras de café sobre mesas e cadeiras, algumas vazias, algumas pela metade, o café gelado havia muito. Camisas, calças e meias masculinas estavam espalhadas pelo chão e pelo sofá. O ar era abafado, o calor na sala, opressivo. Do lado de fora, fazia sufocantes trinta e dois graus, a umidade do ar alta o suficiente para regar as plantas. A gola da minha blusa já estava úmida. Resisti ao impulso de abrir as janelas e ligar o ventilador, não era minha casa.

Sentei-me na beirada de uma poltrona. Não pela primeira vez, me perguntei o que esperava daquilo. Estaria aqui para ele me aliviar do peso que eu vinha carregando desde a morte de Mira? Quanto do que eu havia descoberto sobre ela nas últimas semanas deveria contar ao marido?

As bochechas de Filip estavam encovadas. Como enfermeira, fiquei preocupada.

— Tem comido ultimamente, sr. Bartos?

Ele fez um gesto, mostrando a sala.

— Tenho, sim. Não se preocupe. — Ele se sentou no sofá. — Desculpe, estou sem café.

— Por favor, não se incomode com isso.

Ficamos sentados por alguns minutos, em silêncio. Esperei. Por fim, ele perguntou:

— Como posso ajudá-la?

Toquei meu chapéu, uma boina castanha que combinava com o vestido leve. Eu os havia comprado após voltar a Bombaim.

— Estou aqui por causa da srta. Novak. — Fiz uma pausa. — Não tive oportunidade de lhe dizer o quanto lamento. Não tive coragem de encará-lo depois que... — Engoli em seco, minha boca subitamente ressecada. — Sinto uma saudade terrível dela. Penso nela o tempo todo e imagino que o senhor também. Não sei se o senhor sabe, mas, depois que ela morreu, a enfermeira-chefe do Wadia me dispensou. A diretoria do hospital acha que eu apliquei uma overdose de morfina na sua esposa. Mas quero que o senhor saiba que não tive nada a ver com isso. Eu jamais teria prejudicado a srta. Novak. — Percebi que me inclinava em direção a ele sobre a mesinha de café, na tentativa de alcançá-lo através de sua névoa de sofrimento.

Ele me olhava, sem expressão.

Continuei:

— Nos poucos dias em que convivi com ela, nós duas conversamos como se nos conhecêssemos desde sempre. Como se fôssemos irmãs. Ela conhecia tanto do mundo, algo que me maravilhava e me dava inveja. Eu adorava o jeito como ela encarava a vida. — Parei. — Preciso que o senhor acredite que eu jamais seria capaz de fazer algum mal a ela, mesmo que por acidente. — Eu pretendia soar segura e autoconfiante, mas, em vez disso, soei desesperada.

Filip se sentou mais ereto.

— Eu acredito em você. Você não tem culpa, mas eu tenho.

— O quê?

— Fui eu que apliquei a dose extra em Mira.

— De morfina? — Levei a mão ao peito, o coração martelando. Durante todo esse tempo eu o havia evitado, convencida de que ele achava que eu fosse culpada!

Ele confirmou.

— Ela implorou para que eu aplicasse mais, estava com muita dor. Não conseguia vê-la assim.

Minha respiração acelerou. Ele estava confessando um crime. Minha voz foi um sussurro.

— O senhor a matou?

Ele suspirou.

— Não, não intencionalmente. Eu… eu não sabia. — Ele se levantou e começou a andar de um lado para o outro, com os dedos enlaçados no alto da cabeça. Então se virou para mim. — Eu não sabia que ela estava grávida, srta. Falstaff. Não tinha como eu… Seja como for, ela não queria que eu soubesse. E eu não soube até o aborto. Se eu soubesse antes, não teria… deixado que ela… ficasse grávida.

Ninguém que eu havia conhecido na Europa, incluindo sua melhor amiga Petra, teria ousado dizer a Mira o que fazer.

— Ela esteve com muitos homens e mulheres, srta. Falstaff. Espero que não fique chocada com isso.

— Não estou.

— É um acordo e funciona… funcionava… para nós. Eu gostava muito dela e ela de mim. — Fez uma pausa. — Mira sabia que eu estaria ao lado dela em qualquer circunstância. Mas havia uma pessoa para quem ela sempre voltava. Ele é um antigo professor dela em Florença, o Paolo. Talvez ela tenha falado dele. Ela aprendeu com ele… em vários sentidos. A pintura dela melhorou com as aulas dele. Mas, quando começou a ter um caso com Paolo bem debaixo do nariz da mãe dela, foi um sofrimento interminável. Paolo era sinônimo de problema. Ele incentivou isso tudo, acabou separando mãe e filha. Mentiu para Mira várias vezes, disse que ia cuidar dela para sempre, que a amava tanto que se mudaria para qualquer lugar com ela. Mas não fez nada disso. Ela parou de pintar por completo, não conseguia fazer nada. E, aí, ficou grávida e ele não quis assumir. Ela me procurou e pediu para eu dar um jeito. E eu dei. — Olhou para mim e deu de ombros. — Sou formado em medicina, mas ela teve uma complicação.

Minha cabeça girava. Paolo contara sobre a primeira gravidez de Mira, mas não havia mencionado que o bebê era dele. Naquele momento, Filip estava dizendo que era. Paolo não me contara que havia prometido viver com Mira quando claramente não tinha nenhuma intenção de fazer isso. Mira havia mentido. Paolo havia mentido. Filip havia mentido por omissão.

— Ela prometeu que seria mais cuidadosa. No começo deste ano, quando foi a Milão por uma semana dizendo que ia ver uma exposição, acreditei nela. Ela não me contou que estava indo lá para ver o Paolo. Ela sabia que eu não aprovaria. Foi só quando fomos para o hospital e Mira estava sangrando que me contou. Fui pego de surpresa. Minha vontade era gritar com ela, perguntar onde ela estava com a cabeça. Depois do que acontecera na primeira vez, era perigoso engravidar. Ela disse que estava fazendo aquilo pelo dinheiro que pagariam. Que, se não fosse por esse motivo, jamais teria engravidado. Nós tínhamos problemas financeiros desde que ela tinha rompido com Josephine, mas sempre dávamos um jeito.

Outro assunto sobre o qual Mira nunca havia falado comigo: dinheiro. Ela me contava histórias de qual quadro tinha ido para qual comprador, às vezes imitando seus barrigões ou seus pedantes óculos pince-nez. Foi só quando Amit e eu ouvimos a conversa entre ela e o marido na festa dos Singh que eu soube do problema. Petra e Jo me contaram que lhe emprestavam dinheiro que jamais esperavam de volta.

Filip se sentou, apoiando os cotovelos nas coxas, olhando para o tapete.

— Quando você começou a cuidar dela no hospital depois do aborto, era para ela ter começado a se recuperar. Estava usando morfina para a dor, o que ajudava. Mas, aos poucos, a dor foi voltando. Desconfiei que ela estivesse fingindo sentir menos dor do que realmente sentia porque queria ir para casa e voltar a pintar. Eu disse isso ao dr. Holbrook, mas ele falou que ela podia estar com gastrite ou dor referida e aumentou a dose de morfina.

Respirou fundo e prosseguiu.

— Naquele último dia, depois que você saiu do quarto e eu entrei para visitá-la, ela estava com dificuldade para respirar. Disse que ia morrer. Eu falei que isso era ridículo, que ela estava em um hospital, com médicos cuidando dela. Por um momento, a respiração voltou ao normal e ela relaxou. Mas então teve uma forte contração no abdômen e suplicou que eu desse mais morfina. No início, resisti. Mas vê-la sofrendo com tanta dor foi insuportável para mim. Então eu peguei a seringa vazia ao lado da cama e fiz o que ela me pedia. — Olhou para mim, com ar desamparado. — Eu não sabia que você tinha acabado de aplicar uma dose antes de sair do quarto. — Lágrimas se acumularam em seus cílios. Ele baixou a cabeça e as deixou cair no tapete.

— Eu... eu deixei a morfina à vista? — Eu precisava saber. Tinha tanta certeza de que não havia feito isso.

— Não. — Ele me olhou, envergonhado. — Ouvi algumas enfermeiras fazendo piada sobre a farmácia do hospital. O funcionário encarregado não estava lá, então eu a peguei. Eu... eu sinto muito.

Eu estava atordoada. Mira tinha morrido por causa de um descuido, que não tinha sido meu. Eu deveria ter sentido alívio, mas, em vez disso, me senti vazia. E com pena de Filip Bartos, que carregaria a culpa consigo pelo resto da vida. Eu sabia que não contaria a Amit ou à enfermeira-chefe o que Filip acabara de me dizer. Eu sabia que Mira não iria querer. Ele a havia salvado, como Paolo havia dito. Josephine, Petra e Paolo só sabiam o que ela escolhia contar para eles. E eu só sabia o que ela tinha escolhido contar para mim. Mira me fizera pensar que ela e Petra tinham uma amizade profunda quando, na verdade, Mira a rejeitara continuamente. Mira fizera Josephine parecer sua dedicada negociadora de arte, quando, de fato, Jo a demitira anos atrás. Ela idolatrava Paolo, mas a verdade era que ele a decepcionara de todas as maneiras possíveis. Filip era a única pessoa sobre quem ela nunca tinha inventado uma história. Ele era o porto seguro dela. Ela confiava nele.

De alguma forma, mesmo depois de tudo que eu soubera sobre ela na Europa — as traições, os menosprezos, as mentiras, os abusos —, eu só conseguia ver Mira como a garota que amava arte, livros e música, e pintava coisas maiores do que ela mesma, do que todos nós. Ela não era tão segura de si como eu havia imaginado, como eu queria acreditar. Eu precisava de uma heroína, e ela se tornou essa pessoa para mim. Na realidade, ela tinha uma enorme carência de uma mãe que a amasse, de alguém que dissesse que gostava dela, e não só do seu talento. Filip preencheu o vazio em sua vida que ela desejava tão desesperadamente esconder de todos. Ele a via, ele a via por completo. E não recuou.

À minha frente, Filip enxugava os olhos na manga da camisa.

Respirei fundo.

— O senhor sabia que ela me mandou para a Europa para entregar telas para Paolo, Petra e Josephine Benoit, a negociadora de arte?

Ele fez que não com a cabeça.

— Não, mas sei por quê. Ela me disse que você a colocava em um pedestal. Ela incentivava isso, essa parte é verdade. Mas, no fundo, ela queria que você abrisse os olhos. Que soubesse que nem tudo era o que parecia, que as pessoas não eram quem diziam ser. Ela sabia que você vivia uma vida resguardada, srta. Falstaff. E também que você precisava sair desse casulo. Foi a maneira dela de ajudar você.

Fiquei tão surpresa que, por um instante, não soube o que falar.

— Quando ela lhe disse tudo isso?

— No terceiro dia em que estava internada. — Esfregou as mãos. — Eu sei o que parecia, srta. Falstaff. Sou um homem muito reservado. Mira precisava de alguém para conversar, alguém em quem ela pudesse confiar. Esse alguém foi você.

Que inesperado saber que Mira tinha conversado com ele sobre mim. Pigarreei.

— Trouxe a tela que ela me deu. Não achei certo ficar com ela. — Eu lhe entreguei *A aceitação*, que eu havia colocado em uma moldura.

Ele mal olhou para o quadro antes de me devolver.

— Mira quis que ficasse com você, srta. Falstaff. Espero que lhe traga boas lembranças dela.

Mira tinha contado a Filip até sobre o quadro. Ela confiava nele para tudo. E todo esse tempo eu havia pressuposto que os dois viviam vidas separadas.

Eu me levantei. Ele também. Apertei sua mão, da maneira como Agnes tinha apertado a minha no Arlberg Orient Express.

O aperto de mão dele foi firme e seco.

Fui embora e nunca mais vi Filip Bartos.

CATORZE

1956

Fico admirando os braços da minha filha se moverem como as asas de um cisne. Ela é um dos doze bailarinos que constituem a Trupe de Dança Uday Shankar. A Royal Opera House está lotada e, felizmente, com o ar-condicionado ligado. Indira adora dançar desde os três anos de idade, sempre inventando as próprias coreografias para as músicas que ouvia no rádio. Ela vai sair em turnê com o grupo pela Europa, depois para os Estados Unidos. Eu preferia que ela estudasse para obter um diploma, mas ser selecionada por uma companhia de dança de prestígio é uma conquista notável. Como saber? Ela pode tentar a faculdade mais tarde. Ou talvez nunca.

Ainda assim, fico nervosa por ela, uma menina de dezoito anos. Então me lembro de mim mesma. Eu não viajei pela Europa, sozinha, aos vinte e três? Não fazia a menor ideia do que estava fazendo, o que provavelmente foi uma bênção. Indira pelo menos vai viajar com um grupo. Mas eu me preocupo. E se alguém roubar o dinheiro dela como Agnes roubou o meu? E se ela se apaixonar por alguém, como Mira se apaixonou por Paolo? E se ela for atacada por um estranho, como eu fui em Paris? O medo por ela faz minhas mãos suarem. Eu me forço a me concentrar no palco.

A apresentação é algo entre balé e Bharatanatyam clássico. Há doze bailarinos, seis deles mulheres de idades variadas. Espero que as mais velhas cuidem de Indira. Lembro-me de pessoas que foram bondosas comigo, entre elas, madame Renaud, a esposa do embaixador francês, Pavel e Martina, em Praga, e, claro, o dr. Stoddard. Cada uma delas me encorajou a seguir em frente para o estágio seguinte da minha jornada.

Edward põe a mão no meu braço, avisando-me que o intervalo começou. Nem me dei conta dos aplausos. Depois de todos esses anos, ainda adoro esses gestos simples dele. Cubro a mão dele com a minha e sorrio. Ele vai até o saguão esticar as pernas. Edward foi o maior risco que assumi. Não foi a viagem de navio para Istambul nem as viagens de trem pela Europa, nem a maneira aleatória como eu saí em busca dos amigos de Mira, andando sozinha pelas ruas, sem saber direito o que encontraria, nem a viagem para a casa do meu pai, em Londres.

Tampouco Amit. Soube que ele não voltou a Bombaim. O empregador dele o enviara a Burma para estudar as condições de higiene de pacientes de cólera. Ele me escrevera por intermédio da embaixada britânica de Bombaim para dizer que sentia imensamente a minha falta e ficaria lá por pelo menos por dois anos, organizando uma equipe para executar o trabalho. A essa altura, Indira já crescia dentro de mim e eu não queria forçar Amit a se casar comigo, como certamente ele teria se oferecido. Eu já havia decidido, quando nos separamos em Paris, que nossa união seria mais prejudicial do que benéfica ao trabalho dele. No entanto, os cuidados que tomamos naquela noite em Paris para evitar a gravidez falharam e, três meses depois, quando soube que estava grávida, eu não me desesperei. Afinal, ele havia me dado Indira.

O trabalho de Amit o levou de Burma a Bengala, ao Nepal, ao Afeganistão, a Genebra e a Londres. Talvez um dia ele se estabelecesse na Índia outra vez. Talvez um dia eu lhe contasse sobre Indira. Ou talvez guardasse essa informação para mim.

Nos tempos que antecederam o Dia da Independência, muitos anglo-indianos foram embora da Índia. Teriam eles decidido que sua identidade estava do lado britânico ou suas famílias inglesas os chamaram? Quando retornei da Europa, estava entusiasmada para reivindicar a Índia como minha. Quis participar das marchas, agitar cartazes, gritar do alto dos telhados que a Índia merecia sua liberdade. Como enfermeira, eu fazia curativos, organizava o trabalho, animava aqueles que estavam na linha de frente. Edward compreendia. Nós dois éramos mais parecidos do que Amit e eu. Para nós, sempre fora uma escolha. E nós escolhemos a Índia.

Quando o dr. Stoddard chegou a Londres, eu estava quase sem dinheiro. Ele foi comigo conhecer Lucy e Alistair, meus meios-irmãos. Não sei se eu poderia ter feito isso sem ele. Ele comprou nossas passagens de avião de volta para Bombaim. Era minha primeira vez em um avião e segurei a mão dele a viagem inteira. Isso era algo que sempre imaginei que faria com meu pai: segurar a mão dele na roda-gigante ou nas caminhadas para a escola. Toda a minha vida eu tinha desejado que meu pai segurasse minha mão e acabei descobrindo essa segurança nas mãos de Ralph Stoddard.

Edward esperava por nós no aeroporto de Bombaim quando chegamos. Fiquei surpresa com minha reação, com meu entusiasmo por vê-lo. Lembrei-me de Agnes me dizendo: “Esse seu rapaz é bem bonito”. Eu havia respondido que ele não era meu, mas e se fosse? Arrepios percorreram meus braços. Um mês depois, ele me pediu em casamento. Se por acaso estranhou o fato de Indira ter chegado antes da hora, nunca fez nenhum comentário.

Mira me mandou naquela viagem para correr riscos. É o que minha mãe queria para mim também. E é o que eu quero para minha filha. Como minha mãe teria amado a neta! Indira é destemida. Ela acredita que é capaz de conquistar o mundo. Ela se aventura no desconhecido, lugares que eu tinha medo demais para ir na idade dela. Quando cai, ela se levanta, tenta de novo e segue em frente.

Pensei em dar a minha filha o nome de Mira, mas a pintora já tinha vivido uma vida cheia de música, arte, amor, diversão, revolta, risadas e grandes e pequenas vitórias. Indira, a esposa de Balbir, não. Eu queria dar a Indira a vida que ela não teve e não poderia ter. Então dei a minha filha o nome da minha velha amiga. Nunca mais vi Indira desde seu último dia no Wadia, mas, quando olho para minha filha — ousada, destemida e aventureira — imagino minha amiga sorrindo para ela.

Até eu viajar para a Europa, não tinha dado crédito a minha mãe por ter sido uma mulher disposta a correr riscos. Ela abdicou da própria família por um homem a quem amava desesperadamente. Ela arriscou e, quando ele não pôde cumprir as promessas que fizera, ela não se arrependeu de ter agarrado a oportunidade. Ainda não o perdoei, mas continuo tentando.

Visitamos Alistair e Lucy duas vezes na Inglaterra. Trocamos cartas e compartilhamos fotos. A família de Lucy nos visitou na Índia há uns cinco anos e viajamos todos juntos para as Grutas de Ajanta, Nova Délhi e Shimla, lugares onde Mira adorava pintar. Indira é alguns anos mais nova do que a filha de Lucy, Ellie. Elas escrevem cartas uma para a outra e estão ansiosas para se encontrar quando a companhia de dança de Indira se apresentar em Londres.

É uma alegria para mim que minha filha tenha tido a chance de conhecer o avô, Ralph (nunca me acostumei a chamá-lo assim, então só o chamava de Doutor, e Edward e Indira viviam rindo de mim por isso). Ele levou minha filha aos Jardins Suspensos para caçar vagalumes, leu os *Contos de Krishna* para ela, mostrou-lhe seus álbuns de fotos para contar sobre a avó, Deva. Indira só conheceu Ralph Stoddard pelos cinco primeiros anos de sua vida, mas sei que ele estará sempre em suas lembranças, como está nas minhas.

As luzes piscam no teatro, o que significa que o intervalo acabou. Edward volta ao assento a meu lado, põe a mão no meu joelho e sorri afetuosamente para mim.

Ele está muito mais feliz desde que deixou a embaixada britânica. Quando pareceu que os britânicos estavam criando problemas para a transferência de poder para a Índia, ele ficou desanimado e confuso. Ali estava ele, metade britânico, metade indiano. Assim como eu, ele sentiu que poderia ser mais útil ajudando os indianos a reconstruir um país que havia sido deixado empobrecido e carente. Começou a trabalhar em uma organização que operava na transição da dependência da Índia de produtos britânicos para outros produzidos na própria Índia. Às vezes, quando o olho de perfil, vejo seu pai e não consigo deixar de sorrir. Quando preciso de conselhos sobre algum assunto difícil, converso mentalmente com Ralph Stoddard. Ele sempre me tranquiliza para fazer as melhores escolhas.

Aplaudimos quando as cortinas sobem e os bailarinos ocupam seus lugares. Penso que a pintura *A aceitação*, de Mira, se parece com um posicionamento de palco: com a líder na frente e os participantes secundários ao fundo. Ela está pendurada em nosso quarto.

Mantenho contato com Pavel, amigo de Petra. Agora ele é diretor do Departamento de História da Universidade Carolina. Ele me escreveu para contar que a família Hitzig foi enviada para um campo de concentração chamado Terezin, em 1942, apesar da crença do sr. Hitzig de que suas relações comerciais com os alemães salvariam sua família da morte. O sr. Hitzig não conseguia, ou não queria, compreender que seu povo, que empregava milhares de tchecos em suas empresas e contribuía tanto para as artes, pudesse ser considerado uma raça inferior. Terezin se tornou a residência de cento e quarenta mil judeus. Pavel descobriu por algumas fontes que, enquanto Petra esteve lá, ela incentivou crianças a desenhar. Ela implorava por lápis, papel, giz, papelão, qualquer coisa que as crianças pudessem usar para desenhar um retorno feliz para casa, um aniversário favorito, como seria o céu, um jardim de fantasia que gostariam de criar. Apenas um pequeno número dessas crianças escapou das câmaras de gás, mas, para todas elas, Petra proporcionou o paraíso através da imaginação por um curto período. No fim, ela e sua família foram enviados para Auschwitz. Penso nela com frequência, o que me surpreende. Ela era frágil, mas doce e, quando chegou o momento, foi corajosa.

Enviei um cartão-postal para a galeria de Josephine Benoit alguns meses depois de ter voltado para casa. No breve tempo que passei com Jo, entendi que ela se importava mais com suas artistas do que com dinheiro. O cartão-postal foi devolvido com um carimbo de “destinatário não encontrado”. Pressupus que ela e sua irmã tivessem retornado à Martinica em segurança antes do começo da Segunda Guerra Mundial. Mas, quando ouvi, há quatro anos, na Rádio All India que as obras de Mira Novak estavam sendo instaladas permanentemente na Galeria Nacional em Nova Délhi, logo soube que Jo tinha algo a ver com isso. Levei Indira para ver a exposição e lhe contei sobre minha amiga, a pintora. Contei a ela sobre a confiança de Mira em sua arte, na Índia, em sua convicção de que apenas vendo o mundo podemos aprender a ver a nós mesmas. Indira segurou minha mão e a apertou. Quando chegamos em casa, ela contou para Edward e para mim que sua vida estava ligada à dança, que a história de Mira a fizera tomar essa decisão. Eu a abracei com força.

Edward soube, por meio de suas conexões, que Whitney havia se divorciado de Paolo em Florença. Ela se casara com um estadunidense rico, um viúvo com dois filhos, e finalmente convencera o pai a fazê-la herdeira de sua fortuna. Imagino que Paolo continuou a reproduzir as pinturas dos mestres para atender a encomendas, peças que ficariam expostas nas casas dos *nouveau riche*, cujas esposas muito provavelmente ele levaria para a cama.

À noite, às vezes olho para *A aceitação* e penso nela.

— Oi, Mira — sussurro.

Nota da autora

O conceito de identidade me fascina. Vim da Índia com minha família para os Estados Unidos quando tinha nove anos. Até então, eu só conhecia pessoas indianas, comida indiana e costumes indianos. Assim que pisei em solo estadunidense, fiquei encantada. Era um lugar novo, empolgante. Eu me adaptei rapidamente ao inglês estadunidense (tão diferente do inglês britânico que eu tinha aprendido com as freiras católicas na Índia), às roupas e à cultura do país. Não demorei muito para me identificar como estadunidense em vez de indiana. Mas minha alteridade me acompanhava por toda parte. Minha comida favorita era indiana. Eu adorava as joias indianas e os sáris de seda da minha mãe, e me irritava quando alguém criticava a Índia. Então, quem eu era, estadunidense ou indiana? E a qual país eu devia minha lealdade? Eu poderia estar dividida nesse aspecto e mesmo assim ser patriota em relação a ambos?

Neste livro, minha protagonista também tem problemas com sua identidade: Sona é anglo-indiana, filha de pai inglês e mãe hindu. Esse tipo de união era mais aceitável, incentivado até, quando os britânicos chegaram à Índia sem esposas e precisando de companhia. No entanto, no final do século XIX, foram estabelecidas comunidades britânicas exclusivas e as crianças eurasianas passaram a ser vistas como nem totalmente inglesas nem totalmente indianas. Às vezes, eram rejeitadas, às vezes, valorizadas ou manipuladas, de modo a beneficiar o Raj Britânico.

Como uma dessas pessoas miscigenadas, Sona está dividida. Ela simpatiza com a luta da Índia pela independência ao mesmo tempo que tira proveito de seu sangue britânico para obter salários, educação e emprego melhores. Mas, em 1937, ano em que a história do livro se passa, as tensões políticas aumentam e a maré se volta contra os britânicos. Sona, como os demais anglo-indianos, começa a ser vista como o outro, o inimigo. Qual identidade ela escolherá? Qual identidade poderá reivindicar como sua?

Em 2019, viajei para a Índia e visitei a Galeria Nacional de Arte Moderna, em Nova Délhi, para ver as obras de Amrita Sher-Gil, uma pintora que nunca pareceu ter dificuldade em lidar com sua identidade. Sua mãe era húngara, judia, e seu pai era um aristocrata indiano. Amrita era um prodígio, mimada pelos pais ricos. Ela estudou e pintou durante vários anos de formação em Paris, tornando-se a artista mais jovem a ser admitida no prestigioso Salão de Paris, em 1933. Por fim, sentiu a atração do país natal de seu pai e foi pintar na Índia. Aplicou as técnicas de vanguarda que aprendera na Europa às pinturas que fazia da vida diária em vilas indianas. Achava que essas eram suas melhores obras. Nunca saberemos até onde seu talento a levaria, pois Amrita morreu repentinamente em 1941, com apenas vinte e oito anos.

O que fazia Amrita diferente de Sona e de mim? Como ela conseguia transitar tão facilmente entre as duas culturas? Tomei liberdades ao explorar a resposta a essas perguntas baseando vagamente a personagem Mira Novak em Amrita. A Mira fictícia tem pai tcheco e mãe indiana. Assim como Amrita, ela é pintora, extravagante, sexualmente fluida, politizada, franca, talentosa e totalmente encantadora.

Em muitos aspectos, a vida de Amrita Sher-Gil se assemelha à da inigualável Frida Kahlo. A ascendência de Kahlo também abrangia mais de uma etnia: mãe mexicana e pai alemão. Seu espírito era livre e sua natureza, impetuosa. No entanto, embora Amrita seja reconhecida no mundo artístico da elite atual, ela não é um nome tão famoso como Frida Kahlo. Se Amrita tivesse vivido mais, poderia ter obtido reconhecimento não só como pintora indiana ou pintora mulher, mas como um fenômeno mundial.

Amrita Sher-Gil é minha inspiração para este livro, e é importante para mim que ela e sua obra não sejam esquecidas. Esta é minha maneira de resgatar a parte indiana da minha identidade.

Também é relevante para mim que o trabalho das mulheres, seja no mundo da arte, da ciência, da música, da matemática ou da educação, seja reconhecido com tanto empenho, intensidade, paixão e amplitude quanto o trabalho dos homens.

Agradecimentos

Geralmente começo agradecendo à minha equipe editorial. Desta vez, gostaria de agradecer primeiro aos milhares de leitores que generosamente me escrevem ou comentam nas redes sociais sobre como os romances os ajudaram a superar um momento difícil na vida ou lhes deram um entendimento mais abrangente do meu país natal. Gostaria de agradecer aos mais de novecentos clubes do livro e bibliotecas que gentilmente me convidaram para falar sobre minha jornada de dez anos como escritora; às centenas de podcasters, aos blogueiros e aos jornalistas que desejam, com razão, desconstruir a ideia de um sucesso que surge da noite para o dia (levei dez anos para publicar meu livro de estreia, *A pintora de henna*); e às muitas faculdades, associações de ex-alunos e organizações femininas que sabem que não há limite de idade para a produção criativa. Sem esses apoiadores e sua lealdade contínua, minha carreira de escritora não existiria. Sou humildemente grata a eles.

Agora sim, agradeço às pessoas com quem você talvez nunca vá se encontrar, aquelas que trabalham muito nos bastidores para pôr os livros em suas mãos — livros que despertam curiosidade, ampliam o entendimento, apresentam novos mundos e geram uma empolgação de tirar o fôlego. Se você vier a encontrá-las, verá o brilho em seus olhos que diz: "Você precisa ler isto!". Estão nesse grupo minha perspicaz agente, Margaret Sutherland Brown, da Folio Literary Management, e a editora-sênior April Osborn, da MIRA. Loriana Sacilotto, Margaret Marbury O'Neill, Heather Connor, Nicole Brebner, Laura Gianino, Ashley McDonald e Lindsey Reeder, da Harlequin/HarperCollins, todas elas contribuíram para o sucesso dos meus livros.

Para escrever *Seis dias em Bombaim*, viajei para as cidades sobre as quais escrevi: Istambul, Praga, Florença, Paris, Londres e Bombaim (ainda a chamo de Bombaim, como a chamava quando criança, no Rajastão; a cidade só foi renomeada como Mumbai em 1995). Em cada cidade, contei com o conhecimento de historiadores, artistas, professores, arquivistas e bibliotecários para compreender a atmosfera de 1937, o período entreguerras em que movimentos de resistência fervilhavam por toda a Europa e Índia.

A dra. Martina Klicperová, pesquisadora da Academia Tcheca de Ciências, levou-me a um passeio a pé por Praga, apontando marcos políticos e culturais importantes para o entendimento do período entreguerras. Ela também revisou meu rascunho final para garantir a precisão dos fatos. Igor Lukes, professor de história e relações internacionais da Universidade de Boston, compartilhou informações relevantes e me apresentou a Martina, que, por sua vez, me apresentou ao erudito nonagenário Ivo Feierabend, professor emérito da Universidade Estadual de San Diego. Vadam Rhoads foi um guia turístico fascinante da arquitetura art déco de Praga na década de 1930. Cada especialista contribuiu para que eu conhecesse as preocupações políticas e econômicas dos tchecos em 1937.

Em Florença, a dra. Ermelinda Campani, diretora do Programa de Estudos Estrangeiros Bing da Universidade Stanford em Florença (de que participei em 1978), explicou as razões da popularidade de Mussolini na década de 1930, acrescentando histórias relevantes da sua própria família. O historiador de arte Samuele Magri, cujo vasto conhecimento se estende à alta-costura, arquitetura e cultura da década de 1930, me proporcionou um passeio a pé esclarecedor por Florença. Quem diria que o famoso salto anabela de Ferragamo foi uma consequência da invasão da Etiópia por Mussolini e das subsequentes sanções impostas pela Liga das Nações? Pois Samuele me disse! Os extensos contatos do meu pai levaram a uma rede de especialistas italianos: dr. Gettu, dr. Coppala, dr. Collepardi, professor Rod Jones, Saverio Spadea e Federica Giacobbe. Sou grata a todos eles.

A professora de história da Universidade de Santa Clara, dra. Naomi Andrews, me contou sobre as progressistas irmãs Naral, da Martinica, que organizavam reuniões políticas e culturais em Paris nos anos 1930. A personagem Josephine é inspirada nelas. A fotógrafa e amiga Meredith Mullins gentilmente me pôs em contato com o generoso Adrian Leeds em Paris, cuja assistente, Patty Sadauskas, me conectou com sua amiga arquivista Claire Khe. Claire deu vida à cena artística parisiense de 1937. Ela me enviou informações sobre o mundo de Man Ray, André Breton, Fernand Léger e outros pintores surrealistas e cubistas, bem como fotos de Montparnasse nos anos 1930 e revistas do período, e me contou sobre o animado cenário dos cafés parisienses. Tive a sorte de participar de uma conversa com autoras junto com a encantadora Cara Black para o clube do livro de expatriados de Adrian, em Paris. @bookswithishika me recebeu na Livraria Red Wheelbarrow, de Penelope Fletcher. Zara Faridany, do Wellesley Club de Paris (que me adotou), me hospedou em seu deslumbrante apartamento junto com Sally Katz, Pamela Boulet, Ellen Maycock, Margaret Peyrard, Kathleen de Carbuccia e Molly Cyr, minhas novas melhores amigas.

Passei vários dias no bairro de Chelsea, em Londres, no St. James's Park e em Piccadilly Circus para seguir os passos de Sona. Felizmente, uma vasta quantidade de material escrito, vídeos, revistas e filmes sobre a Inglaterra de 1937 me ajudou a complementar minhas anotações sobre o período.

Em 2019, fui para Istambul e Bombaim. Perambulei pelos corredores do Grand Bazaar experimentando o sabor da cidade e a culinária turca. Sou do Norte da Índia e nunca havia estado no Sul até cinco anos atrás. Eu me apaixonei por Bombaim, que era uma cidade muito menor em 1937, mais administrável e acessível, o que possibilitou que nossa protagonista, Sona, andasse pelas ruas à noite sem medo. Inúmeras publicações sobre os crescentes protestos, comícios e revoltas dos indianos contra seus opressores britânicos deram forma ao meu relato da Bombaim dos anos 1930.

Enquanto estava na Europa, tive o prazer de conhecer alguns dos meus editores estrangeiros, que me receberam com pompa. Julia LeLoup, Claire Deslandes, Etienne Chauvard, Marine Charoy, Margaux Mallet e Camille Corso são minha superequipe na editora Bragelonne. Elas mal podiam esperar para me mostrar a linda capa do meu terceiro romance, *A perfumista de Paris*, que estava prestes a ser lançado por lá. Na Feira Internacional do Livro de Turim, Daniela Pagani e Sabine Schultz me mostraram quanto amor minha editora italiana, Neri Pozza, dedica aos meus livros. Serena Stent, Darren Shoffren, Kate Harvie e a publicitária Debbie Elliott me levaram para um almoço incrível com vista para o Tâmisa, por cortesia da Harper360, minha editora no Reino Unido. Em Barcelona, conheci as encantadoras Mathilde Sommeregger, Susana Herman e Silvia Bastos, da Editrends/Editora Maeva, minha editora espanhola.

Os bônus em Barcelona incluíram um almoço na casa da autora Ana Briongos e seu marido, Tony, e um encontro com a autora (e agora amiga) Donna Freitas, que leu uma versão preliminar deste livro e me deu dicas incríveis.

Meu irmão Madhup Joshi melhorou imensamente este romance ao me dar uma ótima ideia que impulsionou a história quando eu não conseguia ir adiante. Meu irmão Piyush me hospedou em minha viagem a Istambul e Bombaim em 2019. Obrigada, irmãos! Meu pai lê todos os meus romances e está sempre pronto, disposto e disponível para encontrar especialistas relevantes. Amo você, pai! Meu grupo indiano, meus vizinhos Gratia e AJ e minha assistente Sara Oliver me deram apoio emocional quando me senti desanimada. Por fim, meu amor, Bradley Owens, que me deu o empurrãozinho para me tornar escritora em tempo integral, tem um enorme crédito por este livro, meus livros anteriores e qualquer livro que eu venha a escrever.

Impresso no Brasil pelo Sistema Cameron da Divisão Gráfica da
DISTRIBUIDORA RECORD DE SERVIÇOS DE IMPRENSA S.A.